ІВАН ФРАНКО

ПЕРЕХРЕСНІ СТЕЖКИ

УКРАЇНСЬКА БІБЛІОТЕКА

Українська Бібліотека

ПЕРЕХРЕСНІ СТЕЖКИ

ІВАН ФРАНКО

Ukrainian Library

CROSSING PATHS

IVAN FRANKO

Видавці Максим Ходак і Макс Мендор

Publishers Maxim Hodak and Max Mendor

www.glagoslav.nl

ISBN: 978-1-80484-132-7

ІВАН ФРАНКО

ПЕРЕХРЕСНІ СТЕЖКИ

GLAGOSLAV PUBLICATIONS

ЗМІСТ

ПРО АВТОРА

Іван Франко (1856-1916) – видатний український письменник, поет, громадський і культурний діяч, перекладач і громадський діяч, який вніс значний внесок у розвиток української літератури та культури загалом. Він народився у сім'ї священника в містечку Нагуєвичі на Галичині, тоді частині Австро-Угорщини. Франко вчився в гімназії в містах Дрогобичі та Коломия, Письменник навчався у Львівському університеті, а потім у Чернівецькому, де й здобув вищу освіту. Згодом захистив дисертацію у Віденському університеті, діставши науковий ступінь доктора філософії.

Після повернення в Україну він почав працювати журналістом та писати літературні твори. Франко став одним з найвідоміших літераторів України свого часу. Його творчість охоплює різні жанри, від лірики та епосу до драми та прози. Він написав понад 50 тисяч сторінок творів на українській мові, а також перекладав твори іноземних письменників на українську мову. У своїх творах Франко змальовував реалії українського життя, викривав соціальні та національні проблеми свого часу, розвивав ідеї національної свідомості та громадськості.

Іван Франко був не тільки талановитим письменником, але й активним громадським діячем. Він працював у різних організаціях, що боролися за національну самобутність та права українського народу. Він також був засновником і активним членом наукових товариств, що займалися вивченням української мови, культури та історії.

У своїй громадській діяльності Франко був активістом руху за національне відродження українського народу та за зміцнення соціальної справедливості. Він став одним з лідерів української національно-демократичної партії та активно брав участь у її роботі.

Франко був підданий політичних переслідувань, але він не здалися і продовжував свою роботу, зберігаючи вірність своїм ідеалам.

Іван Франко залишив по собі великий літературний доробок, який має величезне значення для української культури та літератури в цілому. Найвідоміші твори: поетичні збірки «З вершин і низин», «Зів'яле листя», поема «Мойсей», повість «Захар Беркут», драма «Украдене щастя».

ВСТУП

«Перехресні стежки» Івана Франка - це соціально-психологічна повість, що вийшла у світ на початку XX століття, у 1900 році, і відтоді займає значне місце у скарбниці української літератури. Цей твір є однією з найважливіших робіт Франка, де він з глибоким проникненням і великою майстерністю розкриває внутрішній світ своїх персонажів, їхні душевні терзання та моральні пошуки.

У повісті «Перехресні стежки», Франко детально і з великою психологічною точністю відображає життя українського суспільства кінця XIX століття, його соціальні протиріччя та конфлікти. Він занурює читача у світ різних соціальних шарів, їхніх ідеалів, прагнень та розчарувань. Франко не тільки малює картину суспільних відносин того часу, але й глибоко аналізує причини людських страждань, розкриваючи складні внутрішні конфлікти персонажів.

Таким чином, повість не лише відображає історичну і соціальну реальність, але й розглядає універсальні питання моралі, вибору та людської долі. Через твір «Перехресні стежки», Іван Франко звертається до вічних тем любові, вірності, зради та пошуку особистісної ідентичності, роблячи його актуальним і сьогодні.

В «Перехресних стежках» Франко не лише розкриває соціальні та психологічні аспекти суспільства свого часу, але й занурюється в аналіз глибинних філософських питань, таких як відповідальність перед собою та іншими, значення власних виборів та їх вплив на життєвий шлях. Повість стає дзеркалом, в якому кожен може побачити відображення власних роздумів та боротьби. Франко майстерно переплітає долі персонажів, показуючи, як їхні особисті історії вплітаються в загальний канвас суспільних подій, тим самим підкреслюючи нерозривність особистого та колективного у людському досвіді.

Письменник використовує багатий символізм та метафорику, що дозволяє читачеві глибше зануритися в контекст епохи та зрозуміти внутрішній світ героїв. Через своїх персонажів Франко ставить питання про роль особистості в історії, про важливість соціальної справедливості, про пошук істини та сенсу життя. «Перехресні стежки» – це не просто повість, це дослідження людської натури та її взаємодії зі світом, яке залишається актуальним і в наш час.

ПЕРЕХРЕСНІ СТЕЖКИ

I

– А, пан меценас! Ґратулюю, ґратулюю! Може тішитися наше місто, що дістало такого блискучого оборонця. О, такої оборони наш трибунал давно не чув!

Се було на вулиці, перед будинком карного суду, в однім із більших провінціональних міст. Власне вибила перша, карна розправа скінчилася, і з суду виходили купами свідки – селяни, жиди, якісь ремісники, поліційні стражники. Адвокат д-р Євгеній Рафалович вийшов також, вирвавшися з-поміж своїх клієнтів, цілої купи селян, що були оскаржені за аграрний бунт і тепер, дякуючи його блискучій і вмілій обороні, не тільки увільнені трибуналом, але надто мали надію в дорозі цивільного процесу виграти те фатальне пасовисько, із-за котрого знялась була буча. Вони з слізьми в очах дякували д-ру Рафаловичу, та сей збув їх коротко, навчив, що мають робити далі, і вийшов із темнуватого судового коридора, де, щоправда, було холодніше, ніж у залі розправ, але проте стояла курява від давно не метеної долівки, було брудно і тісно. Він пішов на вулицю, глибоко відітхнув розігрітим, але хоч трохи свіжішим повітрям і, не зупиняючися, йшов наперед, байдуже куди, щоб тільки вийти з-посеред тої купи людей, у котрій – він знав і чув се – всі звертали на нього очі, всі шептали про нього. Се ж нині був його перший адвокатський виступ у сьому місті, куди він отсе тільки що перенісся. Від нинішньої оборони мало залежати його дальше поводження на новім ґрунті, і він чув се, що нинішній виступ удався йому дуже добре. Він був дуже задоволений, але, держачися старого правила «aequam servare mentem»[2], мав вид не то байдужно-спокійний, не то занятий чимсь і йшов не озираючись, не спішачись і не звертаючи уваги ні на що постороннє.

Оклик, що залунав із другого краю вулиці, вивів його з тої рівноваги. Він озирнувся і побачив, як півперек вулиці, кланяючись капелюхом і весело балакаючи, наближався до нього середнього росту підстаркуватий панок з коротко остриженим ріденьким волоссям, рудими, сивавими вусами, одягнений у чорний витертий сурдут. Д-р Рафалович мав бистре око і добру пам'ять, але не міг пригадати собі, щоб де-небудь і коли-небудь знав сього панка. Панок, видно, й сам догадався сього.

– Що, не пізнають мене пан меценас? – говорив він радісно і дуже голосно, немов бажав, щоб і прохожі чули його слова. – А, не диво, не диво! Давні часи, як ми бачились. Ще й як бачились! Ану, прошу придивитися мені добре, прошу пригадати собі, га, га, га!..

Він стояв на тротуарі всміхнений, спотілий, з капелюхом, зсуненим на потилицю, простягши до меценаса обі руки, немов готов був на перший даний знак кинутися йому в обійми.

Меценас мовчав добру хвилю, заложивши цвікер на ніс, придивлявся панкові, всміхався, покашлював, а далі сказав:

– Даруйте, пане, не можу пригадати.

– Валеріан Стальський! – з тріумфом скрикнув панок і знов зробив рух руками, мовби хотів кинутися в обійми д-ра Рафаловича. Але сей усе ще стояв недвижно, з поважним лицем, на котрому видно було напруження і надаремне шукання в закамарках споминів.

– Стальський… Стальський, – повторяв він механічно. – Даруйте, пане!.. Будьте ласкаві, допоможіть моїй пам'яті! Їй-богу, стидно мені, але ніяк не можу…

Та нараз він ударив себе долонею в чоло.

– Ах! Ото з мене забудько! Пан Стальський, мій домашній інструктор у третій… ні, pardon, у другій гімназіальній класі!

– Так, так, так! – притакував Стальський і руками, і головою, і всім тілом. – Видно, пан меценас не забули. Аякже, аякже, домашній інструктор… неправильні латинські verba[3], пам'ятаєте?

– Га, га, га! Партиципіальні конструкції, ablativus absolutus![4] Ну, як же вам поводиться, пане Стальський?

Меценас узяв подавані йому віддавна обі руки Стальського і, стиснувши їх у своїх пухких долонях, випустив. Стальський, урадуваний, балакучий, ішов обік нього.

– Дякую, дякую! От жию, аби жити.

– Маєте тут яку посаду?

– Авжеж, авжеж! Я в суді. Пан меценас ще тут незнайомі… Я тут офіціал при помічнім уряді, маю під собою регістратуру. О, я служу вже п'ятнадцять літ!

– Але ж ви, здається, були в війську?

– Так. Власне тоді, як я пана меценаса вчив, мене з шестої класи відібрали до війська. Дурний чоловік був. Було шануватися, зістати офіцером… Ну, я там зразу троха шарпався… Знаєте, у війську мусить бути субординація. Так я й став на фельфеблю. А вислуживши десять літ, я пішов і дістав місце канцеліста при суді. За п'ять літ чоловік авансував, – ось вам і вся моя кар'єра.

Вони йшли довгою простою вулицею, що вела на дворець залізниці. Липневе сонце стояло майже над головами і пекло немилосердно, а довкола вулиці були самі мури і стіни, ніде ані садка, ані дерева. Духота. Меценас ізняв капелюх і, мов вахлярем, холодив ним спітніле лице, обтерши перед тим краплистий піт із чола хустиною.

– Але ж то пражить! – промовив він.

– Пан меценас, певно, на дворець ідуть? – запитав Стальський.

– Ні.

– А чого пан меценас ідуть сею вулицею? Маєте тут діло до кого?

– Борони Боже! Я властиво хотів іти на обід.

– На обід? Тут пан меценас у когось обідають?

– Ні. Хочу пошукати якоїсь реставрації. Вчора і позавчора, поки була розправа, я не мав часу шукати і обідав у готелі.

– Так, то пан меценас до готелю заїхали?

– Так. «Під Чорного орла». Знаєте, я тут чужий. Маю кількох знайомих урядників і професорів гімназіальних, але всі вони на урльопах, на вакаціях, пороз'їздилися. То я заїхав до готелю і там сиджу, поки знайду собі помешкання. Але їда там не смакує мені.

– Ну, певно! Прошу, я пану меценасові покажу дуже добру реставрацію. Прошу от сюди!

І Стальський зігнув у бокову вуличку і йшов обік Рафаловича, не перестаючи говорити.

– Ах, так! То пан меценас у готелі! Ще не маєте помешкання! Ну, в такім разі, надіюсь, не відкинете моєї послуги. Позволите, щоб я допоміг вам винайти помешкання. Я ж тут усюди знайомий!

– Але і овшім, пане Стальський! Дуже вам буду вдячний. Тим більше, що у мене й писанини ще купа, нема коли бігати по місті, шукаючи хати.

– О, я вам се зроблю живо! Будете вдоволені. А де ж ваша фамілія? Також у готелі?

– Фамілія? У мене жадної фамілії нема. Я сам-самісінький.

– Як то? Пан меценас нежонаті?

– Ні, пане.

– А, так! На кавалерській стопі! Ну, так, то що інше! Так же мені й говоріть! Але ось ми вже й прийшли. Чи волите обідати в спільній столовій, чи, може, окремо?

– Та мені байдуже, – мовив адвокат. – От хіба якби ви були такі добрі обідати зо мною, то можна б замовити окремий покоїк.

– Я такий рад, що здибав пана меценаса…

– Ну, як так, то добре, обідаємо разом! Замовляйте покоїк! – мовив меценас, і оба ввійшли до реставрації.

II

Поки Стальський бігав та балакав з кельнером, потім із старшим кельнером, далі з самим шефом реставрації, д-р Рафалович стояв на вузенькій веранді перед реставрацією, відділеній від вулиці залізними штахетами і обставленій великими олеандрами в дерев'яних шапликах. На веранді стояло кілька дерев'яних столиків, круглих і обтягнених цератою, так що здалека могли виглядати як мармурові. Веранда виходила на південь і пеклася на сонці, то при столиках не було нікого, та й із нутра реставрації не чути було такого шуму, який свідчив би про велику купу гостей. Місто жило ще переважно патріархальним життям; найбільша часть людей із тих, що могли позволити собі на порядний обід, столувалися дома, в сім'ях. До того ж се було літо, пора вакацій; заможніші, що бували тут звичайними гістьми, повибиралися на село, на купелі або й так у гори, і в реставрації було досить пусто.

Та д-ру Рафаловичу байдуже було до сього. Походжаючи по веранді, поки там для нього готовили окремий покій і поки Стальський третій раз розповідав, якого-то незвичайного гостя має реставрація і як близько він з ним знайомий, меценас силкувався відсвіжити в своїй пам'яті образ сього свойого колишнього вчителя. Правда, його незвичайна пам'ять допомогла йому по кількох хвилинах напруженого шукання віднайти його назву, розпізнати фізіономію Стальського, хоча від часу, як вони видалися, минуло звиш двадцять і п'ять літ. Але Рафалович чув, що за тим першим образом у його тямці тягнеться ще щось, якесь неясне, але болюче, неприємне чуття, і тільки ненастанне балакання Стальського не дає тим споминам виплисти наверх і дійти до повної свідомості. Та тепер, коли Стальський віддалився на хвилю, Рафалович напружив ще раз свою пам'ять, і давні спомини звільна почали виринати в душі.

Ах так! Стальський був поганим інструктором. Рафалович, малий, слабовитий хлопчина, дуже боявся його, вусатого і зовсім дорослого парубка. І мав причину боятися. Знаючи, що хлопчина сирота і має тільки опікуна, сільського священика, Стальський держав хлопчика остро, не стільки вчив, скільки бив, штуркав і всякими способами карав його. Облесний супротив його опікуна, він був брутальний супроти нього, ніколи не заговорив щиро, а все або з гнівом, або з кпинами. Рафалович ще й тепер аж стрепенувся, мов від наглого подуву холодного вітру, коли пригадав собі той настрій вічного страху, суму і отупіння, в якім находилася його дитяча душа цілого півтора року, поки Стальський був його інструктором. Йому живо стала в пам'яті та дика безтямна радість, з якою він повітав відомість про те, що його інструктора відібрали до війська і що він уже не буде під ним.

І ще одно пригадалося д-ру Рафаловичу, одна дрібниця, що не мала зв'язку з його шкільною наукою, але характеризувала Стальського, найсильніше вбилася в його дитячу пам'ять і довгі літа мулила його, мучила і боліла, мов тернина, вбита в живе м'ясо. Факт був такий. Стальський жив на одній кватирі з малим Рафаловичем. Опікун привозив малому харчі з села і одного разу перед святами привіз добрий шмат ковбаси також для Стальського. Сей поділив собі ту ковбасу на рівні порції так, щоб вистачила йому на два тижні, а боячися, щоби хто не вкрав йому сього добра, – на кватирі жило ще кілька школярів, – сховав її десь у скриток, звісний тільки йому самому. Мудро виміркував він той скриток: жаден школяр не міг знайти його. Кілька день усе було добре, та одного разу Стальський влетів до комнати весь червоний, лютий і накинувся на першого-ліпшого школяра, що попав йому під руку:

– Де моя ковбаса?

– А хіба я сторож від твоєї ковбаси? – відповів сей напів зо страхом, а напів зо сміхом.

– Ти мусиш знати! А во, смієшся! – кричав Стальський, попадаючи щораз у більшу лютість. На щастя, школяр, до якого він причепився, був із одної класи з ним і, хоч молодший, та проте сильний і відважний. На меншого був би Стальський зараз кинувся з кулаками, на нього не смів.

– Сміюся, бо мені смішно, – відповів сей.

– Чого смішно?

– Того, що ховаєшся з тою смердячою ковбасою, мовби ми всі тут тілько й чигали на неї, а проте таки наскочив на якогось злодія.

– Певно, кіт занюхав! – докинув, мов знехотя, інший школяр, що сидів при столі і робив задачу.

Стальський став раптом, мов облитий водою. Справді! Він і не подумав про се! Не що, тільки кіт! Бо коли би людина, то була би взяла всю ковбасу; а то щось розірвало бібулу, якою вона була обвинена, і витягло тільки один кусник. Він постановив собі допильнувати, зловити злодія. Півдня ходив він у глибокій задумі, вимірковуючи, як би се зробити. Врешті видумав хитре сильце, наставив його в своїй криївці і пізно вночі ляг спати. Десь коло півночі всіх у хаті збудив страшенний м'явкіт на стриху. Стальський зіскочив зі своєї постелі, немов і досі не спав і тільки й ждав сього.

– Ага, маю злодія! Маю злодія! – шептав він, затираючи руки. Засвітив свічку і встромив її у ліхтарню, а потім, узявши мішок, подався на стрих. За хвилю вернув з закровавленими руками. Кіт, видно розуміючи, що йому грозить, хоч у сильці, боронився завзято. Але Стальський мав його в мішку, потрясав ним, бив до одвірків, копав ногами, а потім, зав'язавши добре, замкнув до своєї скриньки і ляг спати.

Те, що було потім, чотири чи п'ять день, Рафалович згадує, як якийсь страшний обридливий сон. Стальський мучив кота найрізнішими способами: бив його в мішку наосліп, вішав за шию, прищемивши хвіст розколеним з одного кінця поліном, виривав пазури, випікав очі, колов шилом, напихав у ніс товченого перцю і скла. М'явкіт, жалібний писк нещасного кота чути було здалека, хоча Стальський робив свої катівські операції в садівницькій будці, що стояла серед широкого саду, далеко від людських хат. Рафалович ще раз здригнувся, пригадавши собі, як він усі ті ночі, чуючи далеко той м'явкіт, не міг заснути і як одного вечора зо сльозами цілував руки Стальського, просячи, щоби дарував життя котові. Але його просьба була даремна. По п'ятьох днях кіт таки здох; здається, його доконав сильний мороз. Але малому Геневі ще довгий час щоночі причувалося жалібне м'явкання і котячий писк, мов плач малої дитини, він кидався крізь сон, кричав і плакав, а рано вставав змучений, з болем голови і закислими очима.

Все се згадав тепер д-р Рафалович, ходячи по веранді. Колишній страх перед сим чоловіком змінився на обридження і глибоку антипатію.

«Чого се він признається до мене? – думав Рафалович. – Чого тішиться і заскакує, мовби ми були Бог зна якими приятелями?»

На сі питання він не знаходив відповіді. Він не був забобонний і не вірив у стрічі, але його думка зі старої традиційної привички зложила ще одно питання: «Що воно значить, що на вступі в нове життя мені перебігає дорогу отся скотина в людській подобі?..»

III

– Перепрошаю пана меценаса, що трошка забарився, – скрикнув Стальський, вибігаючи на веранду. – Але прошу, прошу! Пан меценас, певно, вже десь голодні. Адже ж то швидко друга година буде! Ну, дякую, від снідання дотепер бути натще!..

– О ні, я під час паузи ходив на перекуску, – спокійно промовив Рафалович, ідучи обік Стальського тісними і брудними сходами на перший поверх. Тут було касино, тепер зовсім порожнє, зложене з трьох покоїв і зали для танців. У більярднім стояв уже заставлений на дві особи столик, а при нім кельнер з реєстром страв і серветою під пахою.

– Прошу, чим можу служити пану меценасові? – промовив він, кланяючися Рафаловичу.

Сей замовив обід на дві особи. Перед обідом випили по чарці старки «на відновлення старої знайомості», як мовив Стальський. Рафалович справді був голоден, а відновлені перед хвилею спомини не дуже заохочували його до розмови з паном офіціалом. Зате Стальський, і п'ючи, і їдячи, балакав, мов рад був, що знайшов когось охочого слухати його.

– Го, го! Я то знав, що з пана Євгенія Рафаловича будуть люди. Ще як се був малий Генцьо, то вже було видно, що то голова неабияка. Я то ніби строгий був, свою повагу показував, але я так любив малого Генця, як свою дитину! Прошу не гніватися… я вже тоді був парубок під вусом. Що правда, то правда. Та й потім я не перестав інтересуватися… О, яка то була радість, коли я прочитав у «Народівці»[5], що мій елев, пан Євгеній Рафалович, одержав на Львівськім університеті степень доктора прав. Прошу вірити!.. Ну, що, адже пан ані брат мені, ані сват… а вже таке дурне серце в чоловіка, тішиться чужим щастям, сумує чужим смутком так, як своїм власним.

Євгенію, не знати чому, в тій хвилі причулося жалібне м'явкотання катованого кота. Він поклав ложку і з виразом не то здивування, не то тривоги видивився на Стальського.

– Що пан меценас побачили на мені? – запитав сей, перериваючи балакання і озираючись по собі.

– Нічого, – відповів Євгеній. – Прошу, пане, їджте!

– Ах, я такий рад, що бачу пана меценаса, що буду мати те щастя бачити вас частіше – позволять пан меценас говорити собі «ви»?

– Прошу, прошу!

– Се краще! Якось більше від серця розмова йде. Не люблю того передавання через третю особу. Перепрошаю, правда, що пан меценас практикували в Тернополі?

– Так, я був там три роки у адвоката Добрицького.

– О, знаю, знаю! Я докладно слідив за кождим кроком пана меценаса на публічній, так сказати, арені. Особливо відколи ви стали оборонцем у карних справах. Знаєте, пане, скажу вам без компліментів… я чув тільки одну, нинішню вашу оборону, але читав справоздання[3] кількох процесів, де ви боронили… Такого оборонця наша адвокатура давно не мала.

– Прошу, пане Стальський, будьте ласкаві, обідайте! Бачите, я їм за двох і не думаю бути ситим вашими ласкавими компліментами.

– О, що те, то ні! Борони Боже! Жадні компліменти, – живо заговорив Стальський, махаючи руками, озброєними одна в ніж, друга в вилку. – Се навіть не моя думка. Се загальна думка в тутешнім суді. Сам пан президент – ви завважили, як пильно він прислухувався вашій обороні, як ішов за вашими слідами в своїм резюме? – отже, сам президент по розправі, виходячи з суду, сказав до прокуратора: «З таким оборонцем – то приємно провадити розправу». А прокуратор йому на се: «О так, се одна з найясніших голов у галицькій адвокатурі. Шкода, що не пішов на судію, міг би був зробити карієру». О так, пан меценас приносять із собою до нас найліпшу славу.

Щоби звернути розмову на іншу тему, Рафалович попросив Стальського оповісти йому дещо про відносини в тутешнім суді, що, може, могло би бути йому придале в дальшій діяльності. Стальський і овшім! І з уст, що тільки що так і бризкали симпатією та компліментами, полилися потоки неймовірного бруду, спліток і погані. Президент був колись здібний суддя, але тепер стуманів, дома ним командує кухарка, проста погана баба, а в суді – його канцеліст, хитрий жид і страшенний хабарник. У суді правило, що з жидом ніхто не виграє справи. Дехто не хоче вірити, щоби президент брав половину хабарів, які одержує його канцеліст, але він, Стальський, певний того, бо хоча президент удовець і бездітний, але має цілу купу свояків по братові, неробів та марнотратників, що ссуть його, мов п'явки. А совітник Н. і зроду був вісімнадцятий туман. Се той сам, що, ще бувши ад'юнктом у Печеніжині, засудив сам якогось хлопа на смерть і зараз же написав до Голомуца[6] по ката; аж коли кат зателеграфував до надпрокуратора у Львові, чи має їхати до Печеніжина, довідалися вищі власті про сей незвичайний засуд і взяли його відтам. Про око його зробили хорим на умі, якийсь час продержали у Кульпаркові[7], а потім вернули знов на посаду. Кажуть, що у нього сильні плечі, протекція. Іншого були би спенсіонували, йому позволяють дослугувати до повної пенсії, але самостійно він ніяких справ не веде, тільки все сидить у трибуналі, заробляє на пенсію, як кажуть, не головою, – а гм, гм… Зате совітник М. – картяр. До канцелярії прийде на годину. Справи за нього провадить практикант, він тільки перегляне, попідписує, що треба, та й далі до кав'ярні. Там уже жде на нього партія, в кождій порі дня інша. Жінку має язю – не дай Господи! Проста, ординарна мазурка, ростом гренадир, об'ємом – бодня, язик – десять перекупок. То вона вже знає, де його шукати. Пан совітник скоро перечує, що вона пошукує за ним, зараз дає драпка, бо як магніфіка зловить, то не питає, що то пан – совітник і що народ збігається, а бере пана радцю за боже пошиття і тягне додому, а ще приговорює по дорозі, та так приговорює, що аж на третю вулицю чути. О, то страшна баба! Можу сказати, що в нашім суді її найгірше бояться всі. Навіть пан президент трепещить перед нею. Знаєте, раз була історія…

Скінчили обід, позакурювали цигара. Євгеній велів принести чорну каву. Стальський усе ще оповідав міські сплітки і судові скандали: про третього совітника, про ад'юнктів, далі перейшов на політичну власть, перемив кістки пану старості, пані старостині, панам комісарам і лагодився перескочити до податкового інспектора, коли Євгеній, випивши каву, зирнув на годинник.

– Ну, пане Стальський, – мовив він устаючи, – дуже мені приємно в вашім товаристві, але пора мені до мого готелю.

– Ай, ай! – мовив Стальський, зирнувши також на годинник. – Ото я забалакався, а то вже далі третя. У мене в канцелярії також троха рестанцій. Не буду заходити додому, а піду просто.

Євгеній подзвонив, заплатив і вийшов. Йому хотілося спекатися Стальського, котрого балакання псувало йому пообідній гумор, але Стальського не так легко було спекатися.

– Пане меценас! – мовив він зворушеним голосом. – Позвольте мені віддячитися вам за вашу добрість і за нинішнє угощення!

– Але ж, пане, нема за що. Мені самому… все-таки краще удвох, ніж самому обідати.

Вони були на вулиці перед реставрацією, відки їх провели кельнери з низькими уклонами.

– Ви куди тепер? – спитав Євгеній.

– О, я ще проведу пана меценаса до готелю. До канцелярії ще маю пару мінут вільного часу.

– Але я не хотів би забирати вам час.

– Але ж прошу! Що мені з ним робити! Додому не хочеться йти, а канцелярія не втече.

– Значить, і ви кавалер, коли вас не тягне додому? – з усміхом промовив Євгеній.

– О, не вгадали! – мовив Стальський. – Я жонатий, уже десять літ. Але моя жінка – ге-ге-ге – уцивілізована настільки, що не скаже мені нічого.

– Нічого не скаже? Коли ви не прийшли на обід?

– Так, пане, не скаже нічого.

– То, певно, її тут нема, виїхала десь на село?

– Ні, пане, сидить дома.

– Ну, то, може, німа, – вибачайте, що так скажу.

– Ні, не німа.

– Ну, в такім разі се якась ідеальна жінка. Перший раз чую про жінку, котра може нічого не сказати мужеві, коли не прийде в пору на обід.

– Видите, пане меценас, се все залежить, як би то сказати, – від цивілізації… від тресури. Котрий мужчина не вміє поводитися з жінками, той ліпше зробить, коли не буде женитися. А вміючи, можна все зробити.

І знов Євгенію, не знати чому і відки, причувся розпучливий м'явкіт катованого кота. Він здригнувся, попрощався зі Стальським і пішов до свойого готелю.

IV

Другого дня була неділя. В суді не було ніякого діла, тож д-р Рафалович спав трохи довше, спочиваючи по труді. Була вже восьма. Звішені стори готелевого вікна пропускали лагідне червоняєте світло. Євгеній тільки що прокинувся, простягнувся, позіхнув і смакував розкіш безжурного спокою. Попід його вікнами туркотіли вози, здалека чути було гомін народу, гук дзвонів, свист і гуркіт раннього залізничного поїзда, що саме о тій годині виходив до Львова. Але все се не докучало молодому адвокатові, здавна привичному до міського шуму. Навпаки, вся ся музика многолюдного рухливого міста, особливо в деякім віддаленні, настроювала його на якусь добродушність, розвивала в його душі чуття якоїсь повноти буття, якоїсь любої домашності, подібне до чуття того чоловіка, що з лісової самоти вернув додому на лоно многолюдної та говіркої сім'ї.

Та нараз до дверей його покою застукано і, заким іще він успів відізватися, двері відчинилися, і в них показалася руда голова Стальського.

– Добрий день! – промовив він весело. – О, пан меценас іще спочивають. Перепрошаю, перепрошаю… я думав…

– Але прошу! Я не сплю. Власне хотів уставати.

– Ну, то я зажду… Піду пройтися, поки пан меценас…

– Але ж ні! Ввійдіть! Я не панночка, мене не зажените. – Стальський увійшов і запер двері за собою.

– Прошу, сідайте! Я зараз устаю. Так чоловік намучився в остатніх днях…

– Але ж то зовсім розумно, що спочиваєте. Треба шанувати сили, – мовив Стальський, поклавши на однім кріслі капелюх і ліску і сідаючи на друге. В лагіднім полусвіті було видно, що він сьогодні був одягнений чистіше, краще, ніж учора, підголений і підстрижений; очевидно, він ішов сюди просто від фризієра, бо від нього пахло ще колонськсю водою і вуси були свіжо нафіксовані.

– Я гадав, – говорив він, поки Євгеній мився, брав чисту сорочку і одягався, – я думав, що пан меценас мають сьогодні троха більше часу та підемо разом оглянути помешкання.

– Яке помешкання?

– Як то, пан меценас уже забули, що вчора говорили мені, чи не міг би я знайти?..

– Ага, га! Ну, так що ж?

– Я вже знайшов. Гарне помешкання, поверховий дім, фронт на вулицю, довкола сад, а затильні вікна виходять на міський парк. Чудесне положення при головній вулиці, недалеко ринку і недалеко руської церкви. Немов сотворене на канцелярію для популярного адвоката.

– О, пане Стальський, дуже вам вдячний!

– І надіюсь, що будете мати за що дякувати. Я знайомий з властителем. Як на ваше щастя, від першого опорожнюються внизу два покої з передпокоєм – то би була гарна канцелярія, і на поверсі також два покої з кухнею – то би було помешкання для пана меценаса. Здається, вам обширнішого помешкання не треба?

– О ні, не треба! Дуже мене зацікавив наш опис. Надіюсь, що мені сподобається те помешкання. А яка ж ціна?

– Жид дорожиться троха. Прийдеться ще поторгуватися. Хоче за обі партії по 25 ринських місячно.

– Значить, разом 50 місячно або 600 річно? І кажете, що в добрім місці?

– Можуть пан меценас бути певні! Я би на лихе навіть не дивився.

– І се, по вашій думці, дорого?

– Ну, як на Львів, то не було б дорого, але як на наше місто, то троха солоно. Треба буде поторгуватися. Думаю, що коли пану меценасові сподобається хата і схочуть наймити на рік, то він дасть за 500 ринських.

– Ну, се було б дуже гарно!

– Чи вже пан меценас готові? Можемо зараз піти оглянути.

Меценас був готов до виходу. Але, вийшовши, він пригадав собі, що ще не снідав. Зараз коло готелю була цукорня, де він звичайно пив каву, то й тепер він звернувся туди.

– Я ще не снідав, – мовив він до Стальського. – Прошу, зайдіть зо мною на снідання!

– Дякую, я вже по сніданню.

– Ну, то вип'єте келішок коньяку. Прошу, не робіть церемонії.

Сидячи при круглім мармуровім столику і попиваючи гарячу каву, д-р Рафалович придивлявся Стальському, що не переставав балакати і оповідав йому притишеним голосом різні міські новинки. На лиці Стальського видно ще було білі плямки з пудру, яким обсипав його фризієр; зрештою на ньому малювалося щире вдоволення. Не знати, чи з того вдоволення, чи, може, після випитих двох келішків коньяку, кінець його носа трохи зачервонівся і в очах грали огники. Меценас дивився на нього тепер далеко ласкавішими очима, ніж учора, може, під впливом доброї новини, яку приніс йому Стальський, а може, й для того, що сей оповідав сьогодні веселіші речі, ніж учора. Сьогодні в місті мали відбутися збори робітників, що хочуть домагатися загального голосування, але пан староста заборонив, га, га… «Доки я тут старостою, – сказав комітетовим, – доти ніякого віча ані збору в моїм повіті не буде». Вчора до старости привезли величезного сома, зловленого в сусідній ріці, і староста дав за нього рибакам два ринські. Жид, у котрого меценас має винаймити помешкання, се перший міський багач і лихвар; він будує тепер три нові доми; от би пан меценас добре зробив, якби відкупив від нього ту каменицю, в котрій тепер має оселитися!..

Зі слів Стальського віяла сьогодні щирість; не чути було тої злобної ноти, яка так немило доторкала Євгенія вчора. Кинувши оком на ранішні газети, меценас заплатив, і вони оба вийшли з кав'ярні. Ринок і вулиця, що вела до церкви, були повні святочно поприбираних міщан і передміщан. Дзвони гули і грали в повітрі. Сонце сипало золотим, ще не дуже палким промінням із безхмарного неба. Від ріки, що широким луком обгинала місто з двох боків, тягло вогким холодом. Було чудово гарно, весело, привітно довкола, і меценас ішов звільна, роздивляючися приязно на всі боки, немов знайомлячися з цілим окруженням. Се перший раз сьогодні він чув себе в сьому місті, як дома.

Нараз щось немов шпигнуло його; він стрепенувся, мовби несподівано діткнувся проводу електричної батареї. Озирнувся направо, не зупиняючись на ходу. Напротив нього йшла висока, струнка жіноча постать у скромній чорній сукні, в чорнім капелюшику з простеньким білим пером, з лицем, заслоненим чорним, досить густим вельоном. Здалека він не міг розпізнати її лиця; те, що так торкнуло його, було якесь неясне загальне враження, враження її постави, росту, рухів, ходу – рівного, повільного і плавного. В тім усім було щось таке, що відразу порушило в його душі якісь давні спомини і прошибло його наскрізь. Вона йшла напроти нього, і його очі силкувалися пізнати її лице під вельоном. Але, не доходячи яких десять кроків, вона звернула направо, вмішалася в густу купу міщан, що сунули до костелу, і щезла. Євгеній був би радо пішов за нею, але не міг сього зробити, маючи обік себе Стальського і направившися з ним разом оглядати помешкання. Стальський, занятий оповіданням якоїсь новини, а потім хвилевою шептаною розмовою з якимось стрічним міщанином, не бачив чорної дами.

У Євгенія сильно забилося серце, в голові затуманилося, і він зупинився та оглянувся за Стальським.

«Що се таке? – думалось йому. – Вона чи не вона? Ледво, щоб вона! Відки б вона взялася тут? Але постава її, хід її, той хід, котрий я, здається, пізнав би між тисячами! Та ні, не може бути, се не вона! Тихо ти там! Тихо!»

І він долонею натиснув на груди в тім місці, де сильно билося його серце.

Стальський, переговоривши з міщанином, надбіг. Бачачи, що Євгеній держиться за груди, він зирнув на нього уважно.

– Ов, а се що? Пану меценасові щось недобре?

– Мені? Борони Боже! Або що?

– Що пан меценас держаться за груди. І зблідли пан меценас!

– Се нічого! – мовив Євгеній, пускаючись іти далі. – Се у мене часом буває… такі маленькі атаки. Давніше то було гірше, але тепер, Богу дякувати, вже рідко.

– Але то може бути небезпечне. Може, яка серцева хиба?

– Щось там таке, але, властиво, нема про що й говорити.

– Але все-таки треба би зарадитися лікаря.

– О, я вже лічився. І власне лікарі вспокоїли мене. Ходімо, пане! Далеко ще до того помешкання?

– Ні, вже близенько. У нас тут загалом нема великих віддалень. Передмістя, як ковбаси, попростягалися кожде на півмилі і ще дальше, а середмістя все прикупі, мов на тарелі. Се має свої вигоди, але має й невигоди. Занадто акустичне місто.

– Акустичне.

– Так! У однім кінці чихнеш, у другім чути. Ні з чим найменшим не сховаєшся перед цікавими очима. А що цікаві очі побачать, те цікаві язики розмолотять, роздують, розбовтають удвоє, вдесятеро. Се вже у нас так. Усі від того терплять, бо кождому можна пришпилити латку, але при тім усі занімаються тим же ремеслом. Усякий думає: «Пришпилюють мені латки, давай буду й я пришпилювати іншим!» І так живемо. Не один зразу лютиться, обурюється, почувши дещо на себе, а потім перестане, втягнеться, а головно: переконається, що кождий у такій самій каші, як і він. Ну, та ось ми дійшли. Прошу сюди, у хвіртку. Та дай Боже щасливо!

V

Д-р Рафалович швидко мав нагоду переконатися, що Стальський не пересолив, говорячи, що місто збудоване дуже акустично. Відповідно до принятого звичаю йому прийшлося зробити візити у всіх гонораціорів міста. Він був у президента суду, потім у старости, потім у бурмістра; далі пішов до віце-президента суду, до податкового інспектора і до директора гімназії; потім прийшлось обійти всіх судових совітників по старшині, бути у латинського і руського пароха, у комісара від староства, у декого з лікарів і декого з гімназіальних учителів, а вкінці у колегів-адвокатів, у нотаря і у видніших міських купців та багачів. І він міг завважити, що, наскільки жіноча часть товариства дуже зацікавлена ним і приймає його надзвичайно чемно як кавалера і дуже добру партію, остільки «урядові шпички» (так перекладав Стальський німецький термін Spitzen der Behörden[8] виявляли супроти нього певну добродушну протекційність, а деякі в чотири очі давали йому дружні поради і науки. Староста мовив:

– Тішуся дуже, що наш повіт дістав такого здібного адвоката, але… Пан меценас не візьмуть мені то за зле, коли скажу по щирості. Я старий чоловік і хотів би мати в повіті спокій in politicis[9]. Жадних там віч, зборів, читалень, агітацій, товариств. Я чув, що пан меценас мають троха демагогічні амбіції. Прошу не гніватися, говорю, що думаю. Я просив би дуже і дуже, щоб мені не теє… Я мусив би виступити против того якнайостріше, а в такім разі не сумніваюся, що й канцелярія пана меценаса мусила б потерпіти. А користі з того і так не буде ніякої. А я, обіймаючи власть у повіті, присяг собі, що, доки жию, то піддержу авторитет власті без ущербу, і отсе, Богу дякувати, двадцять літ стою, як той журавель на своїй сторожі. Прошу, пане меценас, до побачення, і нехай се буде між нами, але пам'ятайте, не робіть мені неприємностей!

Пан президент суду мовив:

– Дуже мені приємно… Щиро рад… Справді, по вашій першій розправі я сказав до прокуратора: «Ну, з таким защитником то приємно провадити розправу, ніколи не дасть заснути». Їй-богу! Тілько… даруйте, пане меценас… ви тут у місті чужі, не обзнайомлені з відносинами, а те, що ви наняли помешкання в домі Вагмана… Прошу дарувати! Не хочу, щоб ви підозрівали мене в бажанні образити вас, але по щирості мовлю вам, се може дати причину до різних поголосок. Не перечу, помешкання для вас догідне, але той Вагман – ви, може, сього не знаєте, – то найтяжча п'явка в нашім повіті, лихвар, чоловік, що не цурається найбруднішого ґешефту. Особливо він любить закидати сіті на урядників і адвокатів. Уже три многонадійні ад'юнкти пропали через нього; один заліз у довги і повісився, два другі посунулися до дефравдацій і фальшування документів і були прогнані з суду. Прошу вас, остерігайтеся того чоловіка!

Податковий інспектор, старий кавалер, чоловік жовчний і злий на язик, по перших привітаннях і байдужих фразах відразу скочив на сю саму тему:

– Ха, ха! Чув я, чув, що пан «презус» остерігав вас перед Вагманом. Не хочу боронити Вагмана – зрештою, думаю, що пізнаєте його ближче, в усякім разі варто, цікавий чоловік, хоч і лихвар. Але пан «презус» має рацію, що остерігає перед ним, бо ті всі три многонадійні ад'юнкти – правда, він так називав їх? – то його кузини! Ну, ад'юнктом не був з них жаден, се вже евфемізм пана «презуса». Тілько один скінчив з бідою права і був на судовій практиці, і той повісився, але не через Вагмана, а більше з вини самого пана «презуса», що не хотів поплатити його фальшованих векслів; а два інші – то прості голодранці, писарчуки, нероби та злодюги, не варті тої гілляки, на котрій би слід їх повішати. Вони й тепер під протекторатом пана «презуса» ґрасують по повіті й займаються покутнім писарством. Надіюсь, що в своїй практиці швидко наткнетеся на тих пташків. Було би дуже добре, якби ви як-небудь повкручували їм голови, бо то небезпечні індивідуа, правдиві опришки!

Директор гімназії, котрого дім, як правдивий квітник, красувався чотирма дорослими паннами, захвалював Рафаловичу приємності сімейного життя і запрошував його приходити щонеділі вечором на чайок. Зате руський парох, у котрого також були три панни, остерігав його перед директорським чайком. Директор – се генеральний шпіцель у місті, на всіх пише доноси до намісництва, своїх учителів переслідує як своїх найтяжчих ворогів, особливо жонатих і тих, що не хочуть бувати у нього. Його доньки, хоч русинки по батькові, завзяті польські шовіністки, зрештою дівчата без освіти, кокетки і вже ославлені в місті численними романсовими пригодами. «Прошу вас, – говорив о. парох з обуренням, – се вже крайній скандал, як вони деморалізують гімназіальну молодіж. Жаден старший і пристойний гімназіаст не уйде їх кокетерії, а торік один здібний хлопець і порядних батьків син утопився, занедбавшися через одну з них у науках і не здавши матури».

А латинський пробощ оказався ще ліпше поінформованим. Він мовив:

– Прошу не гніватися, пане меценас, – ви давно знайомі з паном Стальським?

Меценас витріщив очі.

– Прошу не дивуватися! Ви з ним часто сходитеся, він буває у вас, хвалиться вашою знайомістю. Не знаю, чи ви знаєте докладно сього пана, а навіть навпаки, хочу припускати, що він підлизується вам, хоче втертися у вашу приязнь, щоб визискати вас для якоїсь своєї цілі. Отже, вважаю потрібним остерегти вас перед ним. Се небезпечний чоловік. Се попеpед усього глибоко неморальний чоловік. Поминаю вже те, що не ходить до костелу, що від десятьох літ не сповідався, – се може боліти мене як тутешнього духовного пастиря, але може в ваших очах не мати доказової сили. Але прошу вас, пане меценас, те, як він поводиться зі своєю жінкою, то таке дике, таке нелюдське, що я не розумію, як чесний чоловік може подати йому руку.

Д-р Рафалович ще дужче витріщив очі.

– Я розумію, вам дивно, що я зачав говорити про такі річі, – поспішив поправитися ксьондз-пробощ. – І справді, на першій візиті слід би було говорити про щось приємніше. Ну, але то вже така моя натура: що на думці, те й на язиці. А доля тої бідної Стальської дуже лежить мені на серці.

– Але ж, отче каноніку, – промовив д-р Рафалович, – я отсе тілько перед кількома днями припадком довідався, що Стальський жонатий, а як виглядає його жінка і як він жиє з нею – їй-богу, не маю найменшого поняття!

– Вірю, вірю, – мовив ксьондз-пробощ, – і для того не хочу розмазувати сеї неприємної теми. Може, ще коли буде нагода побалакати про се. А тепер – як собі знаєте. Я остеріг вас, сповнив обов'язок свойого сумління, а ви вже міркуйте собі, як знаєте.

От такі остереження в найрізніших точках збирав Євгеній на кождій візиті, а обійшовши всіх міських гонораціорів, він мав таке чуття, немовби відбув мандрівку по якійсь cloaka maxima[10].

«Така невеличка купка тих матадорів, – думав він собі, – а стілько у них на душі і на сумлінні погані, стілько злості і взаїмних ураз! І вони живуть якось у тій затроєній атмосфері і не дуріють, не топляться! Та що найінтересніше, що кождий бризкає жовчю на свого ближнього з великої любові, обкидає його болотом із найчистішої прихильности, підрізує його добру славу зі щирої гуманності і наповнює твої уші поганню з найчемнішими перепросинами. І се все при першій візиті! Що ж то буде далі, коли обживемося і десь-колись наступимо один одному на нагнітки?»

Йому робилося страшно при думці, що й його, може, жде та сама доля: бовтнутися з головою в отсе каламутне озеро і потонути в ньому з душею і тілом. Та у нього були свої плани роботи, що давали йому відваги. Він постановив собі якнайменше стикатися з сим товариством і витворити довкола себе інший світ, інше товариство, хоч би се мали бути прості передміщани та селяни. Він мав намір розпочати просвітню роботу, а далі й політичну організацію в повіті, стягати сюди помалу добірні інтелігентні сили, витворити хоч невеличкий, та енергічний центр національного життя, – і се додавало йому духу серед важкої канцелярійної праці і серед того струпішілого та запліснілого товариства.

VI

Тілько одна візита була неподібна до інших – візита у бурмістра. Бурмістр був лікар, жид, але гарячий польський патріот, один із видніших діячів так званого асиміляційного напряму. Він був одним із немногих галицьких жидів, що брали участь у польськім повстанні 1863 року, і то не з метою – зробити ґешефт на повстанні. Се здобуло йому велику повагу серед поляків. Як звісно, в 60-их і 70-их роках настала в Галичині така пора, коли факт участі в повстанні був для чоловіка найбільшою рекомендацією для всяких автономічних урядів, для дохідних посад і гонорів; бувші повстанці скрізь поробилися послами, директорами банків і кас «народових», маршалками, а бодай секретарями рад повітових, бурмістрами і головами найрізніших патріотичних організацій. Для них були отворені всі доми, доступні всі інстанції, щедрі всі фінансові інституції, ласкаві всі уряди, їх слово було святе, їх діяльність безконтрольна, їх ім'я, мов сталевим щитом, окружене було з усіх боків словом «poczciwy»[11]. Скільки лиха і деморалізації внесли ті патріоти в наше публічне життя, се колись вияснить історія; треба було довгих десятків літ, щоб назріли овочі їх діяльності, щоб виявилися очам довго туманеної суспільності і довели до того, що авреол їх героїзму звільна на наших очах починає гаснути.

Пан Рессельберг також був кілька літ послом з титулу своєї «боротьби за вітчину», належав у соймі до бюджетової комісії і хоч не полишив по собі слідів у історії нашої автономії, то проте, вернувши до домашніх пенатів, тішився великою повагою. Хоч лікар із нього був неособливий, то проте він мав розум, оженившися багато, і, як один із перших багачів міста, ввійшов до міської ради, а швидко потім був вибраний бурмістром. Звільна, зручно він заінавгурував у місті ту жидівську господарку, що з часом зробилася типовою для більших галицьких міст, ту господарку, що витворює в місті кліки всемогучих жидів – пропінаторів, ліверантів і інших п'явок, прикрашує місто блиском зверхньої культури, запроваджує тротуари, газ, омнібуси, закладає парки і прогульки, але в заміну за ті добродійства немилосердно висисає міську людність, випорожнює каси, вимітає грошові засоби, пустошить ліси і розпродує комунальні землі. Такі патріоти, як Рессельберг, – то найліпша покришка для господарки таких клік, особливо тоді, коли вони особисто незаплямлені, а надто мають і вміють піддержувати добрі зносини з усіми впливовими християнами в місті і в околиці. Рессельберг справді тішився у всіх необмеженим довір'ям; як урядники, так і дідичі вважали його чоловіком незвичайно розумним, здібним, заслуженим і безумовно чесним. Правда, він не жалував кошту, щоб піддержати свою репутацію, любив приймати і добре приймати у себе гонораціорів, не щадив їди, а його пивниця славилася найліпшими винами. «Рессельберг хоч жид, але порядний чоловік», – говорили про нього позаочі, а деякі додавали побожно: «О, дай нам Боже таких жидів якнайбільше!»

Рафалович не мав великої охоти робити візиту сьому жидові-патріотові, але з усіх боків йому говорено, що випадає піти – і він пішов. Рессельберг приняв його дуже радо, представив його своїм дочкам, панночкам 20 і 25 літ, убраним досить попросту, але зараженим великопанськими манерами, і швидко в салоні, обвішанім дзеркалами і обставленім цвітами, почалася досить оживлена розмова. Рафалович закинув якось при нагоді, що всі вулиці в місті поназивані іменами польських королів, гетьманів та патріотів, котрі тут ніколи не бували і нічим із сею місцевістю не зв'язані, а ані однісінька назва, ані один напис не нагадує, що се місто лежить на Русі і має якусь руську минувшину. Рессельберг підняв голову, мов кінь, котрого заторгано вудилами.

– Пане меценас, я чую себе поляком і працюю для польської ідеї.

Рафалович завважив, що він шанує всяке щире чуття, але, по його думці, се чуття не повинно заслонювати очей пана бурмістра на існування і управнення також другої народності.

– Я не знаю жадної Русі! – твердо відповів Рессельберг. – Не знаю і не хочу знати. Я чував, що є якісь руські патріоти, але де ті повстання, які вони робили за свою національність? Де та кров, яку вони пролили за свій прапор? Де їх мученики? Де їх пророки? Де їх воєводи?

– Ну, на наші повстання, пане бурмістр, не дуже ламкомтеся, бо хто знає, чи вони смакували би вам і ще декому. А щодо наших мучеників – мій Боже! Різні бувають мученики. Одні розкривають груди перед карабінами, інші весь вік двигають ярмо недолі і тихо терплять за свій ідеал.

– Виджу, що ви адвокат, – мовив усміхаючись Рессельберг, – але, мій пане, мусите знати, що я в тім пункті твердіший, ніж вам здається. Знаєте, я жид, вихований у жидівській традиції. Багато треба було труду, і праці, і муки, поки зі свого жидівства я виламався і набив себе на польське копито. Перебивати себе тепер ще раз на інше, на руське копито, – даруйте, пане меценас, – на се вже у мене нема ані сили, ані часу, ані охоти.

Їх розмову перервало прибуття нового гостя, пана маршалка повітового Брикальського, що, буваючи в місті, майже ніколи не пропускав нагоди, щоб загостити до пана бурмістра. Почувши від бурмістра, який гість є у нього в салоні, пан маршалок влетів туди, як бомба, і кинувся до Рафаловича.

– А, дуже мені приємно, дуже приємно, – мовив він, сильно стискаючи адвокатову руку, коли бурмістр представив їх одного одному. – Я мав уже те щастя пізнати пана меценаса.

– Дарують пан маршалок, але якось… – з деяким заклопотанням відповів Євгеній, чуючи, як у його голові снується якось назва Брикальського, але не можучи пригадати собі, чи і де він бачився з ним.

– О так, маєте рацію, – мовив з виразом великої сердечності пан маршалок, – ми не бачилися, але я мав ту приємність відчути вас на своїй шкурі.

В голові д-ра Рафаловича мигнула блискавка і вияснила все.

– Ах, то пан маршалок – властитель Буркотина? А, розумію. Що ж, дуже мені прикро, що перший мій крок у сьому повіті довів мене до конфлікту з паном маршалком…

Євгеній пригадав собі, що дідич, против котрого він виграв перший у сьому повіті свій процес, називався Брикальський, і се вияснило йому відразу незвичайне привітання пана маршалка.

– О, не маєте чого звинятися, прошу дуже! – незвичайно добродушно мовив маршалок. – Адвокат і лікар не вибирає собі клієнтів, але йде там, де його кличуть, і показує, що вміє. А я щасливий, що, хоч на власну шкоду, пізнав такого знаменитого адвоката. О, будьте певні, я далекий від того, щоб мати вам за зле ваше пледоає, хоч ви там і підмалювали мене трошки… теє… теє… Ну, та що там! Дасть Бог, при іншій нагоді інакше буде.

Одно тільки можу сказати: ваші клієнти не варті були вашої оборони.

– Як пан маршалок се розуміють?

– Зовсім попросту. Я знаю, ви молодий чоловік, ідеаліст, русин, народолюбець і хлопоман. У вас хлоп – то святий, а шляхтич – то тиран, плантатор, кровопійця. Ну, ну, ну… Наперед тішуся, що будете мати нагоду пізнати ближче тих своїх ідеальних хлопів. Пізнаєте їх, паночку, пізнаєте! А тоді, дасть Бог, зійдемося ще і поговоримо.

Євгеній думав було перечитися, але пан маршалок не дав йому прийти до слова.

– Але, але, пане меценас, – мовив він, беручи його за плече і відводячи до вікна. – Жарт набік! Але коли у мене буде яка така справа – знаєте, я шаную всякі переконання, навіть і хлопоманські, – отже, коли у мене буде яка така справа, що не буде нарушувати ваших хлопоманських поглядів, то можна з нею зголоситися до вас?

– Прошу, – мовив кланяючись Рафалович.

– Приймете мене в число своїх клієнтів?

– Сам пан маршалок сказали перед хвилею, що адвокат і лікар не вибирають собі клієнтів. Правда, не все і не всюди се справджується, бо я справи против хлопів ніякої не прийму, але у всяких інших справах радо служу.

Пан маршалок ще раз горячо стиснув його руку, а потім обернувся до господаря дому і почав із ним розмову про якісь повітові справи. Рафалович пробував ще пару хвиль розмовляти з паннами, а потім устав, попрощався і вийшов.

VII

Стальський якось довго не показувався до нього, допомігши йому розташуватися в новім помешканні. Д-р Рафалович не дуже банував за ним. Та ось раз, виходячи досить пізно з суду, він здибав Стальського на вулиці. Сей іще перед двома годинами вийшов був із своєї регістратури і власне виходив із шинку, де встиг таки добре підохотитися. Він зирнув на Рафаловича якимось непевним поглядом, зупинився на тротуарі, широко розставивши ноги і перекрививши лице, і почав промовляти іронічно:

– А, меценаси! Моральні люди! Починають оминати безбожника! Що ж, треба послухати ксьондза-пробоща! Та й як не послухати, коли промовить до сумління! Авжеж!

Рафалович голосно розреготався.

– Ну, справді акустичне місто! Вже знаєте, що говорив мені ксьондз-пробощ!

– Богу дякувати, живемо не в пивниці і вуха нам не позакладало, то й чуємо, що нам скажуть добрі люди, – з перекором мовив Стальський.

– Ну, ну, але се вже вам набрехали ті добрі люди, буцімто я оминаю вас.

– Сього мені ніхто не говорив. Се я сам собі міркую.

– І без причини. От і тепер, бачите, я й не думав оминати вас. І коли ласка, то навіть прошу з собою.

– Куди?

– Та до мене. Тут на вулиці ніяково балакати.

Рафалович бачив, що Стальський трохи нетверезий і підносить голос, і йому справді ніяково було балакати з ним на вулиці і звертати на себе увагу прохожих. Але Стальський оперся, як буйвол.

– Ні, се мені не до шмиги! Чого я піду до вас? Нудота у вас. Не люблю балакати насухо.

– Знайдеться і у мене дещо мокре.

– Так? А то що інше. Ну, так allons, enfants de la patrie![12]

І він без церемонії вхопив руку д-ра Рафаловича і, зігнувши її так, як згинає кавалер, ведучи даму, сам узяв своєю дужою долонею його рам'я, і так пішли оба вулицею. Рафалович дуже не рад був тій стрічі і тому парадуванню з полуп'яним чоловіком, але не мав способу позбутися його. Добре, що його помешкання було недалеко і що по дорозі їх не здибав ніхто з міських матадорів. Стальський був дуже веселий і раз у раз балакав.

– Га, га, га, ксьондз-пробощ пишний собі! Чи бач, знайшов інстанцію, перед ким оскаржувати мене! Ну, скажіть, будьте ласкаві, пане меценас, як вам се видалося?

– Дивно.

– Що? Чи чував хто таке? Чорнити мене перед старим приятелем! Окричувати тираном. Я, я нібито збиткуюся над своєю жінкою! Ах, Боже мій! Та я її не то що – пальцем не ткнув ніколи! Я десять літ, відколи ми побралися, навіть слова не сказав до неї. Живемо з собою не то, щоб сказати, як ангели в раю – ні… Знаєте, і між святими буває рай і пекло. Але ми жиємо ще краще, так, як коли б обік себе лежали дві колоди. Ну, скажіть, чи то совісно, знаючи се, балакати про якесь тиранство?

Д-р Рафалович силкувався якмога швидше затягти Стальського до свого покою, бо він говорив чимраз голосніше, немов хотів умисне звертати на себе загальну увагу. Євгеній отворив хвіртку, що вела на подвір'я його помешкання, і пустив Стальського наперед себе. Та заким здужав увійти сам і замкнути хвіртку, вже Стальський успів викликати авантюру.

На подвір'ї щось там робив сторож дому, високий, понурий і мовчазний чоловік, з блідим лицем, з чорною стрепіхатою бородою і дико блискучими очима. Євгеній видав його щодня, але ніколи досі не чув від нього слова. Йому здавалося, що сторож якось ховається від людей, але досі він не мав часу ані нагоди розвідати про нього дещо ближче. Стальський, побачивши його, з резолютністю п'яного наблизився до нього і, показуючи на нього пальцем, говорив голосно з п'яним сміхом:

– Ось хто правдивий тиран! Ха, ха, ха! Ось хто молодець! Ось хто розумна голова, чистий опришок! Бaране! Ну, розповідж пану меценасові, як ти втопив свою жінку. Еге, сей не завагався. Терпів, терпів, а далі взяв за коси, зв'язав руки й ноги та й з моста в ріку! Іди раків годувати. І що думаєте? Що йому за се було? Адже бачите, не повісили. Ну, Баране, чого видивився на мене? Розповідж пану меценасові, як ти свою бабу топив! А гарна баба була! Їй-богу, гарна!

Євгеній задеревів на місці, дивлячись при тих словах на сторожа. Та й сам Стальський, дарма що п'яний, таки, мабуть, поміркував, що перебрав міру, бо замовк і поступив крок узад. Але вже було запізно. Баранове лице посатаніло. Затиснені зуби заскреготали, очі до половини виперлися з ямок, із закушених губ бризнула кров, і він з несвітським, горляним криком як ошалілий, кинувся на Стальського. Мов свічку здмухнути, так бідний офіціал опинився на землі; нездужав навіть крикнути, коли Баранові залізні руки здавили його горло. Він нагнувся над лицем знесиленої своєї жертви, мабуть, хотячи кусати його зубами, але в тій хвилі його лице посиніло, очі стали на мірі, на устах виступила піна, і він, пустивши горло Стальського, повалився на землю і страшенно почав бити собою в епілептичних корчах.

– Так тобі треба, дияволе! – воркотів Стальський, видобуваючи свої костомахи з-під сторожевого одубілого тіла. – Чи бач, дідько, як розлютився! Був би міг віку збавити. Ну, але захлиснувся порядно! Хлипай, хлипай, гаспиде, скрегочи зубами, кілько хочеш!

І він, обтріпуючися від пороху, копнув безтямного хорого кілька разів то під ребра, то в груди, а потім обернувся до Євгенія, що з перестрахом і обридженням дивився на сю сцену:

– Ходіть, нема на що дивитися. Нічого йому, собаці, не буде. Потреплеться отак, послухає чмелів і встане, мов нічого й не бувало. А найкраще те, що, вставши, не буде тямити нічогісінько, що було безпосередньо перед нападом. Щаслива бестія! Представте собі, отакий самий напад увільнив його від шибениці. То була голосна справа. Його жінку знайшли в ріці втоплену, зі знаками душення на шиї, зі зв'язаними руками. Слово по слові, слід за слідом – мій Баран, нарешті, признався, що гарненько спрятав її зо світу. За що? Він сюди-не-туди: пуста була, не давала йому жити – ну, там уже плів, як знав. А гарна молодиця була, треба вам знати, гаряча, з темпераментом! Ну, прийшло до розправи, все розібрали чистенько, свідки позізнавали, протоколи повідчитували, прокуратор гримить, домагається найтяжчої кари; адвокат, визначений з уряду, промимрив щось там собі під ніс, пан президент устругнув резюме таке, що й на двох прокураторів могло б вистати, – присяглі по чвертьгодинній нараді всіми голосами: на перше головне питання – винен. Прокуратор жадає шибениці, трибунал виходить і за чверть години виносить присуд: смерть через повішення. І що ж ви скажете: тільки що пан президент проголосив ті слова, а мій Баран отак само, як тепер, як не завищить, як не кинеться наперед, як не гримне на землю, як не зачне трепатися!.. Пополох у суді. Що? Як? Відколи? На розправі був якийсь лікар зі Львова, оглянув його й каже: епілептик, часами доходить до божевілля. Тоді мій суд, як непишний, відсилає акти до апеляції, Барана шлють до шпиталю на обсервацію, а по шістьох місяцях його без розправи випускають на волю, бо, мовляв, забив у приступі епілептичного божевілля.

– І мало що й з вами не повторив сеї операції, – мовив Євгеній, отямившися після страшної сцени на подвір'ї. Він виглянув вікном зі свого покою на подвір'я і побачив Барана, що хоч не кидався, але лежав насеред подвір'я без руху, мов неживий.

– Полежить ще з півгодини і встане, немов і нічого не було, – мовив Стальський.

Щоби хоч трохи затерти страшне враження, Євгеній виняв із шафи бутельку вишняку і два келишки і поставив на стіл.

– Отсе добре! – поцмокуючи, мовив Стальський. – Проклятий Баран як кинувся на мене, так я моментально протверезився. Ну, але буду мати науку на другий раз, щоб не зачіпати тої бестії. Адже справді міг задушити, і навіть пес би не гавкнув! Бо що, епілептичне божевілля, що йому зробиш! Пийте здорові!

Випили по лампочці. Стальський сів на софі, простяг ноги наперед себе, заложивши руки на животі. Євгеній усе ще почував дрож у нервах.

– А все через жінок! – мовив Стальський, помаленьку смакуючи другу лампку вишняку. – То так легко сказати: чоловік тиранить жінку, – то так гуманно, так модерно добиватися для жінки Бог зна яких широких прав!.. А коби-то ті пани еманципатори знали, яка безодня глупоти, фальшивості, тупої злості, зрадливості таїться в тім жіночим серці, таїться під тим солодким виразом жіночих очей, сичить до нас із чарівного усміху жіночих уст! Коби-то вони знали, кілько чоловік мусить від них і через них натерпітися, то би покинули свої гуманні фрази, а подумали би радше про способи поборювання жіноцтва, так, як думають про способи поборювання чуми. Адже ж візьміть хоч би сього Барана! Чи йому треба було бути вбійцею? Чи треба було бути епілептиком? Адже його батько не мав тої слабості, мати не мала, він сам парубком був здоровісінький, служив у війську, в моїй компанії був, – відтоді ще ми знайомі з ним. Аж оженився – і пропав хлописько. Представте собі: закохався, але то так без пам'яті, що я й не бачив. Попросту млів коло неї. Може, се й був початок його хороби, але тоді ніхто про се й не думав. Побралися – мій Баран щасливий, як у раю! Думає, що Бога за ноги зловив. А тим часом жіночка – то собі, знаєте, міське зіллячко, але то найгіршого ґатунку. Як зміркувала, що він гине за нею, ну, тоді вона давай собі гуляти. Бувало всякого… Я сам, грішний чоловік, хоч жонатий, не раз у Баранихи гостював. Та й чи я один! А він усе бачив і ніколи ані слова. Зразу очам своїм не вірив, потім мовчав мов остовпілий, плакав по ночах, пальці свої гриз, а далі почав діставати напади тої слабості. Крився з тим, бідолаха, не говорив нікому, а як чув, що зближається напад, то тікав від людей, ховався десь у кут і там розщибався досхочу. Та се було ще гірше. І ось у його хорій голові зародилася думка – вбити жінку. Він довго носився з сею думкою, аж раз, заставши її вночі п'яною в хаті, та ще й не саму, вхопив її на руки, як помело – силач страшенний! – обвинув коцом, щоб не змерзла, виніс за місто, там сонній зв'язав руки, здушив горло, а потім кинув у воду. А сам з коцом вернув додому, накрився тим самим коцом і заснув.

VIII

Євгеній знов почув нервову дрож при тім оповіданні. Якось мимоволі він зирнув у вікно – Барана вже не було на подвір'ї.

– Ну, скажіть, хіба не через жінку? Хіба не фаталізм? І яка тут можлива рада? Як запобігти таким випадкам? Адже ж і зо мною не ліпше, і моє життя знищене, затроєне! Ви колись-то здивувалися, коли я обідав з вами, а ви дізналися, що у мене є жінка. Та хіба ж мене щось тягне до неї? Хіба мені йде ложка страви у горло, коли я дивлюся на неї і в кождій хвилі мушу думати: се мій ворог, мій найтяжчий, смертельний ворог! Се людина, котра про одно тілько думає, одного тілько просить у Бога, щоб я вмер, якнайшвидше, хоч би зараз, ось тут на місці! Людина, для котрої моя смерть була би найбільшою радістю, найбільшим щастям! Жити з сею людиною під одним дахом, сидіти при однім столі – се ж пекло, найтяжче, яке тілько дасться думкою здумати. І що ж може тягти чоловіка до такого пекла? Та вже краще до шинку, до рова, до тюрми, ніж до такої сімейної пристані!

Євгеній, сидячи при столі, у німім зачудуванні дивився на Стальського, майже з таким самим виразом, як недавно дивився на скаженого сторожа, що кидався на сього самого Стальського. Сей вибух дикої ненависті до жінок – він чув се добре – був радше випливом власної жорстокості сього чоловіка, ніж яких-небудь сумних досвідів його з жінками. У Євгенія мороз пробігав поза плечима при самій думці про долю нещасної жінки, що дісталася в руки такого чоловіка. А Стальський, наливши собі третю лапмку вишняку і смакуючи з великим апетитом, що дивно контрастував з його патетичною, пристрасною розмовою, торочив дальше:

– Вона жалується, що тираню її, що знівечив її життя! А я, коли погадаю, що з нею зав'язав собі світ і був змушений довіку закуватися в отсю канцелярійну тачку, – коли погадаю, що життя з нею не дало мені ані хвилини вдоволення, ані дня радості, нічого, що робить цінним наше життя, – коли погадаю те все і гляну на її пісну міну, на її скривлені вуста, на її холодні гадючі очі, то, здається, рвав би її на кавалки, микав би за коси, волочив би по землі, топтав би ногами! Ніякої муки не ощадив би їй, ніякої ганьби, ніякого пониження, ніякого упідлення! Я не знаю, як я ще досі не одурів, наповняючись день у день від десятьох літ такою ненавистю і таким огірченням!

– А є у вас діти? – запитав Євгеній, ледве переводячи дух.

– Ну, ще чого не стало! Адже ж мати діти для неї було би найбільшим добродійством, найбільшим щастям. Ну, а я хоч християнин, але вже так далеко не можу посунутися, щоб ущасливлювати свого найтяжчого ворога. Зрештою, коли їй так дуже хочеться дітей, я їй не бороню…

– Даруйте, – перебив його Євгеній, – одного я не розумію в вашім оповіданні. Говорите, що не зазнали з нею ані хвилини вдоволення, що від самого, так сказати, шлюбу побачили в ній ворога. Як се могло статися? І пощо ви брали її? Чи ви числили на маєток, на протекцію, чи женилися з любові і ошукалися на ній? Як узагалі се могло вийти між вами, що ви відразу по шлюбі стали отак на ножі?

– Гай, гай, молодий чоловіче, – мовив Стальський, хитаючи головою і впираючи в Євгенія свої посоловілі очі. – Прошу, коли ласка, долийте що ось тут! Так! Дякую. Не люблю оповідати насухо. А се справа така, що треба її оповісти докладно, бо інакше ваш адвокатський розум готов мене зрозуміти фальшиво.

Він хотів випити трохи вишняку, але, мабуть, із привички перехилив чарку так, що випорожнив її відразу. Обтерши хусткою вуси і розсівшися вигідно на софі, він говорив далі:

– Позвольте поперед усього дати вам одну раду, раду грубо досвідного чоловіка. Коли будете женитися, борони вас Боже брати блондинку! Се найнебезпечніший, найфальшивіший і найбільше егоїстичний ґатунок жіночого звіра. Блондинка в душі холодна, без темпераменту, без огню, сама не гріє, але хоче, щоб її гріти, склонна до меланхолії, котра в домашнім житті смакує так само, як скисле молоко. Вона любить бавитися, але тільки бавитися, а властиво, щоб ви бавили її. Сама ж пасивна, інертна, і коли думає про що, то тільки про те, як би допекти вам, зробити вам прикрість, а ніколи про те, як би зробити приємність вам і собі. Вона склонна більше до сліз, ніж до сміху, не тямить добра, яке ви зробили їй, але чудово тямить усе зло і навіть плекає його в своїй душі, як огородник ярину: з маленького, як зерно, факту в неї виростає здоровий гарбуз, величезний буряк, і вона ніколи не втомиться кидати вам ним на голову. Вона чекає тільки нагоди, коли ви в добрім настрою, щоб затроїти вам його; вона, як той ворог у засідці, вибирає для атаки хвилю, коли ви найменше того надієтеся. Коли ви, голодні і втомлені, сідаєте до обіду, вона своїми докорами відбере вам апетит; коли ви збираєтесь до якогось важного діла, до праці, що вимагає скуплення духу, вона накинеться на вас за найпустішу дрібницю, своїми словами отуманить вашу голову, своїми сльозами переверне вашу душу і зробить вас на три дні нездібним до праці. І не забувайте ніколи: у неї тільки шкура тонка, м'яка і прозірчаста, але нерви грубі і тупі. Вона тут плаче і, мовляв, розривається, а там піде до кухні і преспокійно балакає з кухаркою про міські новини, тим часом коли ви обезсилені і розстроєні на цілий день і спомин того дня будете носити в душі довгі роки.

Д-р Рафалович, слухаючи сеї тиради, не міг здержати себе і розреготався.

– Ну, пане Стальський! З вас прокуратор! І, здається, не даром! Мусила якась блондинка добре допекти вам!

– У мене жінка блондинка, – відповів сей коротко.

– А з брюнетками ви не зробили подібних досвідів?

– Ет, що там балакати! Брюнетка зовсім інший ґатунок людей. Найгірша брюнетка все ліпша від найліпшої блондинки.

– Ага, на чужій ниві все ліпша пшениця.

– Ну, не мені се говоріть! Уже я напробувався в своїм житті сяких і таких.

– Як же ж се сталося, що ви, маючи такі багаті індуктивні відомості, та оженилися з блондинкою?

– Фаталізм! Судженої конем не об'їдеш. Сказати вам по правді, мені навіть зовсім не треба було женитися. Знаєте, свою сентиментальну добу я перебув іще в гімназії і, коли з шестої класи мене взяли до війська, я мав уже дуже багатий засіб досвідів у любовних і полових справах. Військовий мундур, як звісно, дуже сприяє до збагачення сього засобу. А може, вам се незвісно, так знайте, що військовий мундур має на жіночі серця дивний, магнетичний вплив. Попросту витолкувати собі того не можу. Та сама жінка – все одно, замужня чи незамужня, – котра не погляне на вас, коли ви йдете попри неї в цивільному, напевно всміхнеться або бодай зробить солодкі очі, коли ви йдете в мундурі і з достаточною безсоромністю глянете їй у очі. Супроти серйозної атаки з вашого боку майже ні одна не встоїть. Зрозумієте, що я не з тих був, щоб не використати ті чари військового мундуру до границь можливості. Десять раз я міг оженитися; багаті і впливові жінки, панни і вдови, попросту вішалися мені на шиї, були би щасливі, якби я був узяв їх. А чоловік дурний був! Усе думав: підожду, трафиться ще щось ліпше. Одним словом – фаталізм.

Він похитав головою, помовчав хвилю, а потім говорив далі:

– Нараз показалося, що того війська мені забагато. Я подякував за службу, дістав місце маніпулянта при суді, скинув мундур і тоді тілько побачив, що моя чарівна сила супроти жіноцтва мов і не була ніколи. Я затягнувся, так сказати, в своїй канцелярійній упряжі, уладив своє життя тісненько, регулярно, мов у годиннику, і, махнувши рукою на всякі матримоніальні плани, рішився жити кавалерським життям. У мене була кухарочка – гарна бестійка, брюнетка, очі, мов два вуглика, сама як вивірочка, весела, співуча, вертка, огниста. Я жив з нею – не скажу, як брат із сестрою, але взагалі дуже гарно. Правда, по якімось часі вона покинула мене, але замість неї я знайшов другу, – відміна навіть побільшила моє вдоволення, розвернула передо мною широку перспективу дальших, будущих одмін. Ну, скажіть, яка мені неволя була в'язатися? А от же прийшло до того! Фаталізм, та й годі.

– Ну, але вже ж таки мусив сей фаталізм мати якісь конкретні форми? – запитав Рафалович, коли Стальський знов зупинився на хвилю і звісив голову, мов лагодячись пірнути в холодну купіль.

– Авжеж, що мав! Ви думаєте, що лихе коли-небудь у клопоті за формою? Коли хоче обпутати вас, то прийме таку форму, що ви й не надієтеся. Явиться вам у формі знайдених на дорозі грошей, впливового приятеля або службового авансу, – так, як ось мені, грішному. Прослуживши десять літ, я авансував на офіціала, і се був початок мойого нещастя. Вручаючи мені номінаційний декрет, пан президент суду – се було не тут, а у Львові – сказав мені чутливу промову про мої нові обов'язки, про важність мойого уряду і так далі, а нарешті випалив:

«Іще одно, пане Стальський: ви мусите змінити свій спосіб життя. Тут були на вас скарги за неморальне життя. Я не звертав на се уваги, але тепер то неможливо. Я би радив вам, в інтересах служби, для вашого власного добра, оженитися».

Ну, що я мав йому сказати? Замалював мені рота тими скаргами так, що я тільки поклонився та й пішов. А мій безпосередній зверхник, пан радця, видячи мене посоловілого, сміється та й каже:

«Ов, пане Стальський, видно, вам пан президент розтряс сумління, коли ви так попісніли?»

Я розповів йому все по правді.

«Мусите оженитися, – мовив радця, похитавши головою. – Знаєте пана президента: не послухаєте його в найдрібнішій річі, то вже нагнівається, немовби ви вбили йому рідну тещу. І не то що нагнівається, а будьте певні, що в кваліфікації втелющить вам таке «unzuverlässig»[13], що аж закуриться».

Я знав се. І всі в суді знали пана президента з того боку. Про нього оповідали багато анекдот, за які річі він писав своїм підвладним «unzuverlässig» у кваліфікаційнім листі. Коли він іще був у Станіславові, то бувало таке. Бере хтось із судовиків урльоп на день до Львова, до свояків; пан президент дає урльоп і додає: «А прошу пана, не забудьте там купити мені пачку тютюну specialitè». Той поїде, вертає, а про тютюн забув. Ого, вже президент півроку не говорить до нього, а потім у кваліфікаційнім листі випише йому всі добрі прикмети: добрий правник, у службі точний, пильний і так далі, – але при кінці таки додасть: «unzuverlässig». Ну, то ще ад'юнктові чи судді се багато не завадить, а для бідного маніпули така нота – то засуд смерті, запечатання всеї службової кар'єри.

«Що ж мені робити? – говорю я до свойого совітника. – Женитися з якою-небудь служницею?»

«Боже вас борони! Се добило би вас цілковито».

«Ну, то й сам не знаю. У мене нема знайомостей у вищих сферах».

«Дурниця! – мовив совітник. – Нині нема, завтра можуть бути. Досі ви не були нічим, а віднині ви пан офіціал, то вже ніякі двері не запруться перед вами. Коли хочете, я введу вас у дім моєї своячки, там щосуботи буває невеличке товариство, бувають панночки, – ану ж вам котра сподобається».

«О, пан совітник дуже ласкаві! Буду безконечно вдячний».

Совітникова своячка – то була одна львівська міщанка, каменична пані. В суді знали її дуже добре і не звали інакше, як тільки «цьоця Зюзя». Говорили, що колись се була осібка досить легкого ґатунку, поки один багатий міщанин не взяв її з вулиці і не оженився з нею. Вона віддячилася йому звичаєм таких осіб: своїм поводженням довела його до божевілля, що з часом змінилося в тихий ідіотизм. Як нешкідливого і невлічимого хорого, його віддали в її руки, і вона помістила його в офіцині його власної камениці, у вузенькій холодній комірчині на піддашші, держала його там не ліпше худобини і доглядала так, що він по кількох літах умер у страшнім запущенні, мало що не з голоду. Тепер се була «статечна» пані, показної туші, гостинна і добродушна, і мала непереможну пасію сватати молодих паничів і панночок. У її салонах бували і пан президент, і мій совітник, і мало що не всі урядники-кавалери з суду, з дирекції скарбу, з пошти, кандидати адвокатури і т. д. Цьоця Зюзя потребувала тільки раз зирнути на кавалера, і в тій хвилі відгадувала його смак і вміла підшукати йому партію. Вона раз у раз держала при собі по кілька панночок, якихсь сестрініць, братаниць, кузинок, що їх стягала з різних закутків провінції, звичайно сиріт, незаможних і беззахисних, і покладала свою амбіцію в тім, щоб видавати їх замуж. Говорили навіть, що сама справляла для них шлюбні виправи, а що найважніше – їх будущим мужам вироблювала своїми впливами різні невеличкі посади, допомагала до авансу, рятувала в клопотах, у дисциплінарках і т. д.

От тут-то, в салоні цьоці Зюзі, я й пізнав свою будущу жінку. Я танцював з нею мазура, панночка подобалася мені, ми балакали про байдужні речі і розійшлися. В часі другої візити ми розговорилися троха докладніше. Вона була сирота, мала по матері маленький капіталець, скінчила виділову школу і думала йти ще до вчительської семінарії. Ще того самого вечора я говорив з цьоцею, виявив їй, що бажав би старатися о руку панночки. Цьоця заявила, що панночка має посагу півтори тисячі і що вона не мала би против мене нічого, але мусить побалакати з паном президентом. Третя візита – то були рівночасно мої заручини, а місяць по тім я йшов уже до шлюбу, одержавши того самого дня номінацію на посаду в отсьому місті. По шлюбі була маленька забава з танцями у цьоці, а о одинадцятій вночі ми обоє сиділи вже в вагоні другої класи – білети вільної їзди вручила нам цьоця по шлюбі – і гнали силою пари на своє нове життя.

IX

– Ну, се все, здається, досить звичайна історія, – промовив Євгеній, коли Стальський на хвилю перервав своє оповідання. – Я й перше чув про такі салони і про таких «цьоць», і сам мало що не вдостоївся бути гостем у одної з них. Та тілько се все ще не виясняє вашої… як би то сказати… антипатії до вашої жінки. Адже самі кажете, що вона сподобалася вам. Хіба потому сталося щось таке…

– Авжеж, що сталося! Зараз першого дня нашого спільного життя я пізнав, що кепсько трафив. І то не тому, що моя жінка не любила мене. Знаєте, я ніколи не був у претензіях і не дурив себе тим, що якась жінка може справді щиро полюбити мене. Мені байдуже було до того. Навіть навпаки. Велика любов – то так, як високе шляхетство: noblesse oblige[14]. А я все волів бути свобідний від усяких зобов'язань. Я знав з досвіду, що, не збуджуючи зовсім любові, можна з женщиною дуже добре бавитися, і веселитися, і навіть жити. Правда, так жити, щоб забавляти її, бути її слугою, паяцом, невольником і банкіром – се не був мій смак. Усякі балакання про альтруїзми, про абнегації і такі інші дурниці я все вважав дурницями. Признаюсь вам, я хвилю дурив себе, міркуючи: «Беру бідну, беззахисну, то чей же вона, бачачи, що я вдержую її своєю працею, даю їй становище і повагу в світі, схоче бути мені вдячною, буде йти мені під лад». І ось від першої хвилі нашого супружого життя я переконався, що моя жінка навіть поняття не має про се. Не то поняття – навіть фізичної здібності. У неї нема темпераменту. Вона холодна, як риба, понура, все задумана, а ніколи нічого не видумає, без ініціативи, а при тім уперта і завзята там, де можна мені зробити якусь прикрість. Одним словом, усі ті хиби, які я досі бачив урозбрід у різних блондинок, у неї я знайшов при купі в найвищій мірі. Наш сімейний віз зачав скрипіти від першої хвилі. Кілька день я ще пробував дійти з нею до ладу, але стрічав холод і апатію з її боку. По кількох днях прийшла катастрофа, певно, що неприємна, але не для неї самої.

Стальський устав і пройшовся по комнаті. Було вже досить темно, то Рафалович засвітив лампу і поставив на столі.

– У мене була служниця. Чудова молодичка, весела, палка, така, яких я любив. Вечором, коли повечеряємо, жінка мовчить, дивиться в вікно і зітхає; я сиджу при столі, читаю газету, пробую заговорити до неї, вона мов і не чує. Ну, я попробую раз і другий, а далі подумаю собі: «Мара тебе бери!» Та й іду до кухні. Тут моя Орися пряче посуду, чистить чоботи і співає собі тихенько. Прийду, сяду, балакаємо, жартуємо… Жінка постоїть при вікні, потуманіє та й іде спати, а мені й байдуже. Мені весело з Орисею. Так було раз, другий раз. Далі чую, моя жінка вночі встане з ліжка і тихесенько крадеться до дверей, що ведуть до кухні. «Ага, – думаю собі, – заздрісна! Підглядає. Ну, ну, може, хоч заздрість розігріє її риб'ячу кров». І жартую собі далі з Орисею, щипаю її… знаєте… Жінка послухала, послухала з півгодини, а потім чап-чап-чап, на своє ліжко. Я десь так по півночі іду також на своє ліжко, чую: вона хлипає. «Овва, небого, – думаю собі, – тим мені не заімпонуєш, я на таке оружжя твердий». Удаю, що не чую, лягаю на ліжко і сплю собі спокійно. На другий день вона дується, не говорить. А мені байдуже. Не говориш – як собі хочеш. При обіді насуплена, при вечері мовчить. То я, скоро по вечері, – до кухні і знов з Орисею пробарашкував до півночі. Іду спати – вона знов хлипає. Мені байдуже. Так було кілька день. Вона, певно, думала, що переможе мене своїм хлипанням і своїм сумуванням, а мене се ще дужче дразнило, ще гірше затверджувало против неї. Вперта ти, небого, але я ще впертіший!

Він оповідав се байдужно, майже жартливо, навіть не почуваючи, яке огидливе враження викликав тим у свойого слухача. Євгеній сидів при столі, підперши голову долонею і зажмуривши очі; нізащо в світі він не був би глянув тепер у лице Стальському.

– Вкінці моя пані таки заговорила і, розуміється, підняла річ з такого боку, що, замість поправити, погіршила справу. Коли одного разу я прийшов із канцелярії і тільки що сів до обіду, вона випалила:

«Слухай, Валеріане, се не може так далі бути».

«Що таке?»

«Ти знаєш що. Або я твоя жінка, або ні».

«Ну, і що ж з того?»

«Мусиш відправити Орисю».

«Мушу?»

«Так, мусиш».

«Не бачу того мусу».

«Я не можу з нею жити в однім помешканні».

«Та й не жиєш. Ти жиєш у покою, а вона в кухні».

«Я не можу стерпіти, щоб вона довше була в кухні».

«Зле варить?»

«Не жартуй, Валеріане! Ти дуже добре розумієш, про що я говорю».

«А коли знаєш, що розумію, то знов я не розумію, пощо ти се говориш. Орися добра служниця, мені вона подобається, і я не бачу причини відправляти її».

«Значить, хочеш, щоб я забралася від тебе?»

«Також не бачу до сього ніякої причини. Недогода тобі?»

«Валеріане! Невже ти можеш так питати?»

«Бачиш, що можу, коли питаю. Та ні, не буду питати, а скажу тобі попросту, що не бачу причини, чого тобі злоститися. Ти заздрісна на Орисю?»

«Заздрісна? На Орисю?» – скрикнула вона, вміщуючи в тих словах стілько погорди, кілько лише у неї знайшлося на складі.

«А коли не заздрісна, то чого тобі треба?»

«Того, щоб ти вважав за жінку мене, а не її».

«Се від тебе залежить. Якби я при тобі знаходив більше приємності, то я б не шукав її в товаристві Орисі».

Вона замовкла. Я думав, що, виговорившись, вона вспокоїться. Але де там! Я пішов до канцелярії, а вона покликала публічного послугача і веліла йому забрати Орисин куферок, а самій Орисі заплатила за місяць і відправила її геть. Орися зо слізьми прибігла до мене до канцелярії і розповіла мені, що сталося.

«Ов, подумав я собі, – моя молода пані зачинає показувати характер. Се грізний знак. Коли я уступлю їй тепер, на першім кроці, то вона швидко поб'є мене на другім, на третім зробить зовсім своїм невольником. Е, ні, моя пані, се у нас так не йде! Я не на те взяв тебе, щоб підлягати твоїм капризам».

«Моя пані, – сказав я їй вечором, вернувши з канцелярії. – Позвольте спитати вас, яким правом ви позволили собі віддалити Орисю зі служби?»

«Бо так мені хотілося».

«Се дуже важна причина, – мовив я солоденько. – Але позвольте спитати вас, чи моя воля має тут у домі яке значіння?»

«Кухня і служниця – то моя річ».

«Але якби я просив вас, щоб ви приняли Орисю назад?»

«Хочеш її приймати, то собі приймай, але я в сій хвилі забираюся геть».

«А якби я просив вас дуже, щоб ви приняли Орисю і не робили скандалу?»

«Ха, ха, ха! Що за дика претензія!»

«Ні, моя пані, нема чого сміятися. Я сю справу беру зовсім поважно, дуже поважно і ще раз прошу вас подумати про се».

«Думай ти сам. Я стою на своїм. Або я тут, або вона».

«Моя ласкава пані! Звертаю вашу увагу на те, що робите мені сим велику прикрість».

«А ти то мені робиш велику приємність».

«Зробите ви мені малу приємність, я вам зроблю більшу, а зробите ви мені велику прикрість, я вам зроблю ще більшу».

Вона луснула дверми і замкнулася в своїй спальні. Другого дня рано не показалася. Я пішов з дому без снідання і мусив снідати в каварні. Обід зварила сама – і, розуміється, погано, а вечором знайшла собі служницю, якусь погану, стару бабу. Я ще раз пробував усовістити її.

«Слухай, жінко, – мовив я вже без іронії, – поговорімо поважно. Пощо ти упираєшся против мене? Тобі з того не було ніякої шкоди, що я розмовляв та жартував з Орисею, а відправивши її, ти зробила мені велику прикрість. Пощо тобі задля примхи затроювати наше спільне життя? Ти говориш, що покинеш мене, коли я назад прийму її. Пощо говорити дитинства? Адже знаєш, що се неможливо. Покинеш мене, – ну, і куди дінешся? Знаєш добре, що тітка не прийме тебе, бо ж вона тілько на те держала тебе, щоб випхати замуж, а тепер не схоче бачити тебе на очі. Знаєш добре, що, коли би ти покинула мене, се був би скандал і для мене, се пошкодило би мені в опінії моїх зверхників, і я вжив би всіх правних способів, щоб привести тебе назад додому, а надто був би змушений розголосити, що ти покинула мене на те, щоб віддатися неморальному життю, – і тобі була б загороджена дорога до всякого заняття, тебе не приняли би в жаден чесний дім. Подумай про се все! Адже ти, серденько, в моїх руках, тим більше, що й посаг твій тітка віддала в мої руки, і я як твій муж заразом також і твій опікун, щонайменше доти, доки ти неповнолітня».

Вона розплакалася страшенно, сиділа мов зламана, але не говорила ані слова.

«Бачиш, – мовив я далі до неї, – се вже відразу видно нам обом, що ми не дібралися, що щасливого подружжя з нас не буде, що ти не можеш задовольнити мене ані я тебе. Але хто знає, може, як привикнемо, то воно якось і піде. Я чоловік старший, мене ти не переробиш, але ти молода, повинна підладитися до мене. Повинна робити все, що можна, щоб мене привернути до себе, щоб мене тягло додому, а не відпихало від нього. Наразі таким магнесом була б Орися, з часом могла б бути ти».

Вона зірвалася, мов опарена, – бачите, не привикла до того, щоби з нею говорено по правді і по щирості.

«Ні, ні, ні! Не хочу! Одної хвилі не стерплю, щоб обік мене жила в домі наложниця мого мужа!»

«Ну, ну! Наложниця! Пощо зараз таке погане слово? Хіба вона наложниця? Служниця, та й годі. Кому яке діло до того, яку службу сповняє вона?»

«Не хочу! Не хочу! Краще з моста в воду», – повторяла вона.

«Ну, не хочеш, то не хочеш, – мовив я. – Я також не хочу, щоб ти тікала від мене або топилася. Уступлю тобі сей раз, а властиво, зажду, аж поки схочеш».

«Ніколи, ніколи!»

«Ну, не зарікайся. Ти ще не знаєш мене. Можеш каятися того, що змусила мене уступити».

Вона видивилася на мене, широко витріщивши очі. У неї очі великі і зразу подобалися мені, але тоді, коли в них малювався якийсь дикий страх, мені видалися телячими.

«Що ж ти… бити мене будеш, чи що?»

«Ха, ха, ха! – засміявся я. – Бити! Ні, рибонько. Пальцем тебе не ткну. Але проте остерігаю тебе! Дорого окупиш мою уступку і, може, сама будеш просити мене, щоб я радше побив тебе. Подумай про се».

Вона ще дужче витріщила очі, поблідла вся, а потім нараз затряслася, мов у лихорадці, і заридала:

«Матінько моя, рідна моя! Рятуй мене! Якому звіру, людоїдові я попалася в руки!»

І побігла, і замкнулася в своїй спальні.

Се була остатня наша розмова.

X

Євгеній сидів мов у тумані. Йому здавалося, що заглядає в пивницю, повну гнилі і поганого хробацтва. Його думка жахалася дальшої перспективи подружнього життя, що могло розпочатися такими сценами. Останні слова Стальського диркнули в його душі, як диркає віз, наткнувшися серед бігу на великий камінь серед шляху.

– Як то остатня? – спитав він. – Вона покинула вас?

– Ні.

– Вмерла?

– Ні.

Євгеній глядів на нього очима, повними здивування і нервової тривоги.

– Нічого не сталося, – говорив байдужно Стальський, – тільки я від того вечора перестав говорити з нею. Перестав знати її, бачити її, дбати про неї. Живу з нею так, немовби вона не існувала в світі.

Євгеній усміхнувся тим силуваним сміхом, у якім проблискує несмілий скептицизм.

– Не вірите? Думаєте, що се неможливо. Потроха маєте рацію. Я удаю повну байдужність, удаю при ній, що не бачу її, але на ділі я не тільки бачу, але навіть пильно обсервую її. Я систематик. Знаєте, як мовляв той чех: «Ne boj se, Mařiśka, ja tê budu pomalenku rizál»[15]. Я роблю своє діло помалу, спокійно, холодно, але їй від сього не легше.

Євгеній не видержав. Він сплюнув і зірвався з місця.

– Пане! – мовив він. – Не знаю вашої жінки, але хоч би вона була собакою, ні, гієною, – то ще гріх би було так поводитися з нею.

Стальський ані на хвилю не змішався від сих слів. На його устах показався цинічний усміх.

– Ага, вам іще ідеалістичне молоко таки не обісхло на губах. От би ви пожили з нею, то й побачили б, чи можна інакше.

– Ну, ну, говоріть, як ви живете з нею?

– А як живемо? Спокійнісінько. Я до неї нічого, і вона до мене нічого. На першого я їй передаю стілько грошей, скілько треба на життя на місяць – ані цента більше; до решти моєї пенсії вона не має права. За хату, дрова, услугу плачу я сам. Зате одежу собі вона справляє сама із процентів свойого посагу. Що ж тут за тиранство? Що їй за кривда?

– Ну, а як проводите день?

– Звичайно, по-Божому. Спимо окремо. Я замикаюся на ніч у своїй спальні, а вона в своїй. Виходячи рано до канцелярії, я звичайно не бачу її. Обідаємо разом, але не говоримо нічого. Коли хочу що сказати, то обертаюся до служниці. Давніше у мене була сучка Фідолька, чудово розумна звірина, то я розмовляв з нею. Скажу було:

«Фідолька, якби ти знала, яка у нас сьогодні в суді цікава розправа розпочалася!»

А Фідолька, мов справді цікава знати, скаче мені на коліна, лиже руки, дивиться в очі, і я зачинаю оповідати. Або іншим разом:

«Фідолька, до нашого міста приїхав театр. Сьогодні дуже смішну комедію виставлять. А що, і ти хотіла би побачити? Е, ні, я піду сам, а завтра розповім тобі».

Коли що було не так зварене, як я люблю, звертаюся з докорами до Фідольки; коли жінка вийде з зав'язаною головою, я у Фідольки розпитую, що бракує її пані.

Жінка заговорить, – я мов і не чую, тільки розмовляю з Фідолькою. Вкінці – подумайте собі! – жінка десь запроторила мою Фідольку, певно, отруїла її або втопила, і відтоді я не маю з ким розмовляти.

– А чим же весь день займається ваша жінка?

– А що мене се обходить? Нехай робить що хоче! Я тільки одного пильную, щоб не заводила романсів з якими мужчинами. До сього не допущу. Задля сього я справив собі другий ключ до її покою і можу ввійти там, коли мені сподобається. А поза те я лишаю їй повну свободу.

– І що ж вона, зносить усе те спокійно?

– Тепер привикла. Зразу цілими ночами плакала в своїй спальні. Під її хлипання я засипляв так любо і спокійно, як восени під монотонне грання дощу в бляшаних ринвах. Кілька разів навіть приходила під мої двері, плакала, просила прощення, товкла головою до одвірка, але мене такою комедією не проймеш! Я вдавав, що не чую, а вона, поплакавши, вертала назад до свойого покою, а другого дня являлася знов з тою пісною міною, з тим виразом мальованої Mater dolorosa[16], що противний мені до глибини душі.

– І невже вам не жаль її?

– Ні. Знаєте, буває двоякий вираз терпіння у людей і у звірів; один такий, що будить співчуття, а другий такий, що будить ще дужчу злість, ще жорстокіше завзяття. Її терпіння – коли тільки вона терпить – є того другого роду. Зрештою вона тепер ударилася в побожність. Якийсь час унадилася була до одного молодого єзуїта сповідатися, але я старий лис, знаю, чим то пахне, зробив єзуїту сцену; він відіслав її до старого пробоща, а сьому не хочеться сповідати її день у день; тільки вряди-годи він навідується до нас додому, та й то вона не сміє приймати його в моїй неприсутності.

– І довго ж ви живете з нею в отаких відносинах?

– Богу дякувати, вже незабаром буде десять літ.

– Ну, пане Стальський, то я скажу вам одверто, що ви найлютіший звір із усіх, яких знає зоологія. Бо ніякий звір не потрафить так довго і так завзято мучити свою жертву.

– Ха, ха, ха! – зареготався Стальський. – Однако ж вам слід би побачити ту жертву. Незважаючи на десятилітню муку, вона виглядає ще досить апетитно. Ще поки жила моя Фідолька, я не раз говорив їй:

«Слухай, Фідолька, десь інших жінок викрадають… Як се так, що досі не знайшовся такий лицар, що б викрав у мене твою паню? З неї був би досить гарний мебель і в кращих салонах, ніж наші».

А Фідолька при тих словах оберталася до неї та: дзяв-дзяв-дзяв! Не любила її, мабуть, прочуваючи в ній ворога.

У Євгенія крутилося в голові. Він здержував себе, щоб не плюнути в очі сьому безсоромному і жорстокому чоловікові, щоб не вхопити його за горло і не задушити або не викинути через вікно. Його лице горіло стидом.

– Боже мій! І отак живуть люди! – ледве промовив він.

– З жінками треба круто держатися, – навчав його Стальський. – Треба проявляти характер, треба брати їх під ноги, а то вони візьмуть вас. Не обурюйтеся так дуже, пане меценас. Видно, ви мало знаєте секретів подружого життя. Є такі, що живуть ще гірше. А головно, живуть брутально, б'ються, гризуться день у день. А ми що? Раз сказавши собі, що з нас не пара, живемо собі ніби разом про людське око, а на ділі зовсім окремо одно від другого.

– Пане, не брешіть! – роздразненим голосом буркнув Євгеній. – Ви живете собі по своїй волі, се так, але її держите в повній неволі під доглядом.

– Бо жінку треба держати під доглядом. У неї курячий мозок, їй аби що-небудь, і готова наробити таких дурниць, що десять розумних чоловіків не висьорбають того скандалу.

Євгеній махнув рукою на сю логіку.

– Ну, та пора нам на спочинок. Ніч коротка, а у мене завтра робота.

Стальський глянув на годинник, а потім, не встаючи з софи, промовив:

– Позвольте, пане меценас, що я положуся ось тут і передрімаюся у вас. Мені додому досить далеко, а тепер у нас по вулицях не дуже й безпечно. Я вам не заваджу, постелі мені не треба.

– Що ж, ночуйте. Подушка і ковдра у мене знайдеться.

– Але ж дякую, дякую! Я й так можу.

Євгеній приніс йому подушку й ковдру.

– О, спасибі! – мовив Стальський. – І знаєте, зробите християнське діло. Моє власне балакання сьогодні і пригода з тим божевільним Бараном троха роздразнили мене. Якби я тепер прийшов додому, то прийшов би дуже злий. А в таких випадках я буваю зовсім ungemütlich[17]. Знаєте, коли отак пізно прийду додому, а маю троха в голові або злий чого, то не можу опертися покусі, щоб не скинути черевиків і в самих панчохах не піти тихесенько до її спальні. Тихенько відімкну двері, ввійду досередини, огляну, чи нема де в шафі або під ліжком якого страху – з жінками треба все бути обережним! А коли вона досі не збудилася – часом спить твердо, то наближуся до ліжка, вхоплю за ковдру і одним енергічним рухом стягну її з ліжка на землю. Вона схопиться зі сну, мов укинена нагло в воду, зривається на ноги, в першій хвилі не знає, що сталося, потім побачить мене, як стою край ліжка зо свічкою в руці, і на її лиці виступає вираз дикого страху, зеленого переляку. Вона стоїть, мов задеревіла, мабуть, боїться, що я колись отак заріжу або задушу її. І стоїть отак, жде мойого руху і збирає дух у груди, щоб крикнути. А я постою, постою, полюбуюся її жахом, а потім відвертаюся і йду спати. А коли, буває, застану її двері защеплені зсередини, то стукаю, поки не збудиться і не відчинить; тоді ввійду, огляну все в покою, мов у тюремній казні, і вийду, не мовивши ані слова. І знаєте, отсі мої відвідини, мабуть, дуже немилі їй; на них вона найдужче жалувалася ксьондзові-пробощеві, а сей почав доказувати мені, що се не християнське поступування. Ну, йому про се ліпше знати, ніж мені. Я не раз доказував йому, що воно не підпадає під юридичні параграфи. Але він тільки очі підносив до неба, охав та все своє товк:

«Пане Стальський! Пане Стальський! У вас нема християнської душі».

От тим-то я й кажу, що, даючи мені сьогодні нічліг, ви захороните мене від одного такого нехристиянського вчинку, бо я сьогодні в такім настрою, що мав би до нього скажену охоту.

Євгеній, не дослухавши сього оповідання, вийшов до своєї спальні і замкнувся в ній, немов боявся, щоби сей нелюд не хотів і супроти нього вночі сповнити свойого нехристиянського вчинку. Він не міг заснути сеї ночі ані на волос.

XI

Минуло кілька місяців. Канцелярія д-ра Рафаловича розвивалася ненастанно. Слава його як одного з найліпших адвокатів швидко облетіла всі повіти. Селяни горнулися до нього зі своїми кривдами і жалями, дуже часто зі справами, вже давно програними чи то через недбальство, чи через злу волю давніших адвокатів, і часто бувало так, що він, вирозумівши річ, мусив відправляти таких людей ні з чим, хоч і як добре розумів і живо відчував їх кривду. Він поклав собі головним правилом говорити кождому щиру правду, не дурити нікого марними надіями, і се зразу не сподобалося многим селянам, що звичайними, особливо жидівськими адвокатами були привчені до того, що спочатку їм у всякім разі обіцювано скоре і легке виграння справи, потім видоєно їх добре, а вкінці доводжено до руїни або в найліпшім разі відправлювано з канцелярії ні з чим. Д-р Рафалович, очевидячки, не рвався до надто швидкої і дешевої популярності, але спокійно і витривало тяг свою лінію, заступав тільки реальні справи, де бачив можність виграння; міські головачі, що вже від першої хвилі зложили були про нього формулу: «се буде демагог» – швидко були змушені взяти її назад.

Але в іншій справі д-р Рафалович виступив відразу новатором, консеквентним і впертим: він відразу зробив свою канцелярію руською і поклав собі правило, що ні один «кавалок» із неї не сміє вийти на іншій мові, як тільки на руській. Се була правдива революція. Хоча вповні законне, таке поступування стягло на нього тисячі неприємностей, квасів, нарікань, приятельських докорів з боку різних урядників, що, мовляв, на старість були примушені вчитися руської мови і руського письма. Кілька разів йому відкидувано подання, але він достоював свого права, не подавався ні на які підмови ані жалі, але, навпаки, своїм звичайним способом зводив їх на жарти, обезсилював сміхом, добродушністю, за котрою, мов оружні полки, стояли непереможні юридичні аргументи. І його впертість по якімсь часі почала одержувати побіду. Провчені раз і другий, судові, скарбові і автономічні урядники почали без перепон і навіть без воркотання приймати руські письма, мусили закинути звичайний бюрократичний метод ховання немилих їм «кавалків» під сукно і квашення їх аж до «жидівського пущання». Самі селяни, що зразу не раз просили його, щоб писав їм подання по-польськи, бо з руськими мають клопіт в урядах, почали впевнятися в своїм праві і на тій формальності почали домагатися пошанування для своєї народності і для своєї особи, чуючи, що в разі покривдження мають запевнену поміч здібного і невтомимого адвоката. А серед міських головачів, котрих гнилий супокій був збентежений сими новаторствами, зараз знайшлася друга готова формула на означення властивого характеру д-ра Рафаловича: се москаль! Іншої можливості не могли зрозуміти їх тупі мізки. Русин, що не клониться під польське ярмо, не лижеться до польської єрархії, – се або демагог і соціаліст, або москаль. Tertium non datur[18]. Щонайбільше хіба одно й друге разом.

Євгеній не дбав про се і спокійно тяг свою лінію. Вже по місяці він побачив, що сам не здолає всеї роботи, яка напливала до нього, і приняв собі конципієнта і двох писарів. Без реклами, без вербування клієнтів, без факторів, силою своєї праці і знання він завойовував собі ґрунт у місті, в повіті, в цілім окрузі вищого суду. І рівночасно при веденні судових, адвокатських справ він знайомився з людьми, їх відносинами й інтересами. Він пізнавав, котрі села в повіті заможні, котрі бідніші, де дідичі порядні, а де лайдаки, пізнавав повітових павуків по їх сітях і повітових сатрапів по тих слідах їх пазурів, які стрічав на своїх клієнтах. Ще не говоривши ні з ким ані слова про політику, він помаленьку, в тиші своєї спальні, упоравшися з канцелярійною роботою, складав у одну цілість свої спостереження над людьми і обставинами, міряв і важив суспільні сили і суспільні противенства, збирав дані для оцінки характерів поодиноких селян, священиків, міщан, учителів у повіті й обмірковував, чи і яку роботу можна би розпочати з ними. Але, видаючися з людьми, особливо зі священиками при гостинах і різних празничних нагодах, він не любив говорити про політику, до якої вони були аж надто дуже охочі, звертав звичайно таку розмову на жарти, а тільки декому з тих, котрих був певніший, десь-колись закидав: «Побачимо», «Се занадто важна справа, щоб про неї говорити при чарці», «Прийде час, то поговоримо».

Зате він усім і при всякій нагоді не переставав товкти про конечність місцевої праці над економічним піднесенням народу. «Наш селянин – жебрак, слуга панський, жидівський, чий хочете. Що тут балакати про політику? Яку політику ви можете зробити з жебраками? Які вибори ви переведете з людьми, для котрих шматок ковбаси або миска дриглів, – лакома річ і при тім більше зрозуміла від усіх ваших соймів і державних рад? Пробуйте організувати його до економічної боротьби, закладайте по громадах каси позичкові, зсипи збіжжя, крамниці, привчайте людей адмініструвати, купчити, дбати про завтра; потім розширимо сю організацію на цілі повіти, поведемо систематичну боротьбу з лихварями, з шинкарями, з жидівськими банками. Будете видіти, що в міру того, як буде рости наша економічна сила, ми будемо здобувати собі й національні права, і повагу для своєї народності».

Охочі до дебат панотці й інтелігенти, у яких патріотизм звичайно й кінчиться на дебатах, то приплескували його словам, то підносили против них свій голос, остерігаючи перед надмірним переоцінюванням «економічного матеріалізму» та «жолудкових ідей». Але Євгеній з такими людьми ніколи не сперечався і лишав їм дешеву побіду, та зате ніколи потім не заходив з ними в поважну розмову. Він шукав людей, у яких слова йшли в парі з ділами; тільки з такими він говорив інтимніше, із них робив невеличкий, але тривкий зав'язок «своєї громади».

Хоча все се діялося помалу, незамітно, без шуму і без політичної закраски, то все-таки в повіті, досі глухім і забутім, почулося якесь життя. Попи на соборчиках, хоч не закидали своїх улюблених карт, усе-таки заговорювали чимраз частіше про справи з-поза обсягу звичайної хлопістики, про те, як би то допомогти селянам виорендувати у пана сіножать, перевести вибір чесної ради громадської, заснувати читальню. Селяни почали пильніше придивлятися господарці громадських рад; до староства і до виділу повітового поплили скарги на надуживання і касові непорядки; кілька разів селянські депутації їздили до виділу крайового, а два чи три випадки скінчилися в кримінальнім суді і завели дуже «porządnych»[19] війтів та писарів до Іванової хати[20]. Все те виглядало ще зовсім невинно, немов діялося само собою, все те не мало ніякісінької політичної барви, але всюди видно було одну руку, одну роботу.

– Пане меценасе! – мовив раз староста, здибавшися з д-ром Рафаловичем у якімсь товаристві і жартливо грозячи йому пальцем. – Здається, що будемо битися.

– Тілько в такім разі, коли пан староста виповідять мені війну, – також жартливо відповів Євгеній.

– Але ж ви робите потаємні підкопи під мої позиції!

– Борони Боже! – з жартливим обуренням мовив Євгеній. – Ніяких потаємних підкопів не роблю. А щодо лихварів і п'явок людських, то з тими у мене явна і безпощадна війна. Се так. Але ж не смію думати, щоб се були позиції пана старости.

– Ach, junger Mann, junger Mann! – мовив староста, звичаєм старих бюрократів закидаючи по-німецьки і плещучи Євгенія по плечі. – Sie verstehen nicht von Politik[21]. А коли ваша війна звернена проти лихварів, то чому не беретеся до Вагмана? Се ж найгірший, найнебезпечніший лихвар у нашім повіті. Чому не воюєте з ним, а навіть навпаки, підпираєте його?

– Я? Його?

– А так! Бачите, як я зловив вас! Підпираєте лихваря, найгіршу п'явку! Підпираєте тим, що жиєте в його домі.

– Жию, бо мені там вигідно, і жив би, якби сей дім належав до пана старости і пан староста винаймали його. А злихварськими справками Вагмана я досі не стрічався.

– Не стрічалися? Але ж він розкинув свої сіті по всіх селах.

– Не знаю про се. Як наскочу на який слід, то можуть пан староста бути певні, що без найменшого огляду на те, що він мій господар, а я його локатор, цупну його так, як тілько зможу.

– Ну, коли се ваша серйозна воля, то я думаю, що на нагоду недовго будете ждати.

XII

Д-ру Рафаловичу справді недовго прийшлося ждати на нагоду. Одного вечора, коли він уже був сам і мав замикати канцелярію, в дверях явився високий жид у довгім жупані, худий, з чорною бородою і довгими пейсами і, поклонившися, зупинився мовчки коло дверей.

– Чим можу вам служити? – промовив Євгеній, підходячи до нього ближче.

– Я Вагман, – промовив жид, роблячи крок наперед.

– Властитель сього дому?

– Так.

– Дуже мені приємно.

Євгеній подав йому руку. Він досі не бачив його ніколи, бо тоді, коли наймав помешкання, його не було дома, і він умовився і платив піврічний чинш його жінці, що завідувала всіми домами, жидівським звичаєм записаними на її ім'я.

– Ще не знати, чи буде вам приємно, – мовив Вагман, злегка всміхаючись.

– Або що? Приносите мені якусь неприємну новину? Хочете виповісти мені помешкання?

– Е, ні! Але я знаю, що вам там різні пани натуркали вуха, що я лихвар, п'явка, небезпечний чоловік.

– Ну, то подвійно приємно буде мені, коли дізнаюся від вас, що се неправда.

– А як дізнаєтеся, що правда?

– Ну, – мовив Євгеній, сміючись, – то ви були би перший лихвар, що признається до сього одверто, а в такім разі все-таки цікаво пізнати такого білого крука. Але поперед усього – перепрошаю, що так говорю з вами коло дверей. Маєте, може, до мене яке канцелярійне діло?

– Ні. Я думав, що пан меценас мають нині троха вільного часу. Давно збирався… хотів поговорити де про що…

– Дуже радо служу, хоч надто багато вільного часу й не маю. Але в такім разі позвольте, що замкну канцелярію і попрошу вас до себе нагору.

Коли були в Євгенієвім помешканні, сей попросив Вагмана сідати і потрактував його цигаром, але Вагман не взяв, звиняючися тим, що не курить.

– Мушу вам сказати, пане меценас, – говорив він, якось скоса позираючи на Євгенія, – що я, заким прийшов до вас, добре вивідувався про вас: із якого ви роду, де вчилися, де практикували. Се у нас звичайно робиться, коли хто хоче мати з ким діло.

– Ов! Значить, ви хочете мати зо мною якесь діло?

– Так. Не бійтеся, зовсім не лихварське і не таке, про яке вам говорили ті панове, що вас остерігали передо мною.

– Дуже цікавий дізнатися!

– Ну, та поки почнемо говорити про се діло, я мушу сказати вам дещо про себе. Бо не досить того, що я знаю вас; треба, щоб ви знали мене і не йшли насліпо.

– Дуже добре.

– Так, отже, я скажу вам, що я справді лихвар. Пощо таїтися з правдою? То значить, пану старості ані пану президентові я в сьому не признаюся, але вам мушу. Скажу ще більше: мої товариші-лихварі уважають мене найгіршим, найнебезпечнішим лихварем, тому що я знаю закони і тисячні крючки, знаю людей і людську вдачу і вмію так зручно обмотати їх, що вони тільки зіпають у моїх сітках, але ніколи не можуть видобутися з них.

– О, то ви небезпечний чоловік, – сміявся Євгеній, усе ще вважаючи ті Вагманові признання якимсь жартом.

– Се вже вам інші сказали, то я не потребую повторяти, – спокійно і поважно мовив Вагман. – Тільки бачите, пане, між мною і іншими лихварями є одна різниця. Знаєте, між лихварями бувають спеціалісти: одні зичать гроші, інші ведуть лихву збіжжям, худобою, поживою для селян; одні обмежаються на селян, інші на офіцерів, одні дають під застав, інші на векслі. Я випробував усякі способи і зробився… як би то вам сказати – добродієм добродіїв.

Євгеній голосно засміявся.

– Не жартую, – мовив поважно Вагман. – Адже знаєте, що лихварів називають добродіями людськості. Ну, а я добродій тілько одної частини.

– Якої ж то частини?

Вагман похилив набік голову, мовби надумувався, як би то висловити свою думку.

– То так є. Я ділю людей на дві часті: одні такі, що працюють, порпаються в землі, гиблюють дошки, ріжуть, шиють, будують. То прості люди. А є інші, що тим простим людям роблять добро, і більше нічого. Пан дідич – ну, що він робить? Глядить, щоб наймити та робітники не гаяли часу, щоб робили порядно, служили вірно. Чи сам він потрафив би зробити порядно яку-небудь роботу, чи зумів би служити вірно, – про се ніхто не питає. Він жиє тілько на те, щоб для нього інші робили добре, щоб йому служили вірно. Він приучує інших працьовитості, точності, вірності, – одним словом, він робить їм добро – і з того жиє. Розумієте тепер, чому я називаю його добродієм.

– Розумію, розумію…

– Ну, або у нас у місті пан староста, пан президент, пан інспектор, панове судді – що вони роблять? Добро іншим, і більше нічого. Вони піддержують порядок, хоронять справедливість, приучують людей любити вітчину і поважати закони. Чого ж вам треба більше?

– Та хіба я жалуюся?

– Я довго придивлявся тим порядкам, і, знаєте, пане меценас, – мене обрушила велика нерівність. Тому брудному хлопові, тому ремісникові, тому бідному згінникові, гандляреві кождий робить добро, кождий дбає за нього, за його тіло й душу, кождий з усеї сили приучує його до працьовитості, до точності, до справедливості, до любові вітчини, а мої товариші-лихварі приучують їх навіть жити без поля, без хати і без хліба. А тим добродіям, учителям, ніхто не квапиться робити добра, їх ніхто нічого не вчить. Вони, мовляв, усього навчилися по школах. Ну, пане, я відчув їх кривду, кинувся робити їм добро, опікуватися ними, проходити з ними свою школу і скажу вам, що можу похвалитися значними успіхами.

Зацікавлення, з яким Євгеній зразу слухав Вагманових слів, звільна перемінялося на обридження. Те, що він зразу вважав жартом, почало виглядати на цинізм.

– Не розумію, пане Вагман, пощо властиво…

– Перепрошаю, – перебив його Вагман зовсім поважно, і його очі почали набирати якогось дивного блиску. – Я прийшов представитися вам і хочу представитися не ліпшим і не гіршим, як я є. Я сказав вам: я лихвар. Тепер скажу вам більше: я розкинув сіті по всім повіті. Не знайдете тут дідича, не знайдете посесора, не знайдете урядника, що не сидів би більше або менше в моїй кишені. А треба вам знати, що хто раз попадеться в мої руки, той хіба чудом Божим може виплутатися з них. У мене є способи, є тихі спільники, і дорадники, і помічники… Я веду свої ґешефти порядно! І не думайте, пане, що хочу сторгувати вас, щоб ви були моїм оборонцем, щоб заступали мої інтереси по судах. Слава

Богу, я знаю закони настільки, скілько мені треба. І хоч як наші панове стискають на мене кулаки і закусують зуби, але законами нічого мені не вдіють. Ха, ха, ха! Вони знають один закон, а я знаю десять способів, щоб обійти той закон. Вони знають переграф – ну, що таке той переграф? Але я знаю далеко більше! Я знаю їх слабі сторони, їх привички, їх непрактичність, непорядність, негосподарність, лінивство, і все те – мої помічники. Ні, пане меценас, я досі не мав у суді ані одної справи і надіюся, що й не швидко буду мати. То ви не потребуєте боятися, що я схочу компрометувати вас своєю клієнтелею. О так, ті наші панове дуже були би раді, коли б я се зробив. Вони мали би оружжя против вас.

– Нащо їм оружжя против мене? – здивувався Євгеній.

– Нащо? Пане, як ви можете так питати? Адже вони бачать у вас ворога, бояться вас, раді би сяк або так скомпрометувати вас.

– Не знаю, пощо б їм се придалося.

– Ви не з їх круга. Ви русин, хлопський адвокат. Бояться, щоб ви не збунтували хлопів, не повикривали їх брудів та погані – дідько знає, чого ще вони бояться. Знаєте, у кого смалець на голові, той боїться сонця.

– Але все-таки я не розумію, чим я можу служити вам… або ви мені, – мовив Євгеній.

– Ви мені нічим. А властиво дечим таки можете, але про се потім. Але може би я вам чим поміг? Знаєте, я тут у цілім повіті знаю, як хто сидить і як стоїть.

– До чого мені се знати?

– Ну, коли ви хочете тут вести свою політику, мати свій вплив, то се вам може придатися. Я знаю, ви хочете дещо робити між хлопами. Ну, то тут зараз против вас підіймуться всі – побачите. Прошу пам'ятати, що тих ваших противників я маю в кишені і готов допомогти вам.

Євгеній мовчки стиснув Вагманову руку.

– Та се ще колись буде, – мовив Вагман далі. – А тепер я хотів вам сказати одну річ. Наш пан маршалок повітовий, той, що недавно мав бунт у своїм селі і запакував був двадцять селян до кримінапу, – знаєте, що ви боронили їх… Чую, що ви процесуєте його за пасовисько?

– Так.

– Даруйте, що смію дати вам одну раду. А властиво се би була рада для селян із того села. Пасовисько, що ви за нього процесуєтесь, має всього двадцять моргів. Що воно варто? П'ятсот ринських. А процес за нього коштує, певно, досі до 500, а під час бунту і військової екзекуції понесли селяни страти з на других 500, а що в арештах насиділися, а кілько було поранених… Ну, скажіть, чи то ґешефт?

– Що ж діяти, коли вони чують себе в праві, а пан, очевидно, шукає собі зачіпки?

– Шукає зачіпки, бо мусить. Бо біда тисне. Знаєте, пане, треба мене спитати, як тому панові зітхається. І що ви від нього випроцесуєте? Тікай, голий, бо тебе обідру! Пан задовжений, маєток задовжений, а плечі має в суді. Виграти з ним нелегко, а виграєте, то користі ніякої. Я порадив би ліпше: нехай хлопи підуть до нього, але з вами! І загодіться. Але то не так треба годитися, як досі хлопи пробували. Він і говорити з вами не схоче. Але я вам дам його векслі і тратки, ви собі зробіть маленький витяг із його табулі і притисніть його до стіни: або пана зараз зліцитуємо, або згодіться продати нам увесь маєток.

Євгеній широко витріщив очі.

– Я не зовсім розумію вас, пане Вагман.

– Ну, ви не привикли мати діло з такими лихварями, як я, – злегка всміхаючись, мовив Вагман. – Але я хочу помалу повикурювати тих панків із сіл. Для того я так заскакую коло них. А з хлопами сам я не хочу мати діла, – то мені не кляпує. То я прошу вашої помочі. Бачите, тут у повіті скрізь пішла слава, що ви маючий чоловік, дуже маючий. Відки взялася та слава? Хто знає! Може, я й сам розпустив її, а може, й ні. Досить, що мені вона на руку. Я хочу вірити вам, дам вам до рук ті векслі і довжні листи пана Брикальського, які в мене є, – а їх гарна купка, майже половина вартості його маєтку. Друга половина втоплена в банках. Значить, ви, маючи ті папери в руці, можете відразу того панка пустити з торбами. Він зразу буде фукатися, потім зм'якне, потім пришле жінку, щоб плакала перед вами, але ви знайте, що то все комедія, бо та жінка – то головна причина його руїни.

– Але що ж мені з того, що він піде з торбами? Маєток треба купити.

– Нехай хлопи купують.

– Хлопи, певно, купили би, але у них купила нема.

– Якого там купила треба? Те, що в банку назичено, лишиться на гіпотеці, а те що у мене, – ну, з тим якось погодимося.

Євгеній усе ще не міг зорієнтуватися. Йому попросту не хотілося вірити, тим менше, що вся Вагманова подоба веліла догадуватися в ньому всього іншого, тільки не хлополюба. Але Вагман замість дальшої розмови видобув пачку векслів і довжних записів, розложив їх, просив Євгенія, щоб оглянув кождий і переконався про його правосильність, а потім узявся оповідати історію кождого з тих паперів, що, взяті разом, значили повну руїну одного шляхетського дому. Весь панський маєток оцінено на 120 000. На се у нього є 50 000 гіпотечних довгів, а в руках у Вагмана векслів і записів на 55 000. Господарство запущене, а потреби величезні, бо у панства дві панни вже вивіновані, а одна ще на відданні, та й сама пані (мачуха панночок) дуже любить забави.

Панство видають річно десять тисяч, а маєток несе ледве п'ять, а як добрий рік, то шість.

Євгеній, розглянувши ті папери і вислухавши всю історію, похитав головою.

– Сумніваюся, щоб селяни могли купити сей маєток. То завелика річ на їх сили. Де їм узяти такого капіталу, щоб покрити хоч ваші векслі?

– Е, пане, – мовив Вагман, нахиляючись до нього і знижуючи голос. – Треба вам знати, що то моєї фабрики векслі. То не значить, щоб були фальшовані, борони Боже! Пан Брикальський не відопреться ані одного з них, ані не може за жаден заскаржити мене за лихву. Бачите, що тут майже кождий вексель виставлений на іншого акцептанта. То все мої гроші, але різні жиди зичили їх панові, і він досі певний, що жаден із тих вірителів не знає про іншого. І ще одно. Ось бачте, отсей вексель на 8 тисяч. Як ви думаєте, кілько було властиво позичено на нього? Всього три тисячі, але з умовою, що по трьох місяцях пан віддасть з процентом по 12 від ста. А як не віддасть, то за кождий дальший місяць платить по 20 від ста. Розуміється, що не віддав, а за рік уже старий вексель пішов у огонь, а той сам довг фігурував на новім векслі в сумі 4 000. Ще рік минув, пан допозичив двісті ринських і переписав вексель на 5 тисяч, а тепер, по п'ятьох літах, се вже п'ятий вексель і довг наріс до 8 тисяч. І так майже з усіма. О, ми вміємо таких панків лоскотати. Але як прийде до того, що хлопи захочуть купити маєток, то я їм дарую всі ті проценти – розумієте, пане? Звернуть мені тільки капітал, та й то не конче відразу. З 50 тисяч зробиться, може, 18 або 20 тисяч.

Євгеній не міг вийти з диву, чуючи сю мову.

– Чимраз менше розумію вас, пане Вагман, – мовив він. – Прошу, заберіть свої папери!

– Ну, що, не хочете робити, як вам раджу? – мовив Вагман, складаючи векслі.

– Попробую. Не смію відкинути вашої ради, бо се не мій інтерес, а моїх клієнтів. Тілько не розумію, який інтерес ви маєте в тім.

– Інтерес? Чи я мушу мати інтерес?

– Ну, купець… як ви кажете, лихвар…

– Я вже сказав вам, для кого я лихвар.

– А хлопам хотіли б помагати?

– Хотів би? Мм… Що я вам буду говорити так або ні? Маєте право не вірити мені. А от ви при нагоді спитайте про мене отця Зварича – знаєте отця Зварича, тут, із Бабинців.

– Знаю.

– Ну, так спитайте його про Вагмана, а я більше не скажу нічого.

– Добре. А тим часом я завізву селян із маєтку пана Брикальського і пораджу їм братися до купування села.

– Але про мене не згадуйте нічого, прошу вас! Скажіть, що можете їм допомогти, як пристануть.

– А як не пристануть?

– То я радив би вам самим купити той маєток.

– Мені? На які гроші? І пощо?

– Пане, – мовив Вагман, прихиляючи уста до його уха, – скажу вам секрет: у тім маєтку є триста моргів мішаного лісу зі старими гарними дубами. Один знайомий пише мені з Гамбурга, що там швидко будуть потребувати 500 000 дубів на кораблі. Агенти поїдуть по всіх краях, будуть добре платити. Розумієте ви, що се значить? Купите сьогодні, переждете рік і продаєте самі дуби, – а я знаю ті дуби! Поїдьте колись ніби ненароком, огляньте й самі, зайдіть до лісничого, спитайте, кілько там тих дубів. Я певний, що буде з 10 тисяч таких, що придадуться на кораблі. І нехай вам за дуба loco[22] дадуть лиш 10 ринських, то маєте чистих 100 тисяч. Се значить, що весь маєток дістався вам за 20 тисяч, а коли хочете, то можете все поле, фільварки, стирти, сінокоси подарувати хлопам і нічого не стратите.

– Ну, пане Вагман, се все фантазії.

– Ні, не фантазії, можете вірити мені. Зрештою ні, не вірте, а вперед переконайтеся, чи я брешу.

– Але чому ж ви не беретеся до сього ґешефту?

– То не мій ґешефт. І пощо мені? Я дітей не маю, – при тім він важко зітхнув, – нас двоє з жінкою, а при тім маємо в руках стілько інших ґешефтів. Нащо нам того? Я би дуже хотів, щоб ви, пане меценас, узяли сю справу в руки. Я знаю вас, вірю вам, що ви се зробите добре і на користь тих людей. А коли ви не схочете, ну, то я знайду собі жида, такого, що ще й у руки мене поцілує. Але не знаю, чи на тім скористають ваші люди.

Євгеній обіцяв занятися сею справою і попрощався з Вагманом. Потім він довго, майже до півночі, ходив по покою і обмірковував слова сього незвичайного лихваря. Не все в них було йому ясне, і він постановив собі при найближчій нагоді розвідати про нього інших людей.

XIII

Д-р Рафалович майже зовсім забув про свою хвилеву стрічу з чорною дамою в ту неділю, коли зі Стальським ішов наймати помешкання. Від тої неділі минуло вже пару місяців, і він ніколи більше не стрічав її. Зрештою канцелярійна праця, вічні терміни і тисячі ненастанних турбот, що переходили через його голову, не давали йому часу думати ані про ту появу, ані про ту драму, якої спомини вона викликала була в його серці. Та ось другого дня по візиті Вагмана одна маленька пригода знов торкнула в його душі ту, здавалось, порвану струну.

Того дня він виїмково не мав рано терміну в суді і для того міг трохи відпочити. Вставши о восьмій, він поснідав дома, потім понаписував деякі листи до знайомих у Львові, а також до Буркотина, до тих селян, що звичайно бували у нього в справі процесу з паном і видавались йому інтелігентнішими та впливовішими від інших, а віднісши листи до канцелярії з порученням вислати їх на пошту і давши деякі диспозиції конципієнтові, пішов знов нагору до свойого покою, щоб прочитати дещо з новоповидаваних книжок, які одержав зі Львова. В ту пору нова руська книжка була рідким гостем на провінції, і Євгеній пильно слідив не тільки за політичними і економічними справами, але також за красною літературою, і то не лише руською. Він належав до того покоління, що виховалося вже під впливом європеїзму, якому в Галицькій Русі виборов горожанство Драгоманов[23], і цікавився багато дечим таким, чим не цікавилися зовсім його польські та жидівські товариші, адвокати та судовики.

Прочитавши кількадесят сторінок книжки, Євгеній відложив її набік і встав. Книжка зворушила його, він чув потребу руху і встав, щоби проходитися по комнаті і роздумати, розібрати прочитане. Перейшовши кілька разів здовж покою, він зупинився при вікні, що виходило до міського парку, і відразу мов прикипів до місця. Його очі звернулися на одно місце і не могли відірватися від нього.

Просто його вікна, на віддаленні яких двадцятьох метрів, за живоплотом, що ним був обведений парк, ішла широка стежка, а, зробивши тут закрут, піднімалася трохи вгору і щезала в гущавині високих смерек. В тім місці, де стежка тонула в тіні, спускаючися вдолину з горбка, стояла під смерекою лавочка, здалека майже незамітна і заслонена для дальших частей парку, але добре видна з вікон. На тій лавочці в тій хвилі сиділа дама в чорному, сим разом не завельонована, з лицем, оберненим просто до Євгенієвого вікна. Зирнувши туди припадково, Євгеній не міг відірватися від того лиця. Йому відразу пригадалося знайоме обличчя. Правда, і сим разом він не видів його виразно, бо сонячне проміння, скісно падучи з-поза смереки, добре освітлювало стежку, що виглядала мов величезна карта білого паперу, простерта серед темної зелені, освічувало лавку, але пані, що сиділа на ній, потопала в тіні, так що тільки її подовгасте лице ясніло матовим блиском, ледве обрисовуючи свої тонкі контури. Але Євгеній почув при виді того лиця той давно звісний йому товчок у груді, якого не почував на вид жадного іншого лиця.

– Невже се вона? – питав він сам себе і напружав свій зір, щоб якнайліпше побачити, пізнати її. Він стояв при вікні, що було замкнене, і боявся відчинити його, боявся навіть ворухнутися, щоб не сполошити привида, стояв до половини захований за фрамугою вікна так, щоб вона не мусила його побачити, коли справді, як йому здавалося, пасе очима його вікно.

«Зажду, аж устане, – думав він далі. – По ході пізнаю її зараз».

Але дама не вставала. Не відвертаючи лиця, вона сиділа недвижно, мов кам'яна фігура. В одній руці держала парасольку, другу поклала свобідно на поруччя лавочки, немов відпочивала після надто довгого проходу.

Євгеній стояв також, не сміючи ворухнутись. У його душі з кождою хвилею змагався неспокій. Його мучила непевність.

«Вона чи не вона?» – міркував він. Силкувався відкинути думку, щоб се була вона. Що робила б вона тут? Чого їй глядіти в моє вікно? Але непереможний внутрішній голос рівночасно шептав йому щось таке чарівне, солодке, відкопував у його душі такі клейноти щирого, глибокого почуття, що його серце билося чимраз живіше, перед очима зачали бігати темні, рожеві і золоті точки, по тілі проходила дрож, прилив чуття почав затоплювати розум, почав навертати думки на свій лад. Він хопив капелюх і побіг униз.

«Забіжу з-поза угла, ввійду до парку і пройдуся поуз неї, то й переконаюся відразу, чи се вона, чи ні».

Думка, що се може бути вона, що він отсе зараз, за хвилину, побачить те дороге лице, якого не бачив уже десять літ, та яке, проте, ані на хвилю не загасло в його душі, світилося в ній, як сонце, і боліло, як незгоєна рана, – ся думка, радісна і страшна, захоплювала йому дух, робила його п'яним, безтямним. Він біг, не бачачи нікого, але, пройшовши крізь турнікет до парку і опинившися на стежці, що вела до звісної лавки, він мусив зупинитися. Він почував, що виглядає смішно, що на його лиці видно змішання, тривогу та непритомність, і для того хотів трохи прийти до себе, надати собі вид чоловіка, що свобідно проходжується і зовсім несподівано стрічає знайому. Аж коли з тяжкою бідою йому вдалося надати собі такий вид, він пішов стежкою до закруту. Ішов звільна, озираючися на всі боки та махаючи ліскою в руці. Попробував навіть тихенько свистати якусь арію, але його уста тремтіли і були сухі і зо свистання не вийшло нічого.

Ось він доходить до закруту. Коліна трясуться під ним, рука перестає махати ліскою, очі тривожно біжать по стежці до лавки – лавка порожня. Його немов обілляв хто зимною водою, але рівночасно він чує, що на душі у нього легше, свобідніше. Він приспішує кроку. Коли вона пішла, то можна ще догнати її. За пару секунд він був на горбку, збіг униз, минув густий смерековий кломб, зирнув сюди й туди по парку – ніякої чорної дами не видно. Побіг далі, пару разів оббіг увесь парк, зазирнув у кождий закуток – чорної дами ані сліду.

Євгеній вернув до свойого покою якийсь прибитий, сам не свій. Йому було соромно, що вид якоїсь, правдоподібно, зовсім незнайомої дами так відразу вивів його з духової рівноваги; соромно й того, що спомини про ту, котру нагадав йому сей вид, досі ще мають таку силу над його душею. Кілька сот разів він зарікався забути її, не думати про неї, вирвати її з серця, як хопту, покрити забуттям, як прикидають сухими гілляками місце, де закопано самовбійцю! І від кількох літ йому здавалося, що осягнув сю мету. Від кількох літ він не почував ані тої дрожі, ані того любовного одуру, ані тої тривоги, яку вперед викликав у його души її образ, сам спомин про неї. А тепер на тобі! Якась Бог зна яка собі чорна дама отсе вже другий раз, мов заєць, перебігає йому дорогу! Соромно! Соромно піддаватися таким враженням!

І він засів знов коло бюрка і взяв до рук книжку. Він силкувався сконцентрувати свою волю, зібрати докупи свої думки, щоб слідити за тим, що написано в книжці. Але дарма. Мов розбурхане море довго ще гойдається і хвилює навіть тоді, коли вже давно втишилася буря, так і його душа не зараз прийшла до рівноваги. Очі бігали по літерах, минали коми і точки, але душа не приймала в себе нічого з тих літер. Мов той скупар, що любить розкладати перед собою свої скарби і любуватися ними, так і вона шугнула в гущавину мрій, розвернула перед собою образ тої драми, яку пережив Євгеній перед десятьма роками.

XIV

Драма була дуже проста, одна з тих, про які безсмертне слово сказав Гейне[24]:

Es ist eine alte Geschichte,
Doch bleibt sie ewig neu,
Und wem sie just passieret,
Dem bricht das Herz entzwei[25].

Хто бачив д-ра Рафаловича, все спокійного, легко всміхненого, трохи скептичного, але наскрізь практичного і, бачилось, досить-таки егоїстичного чоловіка, хто чув його балакання, розумне, і холодне, і далеке від усякого сентименталізму, той був би ніколи не подумав, що той чоловік носить у своїх грудях глибоку, ледве загоєну любовну рану, що по його серці пройшла не скажена буря, а тиха, вбійча змора, пройшла така дитиняча, глупа історія, яка у іншої, менше глибокої натури минула би, мов легкий весняний дощик, не лишивши по собі ніякого сліду або навіть освіживши душу до нового розмаху чуття.

Бувши на третім році прав у Львові, Рафалович на однім академічнім балу побачив панночку, що відразу впала йому в око. Він танцював з нею кілька турів, обмінявся кількома банальними фразами, не придаючи своєму першому враженню надто великого значіння. Він навіть не запитав її, хто вона, не запитав про се нікого з товаришів комітетових, і так вони розійшлися. Кілька день минуло. Євгеній згадував не раз панночку, але без особливого зворушення. Він був занятий лекціями і не хотів думати про любощі, то й силкувався поборювати свої «любовні примхи», як він називав подібні епізоди, що трафлялися йому вже не раз. Він вмовляв себе, що, властиво, панночка не представляла з себе нічого особливого, що у неї ніс задовгий, уста завеликі, овал лиця не зовсім правильний, одним словом – вона зовсім не красавиця і навіть не «в його ґусті». Та ось одного дня, спішачи до університету, він здибав її на вулиці. Вона була одягнена по-буденному, в довгім плащі, мала на голові скромний капелюх з простим білим пером, у руці дешевеньку чорну баранкову муфту, другу руку держала свобідно, а під пахвою несла якусь книжку. Він зараз пізнав її і зараз зробив увагу, що пізнає її по ході, її хід мав у собі щось незвичайне, щось таке, чого він досі не завважив у жадної женщини, щось таке плавне, свобідне, гармонійне, що він відразу сказав сам до себе:

– Отсей хід я пізнав би між тисячами!

Він з якимось не то подивом, не то переляком глянув у її лице, і йому відразу зробилося так, немовби хто ледовою шпилькою прошпигнув його серце. Він затремтів, уклонився їй, вона з ледве замітним усміхом кивнула йому головою, і він, весь тремтячи, в якійсь нетямі, не озираючись побіг наперед, немовби крив не знати який дорогий скарб. Тільки по кількох мінутах він догадався, що варто б оглянутися, куди вона пішла. Він озирнувся і, розуміється, не побачив її. Побіг назад на те місце, де зустрівся був з нею, – розуміється, її там не було. Побіг вулицею туди, куди вона могла піти, блукав очима серед юрби прохожих – її не було. Яких сто кроків далі перехрещувались дві вулиці. Він зупинився мов одурілий. Куди вона могла піти? Прохожі сунули сюди й туди, у нього в голові мішалося, поки вкінці він не надумався, що тепер даремно шукати її. З важким серцем, сам не свій, він пустився назад у своїм первіснім напрямі, на університет.

«Здиблю її другим разом і вже хоч би що, а мушу пристежити, де вона живе», – з такою постановою він увійшов у браму університету.

Але даремно він, бігаючи на лекції з одного кінця міста на другий, роздивляв по вулицях усіх прохожих панночок, даремно всі хвилі, вільні від праці, те тільки й робив, що снував по вулицях, «шукаючи другої голови», як сміялися з нього товариші, – панночка більше не стрічалася йому. Цікаве було й те, що з товаришів, які були на пам'ятнім балу і яких він з дрожжю в серці почав розпитувати про незнайому панночку, жаден не знав її, не пригадував собі її; кождий, звичайно, був занятий своєю і близькими до себе; вона, бачилось, нікому не впала в очі, нікого не зацікавила, ні з ким не була знайома.

З нетерплячкою ждав Рафалович найближчого балу. М'ясниці того року були довгі, балів заповідалося багато, і він потішав себе надією, що коли не на однім, то на другім таки здибле її, а тоді вже не залишить зібрати всі потрібні інформації. Але доля зажартувала собі з нього: оскільки він, з ущербом для свойого скупого бюджету, зробився неминучим учасником усіх балів, вечерків, маскарадів та редут, які були в тім сезоні, остільки панночка, мов завзялася, не показалася ні на однім. У Євгенія горіло серце, щось займалося в душі, мов невгасний огонь; панночка все стояла у нього перед очима то в рожевій баловій сукні, то в простім плащику і з легесенькою усмішкою, як ішла своїм маєстатичним ходом по вулиці. Не бачачи її, він не то що не забував, але, навпаки, закріплював у своїй пам'яті кождий її рух, кожде слово, кождий відтінок її голосу, кожду рисочку її лиця. Він уже перестав критикувати правильність тих рис, він чув, що вона перестає бути для нього предметом естетичного вподобання, а починає робитися чимсь таким необхідним до життя, як сонце, як тепло, як повітря. Він не згадував про неї нікому в розмові з товаришами, заховував її образ у найскритішій глибині своєї душі, боячись, щоб ані хтось інший, ані він сам не доторкнувся її не то цинічним жартом, грубою фразою, але навіть жадним нечистим помислом. І він дивувався сам собі: давніше, коли трафилася часом «любовна халепа», він бентежився, тратив охоту до праці, зітхав і ходив блудом; тепер сього не було нічого; він, щоправда, бажав конче здибати її, але, проходивши по вулицях, вертав додому і з подвоєною енергією брався до роботи. В ньому виросла і з кождим днем кріпшала надія, що колись-таки він зустрінеться з нею, і, ще не знаючи, хто вона і яка, він почав у своїй голові укладати можність оженитися з нею. Він почував, що з такою жінкою він міг би бути щасливим; що така любов, як та, що зароджувалася в його душі, коли б знайшла собі взаїмність, могла б бути підвалиною до щасливого подружжя.

XV

Євгеній був оптиміст, «невлічимий оптиміст», як називали його товариші. Все, що трафлялося йому в житті, він витолковував собі на добро. Його опікунові при смерті вкрадено всі гроші, що мали в спадку лишитися Євгенію. «Що ж, – потішав себе парубок, що був тоді на другім році прав і нараз опинився без ніякого удержання, – видно, що доля хоче мене загартувати, хоче виробити мої духові сили. Значить, я їй, мабуть, на щось добре придався». Умерла панночка, котру він якийсь час любив. «Жаль, жаль, – мовив Євгеній, – але видно, не була мені суджена, а може, ми були б нещасливі обоє». І як у всьому вмів Євгеній віднайти добру сторону, так і сим разом, стративши слід незвісної панночки, що запалила його серце, він помалу вспокоївся, перестав шукати її по вулицях і здався на долю, що сама – він вірив сьому – наведе його на найліпшу стежку.

Так минув літній семестр. Він виїхав зі Львова на село, також на лекцію, а восени вернув. Він наняв собі маленьке кавалерське помешкання, дешеве, з вікном на подвір'я, на другім поверсі, невигідне ще й тим, що на першім поверсі була школа гри на фортеп'яні; значить, удень міг там витримати тільки чоловік з дуже грубими нервами або глухий. Євгенію було байдуже; він удень дуже рідко бував у себе в хаті; університет і лекції заповнювали його день, а тільки ніччю він працював для себе, вчився до екзаменів, а ніччю на першім поверсі було тихо.

Так він прожив спокійно з місяць. Аж одного дня він якось лишився дома – чи нездужав, чи свято якесь було. Страшенне брязкання на чотирьох фортеп'янах розбило його нерви так, що він не міг витримати і вибіг із свого покою о дванадцятій у полудне, думаючи йти на обід. Переходячи першим поверхом, він побачив, що двері школи відчинилися і зсередини вийшли чотири панночки з нотами під пахами: се були учениці, що по скінченні лекції йшли до домів. Євгеній відразу зупинився як вритий: одна з тих учениць була та сама панночка, що торік на балу і на вулиці зробила на нього таке сильне враження. Тепер враження було ще сильніше. Панночка була вся в чорному і, вийшовши з комнати, заслонила своє лице довгим, чорним, густим вельоном, – очевидно, носила по кімось жалобу. Євгеній тільки на хвилю заздрів незакрите її лице, і йому здалося, мовби блиснуло сонце і освітило його. Він стояв мов остовпілий, забувши, де він і що з ним діється. Панночки пройшли поуз нього на ґанок, а ґанком на сходи, щоб вийти на вулицю; Євгеній не зібрався духом навіть настільки, щоб поклонитися панночці в жалобі, коли проходила попри нього. Здавалось, що й вона не гляділа на нього, не пізнала його; йшла рівно, плавно, поважно. Євгеній слідив за нею очима, далі щось немов пхнуло його. Він пустився бігти вниз сходами у офіцині, перебіг подвір'я, але так, щоб із чільних сіней не було його видно. Він боявся чогось, стидався чогось; йому здавалося, що коли б панночка в жалобі запримітила, що він слідить за нею, то він від одного її погляду впав би, згорів би на місці. Коли ввійшов у сіни, в сінях не було нікого; вибіг на вулицю – на вулиці не було видно жадної панночки з нотами. Але недалеко була невеличка площа, відки розходилися вулиці на п'ять боків. Певно, котрою із п'ятьох вуличок пішла панночка в жалобі. Але котрою? Євгенія знов неначе кліщами за серце стисло. Але він швидко отямився. Тепер він мав одну сказівку. Вона ходить на лекції фортеп'яна до тої пані, що живе понижче нього. Він трохи познайомився вже з сею панею, тепер познайомиться ще ліпше і розвідає все, що йому треба. І, вспокоївшися на тім, він пішов на обід.

І справді, зараз по обіді він узяв на себе чорний англез і пішов униз до вчительки гри. Пані була сама, учениці ще не приходили. Пані приняла Євгенія дуже чемно і здивувалася дуже, коли він заявив їй, що хотів би взяти у неї кількадесят лекцій гри на фортеп'яні.

– Я вже початки знаю, – мовив він, – і хоча не чую в собі ніякого особливого таланту, але охота є. Ну, а хто знає, що коли чоловікові може придатися в житті.

– О так, – мовила пані, – то дуже красно. Адже ж добре старі люди говорили: чого замолоду навчишся, те потім як знайдеш. Тілько не знаю, пане Євгенію, як би ми се уладили. У мене тепер чотири панночки беруть лекції щодень від осьмої до дванадцятої і від третьої до п'ятої.

– О, я не міг би посвятити так багато часу. Щонайбільше годину денно.

– Так. А коли ж маєте вільний час?

– Коли пані не мають нічого против того, то мені було би найдогідніше від одинадцятої до дванадцятої.

– Та я не мала би нічого против того. І так іще один фортеп'ян у мене вільний. Якби тілько мої учениці не були противні.

– Я спокійний чоловік і не буду перешкоджати їм, – з усміхом мовив Євгеній.

– Ну, щодо того, я певна, – мовила пані, – тим більше, що ви вчились би в окремім покою. Та проте… ну, зрештою побачимо. Ось вони зараз поприходять. Найліпше буде спитати їх самих.

Євгенію не дуже по нутру було те, що сказала пані про вчення в окремім покої. Він, правду мовлячи, не почував ніякої охоти вчитися гри на фортеп'яні і навіть не потребував сього, бо й без того вмів грати, і то навіть зовсім не погано. «Ну, та що там, – думав він, – байдуже, як воно буде, а все-таки се найпростіша дорога познайомитися з панночкою». От тим-то він пристав на всі умови вчительки, згодився з нею за ціну і ждав тільки, аж поприходять учениці, щоб почути від них, чи схочуть мати його товаришем науки. На ратуші вдарила третя, і учениці почали сходитися. Насамперед прийшли дві сестри, підлітки, гарненькі брюнетки, потім прийшла третя, старша панна, худа і негарна, що, мабуть, училася на те, щоб самій зробитися вчителькою десь на провінції. Пані дому представила їм Євгенія, сповістила їх про його намір брати лекції і запитала, чи не будуть мати що против того. Молоденькі брюнетки обіллялися густим рум'янцем, старша блондинка кивнула головою. Ні, вони не мали нічого против того, тим більше, коли пані заявила відразу, що пан Євгеній буде вправлятися тільки годину денно, і то окремо від них.

– Але де ж панна Регіна? – запитала вчителька у обох брюнеток.

– Ми не заходили до неї, але вона, певно, зараз прийде.

І справді, за хвилю отворилися двері, і ввійшла та, котру пані назвала Регіною. У Євгенія серце забилося страшенно, світ йому закрутився, очі застелило якимсь туманом, і він сам навіть не тямив, як і коли встав з місця, поклонився панночці і вислухав, як пані представляла їх одно одному: «Пан Євгеній Рафалович» – «Панна Регіна Твардовська». Він не тямив, як сів потому, як пані виясняла Регіні його намір. Він не мав відваги ані разу зирнути на неї, боявся її, мов злодій, прилапаний у чужій коморі, тремтів і сидів, мов на шпильках, чуючи тільки одно – що вона тут, близько нього, що від неї виходить якась таємна непереможна сила і проймає, пронизує, обезсилює його. Вона промовила – він майже не розумів, що вона сказала, але сам тон її голосу був для нього такою музикою, якої він, бачилось, не чув іще ніколи. Обі брюнетки заговорили щось до неї, почали сміятися, – і вона засміялася, і той сміх дихнув на нього такою розкішшю, про яку йому досі і в сні не снилося. Тільки тепер він почув, як сильно він полюбив сю дівчину, яка магічна сила в'яже його з нею. Вчителька вивела його з того моментального остовпіння.

– Ну, так, значить, добре, – мовила вона, встаючи і подаючи йому руку. – Мої панночки не мають нічого против того. І коли ви стоїте при своїм похвальнім намірі, то прошу сказати, коли вас надіятися на першу лекцію.

– Завтра, – машинально промовив Євгеній. – Завтра о одинадцятій.

І, вклонившися панночкам, він вийшов. Уже за дверима він почув за собою голосний вибух сміху. Сміялися, очевидно, обі брюнетки. Регіниного сміху він не міг дочутися.

XVI

«Доле моя, доле! Чом ти не такая, як доля чужая?» – бриніло в ухах Євгенія, поки його тямка перебирала ті спомини. Важка тінь пізніших подій упала на ті безмежно щасливі хвилини, які переживав він відтепер отам, у тім пустім покоїку при розбитім фортеп'яні, але в тій певності, що тільки одна стіна ділить його від неї, що вона тут близько, що з-під її рожевих пальців пливуть оті нестрійні гами, мішаючися зі срібними тонами її голосу, з рідкими вибухами її сміху.

Зрештою його лекції вийшли не зовсім такі, як надіялася вчителька. Вона почала вчити його початків, але швидко показалося, що він уміє трохи чи не більше від неї самої. Правда, якийсь час він силувався при ній грати погано, клапати механічно ті самі обридливі та монотонні етюди, які «для вправи пальців» цілими годинами мучили панночки. Але коли вчителька, повислухувавши за чергою гру всіх, поробивши їм свої уваги і позадававши їм дальші завдання, виходила поратись собі в кухні, тоді Євгеній кидав набік проклятy «школу» і починав з пам'яті вигравати те, що знав найкращого. Він любив музику веселу і знав напам'ять багато танців і народних пісень. Чим тяжче було йому на серці, чим сильніше клекотіло в ньому чуття, якого він не смів виявити, тим вправніше бігали його пальці по клавішах і тим краще виходили у нього вивчені колись майже віднехочу кавалки. Любов робила його артистом, виливалася в кождім тоні, в кождім акорді, який він умів видобути з сього старого розіграного фортеп'яна.

Почувши його гру, панночки в сусідніх покоях відразу, мов на команду, вмовкали. Такої гри вони не чували в сих стінах. Ті нервово прискорені польки, коломийки та козачки були для них мов остроги для коней. Особливо обі брюнетки не могли всидіти. Се були живі, веселі дівчата, правдиві школярки; їх гарні головки, здається, повні були жартів, веселощів і сміху. Вони, спинаючись на пальчиках, підкрадалися до дверей покою, в котрім грав Євгеній, слухали його музику, а коли він переставав грати, били йому браво і втікали на свої місця. Се приводило його знов до себе; щоб не випадати зі своєї ролі, він починав знов клепати гами та етюди.

Одного разу, коли він отак переграв якогось скучного вальса і урвав, до його дверей застукали.

– Прошу! – озвався він, а його серце мліло з непевності: ану ж се вона? Але се була старша панна, а з-за її плечей визирали, запаленівшися, обі брюнетки.

– Вільно ввійти?

– Прошу.

Старша панна глянула на нього з якимось докором.

– Але ж ви, пане, граєте дуже добре. Чого вам ще треба вчитися?

– Дякую за комплімент, – з усміхом мовив Євгеній. – Але те, що я граю, то самі танці. А я, прошу пані, хотів би навчитися поважної музики.

– А, так!

– О, прошу, прошу, – вирвалися нараз обі брюнетки, – заграйте нам іще от того вальчика, що ви грали тільки що. Ми потанцюємо в салоні.

– І, овшім, рад служити паням, – мовив Євгеній і обернувся до фортеп'яна. Старша панна сіла недалеко нього із завистю дивилася на його пальці, що, мов божевільні, бігали по клавішах. Боже, якби вона вміла так грати, вона ані хвилі не сиділа би в тім поганім Львові, в тій остогидлій школі! А молоді панночки тим часом вертілися по салоні, обнявшися, мов два чмелі, рівночасно пущені в рух.

– Регінко! Регінко! – озвалась одна з них. – Та покинь брязкати! Ходи сюди!

Але Регіна не йшла, бренькала далі завзято, немов боронилася тим бренькáнням від якоїсь ворожої сили. Коли ж панночки не переставали кликати, то й вона прийшла.

– Ходи потанцюємо обі! – мовила одна брюнетка, скочила до неї і, пестячись, як кіточка, повисла на її шиї.

– Не можу, Манюсю, – бачиш, я ще в жалобі.

– Ах, так. Бідна Регінко, – мовила панночка, – ти стратила маму! – І, вхопивши сестру, пустилася знов у танець. Регіна стояла в дверях свойого покою і дивилася на їх підскоки якось тужливо-добродушно. Рафалович не зводив із неї ока.

Коли скінчив грати, вона підійшла до нього.

– Але ви гарно граєте, – мовила спокійно.

– Дуже слабенько… механічно, – відповів він.

– І ви думаєте, що тут навчитеся ліпше?

При сих словах вона вдивилася своїми великими ясними очима в його лице. І він осмілився піднести очі на неї. Їх погляди зустрілися. Одну хвилину Євгеній напружив усю свою волю, всю душу, щоб тим поглядом сказати їй усе, чого не могли вимовити уста. І йому здавалося, що в її очах прочитав якийсь дивний рух. Зразу світилася в них якась тиха задума, спокійна цікавість. Потім глибока криниця тих очей немов закаламутилася, немов на дні ворухнулося щось, якесь дивне, несподіване зрозуміння. І в тій хвилі її очі прислонилися довгими віями, на лиці показався легенький рум'янець, і, не дожидаючи його відповіді, вона відвернулася і пішла до свого покою, відки ще негармонійніше, ніж звичайно, почувся брязк якихось гам.

У Євгенієвій душі сей один момент викликав правдиву революцію. Він почував якусь невідому досі розкіш, сполучену з переляком, як чоловік, що заглянув у безодню, де на дні було щось невимовно принадне, невимовно гарне і чудове. Сей розкішний перестрах знесилив його, спаралізував усі думки, всю волю, всі бажання. Він сидів, не бачачи, не чуючи, не хотячи нічого. Перед ним не було ані часу, ані простору; фізичні враження не доходили до його свідомості. Рука механічно бігала по клавішах, але він не чув дотику, не чув брязкоту, не знав, чи і що грає. Старша панна встала і пішла, – він не бачив її. Здається, вклонився їй, здається, сказав щось, але зовсім автоматично. Вкінці з безмежної темряви в його душі мигнуло щось раз, удруге. Се думка: «Геть відси! Геть, на вільне повітря, в самоту – далеко від людей!»

І він, усе ще машинально, зірвався з крісла, вхопив капелюх і, не прощавшися ні з ким, вибіг із покою. Того дня він пропустив усі лекції, не доторкнувся ані до книжки, ані до страви, але ходив, ходив, ходив вулицями, то звільна, то майже підбігцем, немов шукав чогось. І справді, він шукав свого бідного «я», що готово було втонути в ясних безоднях сих чарівних очей.

Кілька день по тім він не бачив Регіни. Формально уникав її, боявся глянути на неї, немовби обікрав її. Він чув за стіною її брязкання, і його серце мліло. Приходячи на лекцію, він не видав її, – вона звичайно сиділа вже в своїм покої і не виходила вітатися з ним, і він був рад. Тільки обі брюнетки вибігали, сильно термосили його руки на привітання, так, як школярі-товариші, сміялися і підморгували йому, а коли «стара» пішла собі до кухні, прибігали до нього і просили грати їм до танцю. Він грав, але ні за що в світі не був би глянув на ті двері, що з салону вели до покою, де грала Регіна. Він боявся, щоб вона знов не показалася в дверях. Вона не показувалася. «І ліпше так. Дуже добре!» – говорив у його нутрі якийсь голос.

«Дуже добре!» Але чому властиво «дуже добре?». Для чого вона не покажеться ніколи? Певне, вона в жалобі, танцювати не буде. Ну, але так, подивитися, послухати? Овва, нема що так багато й слухати. Невеликий маестро! А поглянути на нього? Ні, Євгеній боявся сам собі признатися, що їй може бути цікаво поглянути на нього. Його дівоче-стидливе чуття боялося навіть допускати у неї якесь чуття, подібне до його власного.

Та все-таки по кількох днях він завважив, що не тільки він уникає її, але й вона його. Йому зробилося дуже прикро. Відразу, без ніякого мотивування настрій його змінився: з рожево-півсонного він упав у чорно-меланхолійний. Усе на світі видалось йому пустим, глупим, безцільним, усе стратило свою принаду, само життя не варто зламаного гроша. Йому остогидла наука, він проклинав працю, уникав товаришів і студентських розривок, а найменший натяк на любов обурював його, мов кровава зневага. Він готов уже був покинути остогидлі лекції фортеп'янової гри, не добувши місяця, але постановив собі піти ще кілька разів. У нього не було при тім ніякого плану, ніякої надії, але він знав, що інакше не міг би постановити, що в його нутрі тягне його туди щось сильніше від усіх аргументів, від усіх постанов.

І ось одного разу випало так, що до вчительки прийшли якісь несподівані гості, і, перепросивши своїх учениць, вона пустила їх додому о дванадцятій замість о першій. Вийшли всі разом з Євгенієм, і тут він побачив знов Регіну. Була спокійна, як звичайно, тільки Євгенію видалось, що трохи блідша. Подала йому руку; її рука була гаряча.

Вийшли разом на вулицю. Євгеній, мов причарований, ішов обік Регіни. Старша панна зараз попрощалася і пішла наліво; обі брюнетки, як кізочки, побігли наперед. Євгеній з Регіною ішли звільна.

– Позвольте, пані, що вас проведу троха? – мовив Євгеній, добуваючи всіх сил своєї душі, щоб піддержати розмову.

– Прошу, – промовила вона ледве чутно.

Хвилева мовчанка.

– Пані, гніваєтеся на мене? – тремтячим голосом запитав Євгеній.

– Я? На вас? По чім судите?

– Може, помиляюся, але мені здається, що пані весь час уникає мене. Разом учимося, а отсе вже кілько день ми не бачилися.

– Вам хіба цікаво бачити мене? – з легким усміхом мовила Регіна.

Євгеній чув, що блідне, що уста його тремтять.

– Як… пані… можуть так… питати?

Мовчанка. Євгеній робить страшенні зусилля, щоб опанувати своє зворушення. Він чує, що сей момент мусить рішити його будущину, що, що тепер утратить, того не спіймає до смерті.

– Я чуюся винуватим супроти пані.

– Ви проти мене?

– Так, пані. Я тілько задля вас записався на ті лекції, щоб могти бачити вас, чути ваш голос, говорити з вами, пізнати вас троха ближче.

– Не розумію, пощо вам се може придатися, – мовила Регіна.

– Я й сам не розумію, – відповів трохи сміліше Євгеній. – Та я й не застановляюся над тим. Що мені будуще? Що мені минуле? Я знаю тілько теперішнє, знаю тілько, що бачу вас, чую ваш голос.

– Я не співачка, – з насміхом відповіла Регіна, – нема над чим так дуже уноситися.

– Ах, пані! Всі співачки світу для мене не варті того, що одно слово з ваших уст.

– Ви, як бачу, поет?

– Ні, пані, я юрист.

– То, може, не випадає юристові говорити так поетично?

– Але й юрист має серце, а серце в певних хвилинах не дбає про параграфи і знаходить свою властиву мову.

В часі тої розмови Євгеній ішов, похиливши лице і вдивляючися в тротуар. На лице дівчини, що йшла обік нього, не був би глянув ні за які скарби в світі. Він не знав, яке враження зробили на неї його слова, і боявся навіть думати про се. Він дивувався своїй смілості, що міг так говорити з нею, і прокинувся тільки тоді, коли вона, подаючи йому руку, промовила:

– Дякую за супровід і прошу не йти зо мною далі. Отут за скрутом вулиці моє помешкання. До побачення.

Він зупинився. Вона щезла, а він звільна пішов у противний бік, довго блудив по різних площах і заулках, поки вийшов на ринок, і потім ніяк не міг пригадати собі, де се було, де вона покинула його і де її помешкання. Але йому лишилося одно, її слова: «До побачення». Він тулив у своїй душі ті слова, мов найдорожчий скарб, і вони справді в одну мить перемінили весь його дотеперішній настрій. Вони додали блисків сонцю, блакиті небу, обілляли золотом сірі міські мури, перлами вимостили вибоїсту вулицю, пахощами освіжили затхле міське повітря, роз'яснили радощами людські лиця, наповнили весь світ розкішшю, любов'ю і нечуваною силою. У Євгенія широко дихали груди, блищали очі, в голові фуркотіли дикі, смілі та енергічні думки; він мав те чуття, що відніс якусь велику побіду, здобув щось безмірно цінне, був хвилину в раю і виніс відтам такий скарб, якого йому вистане на озолочення цілого, хоч би й як нещасливого життя.

XVII

Тепер пішли один за одним такі чудові золоті дні, що Євгеній і досі згадує їх як одиноку щасливу хвилю свого життя, одиноку свою весну з усіми весняними чарами і пахощами. Тепер, на віддаленні десятьох літ, відгороджені безоднею муки і безнадійності, ті дні видаються йому одною хвилиною, блискучим островом, що пишається над самим гирлом водопаду. І йому здається, що він плив побіля того острова з шаленою бистротою, хоч і в ту пору мав ілюзію, що стоїть на місці; він так сильно, всею душею, всіми змислами був затоплений у своїй любові, що час і місце не існували для нього, і він прокинувся тільки тоді, коли було по всьому і щасливий острів пропав для нього навіки.

І чим властиво він був такий щасливий у ту пору? Він і досі чує подих того щастя, але як воно прийшло, в чім проявляло себе, він не міг би сказати. Він не говорив їй любовних признань, не чув від неї ані найменшого натяку на любов, не цілував її уст, не доторкався її пахучого волосся, ледве що при кождім баченні і розставанні стискав легенько її руку. Але він чув, що стіна відчуження не існувала між ними, силою своєї любові чув, здавалось йому, кождий рух її душі, чув тиху гармонію тої душі, любувався кождим поривом її волі. Коли приходив на лекцію, заставав її в салоні; він знав, що завсіди перед його приходом вона встане від фортеп'яна і вийде йому назустріч до салону – часом з котрою з панночок, а часом сама.

Вона тихо, лагідно всміхалася, подавала йому руку, часом промовляла кілька слів, повних тихої щирості, але далеких від усякого сентименталізму або іронії, привітно, спокійно, натурально, як коли б говорила до любого брата. І ся гармонійність розливалася довкола неї, мов проміння довкола лампи, і під її впливом він робився також спокійним, чистим і щирим. Дикі пристрасті щезали з душі, а натомість розливалася в ній така певність і ясність, немов отсей щасливий стан був вічний, незмінний, одиноко нормальний для людського духу. Він сідав до фортеп'яна і починав грати зразу обов'язкові вправи, потім свої улюблені народні пісні в композиції Лисенка. Він знав, що перші згуки тих чудових акордів відразу змінять фізіономію школи і приваблять до його покою всіх його товаришок. Регіна приходила остатня. Вона сідала оподалік, але так, що могла бачити Євгенієве лице. Євгеній, граючи напам'ять, не зводив із неї очей. Стрічаючися з нею поглядом, він уже не бентежився, не мішався; так само й вона спокійно видержувала його погляд. Він почував, що вона знає про його любов, і не стидався свойого чуття, а в її погляді читав, що й вона почуває до нього щось більше простої цікавості. А попрощавшися з нею на вулиці, він виносив із того короткого товаришування з любою дівчиною стільки енергії, душевної твердості і чистого підйому чуття, що цілоденна праця була йому легкою. З подвоєною силою він учився до екзаменів, не дбаючи ні про що більше. Він не укладав собі планів будущого, бо пощо? Адже вона, його найкраща будущина, тут, близько нього. Адже завтра він буде міг знов заглянути в її очі, стиснути її руку, дихати тим самим повітрям, що й вона. Тільки одна постанова й була у нього: зробивши докторат, він поговорить з нею про їх спільну будущину. До того часу вже недалеко, – значить, нічого забігати наперед. Так минали йому дні за днями, тижні за тижнями. Надійшли Різдвяні свята. В фортеп'яновій школі зроблено ферії – аж до посту. По останній лекції Євгеній ішов із Регіною вулицею в напрямі її помешкання.

– В лютім сідаю до ригорозів, – мовив Євгеній.

– Думаю, що вже тепер можна гратулювати вам, – мовила Регіна.

– Ну, се ще не таке певне. Кождий екзамен – то свого роду лотерія: або виграю, або програю.

– Ну, але я певна, що ви виграєте, – мовила вона всміхаючись.

– Ваша певність – се комплімент для мене. Я рад би заслужити на нього.

– Завідоміть мене про результат вашого екзамену. Мені цікаво буде знати се.

І вона з кишені свойого пальта виняла маленьку візитову карточку, де під друкованою назвою була рукою дописана її адреса, і подала йому.

– Ну, а під час карнавалу побачимося? – питав Євгеній.

– Можливо. Я надіюсь бути на балу академіків.

Ішли ще хвилину, розмовляючи свобідно, навіть не прочуваючи, що се їх остатня розмова. Нараз Регіна затремтіла і поблідла.

– Що пані таке? Пані так поблідли! – мовив Євгеній, переляканий до глибини душі.

– Нічого, нічого! – мовила вона, ледве переводячи дух. Потім подала йому руку.

– Бувайте здорові! До побачення!

– Ні, я пані не покину так! Пані щось нездорові. Позвольте вашу руку. Я проведу вас. А може, взяти фіакра?

– Ні, ні, ні! Прошу вас, ідіть. Мені нічого. Я не можу…

– Але, пані… Ви тремтите, ви нездорові…

– Ні, пане! Се тілько так… хвилина. Прошу вас… пане Євгеній, лишіть мене! Я вам потім колись скажу.

– Ні, пані! Я не відступлю вас, поки не вспокоїте мене, що ви направду не хорі.

– Але ж ні, ні! Я здоровісінька.

– Ну, а чого ж ви так поблідли?

– Ах нічого… Бачите, отсе моя цьоця в фіакрі поїхала і бачила мене з вами. Ну, але се нічого. Прощавайте!

Вони розсталися. Євгеній перший раз почув про ту цьоцю, і його щось мов шпигнуло в серце. Що се за цьоця, що сам вид її так змішав, стурбував, перелякав сю, здавалось, так спокійну і певну себе дівчину? Чи Регіна боїться її? Залежна від неї? А коли залежна, то чи справді їй грозить від тої цьоці яке лихо? Все те були для нього загадки, і він постановив собі, скоро побачиться з Регіною, поговорити з нею про все, про все. А тим часом він біг, спішив до своєї квартири: адже ж у нього в кишені була дорога пам'ятка від неї, її білет! Він не міг діждатися тої хвилини, коли опиниться на другім поверсі, відімкне свій покоїк, переведе дух. А потім він виняв той білет, довго, горячо цілував його і тілько тоді прочитав, що було на нім написано: «Регіна Твардовська, вулиця Зелена, число 8, перший поверх, у пані Армашевської».

А потім були Різдвяні свята, які Євгеній провів над книжками. А потім був бал академіків, на котрім був Євгеній, але не було Регіни. А потім він зробив докторський екзамен summa cum laude[26] і того самого дня тремтячою зі зворушення рукою написав на своїм візитовім білеті в кількох словах завідомлення про сей факт і, заклеївши білет у маленьку коверту, вислав його експресом Регіні на вказану адресу. І ще того самого дня той сам експрес приніс йому до його помешкання і вкинув у листову скриньку інший візитовий білет, на якім було написано:

«Ви трошечка спізнилися. Моя сестріниця Регіна Твардовська власне вчора вийшла замуж і сеї ночі виїхала зі своїм мужем на постійний побут на провінцію, то й не могла особисто відібрати вашого писання. При нагоді я перешлю їй його. З поважанням Анеля Армашевська».

Євгеній тяжко відхорував сю маленьку візитову карточку і тільки помалу, по довгих місяцях, прийшов до себе. І хоча тіло вернуло до давнього здоров'я, душа не переставала боліти. Спомини про Регіну не покидали його, він рвався до неї думками, мріями, шукав її в кождім новім місточку, в кождім селі, куди кидала його доля, але все надармо. З часом острий біль уступив із душі, він зжився з думкою, що вона пропала для нього, втягнувся в щоденну життєву боротьбу, відзискав свою певність і духову рівновагу, але все-таки вряди-годи в душі воскресали давні спомини, давні болі щеміли і мучили, як давно загоєна рана, з якої сплило багато крові. Вид якого-будь жіночого лиця, подібного до її лиця, міг викликати ті спомини і захитати його супокоєм, як ось тепер вид якоїсь чорної дами. Та диво, одинока пам'ятка, яку він мав із рук Регіни, її візитова карточка, що він хоронив як найбільші святощі, вона в таких хвилях бувала йому ліком, успокоювала його душу. Він виймав її зі шкатулки, цілував і довго вдивлявся в почерк її письма, і перед ним звільна воскресала її люба рука, її фігура, її лице, і йому бачилося, що знов дивиться в її очі, і п'є з них дивну гармонію, і наповняється почуттям надлюдського супокою і щастя, того щастя, що для своєї повноти не потребує ніякого фізичного дотику, ніякої близькості, бо само воно – найтісніше сполучення, збратання душі, волі і всіх помислів.

– Не судилось мені поділяти з тобою прозу життя, – промовляв він до фігури, що жила в його уяві, – та, може, се й ліпше. Ніякий шлюб, ніяка розлука не заборонить, щоб ти була поезією мойого життя. – І, вспокоївшися сею «оптимістичною» думкою, Євгеній, мов після острої, але цілющої купелі, вертав до своєї щоденної праці.

XVIII

Два чи три дні пізніше прийшли до нього замовлені листом селяни з Буркотина в справі процесу з паном маршалком. Се була неділя, і вони вибрали собі той день, щоб не тратити робучої днини. Було їх три – кремезні, плечисті постаті, в довгих гунях, переперезаних широкими чересами, з кошелями через плечі, з костурами в руках. Вони мусили з півгодини ждати в передпокої, поки Євгеній упорався з іншими клієнтами і попросив їх до своєї канцелярії.

– Слухайте, панове господарі, – мовив він, – я попросив вас, щоби ви потрудилися до мене в справі вашого процесу.

– Та спасибі вам, паночку, – мовив один із селян. – Та ми от прийшли. Певно, термін буде?

– Ні, про термін ще не чути нічого. Я хтів про щось інше поговорити з вами. Прошу, сідайте!

Люди посідали на плетену канапу, аж сей сухоребрий мебель затріщав під їх тягарем. Тоді один із них устав, недовірливо зирнув на те місце, де сидів, і пересівся на крісло.

– Те пасовисько, що ви за нього процесуєтеся, виносить двадцять моргів, правда?

– Так, паночку.

– А кілько так воно варто, якби купити?

– Та що, як для кого. Для кого чужого, може, й нічого не варта, а нам воно дороге.

– Наше, прадідівське! – підтвердив другий господар.

– Ну, але якби так у пана хотіти відкупити?

– Що? – скрикнули всі три нараз. – Своє власне ми мали би відкупувати від него? Радше головами наложимо, всі на жебри підемо, а своєї дідівщини у дармоїда купувати не будемо.

– Я не кажу про вас! Борони Боже! Ви ж знаєте, що я вам признав, що ваша правда, що процес мусите виграти.

– Дай Боже пану здоровля, – мовив знов перший селянин. – Але пощо ж тепер пан адукат закидають у іньчий бік?

– Я не закидаю в жаден бік, а тільки питаю вас попросту. Адже й для процесу треба знати, кілько ви собі цінуєте те пасовисько?

– Та для нас воно варто міліони. Нам без него жити не можна. Бачите – під самим носом. Ні курки де випустити, ні гуску, ні теля вигнати. А пан спер, польових посилає, грабить, заганяє, хоч із села тікай.

– Розумію, розумію. Про те ані слова, що воно вам дуже потрібне. Але я гадаю: двадцять моргів пасовиська – то ще не такі великі скарби. Почому у вас морг вірнóго поля?

– Е, що там вірнé поле! Вірнóго поля доброго у нас морг купить за сто, за сто двадцять ринських.

– Ну, а морг городу?

– За морг городу, між хатами, треба дати триста, штириста ринських.

– Ну, то пасовисько, певно, стілько не буде коштувати, як вірнé поле. Але візьмім навіть так. То що ж, двадцять моргів по сто ринських, то були би дві тисячі.

– Е, пан хотів Шльомкові продати його за тисячу, але як ми на Шльомка похрупостіли, то він відступив.

– Що то за Шльомко?

– Та жид, орендар.

– Ну, бачите, то сам пан цінить се пасовисько лиш по п'ятдесят ринських за морг. А кілько вас досі коштує процес?

Селянам, очевидно, немила була ся розмова. Вони підзорливо дивилися то на адвоката, то один на одного, далі той, що досі головно промовляв, відповів нерадо:

– Та що пан будуть нас допитувати, кілько нас коштує процес? Коштує, що коштує, але ми мусимо дійти свого.

– Я вважав своїм обов'язком із самого початку звернути вашу увагу на те, що справа буде ще коштувати немало гроша і клопотів. Та хто знає, чи оплатиться вам сею дорогою доходити до свого.

Селяни мов на команду встали зі своїх місць.

– Та коли пан адукат, – мовив їх бесідник, кланяючись, – коли пан адукат чогось на нас загнівалися, – знов поклін, – і не хочуть далі провадити нашої справи, – греміальний поклін усіх трьох, – то ми просимо віддати нам наші папери, а ми підемо шукати собі іньчого адуката.

– Але ж, люди, – мовив Євгеній, підходячи до них і насилу усаджуючи знов там, де сиділи, – що вам такого? Хто вам сказав, що я на вас гніваюся? І за що би я мав гніватися на вас? Хочете відібрати від мене свою справу – я вам не бороню, а не відберете, то буду провадити її далі; в тім ваша воля. Я хотів поговорити з вами про іншу справу.

– Про яку?

– Ваше село досить велике, правда?

– Та досить.

– Кілько нумерів?

– Та буде більше як двісті.

– Ну, і нарід не такий дуже бідний.

– Ой, говоріть, не бідний! Та вже не багатий.

– А все-таки, ґрунту маєте досить, худібка є, хліб родиться.

– Е, що з того! От маємо стілько, щоб із голоду не пухнути.

– Ну, а пан добре стоїть?

– А Бог його святий знає.

– Має гроші? Чи, може, в довгах?

– А хто його знає? Ми там у його касу не заглядали.

– Отже, кажете, що хотів пасовисько продати жидові.

– Та то нам на збитки.

– Ага. Ну, але я чув, що він би й цілі свої добра готов продати.

– Та що нам із того? Він продасть, іньчий пан купить, а ми як були хлопами, так будемо.

– Ну, а якби ви самі купили?

– Що таке? Пасовисько?

– Ні, всі панські ґрунти з двором і з лісами.

– І з лісами? Гм, гм… Пан жартують собі з нас. Хіба хлопам вільно купувати панські добра?

– А чому ж би не вільно? Як вільно жидам, то вільно й хлопам.

– Жиди мають гроші, а хлопи відки візьмуть?

– Жиди потрафлять і без грошей купити, то чому ж би й хлопи не могли?

– Не нашої голови на се треба, – мовили селяни, хитаючи головами.

– Ну, але преці варто би над сим подумати, – мовив Євгеній, присуваючися ближче до стола. – Слухайте, люди. Я би вам повів щось, але мусите мені дати слово, що нікому про се не скажете.

– О, та кому би ми мали говорити?

– Дайте руку, що будете мовчати!

Селяни зацукалися. Жаден не протягнув руки.

– Та можуть пан говорити, ми не скажемо нікому.

Євгеній зміркував, що вони наструнчені против нього, і постановив собі не відкривати перед ними всіх карт.

– Як собі знаєте. Се ж не моя річ, тільки ваша. Отже, знайте, що пан маршалок готов би був продати свій маєток.

– Та що нам з того?

– Те вам з того, що можете дістати на пана якого жида або ще гіршого пана.

– Ой, гіршого вже не дістанемо. А жида волимо, ніж сего.

– А не ліпше би то було не дістати нікого?

– Ба, чи не ще!

– І закупити самим той маєток?

Селяни пошкробалися в голові.

– Ні, пан нас щось дурять. Де то хто таке видав, аби хлопи купували панські маєтки?

– Ну, купіть ви, то й інші побачать.

– Та бійтеся Бога, паночку, де ми тільки гроші візьмемо?

– А які ж, по-вашому, гроші на се потрібні?

– А хіба ми знаємо? Та там, певно, з міліон треба буде.

– Смійтеся, люди! Маєток оцінений усього на сто двадцять тисяч, а на те сімдесят тисяч позичено в банку.

– Ну, то нас банк зліцитує.

– Вас? За що? Ви ще й не вислухали, що вам хочу сказати, а вже боїтеся, що вас банк зліцитує. Фе, не будьте дітьми. Адже видите, що пана не ліцитує, хоч він позичив і не віддає. Ви переймете банковий довг на себе.

– Не хочемо! – в один голос скрикнули селяни. – Що з того, що банк пана не ліцитує, а нас, певно, по році пустить з торбами.

– Але ж не бійтеся! Чекайте! Я вам ще не доповів усього. Я ж вам не кажу брати банку на себе зараз, а тілько тоді, якби-сте купували маєток.

– Ні, не хочемо. То не наш антерес! Ми люди прості, нас леда-хто обдурить. Що нам залазити в таке велике діло? Нам аби на своїм вижити…

– Ей, люди! Будете колись плакати на свій нерозум, ви і ваші діти. То на дурний кавалок пасовиська вам не жаль викидати тисячі, а коли я раю вам такий інтерес, що може вам і вашим потомкам дати хліб у руки, то ви навіть вислухати мене не хочете.

– Та пан нам раютъ то, що пану випадає, але ми на те не пристаємо.

– Чому?

– Бо то не наш антерес

– Але я готов вам допомогти, перепровадити справу.

– Біг заплать пану, але ми на те не пристаємо.

– Волите бути жебраками і попихачами, ніж панами в своїм селі, – гірко промовив Євгеній.

Селяни вклонилися.

– Т-та! Пан своє знають, а ми своє.

– Яке ж тут моє? Чи гадаєте, що пан підкупив мене, щоб я помагав зсадити його з маєтку? Чи думаєте, що хочу обдурити вас? Маєток на вас зробити? Я тілько бажав би, щоб вам добре було.

– Най пан будуть вибачні, – мовив з лукавою покорою один селянин, – але ми люди прості, ми на тих антересах не розуміємося і не можемо в те вдаватися.

Вони встали і взяли шапки в руки.

– Га, як собі знаєте. Спімнете колись моє слово, що я радив вам на добре, але тоді буде запізно.

Селяни поклонилися і стояли, мнучи шапки в руках.

– Та ми би просили, аби пан були ласкаві таки віддати нам наші папери.

Євгенію мовби води холодної бухнув у лице. Не говорячи нічого, він зібрав, які мав, папери, що відносилися до їх процесу, і віддав їм.

– В ласці Божій! Бувайте здорові, паночку! – мовили селяни, виходячи.

– Дай Боже здоров'я! – мовив Євгеній, силуючися говорити спокійно і свобідно. – А як вас який жидок виссе з грошей або як знов зірветеся до бійки з панськими гайдуками і вас кільканадцять засадять до криміналу, то прошу знов до мене!

Селяни вийшли, але ще в дверях почали голосно говорити між собою.

– А що, куме, не правду Шльомко казав?

– Ба я! Та то видно. Пан усе за паном.

– А кождий аби лише з хлопа здерти! А викришило би вас до ноги!

XIX

Ся розмова попсувала Євгенію всю неділю. Хоч при людях він завсіди видавався спокійним, певним себе, веселим і жартовливим, та бували і у нього часи сумнівів і зневіри. В такі часи він, коли не мав пильної роботи, замикався в своїм покої, читав, думав або писав дещо, щоб розбити чорну хмару на душі.

Таке було й сьогодні. Неділя. Гарний осінній день. У всіх церквах дзвони грають, аж повітря гуде і тремтить. Вулицями товпляться люди, коло церкви і костелу цілі базари, коло шиночків мов пчіл у гарячу днину, сміхи, шум, гуркіт фіакрів.

Усе мішається, заповнює душу якоюсь повінню життя.

Євгеній замкнув канцелярію і думав піти до міста. Але зараз йому відхотілося. Куди піду? До кого? Пощо? Він не мав у місті ніякого щирого приятеля. Зрештою, тепер обідня пора близька; поприходять із церкви або з проходу та й за стіл – не пора на відвідини. І він завернув до свого покою, замкнув двері і пробував занятися чим, щоб розігнати неприємне чуття. Але нерви його були розстроєні. Нічого свіжого до читання не було, на писання не було сили, і він почав ходити по покою, переміняючи своє неприємне почуття на слова і силогізми.

– Що ж, від селян годі й надіятися чогось іншого. Так довго всі дурили та туманили їх, що вони й розуміти не можуть сурдутовця такого, котрий би не хотів дурити їх. Жида розуміють, бо жид відразу каже: дай. І знають, що здре їх, і йдуть до нього, бо його поступування простіше, відповідне до їх способу думання.

Йому пригадалися звичайні ради, які дають на се наші інтелігенти. «Освіта». Він усміхнувся гірко. «Що таке освіта? Чи вмілість читати і писати – се освіта? Чи, прочитавши всі книжечки «Просвіти»[27] і «Общества Качковського»[28], чоловік зробиться освіченим? Щобільше, чи, скінчивши університет і одержавши диплом, чоловік робиться освіченим? Так освіченим, щоб у кождій життєвій пригоді міг собі дати раду? Щоб не робив дурниць у найближчих йому, найпрактичніших справах? Адже ж Вагман закидає свої лихварські сіті на панів, посесорів, урядників, значить, на саму сметанку інтелігенції в повіті. І що ж? Усі вони треплються в його сітях, а вимотатися не можуть. Я певний, що він не одному Брикальському може в сій хвилі приложити ніж до горла. І що ж поможе тим панам їх освіта? Нащо вона їм, коли не в силі видерти їх із рук такого простого халатника?»

Він ходив по покою і перевертав думи, мов важке каміння. Чого ж тут потрібно? Який вихід? Йому пригадалася приповідка: «Тим чорт ляхів бере, що одинцем ходять». І зараз же він пригадав собі Вагманові слова про пана Брикальського, що сей пан зичить гроші у різних жидів і потішає себе тою думкою, буцімто вони, кождий для себе, держать се в секреті, і навіть не підозріває, що всі ті позички йдуть із одних рук. І, певна річ, пан сам держить свої позички в секреті, доки може, тобто доки його чорт не візьме. І се має бути освічений чоловік? «Ні, книжкова освіта ще не дає життєвої освіти. Неписьменний торговець може бути в життєвих справах освіченішим чоловіком від доктора філософії. Життєва освіта, ось в чім річ! Щоб чоловік привикав жити з людьми, порозуміватися з ними, солідаризуватися. Почуття солідарності між людьми – се мета тої школи. Адже наші селяни живуть досі на становищі диких у пралісах: що поза межами мойого вігваму, те все вороже мені, чигає на мене, бажає мене знівечити. Відси ворожнеча між сусідами за дрібниці, загальне недовір'я, облесливість і брехливість. Адже я певний, що вони, вийшовши від мене, просто підуть до свого Шльомка і розповідять йому, що я радив їм купити панські добра. Ще й прибрешуть дещо, бо слухали нерадо і відійшли, не вирозумівши добре, чого я хочу».

Він почав ходити живіше. Прикре почуття в його душі дійшло до вершка і перебуло кризис. Йому відкрилися веселіші горизонти.

– А коли знаю се, коли розумію причини сього, то нічого й гризтися. Треба провести їх через школу життєвої освіти, збудити в них громадського духа, а там побачимо. При першій нагоді поїду до Буркотина, роздивлюся все на місці, побалакаю ще з іншими людьми. Побачимо, може воно не так лихо буде, як здається.

Він зупинився коло вікна і зирнув на міський сад. Його очі все падали на те місце, де колись-то бачив чорну даму, але її не було там. Стежкою сунула різнобарвна хвиля панів, панночок, дітей, а коло лавки, де сиділа колись чорна дама, стояв недвижно прецляр із кошем преців та медяників на руці.

Євгеніїв зір перебіг на тісне подвір'я його дому. З сього боку подвір'я було вузеньке, затіснене мурованим парканом, майже темне і вогке. Попід парканом ішов сторож Баран. Євгеній зразу не звернув на нього уваги; бачачи, як він іде здовж муру, він подумав, що йде до комірки по коновки або по мітлу. Але по хвилі, зирнувши удруге, він побачив, що Баран тою самою стежинкою попід мур, у найгустішій тіні, йде назад, голіруч, рівним, виміреним кроком. Дійшовши до місця, де подвір'я розширюється і з-поза вугла дому вихапується ясна смуга сонячного світла, Баран вертає назад у тінь і знов іде попід мур своєю давньою стежкою. Се зацікавило Євгенія. Він почав придивлятися Баранові, але не міг відкрити нічого. Сторож ходив, мов вартовий на чаті. Піднявши голову вгору, у військовій поставі, не змигаючи оком ні в сей бік, ні в той, він ходив, ходив і ходив. Євгенієві здавалося, що бачить якісь рухи його уст, немов Баран говорив щось до себе, але голосу не було чути. Се тяглося досить довго. Аж ось на ратуші вдарила перша година. Баран мов прокинувся зо сну, зупинився, зітхнув, оглянувся довкола, зняв капелюх, обтер собі рукавом піт із чола і втомленим кроком пішов, сим разом уже не бокуючи від світла. Євгеній слідив за ним очима: він пішов до свого покою в сутерені – певно, ляже спати.

«Мабуть, його епілептичні напади повторяються в іншій формі», – подумав собі Євгеній. Платячи за квартиру, він недавно згадував Вагмановій про хоробливий стан сторожа.

– Що ж робити? – відповіла жидівка. – Він свої обов'язки сповняє добре. А що хорий, то вже викидати його? Він не шкідливий нікому, доки його не роздразнять. Зрештою я не стою за ним, але Вагман хоче його мати у себе.

Євгеній, сказавши по правді, також не мав причини жалуватися на Барана; він дбав про порядок у домі, держав чистоту, був усе на місці, коли його треба було післати за чим, і, що найважніше, був мовчазливий. Дуже рідко з його уст чути було яке слово. Ходив мов у глибокій задумі. І всі довкола, знаючи його хоробливий стан, не займали його і старалися говорити з ним лагідно – і якнайменше. На його дивацтва, такі, як отсе ходження на варті, не звертали уваги. Всі знали, що на нього «нападає часом», але знали також, що про се найліпше не згадувати йому. Тепер, видно, на нього напав привид, що він мусить відбувати варту. «Що ж, нешкідливий привид», – подумав собі Євгеній. Йому прийшли на гадку слова Вагманової, що вона радо відправила би Барана, але Вагман уперся при тім, щоб держати його. Що воно значиться? Чи він має в тім якийсь свій рахунок, чи держить його з доброго серця? Адже справді, неабияке положення Баранове! Хорий чоловік, що «на нього нападає», значить, хорий на таку слабість, якої всі бояться, а на яку ліку нема, до того відомий як убійця своєї жінки, – ну, коли б тепер Вагман відправив його, то що його жде? Ніхто його не прийме, нікуди йому діватися, хіба перевісити торбу через плечі та йти на випроси. Ні, видно, Вагман не такий злий чоловік, бо й вирахунку з Бараном не має, мабуть, ніякого. Держить його, дає хату, ще й платить дещо, а що Баран заробить від партій, то окремо – і жиє бідний чоловік.

Ідучи на обід, Євгеній побачив Барана на подвір'ї, як порався щось коло криниці. Він поздоровив його. Баран уклонився йому, не мовлячи нічого, але Євгеній замітив, що перший раз від часу їх знайомства Баран впер у нього свої блискучі очі, дивився на нього довго і вперто, не змигаючи. В тих очах, так здавалося Євгенію, було щось мов важкий сум, змішаний з якоюсь болючою цікавістю. Здавалось, що він хотів щось промовити, запитати про щось у Євгенія, і молодий адвокат, мов прикований тим поглядом, зупинився, ждав. Але Баран по хвилі спустив очі і занявся своїм ділом, не мовлячи нічого, – і Євгеній пішов своєю дорогою.

XX

Вечором тої самої неділі Євгеній сидів у своїм покої, занятий вироблюванням якогось рекурсу, коли нараз застукано до дверей, і ввійшов Стальський. Після тої пам'ятної стрічі, коли Стальський ночував у нього, Євгеній рідко здибався з ним, не заходив у розмову і оказувався супроти нього холодним і байдужним. Він почув, що його стара антипатія до сього чоловіка збільшилася, і не завдавав собі праці скривати се. Але Стальський, мов і не завважував нічого, кланявся Євгенію низенько, стрічав і прощав його облесливим усміхом і навіть – що всім було дивно – позаочі відзивався про нього з великими похвалами. А се була майже нечувана річ, аби Стальський похвалив кого позаочі.

– Добрий вечір пану меценасові! – мовив він, втикаючи насамперед свою голову до покою. – Можна ввійти?

– Прошу! Добрий вечір! – мовив Євгеній не дуже-то приязно, не встаючи з місця.

– Дуже перепрошаю, що перериваю пану меценасові роботу. Надіюсь, вона не дуже приємна?

Євгеній усміхнувся.

– Е, якби-то ми лиш приємної роботи шукали, то різні меценаси і офіціали могли б і з голоду померти.

– Га, га, га! Правда, правда! Значить, не потребую робити собі закидів, що перерву на хвильку.

– Е, се інша річ, – мовив Євгеній. – Робота досить пильна, треба зробити її.

– Надіюсь, що не конче сьогодні.

– Ну, я з таких, що завсігди волію сьогодні, ніж завтра. Але прошу сідати. Що вас приводить до мене в таку пізню годину, пане Стальський?

– Пізню? – аж скрикнув Стальський. – Що пан меценас мовлять! Ще ледво осьма. А я до пана меценаса справді з одною маленькою просьбою.

– Прошу, чим можу служити?

– Не знаю, як і казати. Може, се буде занадто велика претензія з мого боку…

– Ну, пане Стальський, без інтродукцій! Знаєте, ви були такі ласкаві помогти мені при інсталяції.

– Ах, пане меценас! Прошу не згадувати про се! Я робив для власної приємності і не хотів би, щоб ви за те почувалися до якогось обов'язку супроти мене.

– Ну, та говоріть-бо вже, чого вам треба, а то ми ще на самих церемоніях посваримося, – жартуючи, мовив Євгеній.

– Бачите, пане меценас, – мовив Стальський, опираючись головою на долоні, а ліктем на розі Євгенієвого бюрка, – тоді, коли я ночував у вас… ви були такі добрі і втрактували мене тою чудовою наливкою…

– І вона не дає вам спати, домагається компанії, – сміючись, мовив Євгеній.

– Ні, не те! Зовсім не те! – мовив Стальський. – Бачите, тоді я наговорив вам про свою жінку всякої всячини. Пригадуєте собі?

У Євгенія подерло морозом поза плечі.

– Так от і вийшло. Відтоді я передумав дещо, придивився дечому і дійшов до того, що я також недобре роблю.

У очах Стальського, на кінцях його уст, у цілім виразі лиця було щось мов насміх над тими словами; щирості, яка б давала їм властиву ціну, не було в його голосі ані сліду.

– Що ж, се похвально пізнати свою похибку, – мовив Євгеній, не знаючи, що йому сказати і пощо Стальський виволікає перед ним свої домашні справи.

– Пізнати! Не в тім річ. Знаєте, я такий чоловік: або пан, або пропав. Як робити щось, то робити до шпунту, а як ні, то й не зачинати. Як пізнав свою похибку, то зараз направити її.

– Значить, жиєте тепер зі своєю жінкою як слід?

– От в тім-то й річ! – мовив Стальський. – Знаєте, десять літ жили ми з собою, як чужі, як вороги, робили одно одному різні пакості і прикрості, – то так якось повернути оглоблі в противний бік… як би вам сказати, не á propos[29]. Рука не підіймається. Слово не вимовляється. Так от я задумав зробити се якось принадніше. Солідніше. Коли будемо самі обоє в хаті, то воно не вийде, – погань вийде, знаю наперед. Скінчиться новими докорами, новим гнівом. «Дай, – думаю, – справлю перепросини, як Бог приказав. Запрошу чужого чоловіка, любого мені, перед яким не маю секрету і не потребую ні з чим ховатися», – вас. Щоб ви, так сказати, були за свідка.

– Але ж, пане любий… – мовив Євгеній, та Стальський не дав йому докінчити.

– Прошу, пане, меценас, не відмовте мені сього. Дуже вас прошу. Знаєте, від сього залежить спокій і щастя двоїх людей. А при тім позволю собі пригадати вам, що ви таки винні ще мені візиту. Прошу не споречатися, не вступлюся відси, поки не пристанете.

– Га, коли така ваша воля, то нехай і так, хоча, признаюся, як кавалер я не чую себе покликаним до інтервенції в таких делікатних подружніх ділах.

– Але ж то не буде ніяка інтервенція. Звичайна візита. Ви вдаєте, що не знаєте нічогісінько, а ми обоє балакаємо собі, забавляємо гостя, – і при тій нагоді наші диференції вирівнюються. Тихо, мирно, незамітно.

– Дай Боже! Ну, а коли ж би ви думали се зробити?

– Сьогодня. Зараз. Усе вже готове. Що треба – накуплено, фіакер чекає на вулиці. Прошу перебратися – і їдемо!

– Га, коли так, то служу.

Євгеній перебрався в візитовий стрій, вони оба зі Стальським сіли на фіакра і поїхали. Їхали досить довго, бо Стальський жив на одній із найдовших вулиць, досить далеко на передмісті. Коли доїхали, Стальський задзвонив у хвіртці. Вийшла служниця. Він велів їй забрати з фіакра пакунки, а сам з Євгенієм пішов на ґанок. У покої, що виходив до ґанку, крізь скляні двері видно було світло. Се був салон. Так само світилося в однім боковім покої направо. Стальський видобув ключ, відімкнув двері, і вони ввійшли. Стук їх кроків і гомін розмови залунав у тихім домі.

По хвилі вітворилися бокові двері, і в них появилася висока постать у чорній сукні.

– Се моя жінка. Пан доктор Євгеній Рафалович.

Євгеній зирнув і остовпів. Се була Регіна.

XXI

Крізь спущену стору невеличкої спальні продирається вже червоняве поранкове світло, а Євгеній спить іще. Його лице тоне в півсумерку. Десь-колись він порушиться, мов відганяючи від себе докучливу муху, потім перевернеться на другий бік, проговорить щось крізь сон швидко і уривчасто, а там вирветься з його грудей важке стогнання. Видко, що його мучать неспокійні сни, ті сни, що налягають на стурбовану душу найрадше ранком і в ярких фантастичних картинах, алегоричним стилем малюють їй її власну турботу.

Йому сниться широчезна площа – не то пасовисько, не то колюча стерня. Свіжої зелені, цвітів, дерев ані сліду. Довкола сіро, буро, непривітно, безлюдно. Він іде й іде якоюсь безконечною стежкою, перескакує через якісь рівчаки, спотикається на якісь груди, стрягне в якихось мокравинах і йде, йде Бог зна куди і за чим. Він утомлений, знесилений, пригноблений сею величезною пустинею, але проте, не перестаючи, йде, йде, йде чимраз далі. Глухо. Ні голосу пташини, ні шуму вітру, ні цвіркоту сверщка, навіть стук його кроків проковтує глуха пустиня. В безшелесній тиші він суне наперед як дух, тільки втома і невимовна вагота пригадує йому, що він чоловік з тіла і кості.

Та ось поперек його дороги простягається чорна стрічка, закривлена по обох краях обрію, мов велике, плазом покладене S. Ся стрічка грубшає в міру того, як він наближається до неї, з одного краю набирає сріблястого блиску, мигоче і грається проти сонця, робиться в однім місці ширшою, в другім вужчою. Рівночасно до Євгенієвого слуху долітає якийсь глухий шум, його лице обдає якийсь вогкий холодний подих. Він пізнає: се велика ріка перерізала йому дорогу. Здалека він видить тільки її супротилежний беріг – стрімкий, високий, мов викроєний у чорній скалі; тільки де-де внизу просвічує до сонця водяне плесо.

Та ось він стоїть над рікою. Широка просторінь каламутної води обрамована в формі великої еліпси чорними стрімкими скалами. Думав би – се озеро, але тріски, жмутки піни або стеблинки, що пливуть швидко по тім водянім дзеркалі, показують, що се справді ріка, показують, відки вона випливає і куди пливе. Он там, на заході, з-за високого кам'яного щовба випливає вона, а там, на сході, щезає за таким же щовбом, що заслонює перед очима дальші закрути величезної водяної зміюки.

Євгеній стоїть над рікою і вдивляється в її каламутну воду. Та ось далеко на заході заторохтів бубон, загудів бас, затягла тонесенько скрипка. Євгеній зирнув у той бік і побачив, як із-за чорного кам'яного щовба виринула велика дараба. На сіро-сталевім тлі ріки вона відразу визначилася мов ярка зелена пляма, – так рясно була обмаєна смерічками, по краях обвита хвоїновими вінцями, встелена пахучим листям, шуваром та сітником. А коли надплила ближче, Євгеній міг розпізнати те товариство, яке плило на дарабі. При передній кермі працював, зігнувшись у дугу, старший гуцул у лисячій клапані на голові і з люлькою в зубах; його лиця Євгеній не міг розпізнати. За ним на лавочці сиділи чотири музиканти, а далі на таких же лавочках, уставлених простокутником, сиділо досить численне товариство. Паничі й панночки в балових строях порозсаджувані парами. У панночок у руках пишні букети, на їх сукнях фуркочуть широкі барвисті стяжки; паничі держать у руках кришталеві чарки, інші відкорковують бутельки з вином, чути окрики, срібні сміхи, цокання чарок. Посередині чотирикутника стоїть найвища лавочка, коротка, лиш на дві особи. На ній сидить молода пара, що творить осередок сього пишного поїзда. До них обертаються веселі промови, сердечні бажання, голосні вівати. А ззаду, при другій кермі, стоїть молодий керманич, уродливий гуцул з чорним довгим волоссям, у білій, рясно вишитій сорочці, стоїть і не ворухнеться. В руці спокійно і твердо держить керму, на лиці його тиха радість; свої чорні очі впер він у Євгенія, немовби хотів щось пригадати йому.

«Хто ся молода пара? Хто ся пара?» – запитує сам себе Євгеній. Напружає зір, як тільки може, і вдивляється в пана молодого. Щось таке знайоме йому, а при тім якесь чуже. «Хто се такий? Де і коли я знав його?» Довго мучиться його уява, аж нараз йому мигнуло несподівано: «Адже ж се я сам! У тім самім фраку, в якім сідав до докторського екзамену, в тій самій краватці, з тою самою шпилькою. І як же я міг не пізнати себе самого? Правда, відтоді десять літ минуло. Невже я за той час так відмінився? Постарів, обносився?».

Але гов? Хто ж се панна молода? Хто та, що сидить обік нього на лавочці, і похитує головою, і з сонячним усміхом приймає гратуляції? Євгеній, той, що сидить на березі, якось не відразу звернув на неї увагу. Все немов хтось заступав її перед його очима. А тим часом дараба пливе, пливе тихо, але швидко, швидше, чимраз швидше. Ось іще видно білу руку молодої, як підняла вгору чарку. Хто вона? Яке її лице? Ні, дармо натужує очі Євгеній. Дараба вже минула, віддаляється, немов зісковзується по гладкій площі десь у бездонну глибінь. Музика тихне. Тільки задній керманич стоїть спокійний, величний, уродливий, мов мальований, стоїть і не змигаючи дивиться на Євгенія. Євгенію здається тепер, що в очах керманича видно якийсь тихий докір. Він своїм зором чіпляється ще того керманича, немов хоче випитати його про щось, та ось в тій хвилі дараба щезає за чорною скелею, за закрутом. Євгеній стоїть хвилину мов остовпілий. Хоче крикнути, але його горло здавлене і не видобуде ніяк голосу. Хоче бігти наздогін дарабі, але його ноги мов приковані до землі. Він стоїть на місці і знов дивиться в каламутну воду, що пливе, котиться і раз у раз приносить тріски, клубки піни і стебла соломи.

Але ось серед каламутних хвиль мигнуло щось біле, мов колода дерева, свіжообдерта з кори. Пливе, наближається. Євгеній забув уже про дарабу і вдивляється в новий предмет. Ось він уже недалеко берега... Се не дерев'яна колода, се біле тіло жіноче. Випручалися мармурові груди з рожево-вишневими пуп'янками. Розкидані по воді руки, виринає, то знов тоне в воді голова з лицем, піднятим до неба. Хвиля гойдає те тіло, розчісує золотисте волосся. Ось лице до половини піднялося води. Очі відчинені, і на них примерз навіки вираз невимовного страху, нестерпної муки. Уста напівотворені, лице бліде, тільки на чолі царює надземний супокій.

І Євгенію здається, що він пізнав сю втоплену нещасливу жінку. Він скрикнув страшенно і, не надумуючись, кинувся в воду. Він почував у своїй сонній свідомості певність, що вона вже нежива, що її ніякою жертвою не верне до життя, але проте він чув, що мусить кинутися в воду і витягти се тіло з тої водяної могили. Зашуміла хвиля, заклекотіла безодня, вода обхопила його зо всіх боків – і він прокинувся.

Він справді був мокрий – від поту. Його груди дихали важко; затуманена голова довго не могла прийти до повної свідомості. Та й навіть тоді, коли отряс із себе ваготу сонної змори, коли розтулив очі і принявся пізнавати докладно, де він і що з ним, – навіть тоді важке пригноблення з його душі не уступало. Бо воно не було наслідком сну, але, навпаки, було джерелом, із якого виплила каламутна ріка його сонного привиду. Що більше, чим яснішою робилася його свідомість, чим виразніше почали виринати в душі спомини про те, що було вчора, тим тяжча вагота налягала на душу, тим прикріший біль він почував десь – здавалося, на самім дні серця, там, де криється найделікатніший нерв, осередок усякої чутливості. Він сів на ліжку, його лице поблідло, уста розкрилися мов до тривожного окрику, а очі, витріщені широко, вп'ялилися в найтемніший кут його спальні.

XXII

І йому почали пригадуватися всі дрібниці вчорашнього вечора, одна за одною, виразно, невмолимо, так, як хвиля за хвилею вбивалися в його душу, мов заржавілі цвяхи. Ось він стоїть мов остовпілий, пізнавши в тій жінці, котрої бездонну недолю знав із оповідань її мужа, – її, свій ідеал, свою Регіну, своє вимріяне щастя, що на хвильку всміхнулось йому і зараз загасло. Він стоїть і дивиться на неї з виразом дикого перестраху. Дивиться і не бачить нічого, не тямить нічого, тільки в мізку чує якусь ваготу, мов від наглого удару обухом. Чи вона пізнала його в першій хвилі? Чи на її лиці виявилося що-небудь? Він не міг пригадати нічого. В його ухах, мов ножем по склі, ріже, лунає солодко-огидливий голос Стальського:

– Регінко, то пан меценас Рафалович. То моя жінка.

Вона склонила голову, не мовлячи ані слова, її очі звільна піднеслися на лице Євгенія, постояли на ньому хвилинку і з таким самим виразом тихого здивування перейшли на лице Стальського.

– Прошу, пане меценас, розгостіться! – говорив Стальський, не завважуючи його остовпіння і беручись знімати з нього пальто. Тим привів його до отямлення. Євгеній роздягся і знов упер очі в високу жіночу постать у простій чорній сукні без ніяких оздоб, що все ще недвижно стояла перед ним.

– Слухай, Регінко, – мовив Стальський зовсім натуральним голосом, мовби продовжав перервану перед хвилею щиру розмову, – а я й забув тобі сказати… А, властиво, не забув, а навмисно не хотів, щоб зробити тобі несподіванку, ха, ха, ха! У нас нині сімейне свято. Забула, яке? Але ж, серденько, подумай! Десяті роковини нашого першого зближення. Пам'ятаєш? Ну, ну! От я й подумав: дай відсвяткуємо сей пам'ятний вечір! Роковини такого важного звороту в нашім житті. Прошу, жіночко, не хмурся! Я про все подумав. Будь ласкава, піди до кухні, там знайдеш усе, чого потрібно для нашого нинішнього маленького празника.

Регіна все ще стояла недвижно на місці. Євгеній настільки отямився, що міг спокійно придивитися їй. Чи постаріла? Чи змінилася за ті десять літ страшної моральної тортури, які прожила в пазурах отсього нелюда? Євгеній був трохи розчарований. Жінка, що переживала таке, повинна була б виглядати більше нещасливою, більше пригнобленою. Регіна не дуже постаріла, навіть поповніла трохи, щоки цвіли невеличкими рум'янцями, уста були досить свіжі, на лиці, на чолі ані морщиночки, ані сліду борозни, проведеної внутрішнім горем. Виглядала, як багато інших жінок, а її спокій надавав їй навіть вираз якоїсь тупості і байдужності. Се страшенно болюче вразило Євгенія; се було так, немовби хтось із вівтаря, виставленого в його душі, здирав найкращі окраси.

«Так се вона? Вона, моя Регіна, мій ідеал, моє божество? – повторяв він у своїй душі сотні разів. – Ну, вона, видно, не дуже нервова, не дуже чутлива. Живе собі сяк чи так. Недармо кажуть: жінка, як верба, де її посади, там прийметься. Над чистою водою – то над водою, а на поганім смітнику – то на смітнику. Вона тут і там буде собі рости, найде собі якесь уподобання».

Тим часом Стальський крутився по покою, приставив до стола пару крісел, добув із комоди гарний обрус і застелив стіл, а потому, обертаючися до Регіни, говорив далі тим самим свобідним, солоденьким тоном, ще солодшим, ніж уперед:

– Моя люба жіночка дивується, що я на таке сімейне свято запросив посторонннього гостя. Адже так? Ну, пан меценас Рафалович для мене зовсім не посторонній чоловік. Адже я розповідав тобі, Регінко, що се мій елев ще з гімназіальних часів. О, стара знайомість, стара приязнь… Правда, пане меценас? – Він горячо стиснув своїми долонями і потермосив Євгенієву руку. – О, прошу, прошу сідати! Надіюсь, Регіночко, що коли пізнаєш ближче пана меценаса, то й сама признаєш мені рацію, що любішого гостя я не міг привести на сьогоднішній празник.

Вона все ще стояла на місці і не зводила з нього напівзачудуваного, напівтупого погляду. Стальський підійшов до неї, лагідно всміхаючись, і шепнув їй до уха:

– Не дурій, ти, комедіантко! Не вдавай ідіотку! Іди до кухні і припильнуй, щоб Онуфрова приладила нам вечерю. Повечеряєм усі троє. А не роби мені комедії, розумієш? Не доводи мене до того, щоб я при чужім чоловіці наробив тобі скандалу.

І він легесенько взяв її за плечі і, вдаючи, немов проводить її до дверей, формально випхав її з покою. Євгеній, у котрого слух був надзвичайно сильно розвинений, чув серед тиші кожде слово, яке Стальський прошептав жінці. Він аж здивувався сам собі, коли, чуючи ті брутальні слова, дізнав у душі якоїсь пільги. Вони, мов жбух холодної води, вернули його назад до дійсності, показали йому в відповіднім світлі ту огидливу комедію, яку грав перед ним Стальський. А вона? Певна річ, йому було жаль її, але на дні душі вставало якесь погане, егоїстичне, вороже чуття, немов говорило до неї: «Бачиш, бачиш, ось яке ти вибрала! Не мала настілько сили волі, щоб піти за голосом серця, щоб опертися тітці, так ось яке запопала!»

Тепер, коли згадує сю вчорашню сцену і свої вчорашні почуття, Євгеній дивується, як йому серце не трісло при такім пониженні і потоптанні улюбленої жінки. Ще вчора рано він не був би припустив, що міг бути свідком такого зневаження свого ідеалу. Він був би розірвав, зубами загриз чоловіка, що посмів би навіть думкою зневажити його ідеальну Регіну. А вечором він чув той огидний шепіт Стальського – і не рушився з місця, і рука його не затиснулася в п'ястук і не розтовкла йому фізіономії, не здушила горла! Як се могло статися? Чи йому загородив дорогу шлюб, що лучив тих обоє людей докупи на нерозривну долю, на нерозривну муку? Здається, ні. Щось інше спиняло його, паралізувало його волю. Ся Регіна – то не була його Регіна. То була якась виблідла, невдатна копія його ідеалу. У неї не було того чарівного блиску, що колись так раптово, безвідпорно заполонив його душу. Від неї – Євгеній чув се – не виходила та магічна сила, що тягла його і віддавала їй на власність тоді, в щасливі дні їх спільних відвідин у школі гри на фортеп'яні. Йому здавалося часом, що оте довголітнє життя в такій поневірці скалічило, обезсилило її душу, а іншим разом він з почуттям глибокої гіркості уявляв собі, що се його власне терпіння по розлуці з нею, його власна туга, і скорбота, і жалоба по ній стає муром між ним і між нею, мов обтернений пліт, через котрий не можна перебратися, не зранившися дітькливо.

А Стальський тим часом сів насупроти нього і спокійнісінько, мов нічого й не бувало, почав забавляти його розмовою. Полились потоки звичайних поговорів. Чи чули пан меценас? Найстарша дочка пана директора втекла з якимсь пенсіонованим підпоручником? А суддю Страхоцького, того ідіота, назначено на повітового суддю в Гумниськах у нашім окрузі вищого суду. А панове Шварц і Шнадельський – тямлять пан меценас? – ті многонадійні паничі, що їх за крадіжки прогнано з судової служби, їздять по селах, нібито мають агенцію краківської асекурації, а на ділі займаються – Господи милостивий, ти один знаєш, чим вони займаються! Пан прокуратор колись-то аж волосся на собі микав, читаючи рапорти жандармів про їх справки. Та що, пан Шнадельський – кузен пана президента суду, а пан Шварц був колись канцелістом у пана президента, а при тім він протеже пані судіїхи Могульської – знають пан меценас, тої ординарної мазурки? Вона б очі видерла кождому, хто би смів на її улюбленого Шварца сказати лихе слово, не то що. І подумайте собі, ті паничі можуть гуляти собі безкарно по повіті, ані волос не спаде їм із голови. Чую, що й коло пана маршалка заскакують, пані маршалковій компліменти правлять, на домашніх балах паннів відтанцьовують і все жалуються на те, що їм у суді заподіяно страшенну кривду, кинено на них калюмнію, не дано їм змоги очиститися.

– Але, але! – перебив сам себе Стальський. – Я тут балакаю, та й забувся. А моя пані якось не приходить. Перепрошаю пана меценаса. Я за хвилиночку верну.

І, не ждучи на Євгенієву відповідь, Стальський схопився з місця і вибіг до кухні. Вернув по хвилі, а за ним служниця на таці несла тарілки, накраяну платочками шинку, булку, пару бутельок вина, бутельку коньяку і кілька чарок. Вона поставила се на стіл і принялася розставляти.

– Йди, йди, припильнуй самовара, – мовив до неї Стальський, – ми вже тут дамо собі раду.

Служниця вийшла.

– Моя пані зараз прийде. Не надіялася гостей. Пішла перебратися.

– Але ж, пане, – мовив до нього Євгеній, – мені здається, що ви замість дійсного празника наробите собі і своїй пані сьогодні більше гризоти і клопоту.

– Не бійтеся! – весело мовив Стальський, відкорковуючи бутельку з коньяком. – Ось випиймо лише! Зараз воно інакше буде!

– Ну, але без пані… без властивої соленізантки… – з якимось болючим заклопотанням мовив Євгеній.

– Га, га, га! Се ви гарно сказали! – брутально регочучися, мовив Стальський. – Властива соленізантка! Га, га! Ну, але так, unter uns gesagt[30], як вона вам подобається? Дуже подібна до бідної жертви домашньої тиранії?

У Євгенія серце стислося і рука засвербіла, але в тій хвилі ввійшла Регіна, і увага обох мужчин звернулася на неї.

XXIII

Боже! що вона зробила з себе! Чи збожеволіла, чи на якусь дивовижу, чи на жарт вдяглася в свою злежану, пом'яту шлюбну сукню? Біла шовкова спідниця, такий же, штучними перлами спереду вишитий і білою коронкою на грудях облямований станик, волосся розпущене, на руках тілистої барви рукавички аж по лікті, на ногах білі атласові черевички – отак увійшла Регіна до салону. Ішла звільна, мов напівсонна, зі спущеними вниз очима, мов справді панна молода до шлюбу. Тільки її незаслонене лице супроти сього білого одягу виглядало пожовкле, на шиї під ухами видно було зморшки, під очима залягли синюваті тіні. Зрештою лице її було поважне, задумане.

– Бийся Бога, Регінко! Що ти з себе зробила? – скрикнув Стальський, побачивши її в такім костюмі.

– Сьогодні мій юбілей, – промовила Регіна. – Десятилітній юбілей мого замужнього життя. Отся сукня, – мовила вона, звертаючися лицем до Євгенія, – була символом мого найбільшого нещастя. Її перед десятьма роками вдягла на мене цьоця, що була відмалку моїм злим демоном. В неї, в отсю сукню, вона закляла всіх злих демонів, що мали мучити мене. Вони зробили своє. Десять років минуло (вона при сих словах обернулася знов до мужа), – мої злі демони або покинули сю сукню, покинули мене, і в такім разі нинішній день буде новим зворотом у моїм житті і варт того, щоб зустріти його празнично. Або вони все ще чигають на мене, і в такім разі, надягаючи отсю сукню, я визвала їх. Що ж, коли вони тут, коли чигають, так нехай піднімаються, нехай мучать мене до решти! Я перебула стілько, що крихта більше чи крихта менше не чинить для мене різниці.

– Але ж, Регінко, – мовив Стальський, міняючись на лиці, – що се ти говориш? Не компрометуй мене і себе перед гостем, перед чужим чоловіком!

– Пан Євгеній не чужий чоловік ані для тебе, ані для мене, – спокійно відповіла вона.

– Як то, ти хіба знаєш пана Євгенія?

– Так.

– Ще з давніших, передшлюбних часів?

– Ми познайомились були на спільних лекціях музики, – поспішив пояснити Євгеній.

– І ти від того часу не забула пана Євгенія? – допитував її Стальський, не звертаючи уваги на Євгенієві слова.

– Ні, не забула.

– А, то ти, певно, крихіточку любила його? У вас, жінок, така знайомість, то звичайно рівнозначуча з романсиком.

– Крихіточку… ні, – з притиском відповіла Регіна.

– Ах, браво! – радісно скрикнув Стальський. – Не крихіточку, значить – дуже! От гарно! Пане меценас! Дорогий мій! Позвольте повітати вас яко ідеала моєї жінки! От несподіванка! От правдивий празник для мене!

І він кинувся обнімати Євгенія, що стояв мов оглушений сею несподіваною сценою.

– А я, ідіот, і не знав, що я розлучив колись два закохані серця! Ну, привітайтеся хоч тепер як слід! Регінко! Прошу не женуватися! Пане меценасе! Я чоловік ліберальний. Борони мене Господи, щоб я хотів стояти вам на заваді. Але ж прошу!.. – І він узяв Євгенія за руку, щоб повести його до своєї жінки. У Євгенія заклекотіло щось у серці.

– Пане, – прохрипів він, – не маєте права брати мене на глум! Випрашаю собі дуже таке поводження! Добраніч!

І, відіпхнувши від себе Стальського так, що сей покотився на софу, він хопив свій капелюх і пальто, вибіг на ґанок, відтак на вулицю. Тут усе ще стояв фіакер, якому Стальський забув заплатити і який справедливо розміркував собі, що другий пан, котрого він віз сюди, швидше чи пізніше вийде і, певно, заплатить йому. Євгеній сів на фіакра і вернув додому. Довго потім він ходив по своїм покою, безтямний, мов одурілий від того, що бачив і чув того вечора. Потім машинально роздягся і потонув у якесь важке забуття. А тепер, коли нерви його потрохи вспокоїлися, він силкувався дійти до ладу з тими споминами.

«Так от де ти, Регіно моя! – думалось йому. – Ось яка твоя доля! Як то ти зносиш її? Де твої чари, де гармонія твоєї душі, якою ти колись так відразу заполонила мою душу? Чому я вчора не почував її ані крихітки? Чому твоє лице видалося мені тупим, а твій концепт з тим шлюбним убранням видався мені глупим, уразив мене, мов погана комедія? І чому в твоїх словах бриніло щось нещире, вивчене, не своє, комедіантське? Регіно, Регіно! Чи ржа великого страждання сточила тебе, чи тілько каламутна хвиля буденного життя сполоскала з тебе ту чарівну краску, яка колись мені видавалася огнем твоєї душі? Віддай мені мій ідеал, що ще вчора до вечера яснів у моїм серці, окружений авреолом непорочної чистоти, святості і вічної юності! Віддай мені мою любов, предмет моєї туги! Віддай мені найкращу частину мойого «я», згублену там, у тім проклятім покою!»

Він схопився з ліжка і почав одягатися. Якась тривога обхопила його. Повітря сеї комнати давило його, він потребував свіжого повітря, широкого простору, щоб не задушитися. Але, одягшися, він почув себе таким безсильним, таким нещасним, що мусив сісти на крісло коло столика. І нараз у його голові забулькотіли нові думи, понеслася їх течія зовсім у противнім напрямі, ніж досі.

«Варвар я! Погань! Нелюд! Адже вона божеволіє з терпіння, сама не знає, що з нею діється! Адже, побачивши мене, вона мов остовпіла, нездібна була слова промовити. Адже він знущається над нею, кождим словом шпигає, кождим позирком ранить, кождим рухом топче її. А я дивлюсь, як вона треплеться і мечеться з болю, і смію критикувати її рухи! Я, проклятий естетик, роздебендюю: сей рух смішний, сей вираз тупий, сі слова недоладні! Боже! Та невже ж у мене нема ані крихітки серця? Невже разом з любов'ю я стратив здібність до простого людського співчуття?»

Дрож пройшла по його тілі. Пропасниця забігала по нервах. Зуби зціпилися, і він, ухопивши в обі долоні розпалене чоло, похилився над столом. Довго він сидів отак і сам не чув того, коли з його очей полилися пекучі сльози. Йому зробилося легше від них, і в міру, як легшало на душі, сльози лилися, капали на стіл, розливалися калюжками, текли річкою, поки не дотекли до краю стола. Тут вони сперлися якийсь час на острім канті. Але з очей набігали все нові і нові краплі і доливали річечку, і ось вона перемогла кант і рясним градом крапель бризнула на підлогу. Євгеній не чув того. У нього в серці робилося якось холодно, тихо, мов там залягала велика порожнеча. Думки зупинилися, течія образів у фантазії зупинилася, воля лежала зомліла.

Голосне стукання до дверей салону розбуркало його з того душевного змління, примусило встати з місця і отямитися. Машинально він обтер очі рушником, вийшов із спальні, замкнув її за собою і, промовивши

«Прошу ввійти», наблизився до дверей салону і відімкнув їх. Двері широко отворилися, і в отворі стояв пан маршалок Брикальський, вистроєний, пахучий, блискучий, усміхнений, щасливий.

– Чи можу ввійти? – запитав, кланяючись.

– Але ж прошу, прошу, – відповів Євгеній і також легенько вклонився.

XXIV

Пан маршалок стояв хвилину в дверях. Його лице ясніло якимсь незвичайним блиском, очі горіли, на устах тремтів щасливий усміх, готовий, бачилось, в одній секунді зірватися бурею і вибухнути веселим, сердечним реготом. Потім він широко простер руки і кинувся на Євгенія.

– Ха, ха, ха! Коханий меценасе! Позволь, нехай обійму тебе! Ха, ха, ха! Почтива душе! Ну, дай же поцілувати себе!

І він стискав, майже душив Євгенія в своїх обіймах, незважаючи, що сей з зачудуванням зробив крок узад, хоронячись перед вибухом його щирості, що відкрив уста для протесту і навіть руками силкувався легенько відсторонити пана маршалка, від якого зовсім не надіявся такої інтимності.

– Але ж ні, ні, не пручайся! Не можу здержатися! Таку радість, таку приємність, таку розкіш, яку ти справив мені – золота душе! – я мушу, мушу!..

І він ще раз обняв, ще раз притиснув Євгенія до своєї груді, ще раз прихилив йому до лиця свою напомадовану рідиньку чуприну.

Євгеній пересилував себе і почав усміхатися.

– Пан маршалок, як бачу, приходять до мене в подвійно проступнім намірі.

– В подвійно проступнім? Ха, ха, ха! Зараз видно юриста! Прошу, прошу! В подвійно проступнім? Як се маю розуміти?

– Проста річ. Пан маршалок кидаються на мене дійством – се один проступок, а в додатку хочуть вмовити мене, що я сам тому причина, що я, так сказати, моральний справець того проступка.

– Чудово! Чудово! Ха, ха, ха! Ну, але жарт набік. Добрий день, пане меценас! Вашу руку! Так. Здорові, дужі, веселі, енергічні – надіюсь, надіюсь… Світ перевертаєте, суспільність реформуєте – так і слід, так і слід. У вас сила – Platz für die Jungen![31] Нас, що пережили своє, – набік! Під ноги старе порохно! Нехай не заважає!..

– Поки що – прошу сідати, – промовив Євгеній, якому пан Брикальський не давав прийти до слова.

– Дякую, дякую. Отже, так! Се ваша робітня, – мовив він, переводячи дух і роззираючись довкола. – Даруйте, що вас тут нападаю, та й ще в такій вчасній годині. Був у вашій канцелярії – там замкнено. Сторож сказав мені, що ви ще нагорі. Дай, – думаю собі, – відвідаю того льва в його леговищі.

– Дуже вдячний за честь.

– Але ж навпаки, навпаки! Я дуже рад. Здавна бажав відвідати вас у вашім sanctissimum[32], в тій кузні, де властиво виковуються ті плани…

– Пан маршалок іронізують. Я собі простий адвокатина. Куди мені до якихсь планів? Як бачите, жию попросту, заробляю на хліб, удержуюся сяк-так при теперішнім порядку і зовсім не почуваю в собі ані сили, ані охоти на суспільного реформатора.

– Га, га, га! Говоріть, паночку, говоріть се кому іншому, не мені! Я також дещо троха знаю. Го, го, і очі маю, і вмію ними бачити! А у нас, що стоїмо на вищому щаблі, дуже тонке чуття на кождий найменший рух, який проявляється внизу.

– Чи тілько часом вашої власної дрожі не приймаєте за якийсь страшний і ворожий вам рух? – промовив трохи терпко Євгеній.

– Ого, пан меценас починають підпускати шпильки! Ну, ні, мене тим не вколете! Я чоловік загартований. Але скажіть, зробіть ласку, що властиво за ціль має той ваш дотепний – мушу се признати, що дуже дотепний, – жарт з тими хлопами?

– Жарт з хлопами? Не розумію, про що пан маршалок говорять.

– Ха, ха, ха! – знов розреготався пан маршалок. – Отсе правдивий гуморист. Пустить «віца», а сам ані не моргне, ще й удає, буцімто нічого й не знає.

– Пан маршалок ставлять мене в клопітливе положення. Я признаюся, що дуже люблю «віци» і рад би також посміятися, але, їй-богу, не знаю, про що йде мова.

– Але ж, коханий пане меценасе! – кричав маршалок, знов простираючи до Євгенія свої обійми. – Перед вами властитель Буркотина і говорить вам про дотеп, який ви зробили з його хлопами, а ви ще удаєте, що не розумієте!

– А, так! Се про ваших хлопів!

– Так, так! Ха, ха, ха! Знаєте, ми з жінкою вчора реготалися так!.. Треба вам було чути, з яким обуренням оповідали нам ті люди… знаєте, вони у нас іздавен-давна привикли – скоро що-небудь, з усім іти до двора. І з тим… Як тільки вернули з міста, зараз до мене. «Просимо ласки панської, ми би хотіли спитатися, що то за адукат такий. Ми йому віддали свою справу за ту толоку, а він нам каже: «Ви дурні. – Так нам казав, їй-богу! – Ви дурні! Що вам, – каже, – правуватися з паном за якусь толоку? Що тота толока варта? Тьфу! Я вам не те скажу. Дайте мені тисячу ринських, а я вам виправую весь панський маєток, з будинками, фільварками і лісами». Ха, ха, ха!

Пан маршалок дуже добре наслідував голос, і вимову, і жести селян, але при остатнім слові таки не видержав і розреготався.

Євгенієве лице потемніло. Відблиск усміху щез із нього, але очі сильно і остро вперлися в лице маршалка.

– Пане маршалку, – промовив він спокійним, але твердим тоном.

– Але ж чекайте, чекайте, коханий меценасе! – перервав йому Брикальський, клеплючи його по коліні. – Не потребуєте хмуритися! Адже я дуже добре знаю, куди стежка в горох. Але я хочу скінчити вам їх розмову, – се чудова штука! Ха, ха, ха! «Ая, прошу ласки панської, так нам казав той адукат. Але ми йому сказали: пане адукате, ми бідні люди, але на чуже не лакомі. Нам панські добра непотрібні, ми свого пана маршалка любимо і шануємо, а панські добра – то панські, а не наші. А ми з паном маршалком не хочемо правуватися, і ми з ним погодимося, і просимо вас, аби ви нас не бунтували против нашого пана маршалка. І аби ви нам віддали наші папери і те, що ми видали вам на штемпелі і на писанину, бо ми не хочемо вдаватися в процеси, бо ми люди спокійні, а наш пан маршалок добрий пан, дай йому Боже здоровля і многа літа!» А що, правда, що добре вирецитували? Так, як ви навчили їх, правда?

– Пане маршалку, – мовив поважно Євгеній, – дуже перепрошаю, але мені здається, що з сим остатнім питанням пан маршалок удалися на невластиву адресу.

– Як то? Як то?

– Прошу приняти до відомості, що я не вчив нікого і ніколи брехати, а про се, що мені тут вирецитували пан маршалок, нічогісінько не знаю.

– Як то? Не знаєте? Так се не ви навчили їх сього?

– Надіюсь, що пан маршалок не мають наміру ображати мене такими…

– Але ж, коханий меценасе! Ображати! Вас! Кленусь вам, ми вчора обоє з жінкою, почувши сю вість від хлопів, зразу реготалися, а далі задумалися. А що, чи не ліпше би справді зробити так, як нам піддає меценас?

(Ми не сумнівалися, що хлопи говорять з вашої інструкції.) Замість правуватися за те дурне пасовисько – віддати їм його задармо?

Пан маршалок говорив ті слова так собі, ніби знехотя, з виразом щирості в голосі, але його очі впилися при тім у Євгенієве лице і слідили кождий найменший рух, кожду ледве замітну зміну виразу.

– Мене ся справа не обходить зовсім, – холодно мовив Євгеній, – бо буркотинці від учора перестали бути моїми клієнтами. Можу запевнити пана маршалка ще раз словом честі, що таких слів, як тут мені передавали пан маршалок, ані подібних слів у такім сенсі я селянам не говорив. Наша розмова йшла зовсім на іншу тему.

– А вільно спитати, на яку? – підхопив пан маршалок.

– Дарують пан маршалок, сього я не можу сказати. Коли селяни схочуть, то можуть сказати, я їх до секрету не зобов'язував, але я сам не можу сього сказати. Але коли б мені вільно було порадити пану маршалкові так, по щирості…

– Прошу, прошу!

– То я також порадив би відступити сю толоку селянам.

– Так?

– Справа спорна, нема сумніву, але накілько я її знаю, селяни можуть виграти.

– Чи справді?

– Се моє переконання, якого я набрав, простудіювавши докладно акти.

– І ви радите мені уступити добровільно.

– Се моя рада. Розуміється, коли…

– Коли що?

– Коли се для пана маршалка можливо, – відповів спокійно Євгеній.

– А то як ви розумієте? Чому би мало бути неможливо?

– На се питання пан маршалок борше могли би мені відповісти, ніж я пану. Різні бувають причини.

Пан маршалок устав. Розмова зачинала йому не подобатись. Він ішов сюди зовсім з іншим наміром. Він бажав відразу розбити, здемаскувати Євгенія, любуватися його заклопотанням, коли побачить, що його бунтівницька агітація серед селян відкрита, зраджена тими, кому мала вийти на користь. Для більшого ефекту він навіть прибрехав добру пайку в справді наївнім та лукаво-підхлібнім оповіданні селян. А тим часом він побачив, що Євгенія не так легко збити з пантелику, побачив надто, що його власна брехня відібрала йому значну часть тої певності і смілості, яка була би потрібна для повалення такого зручного противника. Він чув якусь оскомину в душі і для того встав, попрощався якнайчемніше з Євгенієм і пішов. Євгеній провів його на сходи і вернувся до свого покою.

XXV

Євгеній ходив по покою і думав.

«Го, го, пане маршалку! Так легко ви не заведете мене в горох. Я знаю вас ліпше, ніж ви мене. Я знаю дуже добре, що вам учора не до сміху було, коли вам селяни передавали мою раду. І сьогодні ви силувалися на гумор, але не додержали до кінця. О, знаю, вам хотілося вшпигнути мене в саме серце, показати мені, що ті мужики, котрих добра я бажаю, самі перші зраджують моє довір'я, готові видати мене криміналові. Так, се була би для вас найбільша радість; ся думка блискотіла у ваших очах, коли ви входили до сього покою!»

Він живіше почав ходити по покою.

«Дивне те людське серце! Найбільше своє щастя, найбільшу розкіш бачить у тім, щоб задати другому болючий удар, зробити його нещасливим, відібрати йому віру в людей і надію на ліпше! Адже тілько се побожне бажання надавало пану маршалкові при вході сюди такий щасливий тріумфуючий вид. Він кинувся навіть цілувати мене! Видно, що «цілованіє Юдино» – се якась типова склонність таких серць. Певного роду чоловіколюбʼя – подати другому прицукровану отруту, серед танцю ввіпхнути йому штилет у серце».

Він не переставав ходити по покою, і його думки не переставали розвиватися в песимістичнім напрямі, немов розмотували клубок чорних ниток.

«А мої селяни! Чи бач, які політики? Дай, мовляв, підчорнимо адуката, оплюємо його і тим купимо собі панську ласку! Чудова перспектива для дальшої праці! Варто для них мучитись і терпіти! Приємно вести їх до бою з тою темною силою, що тілько й чигає на те, щоб нас поодинці схрупати! І то вже в початку таке, при дрібниці, де в мене нема ніякісінького власного інтересу. Що ж подумати про такі випадки, де від захования секрету могла б залежати моя доля, моє життя! Адже ж вони, не надумуючися, з усміхом і без докору совісті пожертвують мене, ще й кепкуватимуть. Що, мовляв, за такий адукат, що звірюється нам з такими річами! Дурневі дурна дорога!»

У нього кипіло в нутрі. Він шпурнув геть від себе книжку законів, яку держав у руці. Груди дихали важко від зворушення і болю, дух захапувало, і він зупинився біля вікна. Зразу не бачив нічого: розбурхане чуття заслонювало все перед ним. Але потім його зір прояснів, і він побачив, що просто перед ним, у пустім міськім саду на звісній затіненій лавочці сиділа чорна дама з лицем, зверненим до його вікна.

Регіна? Він у першій хвилі здивувався, побачивши її. Чого вона? Пощо? Свіжий удар, нанесений йому маршалком, хоч, бачилось, у першій хвилі не болів, показався глибшим, більше болючим, ніж він думав зразу. Сей удар зранив не його особисте почуття, не ту переболілу і потрохи загоєну рану, з якою він носився цілих десять літ, але молоде, свіже і сильне деревце його громадської діяльності, його святу віру в народ, в непропащу моральну силу рідної нації, в її кращу будущину. Тільки помалу, ходячи по покою, він починав відчувати всю жорстокість і болючість сього удару, і в його голові почали клубитися погані думки, почали вириватися з уст прокляття. Побачивши в тій хвилі чорну даму на лавочці в саду, він зразу дивився на неї з якимсь зачудуванням, мов на щось незнайоме, що завадою стає йому в дорозі. Недавня хвиля, коли він над долею сеї жінки пролив невисохлу ще річку сліз – як же ж далека була вона тепер від нього! Що вона йому? Примха, слабість волі, сентиментальний порив, соромний серед тих обставин, у яких він жиє тепер! І чим вона була для нього в житті? Нічим, дрібненьким епізодом, що заважить хіба за пилину супроти тої широкої поважної праці, якій він хоче – повинен – мусить віддати своє життя. Тепер якоюсь примхою долі їх стежки ще раз зустрілися – і що ж з того? «Стрічаються перехресні стежки на широкім степу та й знов розбігаються! Таке буде й наше. Що вона мені тепер, і що я їй? Нічогісінько. Перелетні тіні, що мигнуть понад долиною і не лишать по собі нічого-нічогісінько…»

І він відвернувся.

Та в тій хвилі почув, як його серце стислося, заболіло страшенно, неначе рвалося в його груді. Наглим рухом голови він іще раз зирнув на чорну даму, і йому пригадалася вона у вчорашнім пом'ятім і злежанім шлюбнім строї, і її напівбожевільні слова, і признання, що любила його, і її розпущене волосся, цинічні слова її мужа – і, не тямлячи сам себе, не застановляючись, що і пощо, він хопив капелюх, замкнув за собою покій і вибіг надвір.

XXVI

Він біг звісною дорогою, навіть в думці собі не покладаючи, щоб вона й сим разом могла щезнути, як колись-то. І справді, вона сиділа на лавочці, все вдивлена в його вікно, немов ждала його. Коли наблизився, вона не здивувалася і не збентежилась, немов ждала його. Коли тремтячим голосом поздоровив її, вона мовчки подала йому руку, обтягнену чорною нитяною рукавичкою. Він стиснув сю руку – не мав відваги піднести її до уст. Потім станув перед нею і мовчки дивився на неї.

– Прошу, сядьте коло мене, – промовила вона.

Він сів.

– Так от як ми зустрічаємось! – промовив ледве чутно.

– Як вам поводилося?

– Хорий був.

– Що ж вам було?

– Вас не міг забути.

Вона зупинилася на ньому довгим поглядом.

– Невже се так дуже боліло вас?

Усе наболіле прорвалося в його душі.

– Пані, я тисячу разів на день проклинав і благословив вас. Я блукав мов безумний, шукаючи вас. Я пересилював себе, а проте не міг вирвати вас із своєї душі. Я доходив до того, що починав вірити в чари, в уроки, які ви мусили кинути на мене. Я осуджував вас у душі як злочинницю, що зруйнувала моє життя, змарнувала найкращий скарб мого чуття, – а рівночасно кланявся вам як найвищій святощі мого життя.

– Ваші благословенства лишилися при вас, – мовила сумовито Регіна, – а ваші прокляття досягли мене.

У Євгенія похололо на серці при тих словах.

– Мої благословенства! Пані, звістку про ваше замужжя я тяжко відхорував. Та й потім – кілько разів я нарікав на долю, що дала мені видужати з тої хороби! Кілько разів моя рука простягалася до револьвера, щоб одним вистрілом зробити кінець усьому тому. Я опинився мов моряк серед моря без компаса. У мене не стало мети життя, не стало тої остроги, що додає енергії.

– А таки ви знайшли собі мету, викресали в душі енергію, – перебила вона йому спокійно, але рішучо.

– Життя бере своє. Чоловік втягнеться в ту роботу, а потреба, мов погонич з батогом, підгонює. Се так. Але ж се невольницьке, під'яремне життя! Се не людське життя! Чи таке-то було б наше життя, якби ми були разом! Якби кожда трудність подвоювала наші сили, кожда супротивна хвиля зближувала нас, якби мені під час праці не капала кров із серця!

– А проте тягнете. І скажіть по правді, чи сама та праця чимдалі не робилась вам дорожчою, не набирала ідеальнішої подоби, не робилася вам метою життя, вищою, святішою, ніж усе те, що ви могли би були знайти зо мною?

– Пані, звідки таке порівняння? Як я можу порівнювати щось з тим, чого не знаю?

– Ну, то киньте набік порівняння, а скажіть просто! Адже ж у своїй праці ви знайшли собі мету життя. Я чула дещо про вашу роботу, а дечого догадуюся. Ви русин, а русини вперті на свойому. Ви чоловік з чуттям, значить – ідеаліст. Я певна, що ви маєте вищі цілі перед собою, силкуєтесь іти вгору і вести інших за собою. Адже так, правда?

– Так.

– Значить, я не помилялась у свойому чуттю. Значить, мої молитви і сльози не пропали марно.

– Ваші молитви і сльози?

– Так. Мої молитви і сльози. Слухайте, Геню! Позвольте, що буду говорити до вас так, як говорю щодня і щовечора в своїх самотніх думах отсе вже десять літ. Тепер… після вчорашнього… я чуюся свобідною супроти вас. Ви бачили моє життя – і я можу сказати вам усе. Тямите нашу остатню розмову там, у Львові, на вулиці? Тоді, коли ви перелякалися, чи я не хора. Знаєте, мені тоді пройшло по душі дійсне прочуття моєї будущої долі. Коли я побачила, як цьоця змірила вас своїм згірдним поглядом – ні, не згірдним, а було в тім погляді щось таке погане і ненависне – тямите, я вся похолола і мало не впала. Се все від того погляду. І тоді уперве по моїм серці пройшло щось таке, що я зрозуміла євангельські слова про меч, який мав пройти серце Матері Божої. Я вирвалася від вас майже силою, а коли покинула вас, то аж тоді почула, як горячо, як невимовно я люблю вас. Бачите, говорю се спокійно. Адже ж я небіжка для вас… нас ділить могила, а могила – то спокій.

– Пані! – скрикнув Євгеній, у котрого серце рвалося при тих словах. Та вона рухом руки заставила його мовчати і говорила далі:

– І тоді ж я зрозуміла, що не побачу вас більше, так що сцена, яку зробила мені потім цьоця, не була для мене несподіванкою. Може бути, що я занадто скоро піддалася цьоциному наказові, – ну, та за се терплю тепер. Се своєю дорогою, та що се вас обходить! Але вночі, замкнувшися в своїм покоїку, я кинулася на долівку перед образом Пречистої – можете мені вірити, Геню, не маю ніякого інтересу грати перед вами комедію… небіжчики загалом кепські комедіанти!.. Я кинулася на долівку і довго молилася, плачучи гарячими слізьми.

«Мати Божа, – молилася я, – дай, щоб я була для нього найвищим, найкращим, чим тілько може бути жінка для мужа! Щоб я йому була поміччю в пригоді, потіхою в горю, заохотою до всього доброго! Щоб я вела його до всього, що високе і чесне. І коли я сама нездала на се, занадто низька, занадто буденна, занадто нездібна, то знівеч мене, відкинь як нездалий знаряд, а вложи йому в серце мій образ і надай йому силу, і блиск, і чари, і нехай він веде його і підносить туди, куди я сама не сягну». Бачите, Геню, і Пречиста вислухала мене. З ваших слів переконуюся, що я недармо молилась і плакала. Ви жалуєтесь, що не могли забути мене. А я певна, що се власне була та провідна звізда, що не давала вам заснути спокійно, не давала заблукатися в темряві егоїзму, вела вас усе вище та вище.

У Євгенія бризнули сльози з очей. Він ухопив її за руку.

– Пані, досить того! Ви рвете моє серце. Кожде ваше слово наново показує мені, як багато я стратив, тратячи вас.

– Ну, що там про се говорити! – мовила Регіна, всміхаючись сумовито. – Бачите, я стара баба, а перед вами ще світ широкий. Вам життя всміхається.

– О, чудово всміхається! – гірко скрикнув він. – Ні, пані, позвольте й мені сказати вам правду… сказати те, з чим я прийшов сюди, побачивши вас.

Вона уважно поглянула на його лице.

– Догадуюся, що ви хочете сказати, – мовила, бліднучи на лиці.

– Ви блїднете, пані?

– Ну, говоріть, – мовила вона ледве чутно.

– Про ваше життя знав я не від учора. То значить, про життя пані Стальської. Бо се мені ані в сні не ввижалося, щоб пані Стальська – то були ви. Але про те, як жиється пані Стальській з мужем, знав я давно з уст самого пана Стальського. І коли вчора побачив, що пані Стальська – се мої святощі, найдорожчий скарб моєї душі, моя Регіна, се ви, пані, – коли я переконався, що пан Стальський не переборщив у своїм цинічнім оповіданні, – коли сьогодні отямився троха від того страшного удару і коли при тім добрі люди поквапилися зараз же посолити мою свіжу рану… Пані, ви відвертаєтеся?

– Говоріть, говоріть, – мов у сні прошептала Регіна.

– Слухайте, пані… Слухай, Регіно! Хто се сказав тобі, що ти небіжка для мене? Хто сказав тобі, що нас ділить могила? Нас ділить фікція, а не могила. Лише крихітка доброї волі, крихітка зусилля – і тої фікції нема між нами. Літа минули – що ж, минули однаково для тебе, як і для мене. Обоє ми постарілися. Але проте ми не старі. А любов творить чуда. Вона відмолодить нас. Вона загоїть наші довголітні рани, покриє муравою забуття могилки наших молодих бажань, окрасить їх новим, хоч пізнім, але запахущим цвітом. Слухай, Регіно! Ніщо ще не страчене для нас! Любиш мене? Віриш в мене?

Він держав обі її руки, стискав їх у своїх гарячих долонях. Вона сиділа бліда, сумна і не гляділа на нього.

– Регіно, серце моє! Незабутня моя! Невже горе зламало тебе так, що ти перестала вірити сама в себе? Невже всяке бажання і всяка надія щастя замерли в твоїй душі? Озовися! Скажи слово! Зірви ті огидливі пута, якими сковано тебе. Адже ж я не вірю, щоб ти вважала святим і шановним те, що було для тебе десятилітньою нелюдською тортурою! Подай мені руку! Я все віддам тобі. Покинемо сей город, сей край. Світ широкий. Подамося геть, хоч би за море. Я здоров, сильний, повний віри, а при тобі моя сила і віра зросте вдесятеро. Не згинемо. Заробимо собі на життя. Виборемо у нього все можливе. Видремо у нього, що тільки дасться, з того скарбу людського щастя, який був призначений для нас.

При останніх словах Регіна затремтіла і підвела лице, мов нараз прокинулася зо сну.

– Призначений для нас! Ти читав у книзі призначення? Ти знаєш, чи справді було для нас призначено щось інше, ніж те, що маємо?

– Регіно, се не відповідь на моє питання! – скрикнув він уражений.

– Слухай, Геню, – оповідж мені про свої процеси. Я чула, як тебе хвалять, що ти один із найліпших адвокатів у краю. А дехто жалує: що за шкода, такий добрий адвокат, а пустився на хлопського защитника! Знаєш, коли чую такі похвали і такі нарікання, то в мені аж серце росте.

– Регіно! До чого се все веде? Остогидло мені адвокатство! Остогидли мені і хлопи, і пани, і суди! Скажи слово, Регіно, – одно слово, і ще сьогодні покинемо се прокляте гніздо, будемо вільні, будемо щасливі.

– Краденим щастям, так?

– Що там! Слово, пусте слово!

– Геню, Геню! Не говори того! Адже ж тут подвійна крадіж. Ти вкрав би мене від мужа, а я тебе від твойого діла, від тих нещасних, віками кривджених людей, що потребують тебе, що – нехай і так – не вміють оцінити тебе, але мають право до твоєї праці і помочі. Не бійся, вони пізнають тебе, і підуть за тобою, і віддячаться тобі. А я – що я? Тепер, у хвилі розворушення, ти бачиш у мені не те, що дійсно сидить перед тобою, а свій ідеал, той образ, який ти вилеліяв у своїй душі. А за день, за два прийде розчарування, запал остигне, око заостриться на мої хиби, і наше крадене щастя переміниться на нову тюрму, нові кайдани.

– Регіно! Не говори так! – скрикнув Євгеній. – Я вже не дітвак. Давно відвик віддаватися ілюзіям і йти за хвилевими поривами. Те, що говорю – виплив моєї незламної постанови, мого щирого чуття. Скажи слово, одно слово! Адже я знаю, що ти любиш мене. Твої очі говорять мені, що бажання щастя і любові не вигасло в твоїй душі. Так чого ж отягатися? Що нас в'яже до сього гнізда? Люд? Хіба ж і за морем я не знайду люду, свойого люду, для якого зможу працювати і який так само потребує моєї підмоги? Голубочко моя! Бідна мученице! Не муч і себе й мене! Адже ж я й так це зможу жити тут, знаючи, що ти близько мене і в такім положенню, з таким чоловіком! Що кождий день твого життя – то мука, то терпіння, пониження, зневага! Адже ж я або втечу відси сам, або вдурію, або допущуся якогось злочину! Регіно, Регіно! Змилуйся надо мною і над собою!

Лице Регіни при тих словах поблідло ще дужче, було бліде, мов полотно. В губах не було ані кровинки, і вони тремтіли, мов два бліді рожеві листки від вітру, її груди дихали важко. Нараз вона встала з лавки, наморщила чоло і, обертаючися до Євгенія, промовила:

– Пане, я шлюбна жінка… чесна жінка. Мені не випадає слухати таких промов. Бувайте здорові!

І, не подавши йому руки, вона пішла геть, не озираючись.

XXVII

– Завтра маємо аж три терміни в гумниськім суді, – мовив до Євгенія конципієнт, подаючи йому до перегляду цілу пачку різних актів.

– Які терміни?

– Два досить важні, в ґрунтових справах. Третій – крадіж, але може мати певне значіння, бо справа потроха на політичнім підкладі. Одна партія в селі хоче позбутися немилого їй члена громадської ради і заденунціювала його за якусь крадіж. Найгірше те, що судить Страхоцький.

Євгеній кивнув головою, переглядаючи акти.

– Надто треба би там побрати деякі інформації, виписи з книг ґрунтових і з регістратури. Як пан меценат думають, чи маю їхати сьогодні і підночувати у о. Зварича, чи аж завтра досвіта?

– Я сам поїду, – промовив Євгеній.

– Пан меценас поїдуть? – не без зачудування запитав конципієнт, що привик був досі сам їздити на такі «дрібні» терміни.

– Поїду. Мені треба поговорити з о. Зваричем, а з поворотом заїду до Буркотина.

Він задзвонив. За хвилю ввійшов Баран і мовчки став коло дверей канцелярії.

– Слухайте, пане Баране, будьте ласкаві замовити мені фіакра. Там на п'яту годину вечора щоб був готовий. Скажіть, що поїдемо до Гумниськ. Ночувати будемо в Бабинцях. Розумієте?

Баран кивнув головою, всміхнувся і стояв на місці.

– Ну, що? Маєте ще що сказати?

– Пан меценас самі їдуть?

– Сам.

– То, може, треба чотири коні?

– Чотири коні? А вам що такого? Пощо чотири коні?

– Ну, я думав…

– Прошу вас, не думайте нічого, але йдіть.

Баран похитав головою, мов щось не хотіло поміститися йому в голові.

– То вистарчать два?

– Вистарчать, вистарчать.

– Але конче мусять бути чорні, правда?

Євгеній зірвався з місця і наблизився до Барана – не з гніву, але з зачудування, бажаючи заглянути йому в очі. Конципієнт голосно зареготався.

– Що вам, пане Баране? Для чого вам здається, що мусять бути чорні?

– Ну, я так думав.

– Але відки приходите до такої думки?

– Ну, чую, що пан меценас самі їдуть…

– Так що з того?

Баран вибалушив на нього свої очі з виразом тупого нерозуміння. Євгеній лагідно поплескав його по плечі.

– Ні, ні, пане Баране, мені про те байдуже, чи коні чорні, чи білі, аби тільки добре бігли і аби бричка була добра. Прошу вас, ідіть і замовте, і зробіть усе, як треба.

Баран вийшов, усе ще похитуючи головою, мов сам собі не віряччи.

– Що се з ним? – питав Євгеній конципієнта.

– Не розумію.

– Видно, в його голові щось засіло. Він натякає на щось, а не хоче сказати.

– Я заходив до нього пару разів до його хати, – все клячить перед образом і молиться. І очі в нього мов заплакані.

– Чи не ходить він на ту єзуїтську місію? – запитав Євгеній.

– Розуміється, що ходить. Здається, минувшої суботи сповідався перед єзуїтом. А під час одного казання дістав нападу епілепсії – на фіакрі його привезли.

– Доведуть хлопа до божевілля, от що! І так доводять баби до істерії, до галюцинацій, до того, що їдять землю та моряться голодом. А сьому бідоласі небагато треба, щоб зовсім збити його з пантелику. Припускаю, що єзуїт наговорив йому всякої всячини і ще й покуту завдав за те, що служить у жида.

На тім розмова урвалася. Євгеній засів до своєї роботи. Він вибирався на кілька день із дому; треба було дещо зреферувати, дати диспозиції конципієнтові і писарям.

О п'ятій на подвір'я заїхав фіакер. Євгеній був у своїм покої і кінчив пакуватися. Застукано в двері, і ввійшов Баран.

– Прошу пана меценаса, фіакер заїхав.

– Хто їде?

– Берко… рудий Берко, той, що з паном конципієнтом усе їздить.

– Добре, добре. Ну, а коні чорні?

Євгеній, усміхаючись, зирнув на нього, але Баран дивився на нього поважно, якось суворо і мовчав.

– Слухайте, пане Баране, – мовив Євгеній. – Ну, скажіть по щирості, пощо ви питали мене про чвірку і про чорних коней?

Баран уперто вдивлявся в його лице, немовби хотів там вичитати щось таємне, а потім, озирнувшися поза себе, промовив майже пошепки, зо страхом:

– То ще не настав час?

– Який час?

– Що ви маєте їздити по краю чвіркою чорних коней.

– Я? Що ж я, магнат який?

– Е, що там магнат! – згірдно мовив Баран. – Чвіркою чорних коней… їздити по краю і збирати народ… І накладати свою печать на тих, хто увірить у вас…

Він говорив ті слова звільна, з притиском, немов повторяв вивчене напам'ять.

– Що се ви говорите? – дивувався Євгеній.

– Пан ліпше знають, що я говорю, – мовив Баран, не зводячи з нього очей.

– Та пощо би я мав те все робити?

– Пан ліпше знають.

– Але за кого ж ви вважаєте мене, Бáране?

– За того, ким пан є направду.

– А хто ж я такий?

Баран перехрестився і, видимо, збираючися з усею силою свого духу, сказав твердо:

– Антихрист.

У Євгенія похололо в серці – не від сього слова, а від того виразу божевільної певності, який було видно в Барановім лиці.

– Але ж, Бáране, бійтеся Бога, що вам приснилося! – мовив він лагідно. – Я хрещений чоловік, такий, як і ви. Відки мені до антихриста?

– І антихрист має бути хрещений, тілько фальчивим хрестом.

– Але відки ж ви се знаєте, що се власне я?

– Знаю, відки знаю.

– Ні, не може бути, щоб ви се самі виссали з пальця.

– Певно, що ні.

– Значить, вам наговорив хтось.

– Наговорив чи не наговорив… А сказав такий, що мусить се знати.

– Ну, хто такий? Скажіть, не бійтеся. Я не скажу нікому.

– Не скажете? Ану, закляніться Божим ім'ям.

– Їй-богу, не скажу.

– Ну, так знайте… Отець місіан мені сказав, – прошептав Баран із виразом великого страху на лиці.

Євгенію досить було не до сміху, але, почувши сей Баранів секрет, він не міг зупинити себе, щоб не зареготатися.

XXVIII

Вечором того самого дня Баран стояв близько дверей Вагманової спальні, держачи капелюх у руках. Вагман сидів на простім дерев'янім кріслі край старого бюрка, купленого десь на ліцитації і посковуваного залізними штабами. Кождий сторож його камениць був обов'язаний щонайменше раз на тиждень здавати йому реляцію з усього, що ділося в домі, що чув і бачив. Се була його поліція.

– То, кажете, з Буркотина хлопи? – допитував Вагман у Барана. – Напевно з Буркотина?

– Та напевно. Я говорив з ними, як вийшли від адвоката.

– Ну, і що ж казали?

– Кляли нашого адвоката. Казали: видно, пан підкупив його, бо хоче запропастити їх справу. Казали, що відобрали свою справу від него.

– Овва! Овва! – цмокнув Вагман. – Ну, і що далі?

– А нині рано сам маршалок був.

– Що?

– Сам маршалок. Чвіркою заїхав. До адвоката ходив нагору.

– Овва! – скрикнув Вагман, чудуючись.

– Балакали щось, але не дуже довго.

– Ну, ну!

– Маршалок вийшов, а по якімсь часі адвокат вибіг щодуху і довго балакав щось у міськім саду з якоюсь панею. Я дивився крізь шпару в паркані, але розмови не міг чути.

– Що то за пані?

– Якось не міг пізнати. Так щось на Стальського жінку подібна.

– Стальського жінка? Плакала перед ним?

– Ні, не видно було. Говорили живо, далі вона встала, ніби загнівана, і пішла, не прощаючися з ним.

– Гм! Гм! Ну, і він поїхав?

– Поїхав о п'ятій на термін до Гумниськ. У канцелярії казав, що буде ночувати у отця Зварича, а з поворотом буде в Буркотині.

– Ага! Ну, ну. А що ще чувати?

– Та нічого.

– Не був ніхто у вас?

– Був пан Щварц.

– Хто? Пан…

– Пан Шварц. Той, що з суду нагнали.

– А він чого хотів?

– Питав за вами.

– За мною?

– Так. Питав, чи буваєте часом у нашого адвоката.

– А ви що сказали?

– Я сказав, що ні.

– А пощо йому треба се знати?

– Не знаю.

– А про адвоката не питав нічого?

– Та питав. Чи багато людей до него приходить? Чи він ночує дома, чи пізно приходить уночі? Чи бувають у него які дівчата? Чи приймає гостей?

– Треба пильнуватися того панича. Як буде вас ще що розпитувати, на все кажіть: не знаю, не бачив, не чув!

– Він казав, що розвідає се все не для себе, а для пана старости.

– Що? – аж скрикнув Вагман, схопився з крісла і почав ходити по тіснім покою. Потім, зупиняючись перед бюрком, мовив немов сам до себе:

– То байки. Найліпше не боятися їх.

І, обертаючися до Барана, він дав йому кільканадцять центів і мовив:

– Не бійтеся нічого. Він тільки страшить вас. Ані староста, ані Шварц не зробить вам нічого. Кажіть: не знаю, не моя річ – та й по всьому.

З тим і вийшов Баран від Вагмана. Він так привик говорити своєму господареві всю правду, що тепер почував правдиву гризоту сумління, затаївши перед ним найважнішу подію минулого тижня, свою сповідь у отця місіонаря і одержану від нього звістку, що адвокат, який жиє під одним дахом із ним, – се антихрист у власній особі, що він незабаром почне збирати народ і печатати всіх своєю печаткою і всі попечатані пропадуть навіки. Ся звістка страшенно мучила його. Він майже щоночі в часі молитви діставав нападів епілепсії, а в полудне від дванадцятої до першої «мусив» відбути варту перед адвокатовими вікнами. В його хорій голові чимраз більше утверджувалася думка, що він мусить пильнувати сього ворога Христової віри, мусить впору остерегти перед ним людей. Але про все те говорити Вагманові він не важився – адже Вагман невірний жид, готов висміяти, а може, навіть нагнати його зі служби. Нинішнє поводження адвоката, коли він виявив йому своє підозріння, не розвіяло його певності, а сміх адвоката при згадці про отця «місіана» видався Баранові якимсь страшним, пекельним сміхом і проняв його морозом.

«Так і є! Се несамовитий чоловік! Недаром мене при нім так щось за серце стискає. І запах якийсь від него йде – зовсім як сірка. І очі у него… Треба пильнувати його! Баране, не дайся!»

І, чуючи в кишені кільканадцять центів, він зайшов до шинку, щоб випити на відвагу. Горілка прогонює погані думки.

В шинку було кілька гостей – міщан і міщанок, що сиділи за столом, п'ючи пиво з гальб і голосно розмовляючи. Баран підійшов до шинквасу і велів дати собі чарку горілки. Поки він пив її, з сусідньої комнати виглянув Стальський.

– А, Баране! – гукнув він. – Добрий вечір!

– Дай Боже здоровля пану! – відповів Баран, обтираючи вуси від горілки.

– Ходи-но сюди, щось маю тобі сказати!

– Е, що там казати. Найліпше, якби пан казали от шинкареві дати ще одну шнапатирку.

– Ну, а ти що думаєш, не скажу? Ходи сюди!

Баран увійшов до сусіднього тісного закамарка, де був тільки один стіл і два ліжка. Стальський сидів тут сам один, п'ючи пиво.

– Сідай. Що будеш пити? Пиво чи горілку?

– Е, або то я пан, аби пив пиво? По чім мені пити пиво? Я простий чоловік, вип'ю горівки.

– Пане Елькуно, прошу дати кватирку, але доброї, чистої житньої, з анижем.

Баран сидів, понуривши голову.

– Чого зажурився? – питав його Стальський.

– Ет, пане, кождий має свойого черв'яка, що його гризе.

– Залий бестіального! – мовив Стальський, ставлячи перед ним горілку і наливаючи чарку.

Баран випив.

– Ось солений рожок, закуси.

Баран розламав рожок і почав звільна хрупати його.

– Ти гніваєшся на мене, Баране?

– Я на пана? А за що?

– Ну, то добре, що не гніваєшся. А що ваш пан адвокат?

– Виїхав сьогодні. До Гумниськ на терміни.

– Так? А то що таке? Досі не їздив, а тепер нараз…

– І мене се здивувало. Знають пан… Пан говорили, що знають його змалку. Як пан думають, самовитий він чоловік, чи ні?

– А то як ти думаєш?

– Та я ходив до сповіді до ксьондза єзуїта. А ксьондз єзуїт питають мене, де я служу. А я кажу, що у Вагмана за сторожа. А ксьондз далі: а хто там живе в тім домі? А я повідаю: ті й ті. От же як ксьондз єзуїт не всяде на мене! То не досить, що служу у такого жида, що гірший від Юди Скаріотського, ще й услугую такому адвокатові, що є правдивий антихрист, що хоче перевернути весь порядок на світі. То я подумав собі: спитаю пана офіціала, може, пан знають.

– Що ж, небоже Баране, ксьондз єзуїт, певно, на тім ліпше знається, ніж я. Се так. Ще перед кількома днями я, може, був би сміявся з того. Але тепер…

– Що, ви також переконалися? – спішно, пошепки спитав Баран.

– Переконався – не переконався, але хотів би переконатися і потребую твоєї помочі.

– Ну, що, що?

– Бачиш, запросив я його вчора вечором, на свою біду, до себе додому. І що ж ти скажеш, прийшов і відразу збаламутив мені жінку.

– Як то збаламутив?

– Та так, що я сам не розумію. І слова до неї не мовив, тілько подивився – і жінка здуріла. Всю ніч не спала, а все ходить по покою і говорить, ніби сама до себе, ніби до нього. Тільки й чути: «Слухай, Геню» та «Слухай, Геню». Що вже я уговорював, щоб ішла спати – де там! Ходить, як одуріла.

– Господи! – з переляком крикнув Баран. – Адже ж, очевидно, нечиста сила.

– Та боюся, чи не очарував він її так, як то, знаєш, буває, що жінка втікає від чоловіка, біжить за ним, забуває сором і все.

– Очарував! Очарував! – шептав Баран, киваючи головою.

– Кажеш: очарував? Хіба ти знаєш щось?

– Авжеж, знаю. Адже сьогодня перед полуднем розмовляли обоє отут у саду.

– В саду? Прилюдно?

– Ну, в саду було майже пусто. Я дивився крізь шпару в паркані. Поговорили і розійшлися.

– А вона до нього до покою не ходила?

– Ні.

– Слухай, Баране! Ось тобі від мене маленький завдаток, – і Стальський втиснув йому в долоню срібного ринського, – допоможи мені в тій справі. Як ще раз зійдуться – чи вдень, чи вночі, у себе чи де – дай мені знати. Я тобі віддячуся.

– Та добре, – мовив Баран, ховаючи гроші.

– Але нікому не кажи, що я просив тебе!

– Розумію, розумію.

– А як що до чого, то скоч до мене до канцелярії, а як мене там нема, то додому, по дорозі заглянь сюди. Я конче бажав би їх захопити разом.

– О, захопите, захопите! Вже як він старший над чортами, то над жінками тим більшу має міць. Адже жінка – чортівське насіння, то й сама липне до такого. О, будьте певні, я вам допоможу зазнати того смаку, якого я й сам зазнав. Ваше здоровля, пане!

XXIX

Ходить осінь по долині і снує свої сіті. Обснувала димами гори, заповнила мрякою яри, потяглася сірою курявою за течією рік і потоків, вішається по гілляках дерев, суне туманами по шляхах, облягає цілими таборами села, досягає бовдурами до неба. Під її дотиком тихнуть голоси, співи та викрики, жовкне листя, стулюються чашки немногих запізнених квіток і серце корчиться з болю і жалю за минулим. Вона закриває перспективи, відбирає ясність, оживлює сумніви та знеохоту.

Євгенію здається, що її головне джерело в його серці. Так добре відповідає весь сей сірий, мокрий, тісний та холодний кругозір настроєві його душі.

Звільна котиться бричка по ослизлій дорозі. Мірно кивається рудий Берко на козлі. Він не дуже-то поганяє своїх коненят, бо вже недалеко до Бабинець, а в Бабинцях нічліг. Звільна похитується в бричці Євгеній, накинувши на себе дорожню бунду з капузою. Перед ним і довкола нього все застелено мрякою, тільки де-де просунуться поуз нього придорожні верби, що в мряці і в вечірній сутіні виглядають, як великі стоги сіна; листя ще не пообпадало з них, але висить недвижно і мов обліплене густою мрякою. А далі поза вербами нічого не видно. Поле пусте, далекі ліси щезли. Думка не хоче летіти в далечінь і вертається, наче втомлена пташка до гнізда.

А в тім гнізді пусто, холодно! Вилетіла з нього золота пташка, вилетіла і не верне ніколи.

Тільки тепер, серед безлюдного поля, серед сього сумовитого краєвиду, Євгеній почуває, що повна свідомість і застанова вертається йому. Тільки тепер він пізнає, що все те, що він робив перед від'їздом, робив механічно, майже безтямно. Він ходив і обідав, розмовляв, писав, сміявся мов сам не свій, половиною своєї душі, коли тим часом друга лежала мов оглушена важким ударом. Тільки тепер вона починає прокидатися. І Євгеній починає розуміти, що він отсе сьогодні перебув якийсь важний, рішучий момент, перейшов кризис важкої хороби, в якій по довгих болях наступив пароксизм, потім глухе знесилення, а потім – не знати, чи піде виздоровлення, чи смерть.

Але Євгеній чує себе поки що досить далеким від смерті, і в міру, як надвечір небо насувається чимраз тяжчими хмарами і вся країна чимраз більше затемнюється, в його душі робиться чимраз ясніше, думка чимраз свобідніше розвиває крила.

Який широкий круг чуття перебув він сьогодні і з якою шаленою скорістю! Адже ж тепер він чув себе так само далеким від тої хвилі, коли проливав сльози над долею Регіни, як і від тої, коли під впливом розмови з маршалком, зневірений у своє діло і в свій народ, готов був кинути все, віддати все для неї. Тепер йому майже не хочеться вірити, щоб се все було правда, щоб досить було одного її слова – і він у сій хвилі був би, може, лагодився в далеку дорогу, кудись на край світу. Йому робиться страшно, як чоловікові, що в сні ходив по ґзимсі височенної вежі, а потім наяві з жахом глядить на той ґзимс і при самім його виді з безпечного низу почуває заворот голови.

Він у отсій хвилі почуває вдячність для Регіни, що не використала сю хвилю його слабості, як була б зробила всяка інша на її місці. Для чого вона се зробила? Які логічні чи чуттєві причини довели її до такого наглого, різкого розриву з ним, сього він не береться вияснювати, се якось навіть не підпадає під його увагу. Перед ним тільки мелькає її бліде лице, її досить негарно отворені уста, з яких вилітають остатні слова, її гордий рух, що не дуже-то припадає до її зламаної постаті. І все те хоч не перестає боліти Євгенія, але болить не тим острим болем, що в першій хвилі, а якось тихо, одностайно, як затулена рана, що починає гоїтися. Євгеній пильно вдивляється в придорожну березу, покриту жовтим, а декуди пурпурово-червоним листям, що, обтяжене краплинами мряки, облітає звільна, ненастанно. Коли ся береза почуває який біль при обпаданні сього листя, то се, мабуть, буде біль, подібний до того, який він почуває тепер. І в його души в'яне щось, обпадає, відривається і гине щось таке, що було красою, і пишнотою, і радощами, але тепер пережило свої дні. Се в'яне його молодість з її ілюзіями, і поривами, і безумним коханням. Те, що прийде тепер, не буде вже ні таке блискуче, ні таке ніжне, ні таке радісне. Що воно буде – не знати, але в усякім разі буде щось інше.

Перед його очима потяглися села, бідні, сірі, з головатими вербами при дорозі, з обламаними садками, болотяними вигонами, обскубаними сірими стріхами, пообвалюваними тут і там плотами. З давен-давна він привик, що його серце стискається при в'їзді в руське село, навіть у пору, коли воно пишається у веснянім цвіті вишневих та яблуневих садків або лежить тихо, вигріваючись у літньому сонці. Так, немов якась важка меланхолія сидить при воротах кождого села сірою жебрачкою і незримо чіпляється за його полу. А тепер, у осінній сльотавий вечір, ся меланхолія ще важче налягає на його душу. Пусто і глухо по селах. Де-де зі стодоли чути ритмічний клекіт ціпів; де-де скрипить надкирничний журавель, тягнеться, бродячи в густім болоті, космата худібка до водопою, їде парубчак на маленьких кониках охляп і ліниво поганяє худобу, з подвір'я чути запізнене троскотання терлиці. Навіть обороги високі, повні сіна і снопів, не розвеселяють душі. Ось посеред села мурована коршма з широкою заїздовою брамою, отвореною нарозстіж, мов темна, вічно голодна пащека, готова проковтнути всі ті здобудки важкої цілорічної праці. З її вікна визирає бородате здорове лице орендаря, і Євгенію пригадується завтрішній термін, де орендар стає за свідка проти одного з найчесніших селян, помовленого за крадіж, – один із тисячних епізодів вікової боротьби між отсею темною пащекою і селом. А ось і двір на горбі, окружений вінком високих ясенів, що ледве мріють, огорнені мрякою, мов велетні в сірих широких плащах. Але двір біліється крізь мряку, мов білі зуби якогось величезного звіра, все готові гризти, калічити і смоктати кров. А он під брамою купка селян – ще обпалених сонцем від літа, але вже скулених, обдертих, присілих порохом, виголоднілих. Стоять з шапками в руках, видно, ждуть пана «жонци», чи прийме завтра на роботу до молочення або до горальні, – хоч по п'ятнадцять крейцарів денно. Коли Євгеній переїздив попри них, вони всі мов на команду низенько поклонилися йому, хоч, певно, ніхто з них не знав його. «Пан», – а вони з віку-правіку привикли низько кланятися всякому панові; се одинока «наука», одинока «цивілізація», яку передав їм двір. Євгенію пригадався віршик Боровиковського «Цар природи»[33], і в його голові, мов чміль, почали ненастанно бриніти його кінцеві строфи:

«Грицю, мой, ти цар природи!
Де лиш оком глянеш – все:
Поле, паша, ліс, худоба,
Звір і риба – все твоє».
Шапку зняв. «Мабуть, комісар».
Бідний скулений стоїть

Чоловік, краса всіх творів,
Цар землі, природи цвіт.

Ах, так! Видно, що ся жебрачка-меланхолія при в'їзді в ворота руського села чатує не лише на нього одного, чіпляється за поли і за серце багатьом людям, усякого, в кого є серце! Вона не кричить, і не стогне, і не просить, а тільки «помаленьку ріже» душу важкими контрастами ненастанної праці й убожества, боротьби і безплодності, змагань до світла – і темноти та безрадності. Контрасти тим важчі, що видаються вічними, неминучими, незмінними, мов закони природи. А всяке змагання до їх зміни, злагодження їх різкості вважається чимсь диким, фантастичним, стрічає насміхи, недовірство, ворожнечу, і то не лише з боку тих, кому добре при тих контрастах, але не раз і з боку тих, що нидіють у вічній тіні.

Євгеній ніколи не зажмурював очей на ті непринадні боки сільського життя, ніколи не ідеалізував собі народу, а сьогодні, під впливом остатніх подій, усього менше мав охоту і здібність чинити се. Навпаки, бачилось, що тепер його зір заострився власне на темні і непринадні боки сільського життя, збільшився його скептицизм щодо селянського характеру. Але сам вид тих бідних сіл, через які вела його дорога, тих куп хворосту і соломи, тих подертих лахів, брудних полотнянок, сірих і бурих лиць, косматих корів, скрипучих журавлів, роззявлених коршом і гордих, ненажерливих дворів будив у душі рівночасно якесь супротилежне чуття. Показувалося, проблискувало щось мов зеренце щирого золота в купі сірого піску, і те щось помалу кристалізувалося і виявляло себе в однім коротенькім не то реченні, не то зітханні:

– Ах, як багато праці потрібно!

Се не була ніяка програма, не було нічого ясного і конкретного. Се був немов механічний відрух чуття, несвідома реакція характеру, привиклого до діяльності. В приложенні до того села і до того народу се була, коли хочете, пуста або майже пуста фраза. Євгеній у тій хвилі не знав і, певно, не був би зумів сказати докладно, якої саме праці треба, щоб усунути всі ті злигодні. Але його хора душа чіплялася сеї фрази, мов потопаючий стебелинки, а його енергічна уява почала з тої стебелинки будувати міцну кладку, а з кладки тривкий міст. «Як багато праці потрібно!» Досить було сього одного загального поклику, щоби збудити в його душі цілі ряди думок, давно передуманих, планів, по сто разів строєних і перестроюваних, відкиданих і знов підійманих з молодечим запалом, цілі рої мрій, бажань і поривань, звернених у один бік. Тут були й конкретні випадки правної та лікарської підмоги селянам, і плани організації читалень, кас та спілок, і фантастичні мрії про викуп панських дібр, про нове, національне і разом з тим практично просвітнє виховання молодих поколінь, було величезне, необмежене поле діяльності не тільки для нього одного, але для тисячів, для всеї інтелігенції. Тут потрібні і правники, і лікарі, і вчителі, і газетярі, і писателі, і декламатори, і актори, і купці, і промисловці. Все тут потрібне, що належить до культурного життя і витворюється ним. І не треба чекати, аж хтось дасть почин, аж усе те буде готове, мов машина, яку аж в повній зброї можна пустити в рух. Кожда хвиля, кожде місце добре для почину; кождий нехай починає сам від себе, в своїм крузі, в межах своєї здібності і компетенції. Коли б тільки думка була одна, бажання однолите, бажання служити народові, а цілість, певно, зложиться сама собою.

І в тій хвилі Євгеній почув у душі глибокий сором. Йому пригадалася недавня розмова з Регіною і його безумний намір – покинути все те, вимріяне, вилеліяне, підготоване зусиллями його душі і бажаннями його серця, покинути і занехати задля жіночих очей, задля блідих, болящо стиснених уст! Боже, невже себув він? Невже в його душі на одну хвилину могла постати і випрямитися така постанова? Невже нерви могли здобути таку перевагу над розумом і над ліпшою, чистішою частиною його чуття? Так, він чув, що та частина його чуття, що тягне його до праці для рідного народу, до тої важкої, ненастанної праці, повної прикростей, абнегації, розчарувань, терпінь і – хто знає, може, десь там колись пізніх цвітів і плодів, – що та частина його чуття – краща, чистіша частина. Адже се його перший, безпосередній, святий обов'язок. Вихований, вигодуваний хлібом, працею і потом сього народу, він повинен своєю працею, своєю інтелігенцією відплатитися йому. Се перший заповіт, такий, від якого ніщо й ніяким способом не може увільнити його. Все, що говориться про права індивідуальності, про права чуття, про право на вживання життя і його радощів, – се софізми, брехня, облудна маска самолюбства й безхарактерності. Яке ти маєш право бути вільним, коли твій народ у неволі? Яке ти маєш право вдоволяти свої примхи і любовні бажання, коли мільйони твойого народу не мають чим вдоволити найконечніших потреб життя? А коли у тебе нема сили волі настільки, щоб зректися всіх своїх приємностей і розкошей, зробитися аскетом і слугою тих бідних та нещасних, коли ти на кождім кроці робиш концесії свойому дорогому «я», то бодай не бреши і не декламуй про якісь віковічні права того «я»! Будь щирий і скажи виразно: «Во грісіх роди мя мати моя», жию в свинстві і роблю щохвиля концесії підлоті. Се буде щиро і правдиво, і коли те болото не затопило ще в тобі живої душі, то вона таки колись озоветься, стрепенеться, збунтується против того всевладного свинства. А декламаціями про права свого «я», про бажання «вижитися і нажитися» ти дійдеш тільки до санкціонування того свинства як твого нормального стану, до затоплення і повного затрачення всього того, що могло би дати твоїй душі хоч крихітку людської подоби.

В таких думках, що від аналізу власного чуття звільна перейшли до злобних нападів на якогось незримого противника, Євгеній смерком уже заїхав до Бабинець, де у о. Зварича надіявся знайти нічліг.

XXX

Він здибав о. Зварича ще за селом. Священик, низенький худенький чоловічок літ коло сорока, окружений купою селян і селянок, чалапав болотистим гостинцем, ідучи до села; ряд свіжих могилок на кладовищі, що темним чотирикутником розстелилося оподалік від села і манячіло своїми дерев'яними хрестами та капличкою на середині, показував, що о. Зварич власне вертав від похорону. Порівнявшися з купою людей, Євгеній привітався, велів жидові їхати наперед і заїздити на попівство, а сам зліз із брички і пішов пішки разом з панотцем і селянами.

– Що у вас, похорон був? – запитав він.

– О так, похорон, – якось мов нерадо буркнув о. Зварич.

– Та й не один, – додав хтось із селян.

– Мруть хіба в селі?

– Ну, та… померли.

– Слабість яка? Пошесть?

– Ще гірше.

– Як то?

– Пошесть цісарсько-королівська, патентована.

– Що се ви, отче? Загадками говорите.

– Ба ні, що правда. Адже отсе вертаємо з такого похорону, якого ви ще, певно, не бачили. Семеро дітей нараз.

– Дифтерія? – не без легкого страху промовив Євгеній.

– Ні. Здоровісінькі були.

– Ну, через що ж померли?

– А, бачите, ведлуг пшипісу[34]. Фізик приїхав віспу щепити і защепив усі діти зопсованою коров'янкою. Замість віспи прищепив гангрену – і отсе сьогодні семеро ми їх поховали. А п'ятеро ще мучиться.

– Боже! – скрикнув Євгеній.

Селянки, що йшли позаду, всі голосно захлипали і піднесли фартухи до очей. Чоловіки йшли понурені, мовчки.

– Слухайте, пане, – промовив згодом один селянин. – Адже я старий чоловік. Сей хлопчик був мій одинак... три роки мав... як чічка, пане, як золото, хлопчик...

Перервав. Сльози душили його. Жінки позаду заридали наголос.

– Адже я не ручу за себе. Ану ж мені туск прийде до голови і я ще сеї ночі візьму сокиру за пояс, і піду до міста, і зайду до пана фізика, і вгороджу її по сам обух йому в голову. Як гадаєте, пане, ви адукат – як міркуєте, що мені за се буде?

– Андрію, гей, Андрію! – з притиском, нервово обізвався священик. – Що ви говорите? Гріх таке говорити. Моліться Богу, щоб відвернув від вас лихі думки!

– Єгомость! – з болючим докором скрикнув селянин. – Адже знаєте мене не віднині. Скажіть самі, чи я забіяка, лиходій, душогуб? Чи я завинив що пану фізикові? Чи я йому в погану годину дорогу перейшов? За що ж він мене всиротив? За що він мені душу скалічив?

– Хіба ж він того хотів?

– Хотів чи не хотів, а чому не подбав, щоби чисту матерію щепити? – вмішався Євгеній. – Се ж очевидна його провина.

– Е, для хлопських дітей усе добре! – гірко говорили селяни. – Трута замість матерії – овва! Чи то їх шкода?

Умре їх з десятеро, то й що з того? Більше місця буде для паничів та жидиків.

– Слухайте, люди, – мовив Євгеній, – коли се сталося?

– Якраз нині тиждень тому.

– І ви давали про се знати кому?

– Зразу не знали, що сталося, – мовив о. Зварич. – Діти пищать з болю, рани на рученятах почервоніли, почали гнити. Тільки тоді один чоловік кинувся до міста по лікаря. Лікар приїхав і тілько в долоні сплеснув. Отсих семеро вже були при смерті. Тамтим іншим щось там робив, записував, але й на них слаба надія.

– То вже він сказав, що донесе про се, де треба, – додав один селянин.

– Ну, поки там він се зробить, ми зробимо від себе донесення до суду, – мовив Євгеній. – Адже се нечувана річ!

– Ой, пане, – мовив знов один селянин. – Чи раз то вже таке трафлялося, що діти від щеплення вмирали. Адже наші баби бояться пана фізика гірше зарази.

– Звичайно п'яний щепить, – лаконічно додав о. Зварич.

– Ну, і так йому се уходить? Ніхто про се не знає?

– Знають, чому би ні. І в раді повітовій знають, і в старостві знають, та що з того?

– Хто йому що зробить! – додавали селяни. – У него плечі.

– Ну, люди добрі, то так не може бути, – мовив Євгеній. – Сього не повинні пустити плазом! Такий чоловік ані одного дня більше не повинен бути фізиком.

– Іншому би певно не дарували, – мовив о. Зварич, – але пану Пшепюрському, жонатому з бувшою гувернанткою пана маршалка, ну, сьому не легко можна що зробити.

– Попробуємо, – мовив спокійно Євгеній з тою рішучістю, що виявляла ціле обурення, яким тремтіла в тій хвилі його душа. І, обертаючися до людей, він додав:

– Ходіть зараз на пробоство. Зробимо донесення, а завтра я сам подам прокураторові.

Селяни сумно хитали голови.

– Т-та, робіть, що знаєте, але ми одно знаємо. Йому за се нічого не буде. А втім, хоч би його й повісили, то наших діточок се не оживить.

Жінки, ридаючи, розходилися по хатах, а чоловіки разом з Євгенієм і о. Зваричем пішли на пробоство.

XXXI

По вечері Євгеній з о. Зваричем сидів іще якийсь час, розмовляючи про всякі справи. Правда, о. Зварич був не дуже великий майстер у веденні розмови. В гімназії він був звісний як «тупа голова»; ледве перелізши через матуру, він записався на теологію і скінчив її якось так, що ніхто ніколи не чув його голосу. Він у політику ніяку ніколи не мішався, ні з чим наперед не виривався, в студіях був остатній і перелазив з року на рік з тяжкою бідою, та все-таки якось переліз. У нього не було ні приятелів, ні ворогів; він не втискався нікому в знайомість; про його домашні, сімейні відносини ніхто не знав нічого понад те, що стояло в його nationale: що він син убогого дрогобицького передміщанина, зрештою від малої дитини сирота. Скінчивши теологію, він оженився, висвятився, дістав якесь сотрудництво в горах і зараз першого року повдовів. І знов потяглося одиноке життя. Його переносили з сотрудництва на сотрудництво, поки вкінці, по десятьох літах, йому не дали маленької парафії в Бабинцях.

Опинившися на селі яко священик, – зразу сотрудник, а потім парох, – о. Зварич виявив деякі нові боки своєї вдачі. Повільний, тупий до книжки, тяжкий на думання, він мав велику охоту до різних механічних праць, до токарства, стельмаства, до пасічництва і садівництва і всім сим умів ставати в пригоді селянам. Вдовець, одинокий, змалку привиклий до простого життя, він не потребував дерти селян за ніякі треби, жив майже нарівні з ними, читав не много більше, як освіченіші його парафіяни, переймався їх справами, помагав де і як міг. Сам про те не знаючи і не думаючи, витичуючи собі дорогу від заспокоєння одної селянської потреби до заспокоєння другої, він робив своїм тихим способом і в своїм невеликім крузі велике діло двигання народного життя на вищий ступінь. У крузі завзятих політиків та балакучих теоретиків-панотців о. Зварич не любив показуватися, а коли мусив там бути, приміром, на якімось празнику або соборчику, то сидів, звичайно, пикаючи люльку, мовчав, як на турецькім казанні, і від'їжджав, не раз не обмінявшися ні з ким ані одним словом, крім звичайного повітання.

Євгеній пізнав о. Зварича також при якійсь такій оказії і зразу не звернув на нього ніякої уваги. Поки йшли шумні диспути про етимологію і фонетику[35], про Куліша[36] і Драгоманова, російську мобілізацію і шанси війни між Росією і Англією в Індії[37], о. Зварич мовчав, пикаючи люльку і немов дрімаючи в куті старої софи. Далі перейшла розмова на ближчі справи, на вибори до сойму, на конечність якогось «порозуміння»; о. Зварич і тут мовчав так само, як мовчки прислухувався й Євгеній. Далі Євгеній закинув про найближче: про стан селянства по селах, про читальні, каси позичкові. Тут більша часть попередніх голосних бесідників значно притихла; пробували викручуватися загальними фразами про недозрілість народу до автономного життя, про глупоту і невдячність хлопа. І тут перший раз о. Зварич промовив. Винявши люльку з рота, він вижидав хвилину загальної тиші і пробовкнув мов віднехотя:

– А по правді скажіть: за що нам той хлоп має бути вдячний? Що ми для нього зробили?

– Як то? Як то? – загукали з усіх боків голоси і пішли вичислювати тисячні випадки та справи, де руська інтелігенція «стояла за хлопом». Євгеній пробував знов затамувати сей потік і підніс думку взятися всім до економічної санації селянства в повіті. Він звернув увагу на те, що багато селян позатягало позички в рустикальнім банку, платять лихварські проценти або занедбують сплату і попадають на ліцитацію. Чи не можна би як сьому зарадити? Оратори позвішували голови. «Що ми на се порадимо? Найпростіша рада була би: вийняти з власної кишені гроші і поплатити хлопські довги. Але ми не крезуси. А вдодатку непорядність, глупота і негосподарність наших хлопів швидко вичерпала би й Ротшільдову касу[38]». Євгеній зачав доказувати можність рятунку, радив подумати про конверсію селянських довгів на нижче опроцентовані, притягнути до акції громадські каси, повітову раду, – але все се були тоді такі нові та нечувані речі, що палкі політики попросту закричали його. «Се неможливо! Де нам до того братися? Хто позичив у банку, той мусить заплатити» і т. д.

Євгеній пробував звернути увагу бесідників на те, що при ближчім огляді деталів справа може показатися не такою неможливою… «Ну, візьмім ваше село – кілько у вас довжників банку?» Показалося, що ніхто з завзятих політиків сього не знав.

– Ну, се вже сором! – мовив Євгеній.

– Хлопи криються з тим, – пробував викручуватися один, але всі чули в душі, що сей викрут нещасливий. Усім було ніяково. Євгеній пропонував усім присутнім порозвідувати, кождий у своїм селі, хто, де, і на кілько, і на які проценти задовжений. «Будемо мати такий виказ, то попробуємо подумати про способи санації». Оратори раді були такому виходові, що переносив справу в будуще, шумно обіцяли зробити все і роз'їхались. Розуміється, що про виконання ніхто й не подумав. Тільки один о. Зварич по кількох тижнях зголосився до Євгенія з детальним виказом усіх довжників у своїм селі. Показалося, що там у рустикальнім банку задовжених було мало, але найбільше сиділо по кишенях приватних лихварів-жидів, а то й своїх братів, багатших селян. Почали радитись оба над способами рятунку. Євгеній мав перевести переписку з банком крилошанським у Львові, чи сей не захотів би взяти на себе конверсії сих довгів; о. Зварич мав шукати деяких місцевих способів. Через тиждень він знов явився в Євгенієвій канцелярії і сказав йому, що знайшов спосіб конверсії і переписка з банком крилошанським уже непотрібна. Євгеній був того дня дуже занятий і не мав часу розпитати його, який се спосіб, а о. Зварич, очевидячки, не мав охоти розводитися широко, що се за спосіб, і так вони розсталися. Се було досить швидко по оселенні Євгенія в місті. Аж пізніше, по розмові з Вагманом, Євгеній почав догадуватися, що се Вагман став йому тут у пригоді. Він бажав сьогодні розвідатись про се докладніше.

– Слухайте, отче, – мовив він, закурюючи цигаро, – я, властиво, так і не довідався від вас, як ви зробили з тими вашими довжниками?

– Так, як ви радили, – мовив о. Зварич, пикаючи свою невідступну люльку.

– Як то?

– Конверсію.

– Яким способом?

– На п'ять процент.

– В якім банку?

– В жаднім.

– Ну, а як же? Відки взяли грошей? Адже тих ваших довжників було більше як на шість тисяч?

– Півсеми тисячі.

– Се ж великі гроші.

– Ми позичили десять тисяч на п'ять процент, і се нам менш докучає, як ті півсеми на лихварські проценти. Знаєте, там деякі платили по крейцару від ринського щотижня!

– Хто ж вам дав десять тисяч? На яку гіпотеку?

О. Зварич бухав клубами синявого диму і всміхався.

– На яку гіпотеку? На мою бороду.

– Але ж у вас і бороди нема!

– А бачите. А проте гроші дістав. І без ніяких формальностей.

– Але від кого ж?

– Od dobroczyńcy, nie pragnącego wymienienia jego nazwiska[39].

– Ха, ха, ха! – засміявся Євгеній. – Od dobroczyńcy! Значить, від Вагмана.

Лице о. Зварича протяглося.

– Ви відки знаєте?

– Значить, угадав! – сміявся далі Євгеній. – Знаєте, він був раз у мене і зарекомендувався мені яко добродій добродіїв. Ви сказали «dobroczyńcy», і мені зараз пригадалися його слова.

– Він вам говорив про мою позичку?

– Ні, але згадував про вас.

– А чого він у вас хотів?

– Е, там… інтерес… Зрештою поговоримо й про се… Але скажіть мені, як се сталося, що він дав вам такі великі гроші?

– Він просив мене не говорити про се нікому.

– А мене відіслав до вас, щоб ви дали мені поняття, що він за чоловік.

– Гм… то диво! Та зрештою… Ну, певно, він боїться, щоб інші жиди-лихварі не дізналися, що він помагає виривати хлопів із їх пазурів. А то би з'їли його!

– А я думаю, що вони знаються з собою, як лисі коні. Не бійтеся, жиди не зроблять йому нічого.

– А з тими грішми то аж мені самому дивно було. Знаєте, я знав Вагмана ще здавна. То була хлопська п'явка – не дай Господи! Кілько людей той чоловік з торбами пустив!.. А від кількох літ якось щез, хлопам не зичить, відпродує обійстя, закуплені на ліцитаціях, назад хлопам. Кажуть, що тепер на панів кинувся.

– Що за причина такої зміни?

– А хто його знає. То страх мудра бестія. Може, занюхав там ліпший зиск. А на наших повітових панів він лихий за сина.

– Хіба він мав сина?

– Мав. Парубчак був так собі, гусяче повітря. Але староста за щось хотів допекти Вагманові і постарався, щоб його сина взяли до війська. Ну, розщибався Вагман, платив на всі боки, мало до криміналу не дістався, їздив до Львова, – ніщо не помогло. Ще гірше розлютив наших матадорів, бо там десь повиволікав різні їх справки, шахрайства та підкупства. Ну, і помстилися на нім: син як пішов до війська, то вже більше не вернув.

– Як то?

– Нездара була, слабовите. Ну, а там – знаєте… Жид, нездара, ще, може, мали на нього око, ну, та й замучили. Не минули три місяці, а Вагманового сина випустили з касарні – але на окописько. То відтоді Вагман зробився, як кажете, добродієм добродіїв.

– Се він сам так говорив вам?

– Ні. Се я догадуюся.

– Але пощо ж би в такім разі він брався воювати з лихварями-жидами і помагати хлопам?

– Або я знаю.

– Що йому за інтерес зичити гроші на непевне, от, наприклад, вам? Адже ж я певний, що у вас маєтку нема настілько, щоб міг на вас пошукати десять тисяч.

– За мене цілого ніхто й півтисячі не дасть, – мовив о. Зварич, махнувши рукою.

– Ну, то на яке ж він дав вам гроші?

– А на яке? Я йому розповів, яка справа. «Добре, – каже, – рятуйтеся. Я вас, отче, знаю, ви чесний чоловік. Дайте мені скрипт, зобов'яжіться самі вести сю справу і сплачувати мені довг з процентами, то я вам гроші дам. А з хлопами я не хочу мати ніякого діла. І щоб ніхто не знав про се, ані в селі, ані в сусідстві, прошу вас. Нікому не кажіть!» Та й по всій параді. Я зараз підписав скрипт і – гроші в руку. І до тижня всі хлопські довги в цілім селі сплачені, викуплено сто моргів, а я зробився громадським банкіром, і касієром, і екзекутором.

– І сплачують довжники?

– Точнісінько. Правда, треба лазити, пильнувати, радити, упоминати, – ну, але у мене власного діла небагато, то й лажу по селі.

– Ну, а якби так, не дай Боже, вас не стало? Що тоді?

– Я се говорив Вагманові. А він сміється. «Що то вас обходить? Я ризикую, а не ви».

– Дивно! Дивно!

– Стрілило щось до голови жидові. Ну, а нам чому не користати? Ех, якби-то наші кондеканальні хотіли троха менш політикувати, а більше попрацювати! Адже Вагман міг би зробити таку вигоду не мені одному. Знаєте, його числять на півміліона оборотових грошей. Се мені інші жиди говорили. Адже тими грішми можна би при добрім порядку за десять літ цілий наш повіт вирвати з лихварських рук.

Довго ще вночі розмовляли Євгеній і о. Зварич, перебираючи сільські болячки та можливі й неможливі способи рятунку. Правда, о. Зварич, занявшися справою викупна селян із довгів, мало звертав уваги на інші справи. Про заснування читальні в селі не думав, а такі випадки, як затроєння дітей при щепленні віспи, як вибори до ради повітової і громадської, заставали його зовсім не приготованим. Він знав тільки своїх довжників у селі, але навіть не пробував витворити з них якусь свою партію і навіть стояв на тім, що всяка така партійна робота – непотрібна і шкідлива. Євгеній надармо силкувався переконати його, що се помилка. О. Зварич, як і всі чесні люди з обмеженим кругозором і тісною головою, вперто стояв на своїм, і вони пішли спати, не договорившися до нічого путнього.

XXXII

Термін у Гумниськах був назначений на дев'яту рано, тож Євгенію треба було виїхати з Бабинець дуже вчасно, щоб поспіти на сю годину. І справді, він виїхав, не бачившися рано з о. Зваричем, і велів Беркові поганяти не гаючись. Але насеред села мусив зупинитися. Коло криниці ждала на нього купка селян. Вони здалека поклонились йому і, держачи шапки в руках, наблизилися до брички.

– Здорові були! – привітав їх Євгеній. – А що, панове?

– Та ми хотіли би з паном побалакати, – мовив один із селян.

– Коли ж бо у мене часу мало. Спішуся на термін до Гумниськ.

– Ще пан станути на час. А ми би дуже просили…

Євгеній велів Беркові зупинити коней. Селяни обступили бричку.

– Поперед усього прошу шапки на голови!

– Та вже най пан вибачають, – мовили селяни, беручи шапки під пахи. – Ми й так постоїмо.

– Ні, так я з вами й говорити не хочу.

Вони нерадо понадівали шапки.

– Ну, що ж там у вас?

– Та ми би хотіли порадитись…

– Перепрошаю… Ви, бачиться, були вчора у о. Зварича разом з тими, – мовив Євгеній до одного з селян, пізнавши його. Інші всі були незвісні йому.

– А так, – мовив той.

– Чому ж ви вчора не говорили те, про що хочете говорити тепер?

– Та… при єгомостеві ніяково. Єгомость не люблять… гніваються, коли хто говорить не до річі.

– Ну, що ж таке не до річі ви хочете сказати мені?

– Та ми би хотіли питати… Пан, певно, читають казети… Чи то правда, що навесну має бути велика війна?

– Війна? А відки ж мені се знати? Може, буде, а може, й ні.

– Ага, чуєте, куме, – моргали селяни один на одного, – може, й буде… Чуєте, що пан кажуть?

– Але чим же се таке цікаве для вас?

– Як-то? Для нас? Адже для нас цікавіше, ніж для кого. Коли війна, то кого женуть найбільше на війну? Хлопських дітей.

– Ну, то правда, – мовив Євгеній. – Але се ще не таке певне, чи буде війна. Певніше те, що не буде.

– Е, пан так тілько кажуть, аби нас не лякати, – недовірливо мовив один селянин.

Євгеній усміхнувся.

– Виджу, що вже без мене хтось порядно налякав вас.

– То пан кажуть, що в казетах іще нема певності про війну?

– Але ж то у газетах зовсім нічого ні про яку війну не говорять.

– А може, пан не читали тих найстарших казетів… тих цісарських… що від самого цісаря до всіх губернаторів і до всіх старостів ідуть? – закинув один селянин.

Євгеній чимраз ширше витріщував очі.

– Що вам, люди? Про які се газети ви говорите? Таких газет зовсім нема. Від цісаря до старостів жадні газети не йдуть.

– Е, пан жартують. Нам казали, що йдуть і що в них написано виразно, що навесну буде велика війна між нашим цісарем і москалем. Але між нарід сеї відомості не пускають, щоби нарід не полошився.

– Не слухайте сього, люди! Хто се вам наговорив?

– Та вже хто наговорив, то наговорив. Ми тілько хотіли знати…

– Як же ж ви будете знати, коли не вірите! – мовив Євгеній з досадою в голосі.

– Ей, пане! – гірко промовив селянин. – Вам то дурниці, а нам… Нашим дітям… Адже то війна, то не жарти.

– Але ж ні про яку війну нічого не відомо.

– Не відомо, кажете. А отже бранка буде.

– Бранка? Ну, певно, бранка буде, як кождого року. Та хіба се така страшна річ?

– Як кождого року? Е, ні, пане. То не така бранка. То перед війною бранка, така, що лише кривого та сліпого пустять.

– Та хто се наговорив вам? Люди, хрестіться!

– Та ми власне про се хотіли пана спитати.

– Про що?

– Та про тоту бранку.

– Кажу вам: бранка буде така, як кождого року.

– А рекрутів зараз поженуть до огню?

– До якого огню?

– Ну, пане. Видно, що ви тої річі не знаєте, – мовив один селянин.

– А я виджу, що з вами нема що говорити, – мовив Євгеній. – Гоніть, Берку!

Але поки Берко рушив з місця, один селянин скочив у бричку.

– Вибачайте, пане, – мовив він. – Їдьте, Берку! Я потому за селом злізу.

Бричка рушила. Селянин сів обік Євгенія.

– Ну, скажіть мені, будьте ласкаві, – обернувся до нього Євгеній, – що се за дурниці натуркав вам хтось у голову?

– Та я би пану сказав, але бачите, – і він моргнув на Берка, що, обернений до них плечима, поганяв коні.

– Та говоріть, говоріть! Бричка туркоче, то він не зрозуміє.

Селянин, присунувшися до нього ближче, почав оповідати.

– Та от так. Знають пан пана Шнадельського?

– З лиця не знаю, а так дещо чував.

– То правда, що то великий пан?

– Не знаю, чи великий на зріст.

– Ні, я не про зріст. Але так, учений пан, великий адукат?

– Здається, що не дуже.

– Не дуже? Ой, дуже. Кажуть, що був у суді, а як пізнав там усі порядки, то поїхав до Відня до самого цісаря і сказав так: «Найясніший монархо! В Галіції суди дуже несправедливі, простому народові велика кривда дієся». То найясніший монарха позволив йому виступити з суду, і зробитися адукатом, і боронити простий нарід.

– Хто вам се сказав? – з зачудуванням спитав Євгеній.

– Та так скрізь по селах говорять.

– Бо я інакше чув, – мовив Євгеній. – Я чув, що пан Шнадельський був у суді, покрав там щось, і його нагнали. А адвокатом він не є і не має права бути.

Селянин похитав головою при тій мові, – очевидно, не вірив їй.

– Е, то, може, пан не про сего Шнадельського чули. Бо сей – то дуже великий пан і вчений адукант.

– Я чув тільки про одного Шнадельського, – мовив Євгеній. – Ну, але коли конче хочете, щоб то був не той, то нехай вам буде й не той. Ну, і що ж він?

– Та був у нас у селі, в громадській канцелярії, і оголосив: навесні буде велика війна, а взимі незадовго буде велика бранка. Будуть брати всіх, хіба кривих та сліпих ні, а кого візьмуть, то зараз у мундур, до обрихтунку, а потім зараз до огню. А хто би хотів реклімуватися або й так увільнитися, то нехай удасться до него. Він один може то зробити. Правда, що то буде троха коштувати, але іншої ради нема.

– А питали ви його, кілько би то коштувало?

– Казав, що найменше п'ять соток.

– Видно, на багачів полює. Ну, і що ж, зголосилися деякі до нього?

– Та в нашім селі нас вісім. У мене син одинак, власне має йти до першої класи, а у кума Степана старший син жонатий на боці, вийшов із клас, а молодший при батькові на господарстві, а у Демка п'ятеро дітей дрібних, тілько старший здатний до праці. І так у кождого коли не се, то те. То вже гадаємо собі: ліпше мені півгосподарства стратити, ніж свою дитину на явну загибель пускати. Адже господарство – річ набутна, а своєї крові жаль.

– Ну, і подавали ви йому деякі завдатки?

– Та певно. Без того й говорити з нами не хотів. Нижче десятки й не дивився. «Не думайте, – говорив, – що то легка річ!» Я дав п'ятнадцять ринських, а деякі й по двацять подавали.

– І кажете, що в уряді громадськім се голосив?

– А так.

– І багато людей се чуло?

– Та щось нас п'ять чи шість.

– Війт чув?

– Ні, війт вийшов. А нас він просив не розголошувати сего. «Бо, – каже, – наказ вийшов із Відня робити все в тихості, аби нарід не перепудився».

– І як гадаєте, чи тілько в вашім селі він був у тій справі?

– Ей, де! Був і по інших. Декуди люди не хочуть признатися, а деякі говорять. Та він і інші адукацькі справи провадить. Береся ґрунти виходжувати, лівентарі виробляти.

– І за все каже собі так платити?

– Ну, та певно. Без того не можна.

А по хвилевій мовчанці селянин запитав:

– Ну, і що ж нам пан радять робити? Виходжувати тото увільнення чи ні?

– Що ж я вам буду радити? – мовив Євгеній, у якого в серці бралася розпука при тім оповіданні. – Знаєте, господарю. Аби я вам і найліпше порадив, то знаю наперед, що мене не послухаєте і зробите так, як вам скаже той пройдисвіт. А в такім разі шкода моїх слів.

– Та най пан не гніваються! – мовив селянин, трохи ображений Євгенієвими словами. – Ми пану дурно не схочемо.

Євгеній скипів.

– Стійте, Берку! – скрикнув він.

Бричка зупинилася.

– Прошу вас, пане господарю, злізайте і не доведіть мене до злості!

Селянин зліз. Він, очевидно, не надіявся сього. Опинившися на землі, він ще раз обернувся до Євгенія.

– І нічого нам пан не порадять?

Євгеній ужив усіх сил своєї душі, щоб перемогти своє зворушення і свій біль над темнотою та поганими привичками тих людей.

– Слухайте, чоловіче. Говорю вам по щирості і нічого від вас не хочу за сю раду. Не дайте себе обдурювати! Ніякої війни ані великої бранки не буде. Ніякий пан ані адукат не має права увільнити ваших дітей від війська, окрім тих, що мають право до рекламації. Хто вам інакше говорить, той дурить і туманить вас. Розумієте?

– Т-та розумію, – якось нерадо мовив селянин.

– Ті гроші, що ви йому дали, то так як би в болото викинули. Коли маєте свідків, то скаржте його до суду за видурення, розумієте? То його замкнуть до криміналу, і побачите, що він за адукат. А не маєте свідків, то плюньте в те місце, де були гроші. А більше йому не давайте і інших остерігайте. Зрозуміли?

– Та зрозумів.

– І вірите мені?

Селянин почухався в потилицю.

– Ну, то йдіть і робіть, як знаєте. Гоніть, Берку!

XXXIII

Гумниська – мале, брудне жидівське місточко. Вулиці повні вибоїв, тільки в головнім осередку вимощені річними кругляками, по яких селянські вози диркочуть, мов кепський грач по клавішах розстроєного фортеп'яна. Передмістя мають характер села; осередок виглядає мов збірка мурованих коршом. Тільки коло так званого ринку стоїть кільканадцять одноповерхових кам'яниць. У одній із таких кам'яниць, розуміється, жидівській, міститься цісарсько-королівський повітовий суд – містився в ту пору, в якій іде наше оповідання. Суд у тім місточку заведено недавно, то й дому власного для нього ще не було.

Ринок, при якім містився суд, – се була широка квадратова площа, з калюжею на середині, з купами сміття тут і там, з теребовельськими тротуарами з двох боків, а з кругляковими хідниками з двох інших. З усіх боків до ринку виходили жидівські склепи, в сінях домів сиділи при своїх столах там булочниці, там крамарки з стяжками, іглами, шилами, каменями до острення кіс, ременями і шапками, там шевці з угнівськими чобітьми або оліярниці з олієм, що ширив на сто кроків довкола душний неприємний сопух. Бруд, занедбання – отсе було головне, що кидалося в очі і у всі змисли в тім місточку і в тім ринку. Щось спирало груди, очі втомлялися, блукаючи по самих непринадних предметах, думки робилися понурі. В торгові дні на тім ринку й на тісних вуличках та торговицях ішла пекельна гармонія:

квичали поросята, ревли воли, скрипіли немазані колеса, кричали, гейкали та сварилися селяни, шваркотали жиди, викрикували свої товари перекупні, протискаючися поміж вози, а на возах то плакали, то проразливо свистали діти, взяті до міста на те тільки, аби було кого лишити при конях, поки старі поорудують на підсіннях, по склепах та по шиночках, що їм треба й не треба. Вереск і гармидер, п'яні співи і завзяті «торги» рвали слух; щоб тут міг хтось весело, щиро сміятися, чути себе свобідним і вдоволеним, – се видавалося чимсь диким і невідповідним до сього місця, не до лиця його загальній фізіономії.

І гумниський суд своїм виглядом достроювався до тої фізіономії. Камениця не стара ще, але обдряпана, оббита дощами і сполоскана згори додолу потоками дощівки, що текла з дірявих ринов. Сіни широкі вели на вузьке, темне і брудне подвір'я, завалене якимись старими бочками та поламаними возами. З сіней направо й наліво йшли сходи на перший поверх, де находилися канцелярії і зала розправ; і сходи, і стіни, і коридор на першім поверсі, і зала – все було брудне, запорошене, заболочене, занедбане. Дерев'яна підлога на коридорі була попротирана ногами так, що в многих місцях крізь дошки видно було голу цеглу; поруччя на сходах було слизьке від бруду; повітря всюди було сперте, затхле і нездорове, хоч у одинокім вікні, що з коридора визирало на якийсь поганий заулок, були вибиті дві чи три шиби.

Євгеній прибув до суду пів до дев'ятої і застав коридор, повний селян, міщан, жидів, жінок і мужчин. Деякі сиділи на сходах, інші стояли на коридорі, держачи капелюхи в руках; жиди шваркотали щось, жінки зітхали важко, хрестилися та шептали молитви. Всіх очі від часу до часу позирали на двері зали розправ, відки мав появитися «пан секретар», щоб викликати справи, які сьогодні на деннім порядку.

Євгеніїв клієнт, громадський радний із одного з поблизьких сіл, гарний, чорновусий мужчина яких 35 літ, побачивши свойого адвоката, протовпився до нього, привітався з ним і, відводячи його трохи набік, шепнув:

– Усе добре, прошу пана адуката.

– Що добре?

– Та з моєю справою.

– А що, відступив жид від оскарження?

– Е, ні!

– Свідків маєте?

– Свідків? Яких свідків? Жид має свідків.

– Але ж ви мали мати своїх.

– Нащо?

– Ну, щоб посвідчили вашу невинність.

– Мою невинність? Але ж я не потребую її посвідчувати. Я таки набив жида.

– І признаєтеся?

– А певно.

– Ну, то що ж доброго вам трафилося?

– Най лише пан адукат питають жидових свідків, за що я його набив.

– Ну, розуміється, що буду питати. Сам суддя буде питати.

– Ні, прошу пана, судія не буде питати.

– А ви відки знаєте, що не буде?

– Побачать пан.

– Ну, ну не бійтеся, я своє зроблю.

В тій хвилі двері від зали отворилися, в них появився возний, прочищуючи дорогу, а за ним молодий панич, протоколянт пана судді Страхоцького, з аркушем паперу в руках. Увесь народ лавою повалив до нього. Протоколянт серед загального гуркоту і шуму почав відчитувати лісту розправ.

– Абіхт Хаскель – нема. Анштелер Фроїм – нема. Бабій Митро – нема.

– Є, є, прошу пана! – запищав малий чоловічок із юрби.

– Добре, добре. Бабій Митро є.

І, зачеркнувши оловцем назву присутнього, читав далі. Хто не відізвався в тій хвилі, не був моментально присутній, не дочув своєї назви серед шуму, того справа спадала з порядку денного.

– Але я тут! Ось де я, Абіхт Хаскель! – кричав пейсатий жид, вбігаючи задиханий із сходів.

– Пропало. Було обізватися тоді, коли вас читано. Дістанете другий термін.

Се «філізовання» тяглося з півгодини. Поминені зголошувалися, просили, сперечалися, деякі починали лаятись; протоколянт грозив, що велить арештувати непокірних. Роззяви-селяни, що не обізвалися в першій хвилині, чухалися в потилицю і зітхали важко, але не відходили, мнучи в руках «форлядунки» і ждучи таки ще якоїсь ласки Божої. Із ста п'ятдесятьох справ, покладених на порядку деннім, скинено таким робом цілих вісімдесят. Коли вибила дев'ята, викликування скінчилося, протоколянт вернув до зали, возний станув при дверях, і почалися так звані «пискові» розправи.

Євгеній зараз при початку викликування ввійшов до зали, де вже сиділи суддя Страхоцький і заступник прокуратора, ще молодий урядник, що з дуже неособливим успіхом силкувався надати свойому дитяче-наївному і смішкуватому лицю вираз урядової поваги і строгості. Суддя Страхоцький – то був маленький худенький чоловік з надзвичайно малою головою і ріденькою бородою. Хоча мав уже близько шістдесят літ, то проте виглядав щось мов недозріле, неустатковане. Його голос був пискливий, вираз лиця заляканий, очі вогкі, мов ось-ось йому збирається на плач; рухи нерівні, нерішучі, немов він ніколи не знав, що робити. В суді його знали всі як зовсім невжиточного суддю. Надзвичайно тупий у науках, він переходив у гімназії з класи до класи то просьбами, то протекціями, а одиноке, чого добре навчився під час університетських студій, се була гра в більярд. Зате коли прийшло до державних екзаменів, він був змушений перший раз у своїм житті напружити свій мозок. З тяжкою бідою він зробив судейський екзамен, але заплатив за нього дорого, бо по екзамені зійшов з ума. Його вилічили, але його духові здібності від того часу зробилися, коли можна, ще менші, ніж були. Проте він вступив до суду, відбув приписану практику, авансував, замикав і судив людей, не тямлячи ані законів, ані суджених справ і маючи собі тільки одно дуже просте правило: робити відповідно до сказівок прокуратора. Але раз трафилася йому неприємна пригода: чи то прокуратор хотів зажартувати собі з нього, чи, яко запалений мисливець, справді був розлючений на селянина, що ніччю застрілив у своїй бараболі дика і не віддав його пану, але сам іззів, – досить, коли прийшлося судити селянина за лісову крадіж, прокуратор приватно сказав Страхоцькому: «Я би такого злодія засудив на смерть, нехай би його повісили!» І Страхоцький ні сіло ні впало засуджує хлописька на смерть і зараз пише до ката в Голомуці, щоб приїжджав вішати. Справа наробила скандалу, і Страхоцького взяли знов до шпиталю. Але там сконстатували у нього органічну хибу і випустили його по кількох тижнях. У нього були широкі сімейні зв'язки, і йому виєднано те, що його знов узяли до суду, навіть авансували на радника, але не давали йому ніякої справи вести самостійно. Він укупі ще з кількома подібними інвалідами належав до постійних меблів при всяких розправах; се були так звані «неперемінні вотанти». Страхоцький звичайно дрімав під час розправи або, обернувшися плечима до публіки, писав пальцем по склі, писав усе одно одні-сіньке слово dobrze[40], а коли прийшлося голосувати, то завсіди віддавав голос в дусі внесків прокуратора. Се, по його думці, була найліпша міра для виміру справедливості. Так він прослужив довгі літа, і йому лишалося вже небагато до вислуження повної пенсії. Але в судівництві повіяло трохи іншим духом, від совітників зажадали справжньої роботи, а не самого кивання головою на прокураторські внески, і хоча інституція «неперемінних вотантів» не перевелася зовсім, то проте старших повисилано на пенсію, а Страхоцькому віддано управу повітового суду в Гумниськах. Бідний чоловік мало не плакав, одержавши такий несподіваний аванс, але президент потішив його. «Дам пану совітникові наразі дуже інтелігентного практиканта, то він буде пану допомагати, а пан совітник будуть ласкаві держатися у всьому його вказівок. Сей практикант – дуже здібний правник і не схоче робити собі жартів з пана совітника, то вже на нього можна спуститися».

От так підготовлений, пан суддя Страхоцький рушив до Гумниськ і взявся робити справедливість у повіті. Практикант справді показався дуже здібним, так що людність ані в тоні ведення розправ, ані в їх скорості, ані в самих вироках не бачила ніякої зміни. Суддя був «острий», се так, але такий самий був і його попередник, і так, мабуть, і Бог приказав, щоб усі судді були острі, щоб лаяли обвинуваченого, веліли приставляти жандармами, грозили тюрмою і шибеницею. Які були їх вироки, наскільки відповідали законові, про се селяни здавен-давна не знали й не думали: вони знали одно, що судового вироку ніколи не можна зміркувати наперед так, як тяжко вгадати нумери, які вийдуть на лотерію.

XXXIV

Євгеній знав Страхоцького ще з часів, як сей був «непремінним вотантом», але, знаючи, що у пана судді пам'ять коротка, представився йому і заявив, що заступає справу Ілька Марусяка.

– А, пан меценас, пан меценас, – засуєтився суддя. – Прошу, прошу! Ось ваше місце. Аякже, аякже, Ілька Марусяка. Будемо його судити нині. Добре, добре!

Євгеній представився заступникові прокуратора і заняв своє місце. Суддя тим часом приступив до вікна і почав своїм звичаєм писати пальцем по спітнілій шибі. Та ось увійшов практикант, що поводився тут зовсім як господар дому. Він уклонився Євгенію, наблизився до нього і спитав:

– Пан меценас заступають Ілька Марусяка?

– Так.

– Будемо старатися, щоб якнайшвидше прийшов на чергу. Прошу пана совітника!

Пан Страхоцький, почувши сей голос, покинув свою каліграфію і подріботів на своє місце.

– Ага-га, зачинаємо, зачинаємо! – пищав він, сідаючи.

– Возний, закличте – хто там перший? Ага, Митро Бабій і Олекса Чапля, – мовив практикант.

Возний отворив двері зали і крикнув до сіней:

– Митро Бабій і Олекса Чапля!

В сінях залопотіли важкі чоботи, і по хвилі ввійшли два селяни в латаних кожухах, поклонилися низько і станули при дверях. При їх виді лице судді Страхоцького з добродушно-заляканого зробилося якимсь тупо-жорстоким.

– Ближче сюди! – запищав він.

Селяни зробили два кроки і знов зупинилися.

– Ближче сюди! – знов запищав суддя і почервонів на лиці.

Селяни знов рушили несміло наперед, аж возний узяв їх за плечі і, попихаючи, поставив перед судейським столом.

– Чого вам треба? – запищав до них Страхоцький.

Селяни поклонилися.

– Та проше ласки найяснішого трибуналу, нічого!

– Як то нічого? Адже маєте нині термін!

– Так, так.

– За образу честі, – докинув практикант.

– Ага, за образу честі, – мовив суддя.

– Та то проше найяснішого трибуналу – яка то образа була? Він мене назвав злодієм, я його назвав злодієм, – ну, то вирівнялося. Він мені, вибачайте, матір спаплюжив, я йому спаплюжив матір, ну, то жадній кривди нема!

– А за що ж ти його заскаржив?

– Та бо, прошу пана, він мене назвав соціялістом, а я того не міг стерпіти.

– То така тяжка образа?

– А так. Скавзував мене на ціле село.

– А що ж тото значить?

– Та то ніби, що я десь церков обікрав.

– Та не брешіть-бо, куме! – перервав йому другий селянин. – То лиш вам так наговорили! То зовсім так не значить.

– А що ж то значить? – запитав суддя.

– Та то, прошу пана, значить, як хто в великий піст скоромне їсть.

Прокуратор, Євгеній і практикант засміялися. Суддя Страхоцький дуже не любив сміху. Йому все здавалося, що то з нього сміються, тож, зирнувши гнівно по присутніх, піднесеним голосом запищав до селян:

– І ви, драби, задля такої дурниці смієте трудити суд?

– Та ми вже перепросилися, прошу пана судії.

– Перепросилися? Коли?

– А от тепер, у сінях.

– Тепер? А не могли ви перепроситися вчора і не тратити дня на термін? Ну, коли вже тут прийшли, то мушу вам дати пам'ятку. Посидите оба по добі в арешті, щоб знали на другий раз, як докучати судові.

Євгеній аж ахнув при такім несподіванім обороті справи, тим більше, що оречення судді не було ніяким вироком, бо ж справа була залагоджена перед судом. Практикант і прокуратор ззирнулися і всміхнулись. Практикант так само всміхнувся й до Євгенія; видно було, що вони привикли до таких концептів пана судді.

– Возний! – крикнув пан Страхоцький. – Поклич ординанса, нехай візьме отсих двох і заведе до арешту!

Селяни стояли як остовпілі, далі почали проситися.

– Возний, виведіть їх! – мовив практикант і значуще моргнув возному. Сей приступив до селян, шепнув їм щось, і вони зараз успокоїлися і пішли – розуміється, не до арешту, а на вулицю.

Викликано другу справу – двох жидів-конкурентів. Рум'янець гніву відразу уступив з лиця судді. Жидівські справи були звичайно замотані, і він полишав ведення розправи прокураторові і практикантові, що любили розмовляти з жидами жаргоном, для нього майже зовсім не зрозумілим. Бідний суддя нудився, і нараз, коли практикант випитував жидів про справу, Страхоцький з плачливим видом обернувся до нього:

– Пане, але ж я не урядую!

Практикант перервав індагацію і глянув на суддю.

– Дайте ж мені хоч який акт, який папір, щоб я знав, що урядую.

Практикант схопився з місця, виняв із шафи перший-ліпший плік актів і тицьнув його під ніс судді, що зараз углибився в читання якихсь зовсім не зрозумілих для нього зізнань, рекурсів і реплік і був зовсім заспокоєний. Проходячи попри Євгенія, практикант сказав йому півголосом: коли має ще залагодити які справи, то може йти, бо перед Ількам Марусяком на порядку ще десять інших справ, а в тім числі три жидівські, а се потриває в усякім разі зо дві години. Євгеній пригадав собі, що справді має поробити деякі виписки в регістратурі, і вийшов, наказавши Марусякові, щоб пильнував черги і не відходив нікуди. Через півтори години, поробивши виписки і поснідавши в поблизькім заїзді, він вернув. Марусяк сидів на коридорі під стіною.

– Ну, що? – запитав його Євгеній. – Ще вас не кликали?

– Ні. Ще там якісь жиди шваркочуть.

Марусяків противник, високий сивобородий жид, ходив по коридорі і спідлоба позирав то на Марусяка, то на адвоката. Присутність адвоката, видимо, непокоїла його.

– От Юда! – гнівно шептав Марусяк до Євгенія, затискаючи кулаки. – Глядіть, як нас пасе очима. З'їв би, якби міг. Адже підплатив судію, щоб мене конче засудив, щоби я не міг бути вибраний до ради громадської.

– Як то підплатив? Хіба суддя бере?

– Не судія, а судіїха. Адже його Рухля ще вчора голосила: «Ну, ну, піде Марусяк завтра на термін, а верне за місяць. Скажіть йому, щоб набрав досить футрашу, бо буде годувати не тільки себе, але й арештантські воші. А в раді громадській тоді буде, як на моїй долоні волосся виросте».

Марусяк ще щось хотів говорити, коли жид підійшов до Євгенія і, торкнувши його за плече, мовив, підіймаючи ярмурку на голові.

– Bitte Sie, Herr, auf ein Wort![41]

– Чого вам треба? – запитав його Євгеній.

– Я би хотів просити… Я би мав пану щось сказати.

– Говоріть.

– Але я би хотів у чотири очі.

– Говоріть і в шість. Я з вами ніяких секретів не маю.

– То пан адукат? І пан хочуть боронити отсего-о?

– Так.

– А пан знають, що то за чоловік?

– Знаю.

– Та-а-ак? – протягнув жид. – Ну, ну!

І він відвернувся, силкуючися надати свойому лицю згірдний і байдужний вигляд. Євгеній знав сей жидівський маневр. Він знав, що жид не має нічого особливого сказати йому, але рад би своїм секретним говоренням з адвокатом наполохати селянина, посіяти в його душі недовір'я до адвоката, а се в усякім разі можна буде потім використати. Сього власне не хотілось Євгенію, і для того він ніколи не піддавався на такі маневри.

Та ось, нарешті, викликано справу Лейби Хамайдеса проти Ілька Марусяка. Євгеній, а за ним обі сторони ввійшли до зали. В ній було вже душно, чути було запах цибулі, хлопських кожухів і людського поту. Страхоцький сидів на своїм кріслі блідий, змучений і майже сонний. Прокуратор сидів також задуманий; у нього була молода і гарна жінка, яку він дуже любив, але не менше підозрівав, що ошукує його з капітаном від уланів. Була власне одинадцята – пора, коли його Міля одягається і коли – говорено йому – капітан заходив до неї кілька разів. Прокуратор кляв у душі отсей проклятий уряд і всі ті справи, що заставляють його сидіти тут і не позволяють хоч на хвилину скочити додому, поглянути, що там робиться. І ще той дідьчий адвокат! Якби не він, можна б було спокійно тепер зробити перерву хоч на півгодини; а так Страхоцький уперся конче перевести ще сю розправу і позбутися Євгенія і аж тоді зробити перерву. А тоді для нього бігання додому може бути зовсім безпредметове. Тільки один практикант держався бадьоро і свобідно і був, бачилось, душею сеї зали. Він випитав обі сторони quo ad generalia[42] і, ткнувши Страхоцькому якийсь папір у руки, взявся за перо, щоб протоколювати розправу.

– Ну, ти, Ілько – як там тебе? – Марусяк, признаєш себе винним? – запитав суддя.

– Ні, – відповів Ілько.

– Ні? Як то ні? Адже ж ти бив Лейбу.

– Та бив.

– А знаєш, що бити не вільно?

– Та знаю.

– І як же ти смів його бити?

– Бо мусив.

– Як то мусив?

– Бо він би був мене набив.

– Був би тебе набив? А ти як знаєш, що був би тебе набив?

– Бо кинувся на мене з колом.

– То най би був бив, а ти б його був заскаржив.

– Ні, дякую красненько. Волить він мене скаржити.

– Ну, то тепер будеш сидіти за бійку. Пане Лейбо, правда то, що ви хотіли його бити?

– Неправда, прошу високого трибуналу, – мовив Лейба, піднімаючи ярмурку на голові. – Відки він знає, що я хотів?

– А видиш! – мовив Страхоцький до Ілька. – Лейба каже, що то неправда. То він перший кинувся на вас? – обернувся він знов до Лейби.

– Він перший ударив мене.

– А ви його вдарили?

– Ні, ані разу! То ще не все, прошу високого трибуналу. Він обікрав мене.

– Брешеш, жиде! – крикнув Ілько.

– Я маю свідки. Він обікрав мене, а коли я упімнувся за своє, він ще й набив мене. Я три неділі лежав хорий.

– Ти міг лежати й три роки, бо й так нічого не робиш, тілько кров ссеш із людей, – буркнув Ілько.

– Мовчи, хлопе! – завищав суддя. – Ах ти, поганине! Чи бач його, обікрав, ще й набив, і ще й лається перед судом! Кличте свідків!

– Перепрошаю пана совітника, – відізвався Євгеній, – я хотів би запитати дещо у пана Лейби Хамайдеса.

– А, прошу, прошу! – поквапився суддя.

– Пане Лейбо, – мовив Євгеній, обертаючись до Лейби, – ви ще досі не сказали нам, де то була та бійка?

– Де була? Де була, то була, а бити не вільно.

– Ну, се вже побачимо, а я просив би відповісти мені на моє питання.

– Що я буду пану відповідати! – буркнув жид і відвернувся лицем до судді.

– Прошу занотувати в протоколі, що пан Лейба не хоче відповісти на моє питання. Ну, то, може, ви, Ільку, скажете нам, де се було?

– В моїй хаті.

– А що ж робив пан Лейба в вашій хаті?

– Видумав собі якусь крадіж і прийшов робити ревізію.

– Ну, то, певно, прийшов з війтом?

– Ні.

– З присяжним?

– Ні.

– З польовим або з ким-небудь із громади?

– Ні.

– Як то, сам?

– Ні, не сам. Узяв собі до помочі двох жидів і ще трьох піяків, таких, що у него днюють і ночують. Влетіли нападом до моєї хати, перестрашили жінку і дітей, а коли я запитав їх, яким правом нападають мене, Лейба казав мене в'язати, а потім кинувся на мене з буком. Ну, я мусив боронитися.

– Правда се, пане Лейбо? – запитав Євгеній.

– Неправда!

– Ага, преці маємо відповідь.

– Нехай свідки скажуть, – мовив Ілько.

– Прошу високого трибуналу, я противлюся його свідкам.

– Але ж се ваші власні свідки, ті, яких ви привели, – мовив протоколянт.

Жид не знав, що на се сказати. Покликали першого свідка, Лейбового зятя Гершка.

– Скажіть нам, Гершку, що ви знаєте про сю справу? – запитав суддя.

– Я те знаю про сю справу, – забалакав Гершко швидко, мов говорив вивчене напам'ять, – що отсей Ілько вкрав у мойого тестя вночі…

– Перепрошаю пана совітника, – перервав його бесіду Євгеній, – я би просив заприсягти сього свідка.

– Що? Заприсягти? – скрикнув Гершко і зирнув на адвоката ненависним оком.

– Ага, ага, заприсягти, – похопився суддя і нараз зупинився. – Але-бо… А пан прокуратор мають який внесок?

– Згоджуюся з внеском пана оборонця.

– Ну, Гершку! Будеш присягати, – обернувся суддя до свідка.

– Я? Присягати? На таку дурницю?

– То не дурниця. Ви зачали говорити про крадіж, – замітив Євгеній.

– Про крадіж? Що то за крадіж? Ділетка кукурудзи – хіба то крадіж? – змагався жид.

– Принесіть тору[43]! – мовив суддя до возного.

Жид поблід, затремтів.

– Прошу високого трибуналу, я не буду присягати.

– Мусиш, лайдаку! – озвірився на нього суддя.

– Я не можу. Я не знаю сеї справи докладно. Я нічого не бачив. Я бачив, але не все. Я… я… Я Лейбин свояк. Я зрікаюся свідоцтва.

– Прошу записати заяву свідка до протоколу, – спокійно мовив Євгеній.

Гершка пустили. Він сів на боці і почав хусткою обтирати піт із чола; був увесь мокрий, мов із лазні вихопився. Все тіло на нім дрожало.

Другий жид таки мусив присягати, але був так змішаний, що з його зізнань ніхто не міг бути мудрий. Про крадіж він чув від Лейби, бійку бачив – се було в Ільковій хаті, але чого він там зайшов і як прийшло до бійки, сього він не міг собі пригадати. Покликано хлопів. Ті присягали байдужно, але з їх зізнань стверджено зовсім не те, чого хотілося Лейбі. Виходило, що про крадіж кукурудзи Лейба почав говорити аж того дня, коли зчинилася пригода, що того дня мали бути вибори до ради громадської, що Лейба перед тим радився з деким із громадян, як би не допустити Ілька до ради, і ухвалено кинути на Ілька підозріння за крадіж, наробити йому сорому ревізією в його хаті і так знеславити його в громаді. Лейба казав війтові йти на ревізію, але війт не хотів, то Лейба пішов сам, і так зчинилася бійка.

– Чи у вас Лейба така велика власть у селі, що може розказувати війтові? – запитав Євгеній.

– О так, у нас що Лейба скаже в селі, то мусить бути.

Переслухи скінчилися. Встав прокуратор.

– Справа про крадіж досі невияснена, і щодо неї ведеться слідство; в усякім разі на оскарженім тяжить підозріння. А справа побиття Лейби очевидна, оскаржений сам признався. Всі зізнання свідків у тім факті нічого не можуть змінити, бо про конечну оборону тут не може бутимови. От тим-то я піддержую оскарження і прошу засудити оскарженого.

Євгеній почав вияснювати справу, але бачив, що суддя немов дрімає і майже не слухає його промови. Він говорив коротко, зводячи докупи зізнання свідків і виказуючи нестійкість обвинувачення. Суддя, очевидно, почав нетерпеливитися. Протоколянт пильно писав щось на карточці.

– Розправа скінчена. Слухайте вироку! – пискнув суддя.

Всі повставали.

– В імені його величества цісаря, – зачав він, дивлячись на вікно, та потім нараз глипнув на Ілька, і його хопила за серце злість на сього мужика, що так багато часу мусив з ним згаяти, і він, хапаючися жменею за живіт і корчачись, пищав далі: – Ти, злодію, розбишако, суд признає тебе винуватим і засуджує на чотири тижні арешту.

Він зупинився, щоб перевести дух. В тій хвилі протоколянт всунув йому в руки записану картку паперу. Суддя перебіг її очима, і на його лиці виступив плачливий вираз.

– Але пан прокуратор піддержує оскарження! – мовив він майже крізь сльози, мов дитина, невинно висічена, нахиляючися до протоколянта.

Сей устав і щось живо почав толкувати йому. На лиці судді, мов на лиці дитини, малювалися за чергою зачудування, перестрах і тупа резигнація. Протоколянт сів на своє місце, а суддя взяв картку до рук і почав читати:

– Однако ж з огляду, що крадіж не доказана і що бійка була наслідком безправного нападу Лейби на дім Ілька і в тім разі зовсім оправданим супротивленням, то суд увільнює оскарженого Ілька Марусяка від вини і кари.

– Ай вай![44] – зойкнув Лейба.

Прокуратор поклонився і сів, переглядаючи дальшу справу. Євгеній і Марусяк, поклонившися судові, вийшли з зали.

– Я знав, що так буде, – радісно мовив Марусяк, перериваючи важкі Євгенієві думи при виході з сього захисту справедливості.

– Ви знали? А то відки?

– О, пан практикант у нас добрий панич. І недорогий. Тут давніше пан ад'юнкт був, о, то до того з чимбудь не можна було показатися!..

XXXV

Відбувши ще два терміни і залагодивши все, що мав залагодити в Гумниськах, та пообідавши в жидівськім заїзді, Євгеній таки того самого дня рушив з поворотом, але іншою дорогою, на Буркотин. Хоча ся дорога була дальша, то проте Євгеній не хотів ночувати в Гумниськах, надіючися таки бути коло півночі дома. Загорнувшися добре в подорожну бунду, він велів Беркові поганяти коней і, оперщися плечима о зад каритки, віддався своїм невеселим думкам. Він був загалом невисокої думки про наше судівництво, але те, що бачив у Гумниськах, могло б було менше загартовану душу довести до розпуки. Той мертвий шаблон, та ремісницька буденність вимірювання справедливості, повна зневага до провідних ідей законодавства і панування мертвої букви, та ще в сполученні з повною безцеремонністю людей, отупілих або й зовсім хорих духом, – тут доведені були до справжньої карикатури на всяке судівництво. До якої байдужності на закон і на людську кривду треба було дійти, щоб не тільки видавати подібні вироки, як їх видає Страхоцький, але толерувати їх! Ну, та Страхоцький – напівідіот, йому й не диво. Але що ж ті, що, знаючи його, вислали його сюди «на вислугу»? Навіть хоч би прокуратор і практикант паралізували його ідіотичні присуди, то й тоді ще його спосіб ведення розправ мусить підкопувати повагу того «найвищого царського атрибуту», тої порфіри, вложеної на блазня. Та чи паралізують же вони все? Практикант, як бачимо, бере, Страхоцький, хоч ідіот, а також свою користь нюхом чує, а прокуратор, молодий чоловік, обтяжений сім'єю, дбає про аванс і, певно, не схоче для якоїсь там хлопської кривди заводити історій і робити скандалу, значить, псувати собі кондуїту в вищих сферах. Певна річ, Страхоцький – виїмок, але, на нещастя, образ «малого суду», який бачив Євгеній у Гумниськах, – не виїмок, а тип. На се складається багато причин: і само збюрократизування судівництва, що заставляє людей з найменшою дрібницею волочитися по судах, і величезне число справ, які мусить залагоджувати один суддя і які навіть найздібнішого й найсумліннішого чоловіка з часом доводять до байдужності і отупіння; і саме життя в малих місточках, далеких від усякого духового і товариського життя, де урядникові поза кругом своєї сім'ї лишається тільки шинок і карти; і дуже невелика пенсія, що у людей, обтяжених сім'єю, просто відчиняє двері перекупству, а особливо влазливому, цинічному жидівському перекупству; і вкінці сама тісна та невисока освіта наших суддів, прокураторів та адвокатів, оте нещасне Brotstudium[45], що не дає такому функціонерові нічогісінько, крім знання параграфів, не торкаючи ані психології, ані суспільних відносин, ані історії, ані етики, присипляючи ще в університеті його душу і серце і випускаючи його в світ машиною, яка й працює так, як її наведуть переможні обставини.

Якою ж іронією супроти сього бриніли в Євгенієвих ухах пишні фрази про незалежність судівництва, про непідкупність суддів, про строгу легальність їх поступування і про високе почуття справедливості різних пресвітлих трибуналів, до якого так часто в своїх промовах люблять відкликатися адвокати. Адже ж оте інстинктове у Страхоцького пильнування, що скаже прокуратор, – се не одинцевий феномен, воно має свою довгу і міцну традицію! Адже важніші слідства робляться скрізь по Галичині по вказівках прокуратора, а через нього звичайно по вказівках політичної власті. Адже ж кождий трибунал у Галичині має суддів, – вони не раз становлять більшість, – що, так само, як Страхоцький, ховають сумління у жменю, а зате наострюють ухо якнайпильніше на те, що говорить прокуратор. Розділ між судівництвом і адміністрацією – перша основа справді независлого судівництва – у нас існує тільки на папері, а на ділі се ідеал, до якого нам дуже далеко.

А коли Євгенієва думка від тих «вищих сфер» перейшла вниз, до народної маси, до селянства, йому зробилося страшно. Адже ж те, що він бачив сьогодні – і чи тільки сьогодні! – ті погляди селян на суди і судівництво, ті їх чуття, з якими вони входять до судового будинку, се ж усе око-в-око те саме, що було перед 1848 роком[46]. Змінилися форми, але дух, суть патримоніального судівництва живе й досі. Той сам, хто гнав хлопа на панщину, брав у рекрути, стягав з нього податки, виганяв його з хати за «лінивство» і при кождій з тих нагод міг тисячними способами кривдити його, той сам був і його суддею, мав судити про його кривди. Закони, патенти та інтимати були надруковані в великих книгах, мовою чужою і незрозумілою для народу; але й суддям вони були здалі тільки на те, щоб їх параграфами прикривати свою самоволю, городити собі з них пліт, що забезпечував би їм безкарність кривдження і визискування народу. «Завдати когось до суду», – се в народному понятті була страшна погроза, більша, як коли би хто похвалявся: «Ось я розіб'ю тобі каменем голову». «Хорони мене, Боже, від панської карності і людської ненависті» – ввійшло в народну поговірку. Хто йшов до суду, хоч би правда сто раз була по його боці, тремтів і вважав себе нещасливим, бо «панського суду ніхто не певен». Виграти справу в суді значило таке саме щастя, як трафити на лотерію: чи справедливо, чи несправедливо виграна справа, про се питати нікому і в голову не приходило. І чи ж ті селяни, які нині суддю Страхоцького вважають острим, а його практиканта добрим за те, що «дешево бере», чи ті селяни не стоять вповні на становищі патримоніального суду? І так роблять не тільки зовсім темні, загукані селяни, але й такі, як отсей Ілько Марусяк, що в своїм селі ведуть боротьбу з різними темними елементами і стоять на чолі поступовішого молодого покоління. Роблять так, бо мусять. Ті самі непереможні обставини, що накручують суддів на лад патримоніальної машини, пруть і їх, селян, мов безопірну солому, в гирло тої машини.

Євгенію зробилося страшно і душно в пудлі брички. Він велів відслонити її і визирнув на світ. Дорога йшла простою, як струна, лінією по м'якім піску. Довкола рівними темно-зеленими стінами тягся сосновий молодник, засаджений перед кількома роками коштом почасти краю і правительства, почасти кількох околичних дідичів при дармій праці селян. Давніше тут стояв великий сосновий ліс, але ті пани вирубали його так чисто і раціонально, що зруб висох і з-під здертого дерна виступив рідкий пісок. Цілій околиці грозило занесення родючих піль піском, і ось почалися заходи для виєднання субвенцій на залісення сеї пустелі. Піскові поля спершу засівали якимсь коренастим та твердим зіллям, що росло на піску, а по кількох роках утворило на піску густу дернину, де можна було садити молоді сосни. Рівночасно уряд заборонив панам тої околиці на кілька літ вирубувати решти великого старого лісу – і сій забороні завдячила своє врятування також гарна діброва в Буркотині, яку зрештою пан маршалок устиг тим часом гарно обтяжити гіпотечними позичками.

Євгеній оглядав молодий лісок. Темно-зелені сосонки стояли густими рівними лавами по оба боки дороги. Вони були посаджені рядами, так що, їдучи дорогою, око раз за разом вбігало поперек головної лави і продиралося значний шмат у глиб лісу, але за хвилю віз рушав далі, око зісковзувалось із одної лінії, вбігало на другу, щоб із неї знов зісковзнутись за хвилину. Євгеній зирнув наперед себе: сосни, сосни, сосни рівним рядом потяглися аж геть-геть далеко, де обі їх лінії по обох боках дороги немов зливалися з собою. Глипнув позад себе – те саме. Кінця лісу ніде не видно; одинока каритка котилася тихо, мов загублена серед того темно-зеленого шпилькового моря. І скрізь воно рівне, мов пристрижене якоюсь величезною машиною; ніде ані вищого дерева, ані лісничівки, ані яру, ані закруту дороги. Тільки тут і там край шляху бовваніють біло-сині басаманисті мильові стовпи з понаписуваними на них числами.

Євгеній знов зирнув наперед себе. Його зір зупинився на однім стовпі, що стояв, як йому здавалося, не в такім місці, де його, судячи по віддаленню, слід було надіятися. В сірій мряці, що злегка налягала на ліс і закривала небо, сей стовп видавався зовсім чорним. Зрештою й його форма була якась не зовсім звичайна; скорше подобав на старий обгорілий пень, ніж на правильно обтесаний і «в краєві фарби» помальований стовп.

– Слухайте, Берку, – запитав нарешті Євгеній, – що се там стоїть коло дороги? То якийсь стовп, не правда?

– Ні, прошу пана, то хлоп.

Наближалися потрохи; Євгеній побачив, що мнимий стовп справді рухається і поступає супроти них. А коли над'їхали ще ближче, Євгеній пізнав, що се був дійсно селянин високого росту, старий, сивоусий дід у чорній, довгій, понижче колін, суконній гуні і в чорнім повстянім капелюсі. Він здалека кланявся їм, а коли порівнялися з ним, простягнув обі руки і крикнув:

– Прошу пана!

Євгеній думав, що старий просить милостині, але Берко, видно, ліпше зрозумів сей поклик, бо зупинив коней. Євгеній пильно оглядав чоловіка, що, кланяючися, наближався до нього.

– Прошу ласки панської, – мовив старий, – і перепрошаю за питання: відки пан їдуть?

– Із Гумниськ.

– А куди пан їдуть?

– До Буркотина.

– А, Господи, тобі слава! – мовив чоловік і перехрестився. – Так се ось туди до Буркотина?

– Так, – мовив Берко. – А нащо вам того треба?

– Йой, таже говоріть мою біду! – мовив старий. – Адіть, отсе вже від самісінького рана блуджу в тім лісі. Десь нам ялівчина втекла в ліс ще вчора, то шукали хлопці цілу ніч, а я вийшов рано та й заблудив у поганий час. А то такий проклятий хащ, що ні стежки, ні прикмети жадної. Ходжу й ходжу, всюди однаково, а кінця нема. Вже й ніг собі не чую, Ледво-не-ледво виплентався на гостинець, а тут знов та сама біда. Сюди гляну – рівно і кінця не видно; туди гляну – знов рівно і кінця не видно. Куди йти? Пробував навгад іти отсюди, – і він показав у противний бік від Буркотина, – йшов, ішов, усе одно, а кінця нема. І почало мені до голови таке йти, що се я не в той бік іду. Сів, спочиваю, та бо холодно. А тут як на те ані душі живої. Вже чоловік не знав, що з собою робити, та ось, Богу дякувати, що ви над'їхали.

– А ви ж відки?

– Та з Буркотина.

– Ну, то сідайте коло мене, підвеземо вас, – мовив Євгеній.

Щира радість малювалася на лиці старого.

– А Бог би вам, паночку, радість дав, що ви мене, старого, не лишаєте в тім лісі! Бігме, я вже так ослаб, що не знаю, чи здужав би до вечора доволіктись додому.

Ну, чи не прислів'я – тілький час блудити? Та й ще кому, мені, старому, що тут замолоду знав кождий корчик, кожде дерево?

Старий, балакаючи, звільна вліз у каритку і сів на низенькім сидженні напротив Євгенія. Сей просив його сідати поруч себе, але старий не захотів.

– Ні, ні, буде з мене й тут! І за се вам велике спасибі! – мовив він, ставлячи свою палицю між коліна, опираючи свої жиласті, спрацьовані долоні на її костур, а бороду на долонях. Його сірі розумні очі почали пильно вдивлятися в Євгенія. Берко рушив.

Євгеній наразі мовчав. У його в голові шибнуло дивне порівняння. Отсей старий, що заблудив у близькім сусідстві рідного села, що стоїть насеред гладкого, рівного шляху і не знає, в який бік йому додому, – чи ж се не символ усього нашого народу? Змучений важкою долею, він блукає, не можучи втрапити на свій шлях, і стоїть, мов отсей заблуканий селянин, серед шляху між минулим і будущим, між широким, свобідним розвоєм і нещасним нидінням, і не знає, куди йому йти, не має сили ані надії дійти до цілі. «Хто то вкаже тобі дорогу, хто підведе тебе, мій бідний народе?» – зітхнув Євгеній.

XXXVI

Лице старого селянина прояснилося.

– А я пана знаю, – мовив він.

– Яким чином?

– Адже ви нас боронили там у суді. Ви пан адукат Рафалович, правда?

Євгеній придивився ближче старому і пізнав свойого бувшого клієнта.

– А ви Демко Горішний.

– Бодай пан здорові були! Як пан собі затямили! А куди пан їдуть?

– Був у Гумниськах на терміні, а тепер, вертаючи, поїхав на Буркотин, хотів побачити ваше село.

– Ой, є що бачити! – сумовито відповів Демко. – Біда нас присідує, паночку, чимраз дужче та й дужче.

– А ви знаєте, нащо Пан Біг біду сотворив? – запитав Євгеній.

– Та нащо?

– Аби люди билися з нею.

– Та то воно так. Але як той казав: bijmy się, chłopie, moja szabla, a twój kij[47].

– Певно, що то нерівно, але то ще не рація, щоби і кий із рук кидати і йти голіруч. Ну, а як же ваша справа з паном за пасовисько?

– Та не знаю. Щось наші преліпотенти на пана відказують.

– Нібито на мене?

– А так. Кажуть – вибачайте, паночку, – що ви не хочете вести нашої справи, що ви радили їм відкупити у пана дідича те пасовисько.

– То неправда! Ну, та як собі хочуть. Не вірять мені, то я їм папери віддав. Нехай собі шукають іншого адвоката.

– Та вже знайшли, – пошепки, нахиляючися до Євгенія, мовив Демко.

– А кого?

– Та пана Шнадельського.

– Що?

– Пан Шнадельський – пан, певно, знають його, – він сам до нас зголосився, каже, що я вам усе зроблю, не давайтеся на підмову тамтому пану в місті, бо він підкуплений і запропастить вашу справу.

– І давно то було?

– О, вже пару тижнів тому. Пан Шнадельський часто буває у нас у селі – він їздить по селах і геть бере хлопські справи. Наші люди дуже до него горнуться, кажуть, що він дуже великий адукат і має доступ до самого цісаря.

– Бійтеся Бога, люди! – скрикнув Євгеній. – Але ж се ошуканець! Се не жаден адвокат! Він не має права ніяких справ провадити.

– Що пан говорять! – з переляком скрикнув Демко.

– Можете мені вірити. Говорю вам як чесний чоловік, а не для того, що він риє підо мною.

– Ой Господи! А наші люди до него, як до Бога, моляться! Та бо він уміє говорити з людьми! Так уміє придобритися, що думав би чоловік: отсе святий із неба зійшов.

– Я вам говорю по правді. Зрештою можете піти чи до старости, чи до кого хочете і запитати його, чи пан Шнадельський – адвокат, чи ні?

– Та то правда.

– А тепер скажіть мені, ви знаєте, у вашого пана десь є дубовий ліс?

– А є.

– І красний?

– О, чудо, а не ліс. Там дуби отакі грубі, а рівні, як свічки.

– І багато їх?

– О, то великий шмат лісу, буде зо двісті моргів.

– А будемо ми їхати попри нього?

– Ні, з сего боку села ні. Аж як переїдете за село та потім під гору, то там будете їхати через діброву. А нащо пан про се питають?

– Та так. Мені цікаво, чи пан не думає її рубати.

– Е, вже би давно був вирубав, але заказали з намісництва. А інші кажуть, що банк не позволяє рубати. Бо наш пан задовжений у банках, а на той ліс, то взяв більше як десять тисяч. І без банку не сміє рушити.

Тим часом бричка минула ліс і заїхала в село, що лежало в долині над рікою. Посеред села між високими липами і ясенями стояв двір пана маршалка Брикальського.

– У пана маршалка сьогодні польовання, – мовив Демко, показуючи очима на двір. – У діброві дики стадами ходять, шкоду страшенну роблять по полю. На самій бульбі люди тисячні шкоди понесли. А панові було байдуже. Аж як йому самому дики цілий копець з бульбою розбили, то спросив польовання. Чуєте, як там трублять та гукають?

І справді, з широких сугорбів, покритих високим дубовим лісом, що тепер під пожовклим листям виглядав мов лан велетенського спілого збіжжя, чути було гомін стрілецьких труб, крики та верески нагінки і деде цюкання рушниць.

В'їхали в село. Проїхавши крутою вуличкою між городами, вибралися на широкий майдан, що розкинувся перед коршмою. Велика мурована коршма з заїздом своїми обдряпаними стінами і своїм нехарним виглядом добре достроювалася до болотистого майдану. Перед коршмою стояла досить велика купа селян; ще більше число їх тислося до сіней, а з шинку чути було глухий гамір і видно було крізь повідчинювані вікна густий стиск голов.

– Ов, а се що за ярмарок? – мовив здивований Демко. – Може, пан тут стануть троха спочити?

– Треба буде коней попасти, – обізвався з козла Берко. – Відси аж до міста не буде вже заїзду.

– Добре. Попасемо і поглянемо, що таке.

Бричка звернула до коршми. Селяни проступилися в дві лави, а побачивши якогось пана в бричці, познімали капелюхи. З гуркотом бричка вкотилася в коршомні дильовані сіни.

XXXVII

В коршмі було ціле віче. За столом сидів панок яких тридцяти літ, високий, статний, зі здоровими вусами і гладко виголеним, трохи запитим лицем, а довкола нього з усіх боків сиділи і стояли, тиснучись докупи головами, селяни. Перед паном стояла гальба пива; між селянами кружили дві квартові фляшки горілки; чарки і фляшки йшли з рук до рук. У коршмі стояла духота, запах горілки, мокрих кожухів, людського поту і міцного тютюну мішалися докупи. Пан за столом, внуривши очі в гальбу пива, говорив голосно:

– Остерігаю вас, браття хлопи, не вірте нікому! Не вірте панам, не вірте попам, не вірте урядникам, не вірте адвокатам, не вірте професорам, бо всі брешуть. Усі до одного. Всі тільки на те дибають, аби хлопським добром поживитися, з хлопа сім шкір здерти, а потім сміятися з нього як із дурня.

– Ой, правда, правда! – зітхали селяни. – П'ють нашу кров, ще й сміються з нас.

– Ні на кого не надійтеся! – говорив далі пан. – Ані у пана, ані у попа, ані у старости, ані в суді нема вашої правди. Там усюди купована правда, усюди фальшивство, всюди кривда. Тілько один цісар наш тато, від нього одного можна надіятися справедливості. Тілько він один дбає за нас, бо ми всі його діти.

– Так, так! – потвердили ті, що сиділи за столом.

– Шукайте собі чоловіка, щоби був щира хлопська душа, хлопська кістка, і такого чоловіка шліть до цісаря, щоб він переказав йому всю вашу біду і всю вашу кривду. Тілько він один може вам допомогти, може вкоротити руки і панам, і попам, і жидам.

– Ой то, то! Аби жидам укоротив. Жиди світ зуйми ли, жиди нам жити не дають! – зітхали селяни.

– Не вірте жидам, не вірте нікому, бо всі вас дурять! Кождий аби лише своє горло залляти, аби свого мацька наповнити, а як хлоп бідує та ґарує, про те йому байдуже.

– Ой, бідує! Ой, ґарує, що й світа божого не бачить! – залунав у один голос стогін по всій коршмі.

– А такий адукат що? Сидить собі в місті в препишних палацах, вигідно, ясно, тепло і чисто, пошкрябає в канцелярії пером, помеле в суді язиком, а ти, хлопе, плати йому, солоно плати!

– Та й коби-то хоч поміг! – обізвався хтось із купи. – А то я три роки правувався за свою дідизнину, та й що з того? Пропало моє поле, ще й кошти мусив платити.

– А видите. І то не одному таке діється! Адже в кождій справі, яка є в суді, все бодай один мусить програти. А хто програє звичайно? Хто слабший, хто не вміє боронитися, хто не має чим мастити. Ну, а хто ж у нас найслабший, найбідніший? Хлоп. Тому хлоп усе мусить програти. І тому кажу: не вірте панам, не вірте попам, не вірте адукатам – нікому не вірте.

– А особливо не вірте отсьому пану, що видає себе за вашого приятеля, а дбає тілько про те, щоб обдурити, обдерти і викпити вас, – залунав різкий, смілий голос від дверей коршми.

Пан за столом підняв голову і встав із місця при тих словах.

– Що там за дурень рило розніма є? – крикнув він.

– Люди, – говорив Євгеній, виступаючи на середину коршми, де йому зроблено місце, – знаєте мене, хоч не всі. Я адвокат Рафалович, той, що боронив вас у суді.

Остерігаю вас, що сей пан Шнадельський не є жаден адвокат, ані жаден оборонець, не має права провадити ніяких справ, а хто йому повірить яке діло, може бути певний, що пропаде його діло і ті гроші, які дасть йому. Мушу вам ще сказати, що пан Шнадельський служив у суді, і відтам його прогнали за крадіжки і фальшиві векслі.

– Брешеш, драбе! – ревнув Шнадельський, підскочивши за столом.

– І мушу вам іще додати, – говорив Євгеній, не звертаючи уваги на Шнадельського, – що сей пан повинен би ще нині дістатися до кримінала за ті ошуканства, яких допустився на людях і які, надіюсь, не уйдуть йому сухо.

– Безличнику! Падлюко! – казився Шнадельський, але Євгеній стояв обернений до нього плечима і говорив далі:

– Остерігаю вас, люди, не давайте йому жадних справ, ані жадних грошей, бо будете жалкувати, як буде запізно.

– Бийте його! Бийте на мою відповідь! – репетував Шнадельський і, вхопивши гальбу, кинув нею щосили на Євгенія. Але замість Євгенія гальба вдарила в голову старого Демка, що стояв обік адвоката.

– Пане! Що робиш? За що б'єш? – крикнув Демко, випростовуючись і підносячи свою окровавлену голову.

– Гов! Стійте! Що тут таке! – гукали одні, чуючи брязк скла.

– Бийте його! Бийте п'явку людську! – ревів Шнадельський. – Я відповім за все!

– Коби міг за себе відповісти, ошуканче! – крикнув Євгеній.

– Як смієш битися? – ревів Демко і сунувся до стола. Зчинився страшенний гармидер і заколот. Одні стояли за Шнадельським, другі за Євгенієм. Але закровавлена

Демкова голова пуджала прихильників Шнадельського, а його нагла команда «бийте» також зробила зовсім не таке враження, якого він бажав собі. В коршмі знявся крик. Одні тислися до стола, другі від стола, Євгенія попихали в стиску сюди і туди, поки вкінці якась сильна рука не взяла його за плечі і не випхала до сіней.

– Пане, бійтеся Бога, їдьте геть! – шепнув йому Демко. – Тут готово бути нещастя, їдьте, поки час. Спасибі вам, що остерегли нас. Се протверезить людей, але не зараз, їдьте, їдьте!

Євгеній сів на бричку і поїхав. А в коршмі довго ще йшов гармидер і серед нього розлягався п'яний вереск Шнадельського.

XXXVIII

Євгеній вернув зі своєї поїздки до Гумниськ в несподівано бадьорім і войовничім настрої. Він належав до тих натур, які не легко виходять із спокійного, зрівноваженого настрою, та зате, виведені з нього, не попадають у сентименталізм, не тонуть у розливі почуття, але набирають натури бойового коня, закусують вудила і йдуть назустріч небезпеці.

Зразу він біг утертою адвокатською дорогою. Подав карне донесення против повітового лікаря за недбале щеплення дітей, а в справі Шнадельського пішов насамперед розмовитися з прокуратором.

– Подайте донесення, – сказав прокуратор, коли Євгеній оповів йому про шахрайства сього пана. Євгеній послухав його ради і був би, може, вспокоївся, якби його донесення не були мали зовсім несподіваний для нього, хоч досить натуральний серед наших відносин, наслідок. Донесення против лікаря звернено йому з тим, що власть, розслідивши поданий ним факт, дисциплінарним способом полагодила справу, але для карного переслідування не найшла ніякої підстави. А донесення против Шнадельського повело за собою правдивий скандал: прокураторія занялася справою, вступне слідство поручено перевести Страхоцькому, а сей, ідучи за прокураторськими вказівками, почав від того, що під ескортою жандармів велів спроваджувати до Гумниськ одного за другим із тих селян, які були пойменовані в донесенні; жандарми для більшого ефекту заковували селян, самих найбагатших і найповажніших господарів, у кайдани і гнали їх до суду як злочинців, Страхоцький індагував їх своїм способом, і в пересланих вищому судові протоколах їх переслухань стояло чорне на білім, у всіх згідно, що вони ні про що не знають, ніяких грошей Шнадельському не давали, ні про яку бранку від нього не чули і навіть якби чули, то не думали б увільняти незаконними способами своїх дітей від обов'язку цісарської служби. На основі сих протоколів Євгенію переслано з суду резолюцію, що його донесення було основане на фальшивих інформаціях і пустих хлопських поговірках і, як таке, не заслугує на поважне трактування.

– Он як! – аж скрикнув Євгеній, прочитавши сей незвичайний документ. – Е, ні, панове, ся штука не піде так гладко.

І він рушив знов до Гумнисьск і, розвідавши докладно, як велося вступне доходження, описав усе і подав до президії крайового суду у Львові. Переждав кілька тижнів, а не можучи дождатися ніяких наслідків, описав усе в формі кореспонденції і вислав до редакції одної з львівських часописей. Редакція надрукувала кореспонденцію, але прокураторія сконфіскувала її від першого рядка до остатнього «за ширення ноторично неправдивих фактів і побуджування до ненависті против судейського стану». Євгеній не задовольнився сим. Він переробив свою допись і вислав її в один опозиційний дневник у Відні, де тоді про Галичину панували ще неподільно такі погляди, які подобалось піддержувати всемогучій у краю шляхетсько-польській компанії. Допись була віденською прокураторією пропущена і зробила в Галичині сенсацію. Вся польська преса запалала патріотичним обуренням на «нужденного пасквілянта», що, мовляв, плюгавить рідне гніздо. Урядово спростовано наведені в дописі факти – на основі протоколів Страхоцького, але проте від міністерства справедливості прийшло телеграфне візвання до президії львівського суду – здати справоздання про все порушене в дописі і починити відповідні зарядження, щоб подібні справи не виринали на прилюдний вид і не утруднювали становища правительства.

Почалися переслухи. Президент окружного суду поїхав до Львова, давши перед тим Шнадельському до пізнання, щоб «присів фалди»; в цілім повітовім судівництві кілька місяців було повно клекоту і таємних шептів. Скінчилося перенесенням у інші повіти – жандармів, що буцімто самовільно, не порозумівши свою інструкцію, заковували в кайдани селян, визваних до суду в характері свідків.

– Значить, нема винуватих! – аж скрикнув Євгеній, довідавшися про се, і під таким титулом: «Нема винуватих» – написав другу допись до віденської газети. Подавши вислідок доходження в справі Шнадельського і зазначивши, що сього пана за весь час навіть не кликано до суду для переслуху, він з поля судівництва перейшов на інші поля публічного життя в Галичині, всюди показуючи прояви гнилизни і занепаду. Та сим разом ефект був зовсім не такий, якого надіявся автор дописі. Навіть віденським опозиціоністам краски видались занадто чорними, і редакція надрукувала допись з увагою, що не має причини не вірити фактам, наведеним у дописі, але загальні висновки автора щодо стану публічного життя в Галичині видаються їй занадто песимістичними. Галицькі мамелюки підняли правдивий вереск радості з приводу сеї уваги. «Отсе вже навіть віденські тевтони починають відрікатися галицького пасквілянта, що, пересолюючи сам свої клевети, сам себе звів ad absurdum[48]. Розумні люди в Галичині від першої хвилини аж надто добре знали вартість тих безсовісних клевет. Тепер чей уже й сліпі будуть бачити, наскілько можна няти віри подібним фальшивим оборонцям невинності. Найменше вдячні будуть йому, певно, селяни, в яких обороні буцімто виступає сей пан. Вони своїм здоровим хлопським розумом дуже добре знають, хто їх правдивий приятель, уміють оцінити по заслузі свойого непрошеного опікуна, котрого вигадкам з повною свідомістю і рішучістю завдали брехню перед лицем суду».

Се цинічне потоптання правди обурювало Євгенія до дна душі.

– Чекайте лишень! Ось вони заговорять своїм язиком, ті селяни, і тоді почуєте, що вони думають про вас! – мовив він сам до себе. Думка про конечність розбуджування селян до політичного життя, організування їх для політичної боротьби за свої права виступила в його душі не як далекий теоретичний постулат, а як справа невідхильно потрібна, без якої навіть найбільшому народолюбцеві не можна й кроку зробити наперед. Зараз по новім році він скликав тих священиків і селян із повіту, до яких мав найбільше довір'я, і, порадившися, вони рішили скликати в перший тиждень великого посту перше в сьому повіті і загалом у Галичині народне віче в своїм місті. До того часу були в Галичині тільки два народні віча – оба у Львові. Вони були голосні в цілім краю, будили всюди щирий запал, але на провінції ніхто ще не думав скликати подібні народні збори. Євгенію прийшлось довго толкувати навіть своїм довіреним про потребу віча, навіть про можливість його скликання, бо закон про збори, невважаючи на своє більше як десятилітнє існування, був досі для загалу галицьких русинів terra incognita[49] так само, як і інші політичні закони, крім одного хіба § 19 основних законів, що давав русинам язикову рівноправність – на папері. Кінець кінців зібрані приватно в Євгенієвім домі повітові патріоти згодилися на те, що треба скликати віче. Євгеній обняв реферат про стан повіту і потребу політичної організації, один священик мав говорити про справи просвітні, а о. Зварич про справи економічні. Всі мали відтепер розвинути по селах агітацію за вічем, освоювати селян з думкою про потребу політичної роботи і дбати про якнайчисленнішу участь на вічі. Всі три референти уконституувалися як вічевий комітет і мали зі своїми підписами внести до староства подання про скликання віча в законнім терміні. Євгеній мав таке почуття, що підсаджує свої плечі під високу і важку кам'яну гору з наміром – зрушити її з місця. Він знав, що се праця страшенна, довга і важка, але сказав собі в душі:

– Все одно! Мушу двигнути!

XXXIX

Пан маршалок Брикальський ходив дуже заклопотаний. Його вірителі тисли, тисли його за довги і проценти та й перестали тиснути. Він знав, що се не була добродушність з їх боку, що ся мовчанка гірша погрози. Деякі жиди виразно заповіли йому, що відпродадуть свої претензії в треті руки, а пану маршалкові сього дуже не хотілося – не задля фальшивої амбіції, щоб треті особи не знали про його грошові клопоти, але тому, бо від тих третіх осіб він не міг надіятися ніякої терпеливості, ніякого милосердя так, як від околичних жидів, що всі більше або менше стояли о його ласку. Він просився у своїх мучителів, заклинався, що по жнивах посплачує все, але жиди знали добре, що далекі ті жнива, по яких пан маршалок зможе платити, бо поки що у нього збіжжя продане ще на пні, за став оренда побрана на два четвероліття наперед, лісу дрібного ще не можна рубати, а на дубовий нема купця. І справді, настала осінь, а пан маршалок як був не при грошах, так і лишився, а вірителям приходилося сотий раз почути від нього звісне панське «почекай», прицукроване для відміни такими словами, як «коханий Мошку», «любий пане Готтесман» і т. д. І вдодатку новий реченець: «Коло нового року напевно заплачу, але то напевно, шляхетське слово гонору».

Не можна сказати, щоб пан маршалок говорив се на вітер, щоб кидав шляхетським словом гонору, мов половою. Ні, він мав уложений дуже гарний, геніальний план, як підрятувати свої злидні. В повіті, бачите, були дві каси: кредитове земське товариство, що давало гроші на гіпотеку, щонайменше по 500 ринських; се була так звана панська каса, утворена перед двадцятьма роками з десятитисячного капіталу, записаного одним дідичем-патріотом на заснування шпиталю в місті, а до пори здійснення сеї цілі (коли-то вона здійсниться) ужитого на кредитові цілі. Сей основний капітал збільшено ще кількаразовою дотацією з повітових грошей і різними іншими зривками, так що каса тепер обертала номінально мало не 50-тисячним фондом. Обік неї була «повітова каса задаткова», прозвана також «хлопською касою» задля того, бо перед десятьма роками її утворено з громадських кас позичкових, стягнених із сіл і взятих виділом повітовим у свій заряд. Ся каса виносила 80 тисяч і уділювала дрібні позички від 10 ринських на короткий реченець і за порукою відповідної громадської власті. Розуміється, панська каса була завсіди порожня; головним її довжником був пан маршалок; він те й знав, що, коли приходилось платити рати, велів дописувати їх далі, при чім ані процентів проволоки, ані складної провізії йому не числено. Зате в господарці хлопською касою виділ повітовий держався системи якнайбільшої оглядності в уділюванні і якнайбільшої безоглядності в стяганні позичок, так що селяни чимраз менше мали охоти шукати в ній рятунку в своїх грошових клопотах. Гроші в касі дармували, опроцентовувалися дуже низько, і се причиняло немало гризоти батьківському серцю пана маршалка. Він дивувався, як се селяни в своїй глупоті йдуть за позичками до жидів-лихварів або до інших банків, а оминають свою власну касу. І в його голові дозріла геніальна думка: ліквідувати обі повітові каси, зілляти їх у одну, а на ділі повернути готові гроші хлопської каси на латання дір вічно голодної «великої власності», в першій лінії своєї власної. На се треба було ухвали повної ради повітової. Се був би для пана маршалка найменший клопіт. Селян і селянських заступників, що піднесли б голос против сього грабівницького замаху, в раді повітовій не було. Правда, сиділо там кілька війтів і два чи три священики, але се були люди смирні, що дбали про ласку пана маршалка і до ведення опозиції в такій кардинальній справі були зовсім не здібні.

Але несподівано для пана маршалка опозиція вийшла з такого боку, відки її всього менше слід було надіятися. В раді повітовій засідав також близький сусід пана маршалка і його давній супірник граф Кшивотульський, звісний у цілім повіті зі свого саркастичного гумору і своєї безоглядної правдомовності. Отже, коли на раді повітовій одна з креатур пана маршалка виступила з внеском реформи кас повітових і зілляння їх у одну, граф Кшивотульський виступив против сеї думки, яка, по його словам, у повіті може наробити багато квасу. «Се буде значити, що ми з хлопів обдерли ходаки, щоб полатати панські черевики», – гумористично висловився пан граф, знаючи дуже добре, що своєю опозицією против сього проекту затягає петлю на шиї пана маршалка.

Виступ графа Кшивотульського додав духу й репрезентантам селянства в раді повітовій, а декому з них попросту отворив очі на значіння сеї реформи. Отже й вони про сам сором мусили виступити против проекту, але своїм звичаєм пересолили справу, домагаючися відкинення проекту a limine[50]. Сей внесок упав, і справу передано окремій, для сього вибраній комісії, яка мала роздивити предложений план ліквідації і нарис нового статуту і піддати свої внески на увагу раді.

Отже ж тепер пан маршалок крутився і агітував між членами ради повітової, щоб приспати, так сказати, в колисці опозицію против своєї пожаданої реформи.

Він розвинув незвичайний запас добродушності і людяності в розмовах з війтами, висловлював незвичайно ліберальні погляди на руську справу в розмовах зі священиками, піднімався на високість далекоглядного патріота, толкуючи про добродійні наслідки реформи, заїздив навіть на засідання рад громадських у селах, заражених, по його думці, духом опозиції, і вдавався в розмови з селянами, але, на свою превелику радість, почував від них замість опозиційних аргументів тільки звичайне: «Так, так, так», «Та розуміється», «Та ми всі за паном маршалком» і вже наперед готовився тріумфувати над опозицією. Тільки один Кшивотульський наповняв його острахом. До сього вовка в кармазині він не важився приступати зі своїм звичайним підлещуванням. Він довго турбувався, як його уговкати, і не знаходив способу. Виручив його з сього клопоту Шнадельський.

XL

Невесело заповідалася зима для Шнадельського. Не то, щоб він робив собі що-небудь із напучувань пана президента і з його ради «присісти фалди». Але стріча його з Євгенієм мала інші неприємні для нього наслідки. Зерно сумніву, кинене Євгенієм у селянські душі, почало, хоч помалу, сходити. Селяни, яких понатягав Шнадельський, хоч не зневірилися відразу в його адвокатські здібності, зробилися однако ж значно скупіші на гроші, почали зразу чемно, а дедалі чимраз остріше допоминатися залагодження своїх справ. Шнадельський мусив брехати, викручуватися, але ті брехні робили чимраз менше враження. Дійшло до того, що деякі селяни почали лазити по судах, допитуючися, що зробив «пан адукат Шнадельський» з їх справами, і тут довідувалися, що ніякого адуката Шнадельського в суді не знають і що, коли вони пану Шнадельському подавали які гроші за ведення своїх справ, то се пропащі гроші і треба їм домагатися від нього їх звороту або позивати його до суду. І справді, на Шнадельського посипалися «багательки» від оциганених ним селян, але він сміявся з них. «Тікай, голий, бо тебе обідру!» – се був зміст тої філософії, якої він держався в таких справах. Але діло почало дедалі робитися ще не приємнішим. Особливо ті селяни, що подавали йому значніші суми грошей на увільнення своїх синів від великої бранки і потім за се потерпіли судове слідство, почали присікуватися до нього. Се були переважно люди маючі, впливові по селах; вони тепер були певні, що Шнадельський мав їх за дурнів і що їх гроші пропали. До суду жалуватися вони не йшли, але з різних сіл почали до Шнадельського доходити погрози, щоб не важився показувати ока в тім а тім селі. Шнадельський ще сміявся, поки в однім селі його не спіткала немила пригода. Він сидів у коршмі за столом і власне велів своїм звичаєм дати другу кварту горілки для купи селян, що, обступивши його, пили, гомоніли і слухали його балакання. Шнадельський говорив про «хлопську кістку», про конечність не вірити нікому, крім цісаря, про здирства панів, попів і адвокатів, коли нараз до нього наблизився якийсь здоровенний і, очевидячки, сильно п'яний парубіка і промовив з п'яним усміхом:

– А потрактував би-с, пане, і мене порційкою, Бог би тобі здоровля дав!

– І овшім, побратиме, і овшім! – мовив Шнадельський і, взявши фляшку, налив чарку і подав її парубкові.

– Ваше здоровля! – мовив сей, вихилив чарку одним духом і наставив іще раз. Шнадельський налив, приговорюючи:

– Люблю таких лицарів. Схоче чого, то не ховається поза піч, як відданиця від парубка, але скаже просто в очі.

– Га, га, га! – зареготався парубок, випивши другу чарку. – Ваша правда, пане! Я такий. Що на серці, те й на язиці.

– Так і роби! – заохочував його Шнадельський.

– І роблю так. Ось і з вами. За те, що ви добрий пан і не пожалували для мене – га, га, га – двох порційок, велике вам спасибі! А за те, що ви у мойого стрика видурили тридцять срібла за тоту бранку – а він корову продав від малих дітей, а вам гроші дав, а ви з него насміялися і ще потім його, як злодія, у ланцюгах до міста водили, по судах тягали, за те, паночку, ось вам раз! А ось і два! І ще раз!

І парубок, замахнувшися, вцілив своєю долонищею Шнадельського в лице раз, і другий, і третій. Шнадельського обілляла кров, він, мов сніп, повалився під шинковий стіл, і парубок з п'яним криком кинувся на нього. Ледво-не-ледво інші присутні здужали оборонити Шнадельського і віддати в руки шинкареві, що, протверезивши його, сховав у своїм ванькирі, а ніччю своєю фірою відвіз до Гумниськ.

Ся пригода і погрози селян значно остудили запал Шнадельського до «хлопської кістки». Він мусив залишити свої грабівницькі поїздки по селах і почував з жахом, що його чекає непочесна будущина покутного писаря, того, що то по шиночках за кварту горілки, три гальби пива, пачку тютюну або за кілька шісток грішми пише людям скарги, рекурси, подання та супліки, зносить пияцькі пестощі і наруги і залежить від ласки кождого судді і кождого ад'юнкта, що може відкидати всі його вироби або навіть покарати його за покутнє писарство. Він був молодий іще, амбітний, бажав життя і його радощів, але давно відвик добиватися їх простою, чесною дорогою. Тепер почало йому робитися тісно на світі, як рибі, зловленій у сіть, і він чимраз частіше роздумував над способами, як вийти з сього прикрого положення.

Здавна, ще коли його прогнали з суду, він носився з думкою виїхати до Америки, і ся думка не покидала його й досі. Але як виїхати? Без шеляга при душі не рушиш і з місця, а їхати на те, щоб, ставши на місці, опинитись без шеляга при душі, се ж значило їхати ще на гіршу біду, на важку працю, якої Шнадельському страшенно не хотілося. Ні, вже як їхати, то з добре наладованою мошонкою, щоб там, у краю доларів, було о що руки зачепити. Відки і як узяти гроші для сеї цілі, се йому було байдуже. Зразу він думав, що йому удасться натуманити потрібну суму в селян, але ся надія ошукала його. Що ж тепер?

Був час, коли він думав запомогтися повітовими грішми і в тій цілі заскакував коло пана маршалка, маючи надію через нього одержати місце касієра при котрій-будь повітовій касі. Але президент суду остеріг маршалка, щоб не допускав до скандалу, і Шнадельському дали зрозуміти, що наразі всі посади при касах повітових обсаджені, а маршалок додав від себе, що про якесь місце для нього можна буде подумати аж по доконаній реформі кас. Таким робом і Шнадельський був заінтересований у тім, щоб реформа доконалася якнайшвидше і щоб опозиція против неї затихла. Через те граф Кшивотульський, що так собі, для концепту, взявся вести опозицію, був для Шнадельського ворогом, і він пильно мишкував у його маєтності, поки не винайшов поліно, яке можна би було в саму пору кинути графові під ноги.

XLI

Справа була ось яка. Граф Кшивотульський, хоч любив опозицію і промовляв популярно, причисляв себе до консерватистів і негативно дивився на всякі реформи, починаючи від знесення панщини. Він усе ще стояв на тім, що знесення панщини зруйнувало панів матеріально, а хлопа морально, що хлоп без панської опіки мусить згинути, що пан – одинока натуральна для хлопа інстанція і в господарських, і в громадських, і в судових справах. Граф Кшивотульський не признавав ані нових судів, ані нової процедури, ані нового карного порядку. «Одинокий параграф, пригідний для хлопа – бук», – говорив він, доказуючи, що ані арешт, ані грошові кари не відповідні для селянина. Він жив і досі в традиціях давнього патримоніального порядку і дуже любив, коли з села люди приходили до нього, просячи розсудити їх справи; такі «вірні піддані» були у нього добре записані і мали ласку в дворі: чи зайву купу дров із лісу, чи шматок облога під пасовисько, чи яку-небудь іншу полегшу вони діставали перші. Та виходило й навпаки: граф любив відразу виконувати свої присуди, а присуд на винуватого звичайно випадав: канчуки. Отже, трафилося, що покараний почував себе покривдженим і йшов до суду жалуватися не тільки на свого супірника, але й на графа-суддю. Правда, в суді звичайно приймали такі скарги сміхом, з уданим співчуванням випитували селянина, чи дуже боліли його графські канчуки, чи граф бив власною рукою, чи він не зголошував рекурсу против засуду і виміру кари і чи добровільно йшов до графа судитися. На тім справа й кінчалася і для графа не мала ніяких неприємних наслідків.

Та ось сталася справа трохи інакша. Два селяни в графовім селі посварилися. Один, покривджений, пішов до графа на скаргу і попровадив свідків. Граф вислухав справу і післав по противника, та сей заявив, що графського суду не признає і до двора не піде. Се страшенно обурило графа. Він в супроводі своїх гайдуків сам пішов до оскарженого і, заставши його на подвір'ї, велів простягти його і власноручно вліпив йому двадцять і п'ять канчуків. Може, й се було б увійшло графові насухо, бо селяни в його селі були загукані і знеохочені до судової правди, та трафилося так, що в ту саму пору нагодився в селі Шнадельський. Сей відразу зрозумів, що з тої справи «можна щось зробити», написав іменем побитого донесення до прокураторії за публічне насильство, зневагу і тяжке ушкодження тіла, велів селянинові засвідчити через лікаря одержані побої і долучити те свідоцтво до подання, а сам скочив із сею новиною до пана маршалка. І маршалок зрозумів важність факту і, не гаючись довго, поїхав до міста і подався просто до президента суду. Президент знав уже про справу графа Кшивотульського і, коли маршалок в часі розмови натякнув злегка на неї, він не скрив свого невдоволення.

– Дуже прикра справа! Дуже прикра справа! – повторяв він, морщачи чоло.

– Тим прикріша, що не можна її затушувати, – докинув маршалок.

– Не можна? – живо кинувся президент.

– Не можна, пане президенте. Народ дуже обурений, усюди ні про що не говорять, як тільки про самоволю графа. А вдодатку маємо в повіті літерата: готов підхопити сю справу і знов осмарувати нас у Відні.

– Ах, так! – мовив президент і задумався. Се було якраз по другій Євгенієвій кореспонденції, і пан президент мав іще в свіжій пам'яті всі ті клопоти, яких наробила йому перша. Та, з другого боку, думка – тягати до суду і кримінально карати пана графа Кшивотульського видалася йому чимсь таким диким та нечуваним, що він по хвилі з зачудуванням і острахом видивився на пана маршалка.

– Але чого ж хочете? Чи маю карати пана графа як простого злочинця?

Маршалка забавляло заклопотання пана президента.

– Ну, думаю, пан президент ліпше від мене будуть знати, що з ним зробити. Я думав би тілько одно: перевести слідство і нагнати пану графові троха страху. А там – буде вже діло практичного розуму і світлої прокураторії, як повернути справу. Але затушовувати справу перед слідством я вважав би дуже непорядним.

Президент згодився на се. Почалося слідство, і вельможний граф Кшивотульський мусив раз, і другий, і третій їздити до міста і ставитися для переслухів у слідчого судді, вислухувати довгенькі виклади про приписи обов'язкового тепер закону, що були для нього чимсь нечувано новим і незрозумілим, і вкінці зупинитися перед загрозою: засісти публічно на лаві оскаржених і відпокутувати за свої патріархальні погляди кількома місяцями в'язниці. Все се була для нього страшно неприємна справа, тим неприємніша, що, дякуючи заходам маршалка і Шнадельського, вона у всіх дрібницях була голосною в повіті і всюди збуджувала живі розмови, спочування з одного, насміхи, радість і кпини з другого боку.

Коли таким робом каша була заварена і маршалкові здавалося, що його противник скрушів достаточно, він приступив до виконання свойого плану. Одного дня граф Кшивотульський, що від часу нещасного слідства нікуди не виїжджав і нікого чужого не бачив у себе, був дуже зачудований, бачачи, як на його подвір'я заїжджає звісна йому чвірка пана маршалка, а з карити висідає вдягнений у шубу сам пан маршалок. Граф повітав свого противника чемно, але холодно, а маршалок, не гаючись довго, виявив ціль свойого приїзду.

– Я вважав конечним заявити коханому графові свою пошану і симпатію, – мовив він солоденько. – Безглузді язики силкуються розгородити нас тернами всяких поговорів, але ми оба стоїмо занадто високо, щоб та піна могла досягти нас. А щоб відразу прийти до цілі моєї візити, – дарує коханий граф, що я тілько на хвилиночку, страшенно занятий! – так ось вона. Буде коханий граф ласкав відвідати мене 4 грудня в моїм домі. Святої Варвари іменини моєї пані… надіюсь невеличкого, але дібраного товариства… Правда, можу числити на коханого графа?

– Але ж, пане маршалку…

– Ніяких «але», коханий сусідо! Ніяких «але»! Ся просьба не стілько від мене, скілько від моєї магніфіки, а їй коханий граф чей же не відмовить.

– Та, коли так… – нерадо згодився граф.

– Так, так, коханий графе. Прошу, дуже прошу. І від себе. Обоїм нам дуже залежить на твоїй присутності.

«Га, лис! – міркував собі граф по від'їзді пана маршалка. – Який інтерес може він мати в тім, щоб так лащитися коло мене? І то власне тепер? І видумав мене загачити своєю Варварою! Досі в таких нагодах завідомлював білетиком, а тепер бух! Чвіркою парадує. «Обоїм нам дуже залежить…» Гм, чую в тім якусь спекуляцію, але яка вона, не можу зміркувати. Ну, та вже сяк чи так, дав слово, то мушу додержати».

XLII

Іменини пані маршалкової мали бути сімейним празником незвичайної важності. Щоб гідно відсвяткувати його, пан маршалок зважився зробити невеличку фінансову операцію: позичити у одного з Готтесманів пару тисяч, обігнати ними кошти празника, а з решти, яка би лишилася, викупити кілька дрібних «паршивих» векселів і сплатити проценти залягаючих довгів, бодай ті, яких задавнення грозило найбільшими прикростями. Першу часть сього плану він виконав без великої трудності: по кількаденнім намислі жид гроші дав. Але коли прийшлося сплачувати векселі і проценти та виробляти деякі пролонгати, показалося, що, крім двох чи трьох зовсім дрібних векселів, усі інші були вже перепродані. Пан маршалок аж задеревів, але лаяти жидів, докоряти їм, грозити – не придалось ні на що: кождий жид заслонювався тяжкими часами, браком гроша, неможливістю довше чекати… Кому продано вексель – навіть сього не міг довідатися пан маршалок. Сей продав у конторі, другий якомусь агентові, інший якомусь незвісному пану. Се відкриття було для пана маршалка мало чим приємніше від чуття деліквента, якому закладають петлю на шию. Він догадувався, що жиди брешуть, що знають добре, в чиїх руках находяться його векселі і довжні записи, але видушити від них назву сього таємного свойого ворога не міг.

Небезпека задля своєї таємничості видавалась йому ще грізнішою, ніж була на ділі, і його кидало то в жар, то в холод при самій думці, що першого-ліпшого гарного дня, от хоч би в сам день празничних іменин його магніфіки, до його двора може заїхати секвестратор і опечатати та взяти під свій заряд усі його добра і достатки. Він не говорив нікому про ті свої побоювання, але того дня не важився видати ані цента на вина, матерії і ласощі, потрібні для сімейного празника. Позичені у жида гроші пекли його, видавались неначе коротенькою проволокою, якою продовжено реченець виконання смертного присуду. З грішми в портфелі він вернув додому, сам мов отроєний, і, не говорячи нічого, віддав гроші жінці, нехай сама робить із ними, що знає.

Пані маршалкова не дуже допитувалася про психічний стан свого мужа: се була дама практична, не заражена ніяким чутливим романтизмом. Одержавши гроші, вона енергічно занялася приготуваннями до своїх іменин і лишила пана маршалка жертвою його гризоти та тривоги.

Бувши в місті на засіданні ради повітової, він здибав Шварца, що, знаючи про приготування до фамілійного празника, предложив вельможному панству свої услуги при всяких покупках і інших справах. Пан маршалок приняв його предложення з байдужним, сквашеним видом, немов сей празник був для нього гірким, як хрін.

– Пан маршалок мають якусь гризоту? – закинув налазливий бувший канцеліст.

– Навіть велику, – зітхнув пан маршалок і звірився Шварцові зі своїм клопотом.

– О, коли лиш стілько, – скрикнув сей, – то можу зараз служити пану маршалкові своєю інформацією. Панські векслі находяться в руках Вагмана.

– Вагмана! Тої п'явки! – скрикнув маршалок. – А відки ж ви се знаєте?

– О, я віддавна маю його на оці. Сей чоловік – причина мойого нещастя, а я не привик дарувати своєї кривди. З одним львівським жидом він трактував про перепродання всього панського довгу, а сей знов обернувся до мене за деякими інформаціями. Відти я й довідався про те, що той вовк наострив свої зуби на пана маршалка. О, від нього можна надіятися всього найгіршого.

Пан маршалок знав се й сам і без Шварцового впевнювання, але не знав найважнішого: як захоронити себе від зубів сього вовка. Тож, відіславши Шварца з його услугами до пані маршалкової, якій просив не говорити нічого про сі прикрі довгові справи, сам він, ходячи по гарній маршалківській залі в будинку ради повітової, почав міркувати, що йому робити далі. Та нараз зупинився, на його лиці заяснів усміх, і він навіть ударив себе долонею по чолі. Гай, гай! Що за дивне сотворіння чоловік! Найближчі, найнатуральніші думки приходять йому в голову найпізніше! До найближчої мети мусить доходити крутими, далекими манівцями! Адже ж що може бути простіше, як конверсія всіх отсих векселевих довгів на одну позичку в будущій зреформованій повітовій касі? Йому, маршалкові, позички, хоч і як високої, каса не посміє відмовити. Значить, коби тільки якнайшвидше доконати реформи! А й ся справа була майже запевнена, опозиція Кшивотульського вже тепер дуже слаба, а по іменинах пані маршалкової, надіятися, й зовсім перестане існувати. Ліквідація обох існуючих кас – проста формальність, і перед Великоднем, у великім пості, можна буде позбутися отсього упиря, що морив його душу. Треба тільки ще одного: випросити у Вагмана проволоку до того часу. І, роздумавши се, пан маршалок переждав, доки почало смеркати, і, одягши свою легку загортку, пішки, крадучись вулицями і пильнуючи йти так, щоб його ніхто не пізнавав, поспішив до Вагманового помешкання.

Вагман приняв пана маршалка покірно, просив його сідати, а сам, стоячи перед ним, запитав, чим може служити? Пан маршалок усміхнувся на кутні зуби.

– Чую, що у вас мої векселі.

– Дещо є.

– Ви завдали собі праці скупити їх.

– Продавали, то я купував.

– Яку ціль мали ви, скуповуючи мої довги?

– Інтерес, прошу вельможного пана маршалка. Пан маршалок добра фірма, то чому ж не маю купити?

– І що ж думаєте робити з ними?

– Що маю робити? Надіюся, що пан маршалок сплатять. Адже папери добрі.

– Не бійтеся, пане Вагман, свого підпису я ніколи не заперечу.

– Може, вельможний пан маршалок хочуть зараз сплатити дещо?

– Бачите, пане Вагман, дещо я міг би, але думаю, що ліпше буде все відразу. У вас там багато тих папірців?

– Буде на п'ятдесят тисяч, а може й троха більше.

– Отже, бачите, у мене наклььована фінансова операція, що позволить мені сплатити все те відразу.

– Але коли?

– До Великодня найдалі. Можете до того часу переждати?

– Що ж, пан маршалок знають, in Geldsachen hört die Gemültlichkeit auf[51]. Я пана маршалка не хочу руйнувати, бо то для мене не є ніякий інтерес. Але все-таки ліпше було би сплатити все якнайшвидше. Знають пан маршалок, гроші гроші родять, проценти ростуть.

– Се вже моя страта. Що маю робити! Прийде час, то заплачу все. Тілько прошу підождати, найдалі до Великодня.

– Що ж, пан маршалок знають, такі папери – то перелетні птахи. Сьогодні вони в моїх руках, завтра трафиться купець, і я продам їх, а тоді не можу ручити ні за що.

– Розуміється, пане Вагман, розуміється. Я проти того нічого не говорю. Але дві чемності можете мені зробити.

– Які?

– Одну ту: доки папери в ваших руках, не робіть ніяких кроків до Великодня. До того часу надіюсь усе сплатити.

– Се можна. А друге?

– Друге те: як продасте кому мої папери, дайте мені знати, кому.

– Гм. Часом такий купець не бажає собі того.

Пан маршалок глянув підзорливо на Вагмана.

– Маєте нап'ятого такого купця?

– Та… наразі не маю. Але, може, трафиться.

– Га, робіть, як знаєте, – кинув недбало маршалок. – Але се перше обіцюєте мені?

– Нехай буде й так.

– І се преці можете обіцяти мені, що дасте знати, коли продаватимете мої папери.

– Нехай і так буде.

– Слово честі!

– На хайрем.

Пан маршалок подав Вагманові ласкаво руку і вийшов геть.

XLIII

Іменини пані маршалкової відбулися гучно-бучно і гідно піддержували традицію «старопольської гостинності» дому Брикальських. З'їхалася мало що не вся шляхта з повіту, розуміється, з виїмками шляхтичів «mojżeszowego wyznania»[52], до яких пані маршалкова почувала сердечну антипатію. Приїхав пан президент окружного суду, також спеціально «доконче» запрошений паном маршалком. Вже над вечором прибув граф Кшивотульський бричкою, запряженою парою огнистих шпаків; хоч граф, він із опозиції іншим неутитулованим шляхтичам у повіті ніколи не їздив чвіркою.

Швидко по його приїзді розпочався обід. Господар і господиня заскакували коло нього, даючи йому до пізнання, що властиво на його приїзд ждали всі. До обіду покликано при ударі шостої. Графа Кшивотульського посаджено на чільнім місці, праворуч пані соленізантки. Ліворуч неї сів пан президент, а праворуч графа засів господар дому. Далі позасідала решта товариства – розуміється, самі «свої», гербові, nati et possessionati[53]. Другий стіл, для панських офіціалістів і менше видних гостей, був заставлений у офіцинах, а третій, для візників і двірні – в челядній. Пані маршалкова строго перестерігала звичаю і етикети. Перший стіл мав, по старому звичаю, мати дванадцять «дань», другий шість, а третій три.

Граф Кшивотульський і загалом сими часами був не в добрім гуморі, а побачивши президента між гістьми, скваснів до решти. Він сидів між господинею й господарем як сам не свій, піддержував розмову слабо, їв і пив мало, а на сердечне припрошування пані маршалкової відповідав чемно, але без того дотепу, який робив його звичайно душею товариства. Він почував, що його зваблено в лапку і що йому, мабуть, не втекти з неї.

Тим часом розмова при столі йшла оживлена, розуміється, зовсім не політична, про пси, коні і мисливські пригоди. Між п'ятим і шостим данням пан маршалок з найневиннішим у світі лицем запитав Кшивотульського, чи він перечитав уже нарис статуту нової, реформованої каси, розісланий усім членам ради повітової?

– Одержав і я сей елаборат, але подумав собі: шкода часу і атласу, – відповів граф.

– Однако я просив би конче коханого графа прочитати його, – чемненько мовив пан маршалок. – І надіюсь, що прочитання розсіє ті упередження, які пан граф має до сеї реформи.

– Як то? Хіба сей новий статут лишає річ по-старому?

– Ні, навпаки, він поступовий, можна сказати, революційний, – з усміхом мовив маршалок.

– Знаєш, коханий маршалку, що я ворог усякої революції.

– А таки надіюся, що тебе, коханий графе, наверну на сю, спеціально на сю революцію.

– Мусила б бути якась незвичайна.

– І є. Подумай собі, ми реформуємо властиво нашу, панську касу. То значить, переводимо будущу, спільну касу на статут теперішньої хлопської. Робимо її спільною для всіх у повіті, хто потребує кредиту.

– Хто найбільше потребує, той найбільше візьме, – байдужно втрутив граф.

– Розуміється, – потвердив маршалок, удаючи, що не зрозумів особистої алюзії. – А спеціальними параграфами означено maxima[54], до яких може доходити кредит для великої, а для яких для дрібної посілості.

– Нова кість незгоди, – знов байдужно втрутив граф, делікатно оббираючи удо печеної качки.

– Зовсім ні. Вони обчислені на основі дотеперішніх балансів. Зрештою при спеціальній дискусії можна цифри змінити. Ходить тільки о принцип. Адже дві повітові каси – се подвійна адміністрація, подвійний кошт.

– Се так.

– В усякім разі дуже прошу любого графа…

– Але ж розуміється! – перервав живо граф. – Се ж мій обов'язок переглянути статут.

– Ми не зрікаємось твоєї цінної опозиції, – з солодким усміхом мовив маршалок. – Навпаки, вона нам дуже пожадана, але почуваємо, що в основному питанні по нашім боці правда.

– Ну, маршалку, – мовив трохи уражений граф, – за кого ж ти мене маєш, думаючи, що я можу бути в опозиції проти справедливого проекту?

– А в такім разі ми погодимося! – радісно мовив маршалок і протягнув графові обі руки. Сей обтер пальці правої руки серветою і подав її маршалкові.

Обід помалу доходив до кінця. Коли подали індика, гостям поналивано шампана, і граф Кшивотульський підніс тост на здоров'я соленізантки, оздоби польського жіноцтва, господині повіту, пані маршалкової. Тост принято з ентузіазмом, граф поцілував руку господині, а за його прикладом робили се по черзі всі інші гості. Потім пішло морожене, цукри і фрукти, і тут маршалок у довгій цвітастій промові подякував усім гостям за честь, а обертаючися спеціально до графа, горячо славив згоду і єдність усіх найблагородніших і найповажніших людей у повіті, остерігав перед розладдям у їх рядах перед лицем ворога, що встає знизу і піднімає до бою проти сього острова ладу, традиції і цивілізації всі темні сили. І сей тост принято з великим одушевленням, а маршалок і граф кинулись собі в обійми.

Вже геть по дев'ятій гості повставали з-за стола. Дами разом з панею маршалковою пішли до її покоїв, а мужчини перейшли до кабінету пана маршалка на чорну каву і цигара. Пан маршалок ішов передом попід руку з графом.

– А що, коханий графе, твоя справа в суді? – запитав мов знехотя.

– А, – всміхнувся йовіально граф, – ось мій нинішній візаві, – і він, обернувшися лицем, говорив так, щоб чув його й президент, що йшов зараз за ними, – ось пан президент ласкавий хоче конче мене на старі літа впакувати до криміналу.

– Вільні жарти, пане графе, вільні жарти, – трохи заклопотаний, мовив президент.

– Ну, але скажіть, так, по щирості: се б була велика сатисфакція для вас, судовиків, посадити мене так з на місячок, на два, а?

Президент переборов своє заклопотання і приняв поважний вид.

– Пане графе, – мовив він, – тільки Бог знає, скілько клопоту наробила мені досі ся справа. Задля неї досі, – скажу се sub rosa[55], хоч се урядова тайна, – я був два рази у президента крайового суду і раз у намісника.

– Ов, а я й не знав, що Гриць Галабурда, – так називався побитий графом селянин, – така велика фігура, що його відворотною стороною цікавляться аж такі великі достойники. Чи не жадали фотографії?

– Отак пан граф завсіди! – сумно хитаючи головою, промовив президент. – Кілько разів можна було вбити сю нещасну справу, якби пан граф були лише хотіли насерйо!

– Я? Хіба я зачинав її?

– Ну, до певної міри так, – несміло мовив президент.

– Pardon, коханий президенте. Хлоп приходить до мене зі скаргою, я вислухую його і бачу, що справа ясна, як сонце…

– Дарують шановний граф, – перервав президент. – Справа зовсім не така ясна, а головно, пан граф не мали ніякого права судити її.

– Е, що там мені ваші писані права! – офукнувся граф і пустив величезний клуб диму просто в лице президентові.

– Перепрошаю, панове, – вмішався пан маршалок, – але мені здається, що дискусія зійшла на невластиву дорогу. Шановний пан президент сказав перед хвилею, що справа могла б бути залагоджена. Даруйте, що я вмішуюся все діло, але мені, як і загалом усьому обивательству, безмірно залежить на тім, аби ся справа була залагоджена без скандалу. Се конче потрібне для поваги нашого стану, цілого повіту.

– І я нічого більше не бажаю, – додав президент.

– Так вільно спитати, як пан президент представляють собі її залагодження?

– Схотіть, панове, зрозуміти, – мовив, немов звиняючися, президент, – що я не можу попросту взяти і кинути справу під сукно. Вона занадто голосна, а вдодатку маємо тут у повіті кореспондента…

– Їдовиту гадюку! – додав маршалок.

– При тім справа не в моїх руках. Слідство скінчене, акти має в руках прокуратор…

– Ну, хто хоче в горох, той уже знайде стежку, – буркнув граф.

Президент закусив губи і замовк.

– Коханий президенте, – задобрював його маршалок, бачачи, що графова увага болючо діткнула його, – прошу не перивати собі. Ми цікаві знати, який можливий вихід із сеї справи. Я не сумніваюся, що наш любий граф зробить усе що зможе, щоб задовольнити вимоги права.

– Вихід тут дуже простий, – мовив успокоєний президент. – Панове, знаєте старий правний аксіом: Wo kein Kläger, da kein Richter[56]. Хоча в сьому випадку скаргу веде прокураторія, але я не сумніваюся і готов зі свого боку зробити все, що зможу в тім напрямі, щоб вона відступила від оскарження, коли тілько первісний покривджений зажадає того.

– Грицько Галабурда! – скрикнув граф. – А що, чи не казав я, що він тут головна особа.

– Беру на себе Грицька Галабурду, – мовив маршалок, – і надіюся ще завтра доставити його з такою заявою до прокураторії.

Граф Кшивотульський витріщив очі.

– Добре би було, – мовив далі президент, – якби із громади покривдженого явилася депутація у прокуратора і в мене і зложила свідоцтво…

– І се беру на себе! – поспішно мовив маршалок.

– Ну, а нам нічого більше й не треба. Але якусь опору, якесь покриття мусимо мати.

– Коли лиш сього вам треба! Се ж при тій популярності, яку має наш коханий граф, найлегша річ у світі. Що, любий графе, не маєш нічого против того, щоб я взяв сю справу в свої руки?

Граф мовчки подав руку йому, а потім президентові. Всі три панове поєднались. Се поєднання запечатало справу реформи повітових кас і справу Гриця Галабурди. Хлопських 80 000 золотих ринських мали без опозиції піти на латання дір у кишенях пана маршалка, Гриць Галабурда мав замість покарання свого кривдника задовольнитися кільканадцятьма ринськими «басарунку», а в повіті мала відтепер панувати примірна єдність між «найблагороднішими і найповажнішими людьми», репрезентантами блискучої традиції і цивілізації.

XLIV

Баран сидів у своїй комірці і грівся. Комірка, перероблена з колишньої дривітні на помешкання сторожа, була маленька, збита з дощок і обліплена глиною, з одним віконцем на подвір'я. Невеличка залізна піч давала більше диму і чаду, ніж тепла, а надворі був здоровий мороз. Віконце було ціле покрите ледом і інеєм, що не хотів таяти навіть тоді, коли в печі горів огонь і вона внизу була майже червона. Баран мерз по ночах, спав накритий усіма лахами, які тільки були у нього в хаті, і нагрівався тільки надворі при роботі. В його хатчині, бачилось, мороз звив собі тривке гніздо, кидався йому на шию при самім вході і, чим далі в ніч, тим тісніше тулився до нього, проймав його до кості. Навіть поблизу розпаленої печі сей упертий мороз відчіплявся від нього лише з одного боку, не перестаючи грозити другому. Ніколи ще зима так не докучала Баранові. Він крав дрова, тріски, а навіть стару дерев'яну посуду від усіх партій, весь день тільки за тим і нипав, щоб раздобути дрівець, і топив у своїй ненаситній печі, топив до пізньої ночі і грівся, проганяв упертий холод, що своїм дотиком будив у його тілі непереможну дрож.

І сьогодні він сидить і гріється. В печі догоряють якісь опилки, лати з сусідського паркана і скалки з якоїсь розбитої коновки – худа страва для ненаситної залізної почвари, що, розпечена внизу, нагорі ледве тепла і грозить швидко вистигнути та лишити його над раном на поталу тріскучому морозові. Пізно вже, на міськім ратуші вибила десята. Та проте на вулицях іще рух і гамір. Сьогодні святий Сильвестер, кінець року, а міська людність, особливо середній стан, обходить сей день празнично. Не так день, як вечір. Стрічають новий рік. У кого сім'я, той в крузі сім'ї; дехто у знайомих. А в кого сім'ї нема, той шукає кавалерського товариства і стрічає новий рік у пиварні, в каварні або в інших веселих місцях. А що в урядничім світі таких бурлак багато, а не один і жонатий волить забавитися в кавалерській компанії, ніж при домашніх ларах і пенатах, то й не диво, що по міських вулицях сеї ночі людно і шумно, тут і там проходять купки панів у футрах та теплих загортках, голосно розмовляючи, ще голосніше регочучись, деколи навіть затягаючи пісень, що по кількох нотах уриваються, та скриплячи чобітьми по твердім замороженім снігу, що за дня встиг покрити землю досить грубою пуховою периною.

Баран тулиться як може найближче до печі і ловить вухом ті уривані гуки, які доходять із вулиці в його комірку. Ті хвилі далекого, чужого і майже незрозумілого йому життя не цікавлять його. Він відмахується від них, мов від налазливих мух, занятий своїми власними турботами.

– О ні, мене не здуриш! – говорить він з дивним усміхом маніака, обертаючись не то до печі, не то до якогось незримого розмовника. – Ні, я вже що бачу, то бачу. Хоч ти притаївся, удаєш дуже зайнятого, чинишся святим та божим, але я бачу все, бачу і розумію. Кожде твоє слово розумію. Ти думаєш, що я не знаю, про що ти розмовляєш із тими хлопами, з тими попами і жидами, замкнувшися там, у своїм покою! О, паничу, замикайся хоч на сто колодок, – мене не здуриш. Навпаки, небоже, навпаки! Се якраз свідчить против тебе. Се ти сам себе зраджуєш. Я чую, час твого панування надходить, і ти готуєшся виступити. Смійся, смійся! А сам твій сміх зраджує тебе. Сам твій сміх говорить мені виразніше, ніж би могло сказати сто язиків.

Він озирнувся, замовк і пильно прислухувався до веселих викриків, п'яних пісень і голосних кроків там, на вулиці. Його чоло зморщилося, на ньому нависла хмара.

– У-га! Скрип-скрип! Скрип-скрип! – Передражнював він якось злобно і гірко. – І ночі їм нема. Чи завтра весілля, чи Страшний суд, вони байдуже собі. П'ють, регочуться, співають. У канцеляріях сидять, судяться, гроші зичать, балі справляють. Мов і ніде нічого. Мов і не догадуються, що конець надходить, що за день, за два всьо переміниться. Всьо, всьо! Сонце зійде з заходу, води потечуть догори, порядок світу захитається. А він на огнянім возі виїде на високу гору… А його голос залунає, мов грім. А його слуги розбіжаться на всі кінці світу приводити всіх до присяги. Всіх до присяги йому, ворогові, антихристові. А перед присягою кождий мусить зламати хрест, потоптати причастя, виречися Бога… А по присязі кождому випалять на чолі знак антихристів. А хто не захоче присягти, того на муки… на катування… на смерть…

Баран говорив швидко, вперши очі в темний кут. Маленька лойова свічка, що стояла край постелі на баняку, оберненім догори дном, і була приліплена до нього власним лоєм, коптіла, нагорівши; її світло тремтіло, і Баранова тінь на супротилежній стіні також тремтіла. А Баран глядів у кут і говорив голосно, задихаючись, і сам почував чимраз більший страх від своїх слів. Його очі робилися недвижні, в них загорялися іскри якогось непевного, дикого огню, а руки, простягнені довкола печі, стискалися в кулаки, то знов випручувалися, мов силкуючись ухопити щось невловиме. Він дико зареготався.

– Га, га, га! Що їм то значить! Хіба вони й без того не служать йому? Хіба вони всі не є з чортом у змові?

Їм не страшно приходу антихриста. Вони, певно, не спротивляться його покликові, підуть за ним, аби лише кивнув, поцілують його, і приймуть його печать, і будуть служити йому, як служили досі. Тим-то вони тепер такі веселі. Бачать знаки на небі й на землі, а веселі. П'ють, регочуться, співають. А деякі, може, й знаків не бачать. Посліпли, родились і живуть із зажмуреними очима. Здається, що дивляться, ходять, гроші лічать, читають, а того, що найважніше, що найстрашніше, того не бачать. Від чого душа тремтить, і кров у жилах стигне, і волосся вгору встає. Страшних Божих знаків не бачать. А може й бачать, але так, як теля нові ворота: витріщаться, вибалушать очі, постоять та й підуть далі, не зрозумівши, що воно й до чого.

Баран опустив голову і засумувався. Його idée fixe[57], недалекий прихід антихриста, бушувала в його душі, приймаючи найрізніші форми і напрями. Зразу він щодня в полудне ходив як вартовий попід Євгенієві вікна. Потім покинув се – без намислу, але так якось забувши, і взявся щоночі оббігати всі стежки і корчі міського саду, шукаючи там похованих помічників та прислужників антихристових. І се заняття він покинув по двох-трьох тижнях, а зате знайшов собі інше – бігати щоранку на рогачку і визирати з високого берега за мостом, чи не надходять антихристові полки, які, здавалось йому, якраз сим шляхом повинні надійти одного ранку і завоювати місто. Він бігав так досить довго; ані сльота, ані перші морози не спиняли його. Розуміється, що від часу тих пошукувань за антихристом і його помічниками він щораз більше занедбував обов'язки своєї служби, але се йому було байдуже. Страшні óбрази антихриста і близької катастрофи ані на хвилю не покидали його, а кожда стріча з Євгенієм наповняла його переляком, кидала в дрож. Він робився весь жовтий, кулився і мовчав уперто; та загалом силкувався якнайрідше стрічати Євгенія, тільки потаємно, здалека слідив ненастанно за кождим його кроком.

Але тепер, отсе вже від кількох тижнів, він покинув бігати за рогачку. Недалека катастрофа в його уяві приняла інші форми і в іншім напрямі попихала його хору волю. Йому здавалося, що конче треба остерегти тих невидющих, безтурботних людей, що, може, й не раді би йти на службу антихриста, але не готуються до боротьби з ним тільки з вродженої сліпоти або з недогадливості та недбальства. В його голові чимраз сильніше вкорінялася думка – отворити очі тим людям, розбуркати їх із їх безжурності, вказати грізну небезпеку. Як се зробити – він про те не думав, але сама думка щоночі вертала до його голови, стукала в ній, мов хробак у стіні, і набирала неперепертої сили.

– Ні, не можна се так лишити. Щоб пекельний цар так і хапнув їх усіх, мов сонних? Ні, ні, гріх мені буде, коли допущу до сего. Розбуджу їх! Натуркаю їм до уха! Нехай знають, нехай готуються! Нехай продруть очі, нехай бачать, яка страшна пропасть перед їх ногами. Я знаю, йому се буде не в лад, але що мені до того? Велить мене вхопити, мучити, дерти зі шкіри, палити на терновім огні… Ну, і що ж? І нехай! Я готов! Але не позволю йому таємно вскочити в місто, як вовкові в кошару. Гай же! Гай же! До діла! Крайня пора! Не знаємо дня ні часу, коли прийде злодій, тож годі отягатися!

І, весь тремтячи з внутрішнього зворушення, Баран устав, надяг на себе, що мав найтеплішого, і вийшов зі своєї комірки, загасивши недогарок свічки. Надворі було ясно, місячно; сніг на подвір'ї іскрився синявим фосфоричним блиском. Баран почав сквапно шукати чогось очима. В куті коло його комірки була шопка, прибудована до стіни тої самої комірки. В тій шопці стояла велика балія, обік неї лежали два праники.

Баран узяв із бантини свій грубий шнур, яким носив дерево з пивниці для партій, почепив балію за вуха і зав'язав собі на плечі, так що її дно стирчало перед ним, мов великий круглий тарабан, а взявши праники в обі руки, вийшов хвірткою на вулицю.

На годиннику вибила одинадцята. Найближчі вулиці, облиті місячним світлом, були пусті. Де-де на розі вулиці блимала жовтавим світлом лампа. Де-де в шинках світилися вікна, і відтам лунали крики та співи; далеко по передмістях переливалися голоси померзлих колядників, що попід вікнами за цента витягали звісну щедрівку:

Nowy rok nastaje,
Ochoty dodaje – hej nam, hej!
Kolęda, kolęda, kolęda![58]

І разом з останнім ударом годинника понад сонним містом залунав дивний туркіт – глухий та зичний, мовби по нерівній каменистій дорозі їхав важкий віз, а на ньому була величезна порожня скриня. Туркіт ішов зразу повільний, міряний, два удари і пауза, два удари і пауза, мов важка їзда по грудді. Але ось Баран вийшов на ринок, виметений від снігу, гладко утоптаний, і пішов скоріше, а рівночасно його руки швидше замахали праниками, густіше заторохтіли удари, мов величезні градові зерна по новім дасі. Тра-та-та-та! Тра-та-та-та! Чимраз дужче, голосніше. Гуркіт котився по гладкій ледовій площі, хвилював у чистім морознім повітрі, бив до замерзлих вікон, аж шиби дзеленькотіли, вбігав до домів, будив зо сну сонних, наповняв тривогою серця веселих, що в товариствах дожидали нового року. Наглий гуркіт грому не був би дужче перелякав їх. «Що се таке? Що сталося?» – виривалося з усіх уст. Дами блідли, мужчини тислися до вікон, вибігали на балкони, хапали загортки і виходили на вулицю. Ціле місто стрепенулося, затривожилося. Навіть п'яні співи і крики по шинках та каварнях замовкли. На передмістях тут і там пси обізвалися глухим виттям, відкликаючися на дивний туркіт, що лунав чимраз частіше, дужче, страшніше серед ясної, розіскреної ночі.

– Що се таке? Горить десь? Напад якийсь? – чути було з різних боків голосні поклики. По вулицях зчинився рух. Одні бігли туди, другі сюди, бо одним здавалося, що се тарабанять там, а інші шукали джерела сього гуркоту в іншім боці.

Два поліціянти з міської поліційної стражниці перші побачили Барана з балією і праниками і скочили до нього.

– Ти що робиш? Стій! – закричали вони на нього здалека.

Баран не оглядався. Ішов і тарабанив щосили. В його голові засіла думка, що мусить, отак тарабанячи, обійти три рази довкола ринок, потім обійти костел, пройти здовж головну вулицю, а потім боковою вулицею вернути додому. Чому якраз так треба було зробити, сього він не знав, але власне се мав собі за обов'язок.

– Стій! Хто ти? – кричали, доганяючи його, поліціянти.

Баран не втікав, але й не ставав. Тільки руки його забігали швидше, удари по дні балії заторохтіли з більшою силою.

– Се Баран! – мовив один поліціянт, догонивши його і заглянувши йому в очі.

– Ти що робиш, Бaране? – крикнув другий поліціянт.

– Буджу, буджу, – глухо мовив Баран.

– Кого будиш?

– Усіх, у кого є уха, у кого душа жива.

– Та пощо?

– Щоб не спали. Щоб стереглись.

– Чого їм стерегтися?

– Ворог близько. Ворог надходить.

– Який ворог?

– Ворог на огнистім возі. Буде ходити в повітрі, його голос, як грім. Його слуги будуть печатати його печаттю всіх прихильних йому. Його...

Дальші слова заглушило громове торохтіння праників.

– Чи ти вдурів, Баране? – кричав поліціянт. – Дай спокій! Пана старосту будиш.

– Ви самі посліпли і поглухли! – ревів у відповідь Баран, не перестаючи тарабанити. – А я свою службу роблю. Буджу всіх. Уставайте, не спіть, бо ворог близько!

– Але ми арештуємо тебе.

– Не смієте! Руки відніме тому, хто доторкнеться мене. Мене Бог послав. Я з Божого розказу, а ви що? Кому служите? Антихристові!

Поліціянти, прості собі передміщани, при тих словах почули острах і почали хреститися. Гуркіт Баранових праників видався їм тепер чимсь грізним, віщим, і вони стали мов стовпи, не сміючи ані арештувати, ані спиняти Барана. Сей, бубнячи щосили, пішов далі.

На поліціянтів наскочила купа нічних бурлак, що з шумом і голосними розмовами йшли на погоню за тарабанщиком.

– Що се? Хто се бубнить? – загомоніли вони.

– Баран, сторож Баран, – відповіли поліціянти.

– Та що він, здурів?

– Здурів.

– Та чому його не замкнете, не арештуєте?

– Та за що?

– Але ж він ціле місто зо сну збудить.

– Ну, та що з того?

Але між компанією знайшовся комісар від староства, і сей зараз підніс голос:

– Зараз його арештуйте! Що ви тут балакаєте дурниці!

Поліціянти, пізнавши його, салютували.

– Прошу пана комісара, він, очевидно, має напад своєї слабості.

– Зв'язати його! Нехай не робить галабурди по місті.

А інші з компанії вже пустились наздогін за Бараном, кричачи:

– Лапай! Тримай!

Сі окрики підняли ще більшу тривогу. З різних кутів, з шинків, вулиць і балконів залунали окрики: «Лапай! Тримай! Злодії!» З різних сторін чутно було голосні кроки по замерзлім снігу, лускіт дверей, скрип хвірток, гавкання і виття псів – піднявся такий гармидер, що майже глушив собою невгавне торохтіння Баранового тарабана. До того ще небо, перед хвилею ясне, почало насуплюватися хмарами, а одна з них, сіра, величезна, моментально закрила місяць. Не минуло кілька хвиль, а ціле місто потонуло в пітьмі, тіні пожерли контури вулиць і домів, тільки сніг під ногами блищав синюватим фосфоричним блиском. Здавалось, немов розбурхане, розполохане місто нараз прикрито чорною плахтою. А під тим чорним покривалом ще дивоглядніше лунали то п'яні, то тривожні крики, стук кроків, виття псів і голосніше над усе – сухе та часте торохтіння праників по балії.

– Лапай! Тримай! – гомоніли голоси з усіх боків ринку. Та Баран раптом змінив свій план і скрутив з ринку в одну з тих тісних бокових вуличок, які густо моталися поміж брудні та без плану будовані жидівські камениці. Крики на ринку, мабуть, перелякали й його, бо він, сам не знаючи чого й пощо, пустився бігти, не перестаючи, проте, тарабанити. Лиш часом, коли духу у нього не ставало, а руки мліли, він зупинявся десь у темнім куті, спочивав на кілька хвиль, а потім біг далі.

– Тут він! Тут він! Ось тут було чути! Ні, он там на розі! Ні, тут десь! – лунали за ним голоси погоні, і ціла купа сторожів, жидів, панів, поліціянтів увалилася в тісний заулок, стукаючи, кричачи, спотикаючись, кленучи, а тільки від часу до часу видаючи дружні окрики:

– Лапай! Тримай!

Баран, увесь тремтячи, скочив за якийсь паркан і сховався за невеличким прибудівком. Уся купа бігцем, мов стадо волів, провалила поуз нього. Коли вже були досить далеко, Баран вискочив із своєї криївки і пустився бігти іншою вуличкою в іншім напрямі, а пробігши зо сто кроків, раптом задроботів на своїм тарабані, аж в ухах залящало.

– Лапай! Тримай! Онде він! А що, не казав я! – чути було здалека крики погоні, а за кілька мінут застогнала земля під ногами шаленої купи, що з гомоном, реготом, оханням та прокляттями гнала тепер уже щодуху вслід за Бараном. Пощо властиво вони бігли, чого хотіли від Барана, вони й самі не знали. Се був якийсь інстинктовий рух, у якому тонула індивідуальна свідомість кождого. Можливо, що коли б вони були тепер догонили Барана, одна якась гумористична увага була б довела їх до вибуху сміху, але не менше можливе й те, що в такім разі хтось один був би підняв руку на Барана, а за його прикладом усі були б кинулись на нього, мов звірі, і вбили б його на місці швидше, ніж би в їх головах засвітала застанова, що вони роблять, і пощо, і за що.

А Баран тим часом біг не спочиваючи. Тепер він не тарабанив раз у раз, мовчки пробігав тісними вуличками, де-де перескакував через плоти і пробігав огородами з одної вулиці в другу і тільки на роздоріжжях, у глухих і темних заулках, де було зовсім пусто, він зупинявся і розсипав голосний туркіт свойого імпровізованого тарабана. Сей туркіт був немов знаком алярму для юрби його нагінців. З поблизьких вуличок і з дальших площ лунали їх окрики, тріщали плоти, чалапали важкі кроки і з скаженим завзяттям розлягалися крики:

– Тримай! Лапай!

Ся дика, безтямна погоня тривала вже майже годину. Баран з десять разів змилював сліди, відскакував набік, пропускав своїх нагінців поуз себе, зміняв напрям своєї втеки. Він бігав по вулицях без плану, тільки кермуючись криками та стуками, що лунали то поза ним, то з лівої руки, то з правої. Він оббіг уже значну часть міста, всюди сіючи забобонний переполох, тривогу та неспокій. Увесь спотілий, задиханий і перетомлений, він ледве дихав, у його висках кров стукала мов молотами, перед очима крутилися криваві колеса, за горло душило щось, і якась страшенна тривога здавлювала серце. Він тікав тепер щосили, немов, сповнивши якийсь страшенний злочин, бажав сховатися десь, бажав бути дома. Та ось перед ним скінчилася вузька вуличка і з її гирла він вискочив на широку площу. Якраз в тій хвилі виглянув місяць із хмари і показав його очам контури високого будинку з кінчастими вежами і золотими хрестами. Се був костел. І в Барановій душі мигнула думка, що він мусить, мусить оббігти сей костел, барабанячи щосили, мусить се зробити, хоч би мала земля під ним запастися. І він ухопив праники в руки і задріботів ними по балії з остатнім напруженням усіх своїх сил.

– Лапай! Тримай! – ревла погоня, кількома вуличками надбігаючи до площі, серед якої стояв костел, окружений невеличким сквером. Але Баран уже не слухав тих криків, він біг, тарабанячи, довкола костелу в напрямі великих входових дверей.

– Ось він! Онде він! Онде! – кричали нагінці з різних боків, побачивши його. Площа заповнилася задиханими людьми, обсипаними снігом, уоруженими хто в елегантні ліски, хто в кілля, виломане з плота. Чути було їх важке сапання; дехто хрипів, дехто душився кашлем; многі придержували в бігу капелюхи на головах.

Нараз гуркіт Баранового тарабана затих. Його темна фігура, що була так добре видна для всіх, щезла, мов у землю провалилася. Погоня замовкла, заперла дух у собі, тільки стук соток кроків потрясав землею. Добігли.

– Де він? Що з ним? – гомоніли задні, напираючи на передніх, що зупинилися мов остовпілі. Перед ними на снігу лежав Баран, відкинувши набік праники і балію, кидаючись і б'ючися по снігу в епілептичних корчах. Місяць обливав блідим світлом його посиніле лице. Його горло харчало глухо, уста точили піну, змішану з кров'ю.

Нагінці стояли довгу хвилю німо. Дехто хрестився, інші відвертали очі, не можучи знести страшного виду. Вкінці комісар велів кільком сторожам узяти його і занести до поблизького шинку, щоб не замерз на снігу, поки очуняє, а юрба, так несподівано старабанена докупи, звільна, в якімсь пригнобленні і засоромленні почала розходитися.

XLV

Майже останні з тої купи відійшли Шварц і Шнадельський.

Вони проводили сю ніч у Стальського. Здибавшися з ним ще десь коло восьмої, вони пару годин просиділи в шиночку, п'ючи пиво і балакаючи. Стальський мав уже трохи в голові і коло десятої встав і мовив до обох товаришів:

– Що нам тут сидіти? Ходіть до мене. Стрітимо новий рік у родиннім кружку.

Шнадельський почав вимовлятися.

– Може, вже пізно. Може, вашій пані наробимо клопоту?

– Е, що там моя пані! Не турбуйтесь про неї. Ходіть! Можемо зовсім не займати її.

І Стальський, набравши в склепику різних віктуалів та напитків, гукнув на фіакра, і всі три поїхали до його дому. В гостинній було темно, але в Регининій спальні ще світилося. Стальський почав стукати. Прийшлось чекати досить довго, поки з кухні не вийшла служниця зо свічкою і не відчинила. Регіна хоч не спала, але, як звичайно, так і тепер, не виходила зі своєї спальні.

– Пані, певно, спить уже, – мовив пошепки Шнадельський, роздягаючися зі свойого плаща.

– Ні, не спить, – голосно сміючись, мовив Стальський. – Прошу, панове, зовсім без церемонії. Будьте як у себе дома.

І він почав наказувати служниці, щоб якнайшвидше наставила самовар і принесла, якої треба було посуди. За кілька мінут усі три товариші сиділи при столі, торкалися склянками, пили і закусували. Розмова, зразу ведена несмілими, притишеними голосами, робилася щораз голоснішою. Шнадельський оповідав масні анекдоти, що збуджували гучний регіт, а Шварц пробував навіть затягати пісень.

В тій хвилі нечутно отворилися двері від покою ліворуч і в них стала Регіна, вся в чорному, бліда, мов із воску виліплена. Голосом, ледве чутним зі зворушення, вона промовила:

– Перепрошаю панів, але я сьогодні нездорова. Може б, панове були ласкаві забавлятися трохи тихіше.

Шварц і Шнадельський машинально обернулися на кріслах у той бік, відки почули голос, і тільки в слідуючій хвилі догадалися встати. Але Стальський, очевидно, чекав уже на щось подібного з боку своєї жінки, бо, не кажучи ані слова, схопився з місця, підбіг до неї і, обнявши її за стан, енергічним рухом втягнув її до гостиної.

– Але ж, Регінко, – мовив солоденько та з притиском, – хто ж вигадав бути такою нечемною супроти гостей! Ходи сюди! Позволь представити їх тобі. Пан Шнадельський. Пан Шварц. Сердечні хлоп'ята. Готові до всякої услуги, – правда, панове?..

– О, з цілого серця! З дорогої душі! – хором сказали Шварц і Шнадельський, кланяючись.

– Просимо, не пускай нам тут комедії про якусь слабість! – говорив далі Стальський. – Я знаю, у тебе трошка головка болить – з невиспання, так, так, а трошка, може, зо злості… тобто, від жовчі, від жовчі. Ось ми тобі зараз заординуємо лік. На отсього солоденького, випий – як рукою відніме.

Він притяг Регіну до стола, незважаючи на її опір, посадив її на кріслі і, наливши чарку лікеру, підніс їй. Вона легенько відтрутила його руку. Та в тій хвилі та рука дрогнула непропорціонально сильно і так штучно, що весь лікер вихлюпнувся Регіні в лице і на сукню.

– Але ж, Регінко! Як же ж можна бути такою необережною! – з незміненими солодощами в голосі мовив Стальський. – Чи бач, усе розіллялося!

І в тій хвилі він відвернувся від неї і з найбайдужнішим видом почав зі Шнадельським розмову про якісь зовсім далекі речі. Регіна встала і пустилась іти геть.

– Але ж просимо тебе, посидь коло нас! – мовив Стальський, перериваючи свою розмову зі Шнадельським.

Однак Регіна, затуливши хусткою лице, облите лікером і гарячими слізьми, вийшла.

– Ви образили паню, – мовив Шнадельський.

– Се з педагогії, – реготався Стальський.

– Як то так?

– А так. Вона у мене дуже амбітна. То я хочу троха зігнути, надламати її амбіцію.

– Але, може, пані справді нездорові? – закинув Шварц.

– Не вірте їй! Ані слова не вірте! Всі жінки комедіантки. Нездорова! Не бійтеся, щоб зробити чоловікові якусь пакість, якусь прикрість, на се у неї завсіди знайдеться і сила, і постанова, і концепт. Але зробити щось приємного – ох, ні, вона нездорова.

– Ну, здається, ви з супружного життя винесли досить нерожеву філософію, – завважав Шнадельський.

– Пане! – мовив Стальський, розвалюючися на кріслі і закурюючи цигаро. – Маю того життя і тої філософії от поти! І якби хто нині увільнив мене від сеї-от окраси родинного огнища, – він кивнув головою в бік тих дверей, якими вийшла Регіна, – то я вважав би його найбільшим своїм добродієм.

– Ну, жартуйте здорові! – мовив Шварц.

– Пане, мені не до жартів! – мовив поважно Стальський. – Попробували б ви пожити з нею десять літ так, як я, тоді могли б говорити в тій справі. Знаєте, я вже надіявся, що нарешті доля увільнить мене…

В тій хвилі його промову перервав дивний шум і гармидер, що доходив знадвору. Вже від доброї чверті години здалека доносився глухий гуркіт, мов торохтіння далекого грому, але присутні, заняті тим, що ділялось у покої, не звертали на нього уваги. Та ось гуркіт залунав десь поблизу, затріщав, немов валився якийсь дерев'яний будинок або сипалось каміння з горища, і рівночасно залупотіли кроки по вулиці, почулися різкі крики:

– Тримай! Лапай!

Усі схопилися з місць,

– Що се? Що там діється? Валиться щось? Біжать за кимсь. Чи злодій? Чи розбій який?

Гармидер зближався чимраз ближче. Торохтіння замовкло, а за хвилю різким гуркотом обізвалося ось тут десь недалеко, мов за стіною. Шварц і Шнадельський скочили до своїх загорток.

– Пробі, що се таке? Чи не горить де?

– Тримай! Лапай! – залунали скажені крики на вулиці, і, мов буря, пролопотіла попід вікнами масова погоня. Шварц і Шнадельський уже були одягнені і, попрощавшися із Стальським, вискочили за браму і щезли в пітьмі. Гармидер віддалився так само швидко, як набіг. Стальський добру хвилю наслухував іще край вікна, потім вернув до стола, налив собі чарку горілки і випив, налив другу і випив, думав щось, усміхався сам до себе, а потім налив іще одну чарку і випив.

XLVI

А Шварц і Шнадельський тим часом поспішали за чорною купою людей, що бігла наздогін дивовижного тарабанщика. Вони не бігли і для того лишилися ззаду. Цікаві були дізнатися, що сталося властиво, але ніхто з тих, кого стрічали на вулиці, не вмів їм сказати нічого певного. Се були такі, що, втомлені біганиною, ставали, щоб перевести дух, або вертали додому, переконавшися, що небезпеки ніякої нема. Одні говорили, що се якийсь божевільний відкись вирвався, другі, що то гонять якогось убійцю; один п'яний сторож, що серед бігу повалився в сніг і не міг порядно встати на ноги, говорив охаючи, що то злий дух страшить по місті і заповідає кінець світу. Тільки на кінці погоні, коли Шварц і Шнадельський дійшли під костел і там застали всю купу, зібрану довкола Барана, вони довідалися всього докладно від поліціянтів. Коли Барана понесли геть, вони позакурювали цигара і, обтулюючися загортками, рушили й собі ж. Площа ще де-де лунала від кроків людей, що спішили хто додому, а хто знов до шинку кінчити забаву, перервану несподіваною пригодою. Шварц і Шнадельський ішли звільна, простуючи до ринку.

– Дивний собі той Стальський, – мовив Шнадельський, спльовуючи. – Не розумію, чого він хоче, представляючи нам такі сцени.

– Ха, ха, ха! – зареготався Шварц. – Вони, здається, обоє в змові.

– Як то в змові? Як ти думаєш?

– Ну, проста річ! Нібито між ними незгода, нібито він бажає, щоб хто-небудь присусідився до його жінки, а там скубли б його обоє. Я вже знаю таких.

– Ну, але ж ми оба не з тих золотих птахів, щоб їх можна скубти. Ми хіба з тих, що й самі готові скубнути, де би вдалося.

– Ну, може, ми маємо служити тілько для роблення реклами?

– Се можливо, – мовив, подумавши, Шнадельський. – Ну, та хоч би й так. Сю прислугу можемо зробити їм. А за се, може би, можна скористати дещо.

– Від нього ледве, – закинув Шварц.

– Дурний ти! Хіба я про нього?..

Вони замовкли, мабуть, кождий укладаючи собі в голові план дальшої акції. Ішли якийсь час мовчки, поки інший предмет не звернув на себе їх уваги. Власне переходили попри каменицю, де жив Вагман. Камениця була з двома фронтами: один, одноповерховий, виходив на ринок, а другий, партеровий, неначе флігель, виходив на бокову вулицю, якою йшли вони. Сей флігель був відділений від вулиці вузеньким огородцем і парканом з хвірткою. В вікнах, де жив Вагман, крізь замкнені дощані віконниці видно ще було світло.

– Тут Вагман живе? – буркнув недбало Шнадельський.

– Тут, – відповів Шварц, свердлуючи очима віконниці.

– Видно, не спить іще, бестія.

– Лічить гроші.

– Думаєш?

– Напевно знаю. Баран говорив, що щовечора застає його над грішми і векслями.

– От би нам тепер заглянути до нього!

– Ми б йому допомогли в його роботі.

Оба джентльмени замовкли і якийсь час стояли на вулиці против Вагманових вікон і вдивлялися пильно в світляні пасма, що вибігали з нутра крізь шпари віконниць. Потім пішли далі. І знов розмова не клеїлася. У кождого працювала фантазія над впливом нового імпульсу, риючи темні ходи і прокопи в будущині.

– Слухай, Шнадельський, – мовив нарешті Шварц, – ти ще думаєш деколи про свій давній план?

– Який?

– Махнути до Америки.

– Та як його махнеш, коли нема з чим?

– А якби було з чим?

– Ну, якби було, то, може, ліпше б було лишитися таки тут.

– А певно, якби так виграти на лотерію або викопати золоту кобилу в Михалківцях. Але я думаю інакше: коли є воля і охота махнути до Америки, значить, повинна бути воля і охота розстарати на се засоби. А коли розстарати, то хоч би й таким способом, який би робив неможливим дальше вегетування тут на місці.

– Думав я й про таке, – сумно мовив Шнадельський, – та що з того. Нема щастя.

Він важко зітхнув, і його щоки засвербіли від надто живого спомину неприємної стрічі з п'яним парубком у коршмі.

– Нема щастя! – з філософічним спокоєм торочив Шварц. – Що се значить? Значить, що ти шукав щастя не на тій дорозі, не на тім місці, де воно є, де воно, може, чекає на тебе. От що воно значить. Ну, скажи, будь ласкав, що се за спекуляція: видавати себе за хлопського адвоката? Багато на тім заробиш? І надовго того вистарчить?

– Се не така зла спекуляція, як тобі здається, – розсудливо мовив Шнадельський. – Треба тільки підхопити і піддати їм відповідну справу. От що! Я з моєю великою бранкою міг би був порости в пір'я, якби не сей проклятий адвокат перешкодив.

– Міг би був порости в пір'я! – з презирством мовив Шварц. – Ну, скажи, кілько б ти міг був заробити?

– До нового року я був би мав зо дві тисячі.

– Дві тисячі! Ну, хіба се гроші? І з такою нікчемною сумою був би ти мусив дралювати за море на те тілько, щоб за місяць, за два там стати яким-небудь кельнером або пастухом чужого стада. Ні, спасибі за ласку! Я би на таке не пішов.

– Думав я й про інше, та також якось не витанцьовується. Думав через маршалка дістати місце при повітовій касі, а там як-небудь добратися до неї…

– Ха, ха, ха! – зареготався на все горло Шварц. – Ну, брате, таким наївним я не був би вважав тебе.

– Наївним! Як то?

– Через маршалка до каси! Та хіба ти не знаєш, що якби в касі було що-небудь, то сам маршалок перший загріб би з неї все до шеляга!

– Маршалок?

– Ну, розуміється, він легально, на векслі, на довжні скрипти, на застав своїх дібр. Але піди ти попасися в касі, коли в ній замість грошей такі папери накопичені!

– Хіба маршалок такий задовжений?

– По самі вуха. Отсього б ти запитав! – І Шварц показав кивком голови в напрямі Вагманових вікон.

– Вагмана? Хіба він зичить маршалкові гроші?

– Е, ще гірше. Має його векслі.

– Як то має?

– Поскупував у всіх жидів.

– Пощо?

– Видно, що хоче мати його в руках. Мовляв: захочу, то помилую, а захочу, то сьогодні голову скручу. О, крутиться пан маршалок у його пазурах. Ледве випросив мораторію до Великодня. Адже й цілу справу з реформою кас повітових на те тілько заварив, щоб грішми з хлопської каси викупити у Вагмана свої векслі.

– Он як! А я й не догадувався! Чи бач, як хитро! – скрикував раз по раз Шнадельський. – Ну, так, значить, мені нема що на се й зуби острити.

– Розуміється, що ні! – потвердив Шварц.

– Шкода й часу заходитися коло пана маршалка, – додав Шнадельський.

– Ну, се не конче. Я думаю, се не страчений час, – завважив Шварц.

– Чому так думаєш?

– Знаєш, у мене є невеличкий план. Якби ти згодився на нього… І пан маршалок міг би з нього скористати більше, ніж зі своєї касової реформи.

– Ну, ну, ну! Сип сюди!

– Адже нам коли де можна попастися, то тілько у сього каштана, – мовив шепотом Шварц, нахиляючися ближче до Шнадельського.

– Думаєш про Вагмана?

– Так.

– А маршалок…

– Адже якби нині хтось викрав у Вагмана всі його векслі і вручив йому або вкинув у огонь, то скажи сам, що би се значило для пана маршалка?

– Нове народження на світ, – поважно мовив Шнадельський, а по хвилі додав: – Бодай на п'ять літ, поки б не заліз у нові довги.

– Ха, ха, ха! Вірна увага. Ну, та се нам байдуже. Але я певний, що коли би хтось – ну, візьмім, ти сам – легесенько піддав йому таку думку, то він ухопився б за неї руками й ногами.

– Не розумію тебе, – мовив Шнадельський. – Що ж він, пішов би красти до Вагмана, чи що?

– Ну, що ти? Не про те річ. Сього не потрібно. Адже ж він може дотичним людцям допомогти й іншими способами.

– Якими?

– Дивний ти чоловік, Шнадельський. Ще й питаєш. Так, як би ніколи не був у суді і не знав, як в таких разах робляться слідства. Адже ж розумієш тепер! Жид преці не буде мовчати, наробить крику, порушить небо й землю. Ну, слідство, поліція, жандармерія, телеграми на всі боки… Якби се все у нас трактовано насерйо, то нам навіть з грішми в жмені тяжко б було чкурнути за море. Але коли маршалок тут і там конфіденціально шепне слово – зовсім загально, не компрометуючи себе – quia judaeus[59], знаєш, – то все може робитися так, що нам і волос з голови не злетить.

Шнадельський слухав уважно, але всі ті комбінації не дуже розігріли його.

– Виджу, що ти уложив собі план, – мовив він до Шварца.

– Так. Я присвятив йому немало часу і заходів.

– Тут треба числитися з різними можливостями. Чи думаєш, що вхід до Вагманового дому вночі такий легкий?!

– Не дуже, се певно. Але я маю надію видибати відповідну хвилю при помочі отсього божевільного Барана. Знаєш, у нього така голова, що як натиснути на нього, то скаже все, що знає, і зробить усе, що йому велиш.

– Непевна дорога.

– Ніщо нас не гонить. Будемо ждати доброї нагоди.

– Ну, нехай і так. А друга річ. У сього вовка в гнізді, певно, не все є готові гроші. Ну, що, як ми прийдемо і застанемо, може, купу векслів та довжних записів? Що нам із сього за пожиток?

– Не бійся. Готівка у нього є тепер завсіди. Не знаю, як велика, але є. Зрештою можна ще понюшкувати між жидівськими факторами.

– Гм. І ти думаєш, що з сеї муки може бути хліб? – задумчиво питав Шнадельський.

– Я сам уже хотів пуститися на сю експедицію, але потім розміркував, що вдвійку ліпше. Коли ти готов зо мною до спілки, то думаю, що справа може повестися.

– Що ж, зробити не зробити, а подумати, підготовити ґрунт не завадить. Ану ж трафиться справді добра нагода…

– Ліпшої можливості я й не можу добачити. І при тім, знаєш, сама думка – зробити пакість сьому собаці – наповняє мене радістю і охотою.

– Се само собою. Се й у мене розпалює огонь у нутрі. Добре, брате! Будемо оба пасти очима сього вовка, а в відповідній хвилі талап на нього!

– Тілько ти на всякий випадок не забудь натякнути пану маршалкові.

– Думаю, що й се дасться зробити.

І з тим оба джентльмени ввійшли до шинку, в якім іще світилося, вгонячи перед собою крізь отворені двері величезний клуб морозного повітря до душної, нагрітої комнати, повної ще веселих гостей, що тут стрічали новий рік.

XLVII

Баранова прогулька по місту в опівніч нового року наробила великого розруху. У всіх кругах міської людності на новий рік ні про що не говорили, як тільки про сю незвичайну пригоду. Пан староста гнівався на поліцію, що допустила до такого скандалу. Поліційний комісар лаяв поліціянтів, що не арештували Барана. Лікарі сперечались про те, як назвати рід його хороби і чи не слід би заперти його в домі божевільних. А з простолюддя одні ворожили з сього пожежу, що буцімто грозить місту, інші благали Бога, щоб відвернув холеру або іншу якусь грізну пошесть, а бабусі та служниці коло криниць хрестилися та оповідали собі шептом про страшні привиди і про близький прихід антихриста. Навіть ксьондз-пробощ узяв сю нічну подію темою для своєї проповіді і видушив із грудей своїх слухачів багато глибоких зітхань малюнками міського зопсуття та важких кар, які ждуть зопсутих. Він витолкував Баранове тарабанення як поклик хорого, безтямного, але Божим пальцем діткненого чоловіка, поклик до всіх, щоб прокинулися з гріховного сну і пильнували своїх душ, що готові впастися в кігті пекольного ворога.

Найгірше на тій історії вийшов Вагман. Пан комісар, діставши носа від старости, покликав його до себе і, скинувши на нього всю одвічальність за вчинок його сторожа, наганьбив його і вдодатку наложив на нього 50 ринських кари. З отсею новиною Вагман і прийшов до Євгенія, просячи у нього поради, що робити?

– Перша річ – не платіть! – мовив Євгеній.

– Комісар грозив екзекуцією.

– Зробимо рекурс. Се засуд нічим не оправданий. Він знає се і не посміє екзеквувати вас.

– Вай мір! Вай мір! – нарікав Вагман. – Се мені за те, що я приняв бідного чоловіка вашої віри. Без мене він був би згиб із голоду, бо ніхто не хотів приняти його. А тепер плати ще за нього кару.

– Не бійтеся, пане Вагман! – усміхаючись, мовив Євгеній. – Маю надію, що не будете платити нічого. Ну, а з Бараном що зробите?

– Що маю робити? Можу його ще нині відступити пану комісарові або пану старості. Я його не потребую. Овва, яка мені з нього робота! Не варт тої комірки, що в ній жиє.

– Ну, ну, не говоріть, пане Вагман! Все-таки він хоч дещо робить. Хоч браму замкне і відімкне.

Розмова йшла в Євгенієвім кабінеті на поверсі, бо канцелярія задля свята була пополудні замкнена. Обговоривши справу рекурсу від комісарського присуду, Вагман значуще моргнув на Євгенія і почав з іншої бочки.

– Ну, чую, що пан меценас були в Буркотині?

– Був.

– І оглянули пан той ліс, що я згадував?

– Та так… бачив його, проїздячи.

– Ну, і як пан меценас цінують його?

– Що ж, дуби гарні. Але я так мало розуміюся на тім.

– Ах, пане меценасе! А я пану говорю, прошу мені вірити, сам той ліс варт сто, півтораста тисяч.

– Може бути, хоч я сумніваюсь.

– Не вірять пан?

– Кажу вам, пане Вагман, що не розуміюся на тім інтересі.

– Ну, а говорили пан з хлопами?

– Хлопи ані слухати не хочуть про купівлю.

– Ну, розуміється. Я то так і догадувався. Де їм до того! Їм страшно навіть подумати про такі гроші, хоч самі по дрібці ще більше тратять. Вони лиш тоді будуть цмокати та бідкати, коли хтось інший їм з-перед носа загребе гроші лопатою. Ну, а пан меценас сам?

– Щоб я купував Буркотин?

– А що ж! Чому ж би ні? Я пану меценасові улегшу.

– Ні, пане Вагман. Я роздумав сю справу. Не можу братися до сього інтересу.

– Чому?

– Тоді б я мусив покинути адвокатство і віддатися господарству. Я мусив би обчищувати маєток з довгів, зробитися невольником і покинути ту роботу, для якої способився.

– Пощо покинути? Можна бути дідичем і адвокатом.

– Не можна, пане Вагман. А може, й можна, та я до того нездалий. Той маєток став би як мур між мною і селянами. Як я міг би заступати їх інтереси, коли я чувся би паном? То значить – їх противником?

– Дарують пан, але я пана не розумію, – мовив Вагман. – Чому пан, маючи маєток, мусили б уважати себе паном, чимсь іншим від хлопів? Отже, я маю маєток, а до мене прийде бідний жид, капцан, а я знаю, що він бідний, а проте я чую себе таким самим жидом, як і він. А коли він потребує помочі або поради, то не питає, що я багатий, а він бідний, але йде до мене і до другого такого, як я.

– Не можу вам сказати, пане Вагман, чому воно у нас так, а у вас сяк. І не знаю, наскільки у вас саме так, як ви кажете. А у нас чи то вже натура така, чи такий здавна звичай, досить, що хто розбагатіє, той відвертає лице і серце від того люду, з якого він вийшов.

– І ви боїтеся, щоб і ви не зробили так само? – з усміхом мовив Вагман.

– Що ж, чоловік ні за кого не може ручити, хіба за вовка з лісу. Та головне те: хочу бути вільним чоловіком, паном своєї волі. А, набуваючи маєток, навіть на найкорисніших умовах, я мусив би зробитися невольником тих умов. Ні, не хочу сього.

– Але ж ви на тій спекуляції з лісом зробили би за пару літ добрий маєток.

– Се ще не таке певне, як вам здається, пане Вагман. А за тих пару літ багато дечого може статися.

– Га, як собі знаєте. Але я би щиро радив.

– Дуже вам вдячний, – мовив Євгеній, – але не можу скористати з вашої ради. З буркотинськими селянами ще буду говорити.

– Але спішіться, бо у мене наклює́ться добрий купець на ті папери.

– Ой, підождіть троха з продажею.

– Не можу довго ждати. Знаєте, мені хотілося заховати в секреті те, що ті папери у мене. А тим часом пан маршалок відкись про се довідався. Се мені дуже неприємно.

– Можете бути певні, що від мене не довідався, – гаряче кинувся Євгеній.

– О, я й не думав на пана меценаса. Я добре знаю пана меценаса. Я вже догадуюся… Тут троха моєї власної вини. Я трактував з одним львівським банкіром про купно тих паперів, а сей мусив пустити се далі. Досить того, що тепер мені хотілось би якнайшвидше позбутися тих паперів із дому. Знають пан меценас, пан маршалок сам особисто заходив до мене в тій справі. Просив не продавати його паперів і не робити йому екзекуції до пущання, а в великім пості він усе заплатить.

– А відки гроші візьме?

– Ха, ха, ха! – засміявся Вагман. – Я зразу також заходив у голову, але потому довідався. Знають пан меценас, тут при виділі повітовім є каса…

– Дві каси, – поправив Євгеній.

– Ну, що там дві! Одна вічно порожня, на те й зоветься панська. А друга хлопська. Отсю касу пан маршалок хоче взяти зовсім у свої руки, перемінити на панську, взяти з неї всі гроші і сплатити мої папери.

Євгеній чув досі про реформу хлопської каси, але не так докладно, як тепер. Він чув, що справа приготовується в раді повітовій, а виділом повітовим уже майже ухвалена. Аж тепер йому стало ясно, що се за реформа, і він постановив собі, не тратячи часу, перегородити премудрий план пана маршалка. Він устав, даючи Вагманові знак, що їх розмова скінчена. Вагман устав також.

– То пан меценас стоять при своїм? Не хочуть купувати Буркотина?

– Не можу, пане Вагман. Я бідний чоловік.

– То байка.

– Ні, не байка. І хочу помагати бідним.

– Маючи маєток, зможете ліпше помагати їм.

– Не вся сила в маєтку.

– І в фундаменті не вся сила дому, а проте без фундаменту дім не буде стояти. Пане меценасе, вірте мені! Поки ви, русини, не маєте своїх дідичів і міліонерів, поти ви не є жаден народ, а тільки купа жебраків та невольників.

– Ну, а ви, жиди, – відповів Євгеній. – У вас і міліонерів, і дідичів, Богу дякувати, досить, а скажіть, що ви в Галичині, народ чи не народ?

Вагман прикусив губи і махнув рукою.

– Ет, що то про се говорити! Значить, не хочете робити інтересу зо мною?

– Ні, пане Вагман. Для себе ні.

– В такім разі кланяюсь. А якби я чим міг вам служити…

– Розуміється, розуміється! Знайду дорогу до вас так само, як ви знайшли до мене.

XLVIII

В найближчий торговий день Євгеній, відбувши в суді кілька термінів, поспішав коло дванадцятої до своєї канцелярії. Він мав намір зараз же піти на місто, заглянути до заїздів, де ставали околичні священики, приїздячи до міста на торг, і пошукати о. Зварича та о. Семеновича, що разом із ним мали бути референтами на вічі, а поки що були членами вічового комітету. Входячи до канцелярії, він, на велику свою радість, застав у ній обох сих панотців.

– А, вітайте, гості! – мовив він радісно, стискаючи їх руки. – Я власне хотів бігти до міста шукати за вами. Чудово, що так стрічаємося! Прошу зо мною, прошу нагору, зробимо «кратчайший глагол».

– Та ми також з таким самим наміром прибули до пана меценаса, – мовив о. Зварич з якимось заклопотанням у голосі. Але Євгеній не зважав на сей невеселий відтінок у його тоні і, давши наборзі деякі вказівки свойому конципієнтові, що толкував про щось з цілою купою селян, вибіг за панотцями до сіней і попровадив їх на поверх до свойого приватного помешкання.

– Прошу сідати! Може, цигарко, отче добродію? Прошу! Ну, що ж там чувати з приготуванням до нашого віча?

– Та що ж би? Заповідається не зле. Селяни всюди приймають вість про віче з великою радістю. Можна надіятися численної участі, – мовив о. Семенович.

– Прийдуть, прийдуть! – додав журливо о. Зварич.

– Чудово! Чудово! Се найголовніше.

– Не знаю, чи найголовніше, – ще сумніше мовив о. Зварич.

– Хіба вам здається, що ні? – живо запитав Євгеній.

– Я думаю: легше стягнути купи народу, а трудніше їм сказати щось мудрого, повчити їх…

– Даруйте, отче добродію, але се потроха, здається мені, ваша помилка. Власне я боюся, що дехто з нас, інтелігентів, буде мати претензію і охоту занадто багато повчати, моралізувати зібраних. Чисте непорозуміння. Віче – то не школа. А коли вже справді комусь на нім треба вчитися, то не тій зібраній масі, але нам, інтелігентам, референтам.

– Так! – трохи ображено скрикнули оба панотці. – Ну, в такім разі я не розумію, пощо нам задавати собі праці з рефератами, – додав о. Семенович.

– Прошу, отче добродію, прошу не гніватися, а зрозуміти мій погляд. Віче повинно справді бути школою взаїмного обучування для народу і для інтелігенції, але в якім розумінні? Се треба собі добре уяснити, щоб не робити помилок. Ми, інтелігенти, повинні вказати народові законні форми, розв'язати йому язик і старатися пізнати його потреби, його кривди і болячки, його спосіб думання.

– Але ми се все знаємо, дуже добре знаємо! – скрикнули знов хором оба панотці. – Се може бути цікаве для вас, міщухів, але не для нас.

Євгеній усміхнувся. Він мав у пам'яті немало доказів на те, як наші сільські проводирі вміли не бачити і не розуміти маси фактів селянського життя, що ділялися перед їх очима. Але проте він мовив лагідно:

– А хоч би тілько й для нас – нехай і так! Та я певний, що вже перше віче виявить і вам не одну несподіванку. А може, й ні – ну, та не в тім річ. Але ж не думайте, щоб ви на такім вічі могли вдіяти щось поученнями та проповідями. Народ жде від віча і має право ждати чогось зовсім іншого. Для народу се має бути школа політики, політичного життя.

– Ага, все-таки школа! – радісно підхопив о. Семенович.

– А школа політичного життя – то так як школа плавання. Стоячи на березі і слухаючи теоретичних викладів і упімнень, ще ніхто на світі плавати не навчився. Тут перша річ – власна проба, власна діяльність, власне вміння і власна відвага. От чого ми мусимо на вічах учити наших селян. Нехай самі говорять, нехай учаться самі висловлювати свої потреби і кривди, стояти за своїми жаданнями і супроти панів, і супроти властей.

– Ми се знаємо, – буркнув о. Зварич. – Вони поперед усього стануть супроти нас, священиків.

– Дуже сумно, коли ви сього надієтесь, – мовив Євгеній. – Мені здається, що се не мусить бути. Від розуму, такту і патріотизму священиків повинно б залежати, щоби селяни не станули проти них. А зрештою навіть якби таке лихо мало скластися, то як думаєте, отці добродії: чи ліпше піднімати нарід до політичної самодіяльності, будити в ньому політичну свідомість і знання його справ, чи ліпше лишити його нетямущою дитиною, яку можуть водити по своїй волі всякі політичні шарлатани?

– То фрази, пане меценасе, – мовив о. Семенович. – Треба насамперед просвітити нарід, а тілько тоді допускати до політики.

– Жаль в такім разі, що наша конституція допускає анальфабетів до голосування, значить, в останній інстанції віддає в їх руки керму політики.

Ся перспектива трохи зацукала обох панотців, та о. Семенович по хвилі додав:

– Таки жаль. Я був би за цензом грамотності при голосуванні.

– Добре, – сміючись, мовив Євгеній, – будемо змінювати конституцію в вашім напрямі! Та все-таки щоб і до сього довести, мусимо потягнути в тім напрямі загал виборців, мусимо розширити, спопуляризувати сю думку на вічах. Хочете, реферуйте її!

– Вільно вам жартувати, пане меценасе, – пристиданий трохи, мовив о. Семенович, – але ми з о. Зваричем власне з чим іншим ішли до вас.

– А з чим таким?

– З тим, щоб ви звільнили нас із обов'язку референтів на вічі.

– Як то, не хочете реферувати?

– Не не хочемо, а не можемо. Що ми за бесідники? Я отсе вже цілий тиждень мучився, і ані руш винайти тему, про яку б міг говорити.

– Бійтеся Бога, отче! Теми? Але ж самі говорите, що життя і потреби народу в повіті звісні вам дуже добре. Говоріть про них! Розпочніть тілько! Будете видіти, що зараз за вами встануть селяни один за одним і посиплються промови.

– Ну, пане, не знаєте ви наших селян! Се тумани! Ані один із них не вміє при людях рота отворити. Вони мали би виступити з промовами? Не буде сього! Скандал буде, та й годі!

– Не бійтеся! За се я вам ручу. Аби тілько ви сказали свою промову добре і цікаво.

– Ні, пане, я не скажу нічого. Я загалом не можу взяти участі в тім вічі і прошу звільнити мене з обов'язків комітетового.

– І мене, – мовив о. Зварич.

– І вас? – зачудувався Євгеній. – Але ж, отці добродії, я вас не вибирав на комітетових, то й не можу вас звільняти. Всі три ми вибрані з'їздом. Усі три зв'язані своєю честю. Як же ж се?

– Пане меценасе, ad impossibile nemo tenetur[60], – мовив о. Семенович. – Знаєте, я досі на капеланії. Стараюся одержати парафію. А я певний, що коли виступлю на вічі, то зараз мене окричать як небезпечного агітатора, і мої заходи пропали.

– Чому ж ви се не сказали зараз на з'їзді?

– Чому не сказав? Представте собі, отець декан, що також тоді був на з'їзді ось тут у вас, по кількох днях здибає мене, бере набік і каже: «Се все дуже гарно, що ви хочете промовляти на вічі, але з огляду на ваше подання я би вам не радив!» Ну, а не послухати його – ви знаєте, що се значить для мене.

– Розумію, розумію, – мовив Євгеній, якого при тих словах щось стисло за горло. – Ну, а ви, отче Зварич, – чи й вам дехто відрадив?

– Ні, але я сам роздумав. Я не бесідник, не потрафлю сказати нічого.

– Адже ж проповіді говорите?

– Читаю з Добрянського[61].

– Ну, як собі знаєте, – мовив знеохочений Євгеній. – А я власне хотів сьогодні шукати вас, щоб поговорити з вами про приспішення реченця, коли би скликати віче.

– Приспішення? А то чому?

Євгеній короткими словами розповів їм про маршалківський проект реформи кас. Оба отці чули про се дещо, але не знали докладно, до чого йде ся справа. Тепер, коли Євгеній вияснив їм її, вони аж руками об поли вдарились.

– Тут нема що тратити часу, – мовив Євгеній. – Треба вдарити в великий дзвін, пустити сю справу в народ, наробити в повіті галасу.

– Хіба то що поможе? – в зневір'ї мовив о. Зварич. – Уже як пани зуби наострили на ту касу, то її з'їдять.

– А може, й не з'їдять. Може, не посміють, їм лише того треба, щоб усе перевести тихо, а ми перебиймо їм дорогу.

– Буде содома в повіті. Підуть переслідування, гоніння, пакості, – задумчиво мовив о. Семенович.

– Авжеж! Де дрова рубають, там тріски летять.

– Се правда. Тілько я не хочу бути тріскою, – мовив о. Семенович.

– Ані я, – додав о. Зварич.

– А я вважав би собі гріхом покинути сю справу тепер, – мовив рішучо Євгеній, встаючи з крісла. – Коли ви покидаєте її, то я мушу її взяти сам на себе.

– Се буде найліпше! – радісно мовили оба панотці. – Ми, що можемо, будемо вам допомагати, але афішуватися нам – се признаєте самі – яко священикам – і при тім залежним – не можна.

Євгеній закусив зуби, щоб не сказати якого прикрого слова. Він чув, що відтепер йому прийдеться робити багато таких прикрих досвідів у практичній політиці і що вмілість закусити зуби в відповідній хвилі – се в тій політиці одна з головних запорук успіху.

В тяжкім душевнім настрої вернув Євгеній до своєї канцелярії, випровадивши обох панотців. Ось вони, провідники і батьки народу, інтелігенти і просвітителі! Євгеній знав їх обох добре, знав їх щирість і прихильність до народної справи, та, з другого боку, розумів також їх прикре положення. Політика – то не балакання на празниках та соборчиках! Вона вимагає не тільки вправного язика і міцних грудей, але також відважного серця, сильного характеру і завзяття і того духу незалежності, якого у нас цілими віками вбивали і притлумлювали різні чинники. Нема його у тих щирих людей, а коли є, то тільки у рідких виїмків. І що робити далі? Невже знов відложити діло, знов скликати з'їзд «отців повіту», радити та дебатувати, вибирати новий комітет і з ним по кількох тижнях опинитися знов на тім самім місці? Чи взяти діло зовсім на себе самого?

З тими думками Євгеній ввійшов до канцелярії, і тут його зір відразу впав на високу, випростувану фігуру старого Демка з Буркотина.

– А, здорові були, Демку! – скрикнув він і подав йому руку.

– Здорові, пане! – мовив Демко, обома своїми руками злегка стискаючи Євгенієву руку.

– А що вас приводить до нас? Маєте яку справу в суді?

– Ні, Бог милував. Я ось із сими людьми, – він показав ще трьох селян, що мовчки поклонилися йому, – ми до пана адуката прийшли подякувати, що нас пан остерегли перед тим паном Шнадельським – тямлять пан, що так на пана кинувся?

– Ну, що ж, переконалися, що я правду говорив? – запитав Євгеній селян.

– Ой, переконалися, прошу пана, але так, як той мудрий поляк, що замкнув стайню, як йому коні вкрали, – мовив один селянин.

– А крім того, – говорив далі Демко, – ми прийшли ще спитати пана за тото віче.

– За яке віче?

– А нам сказали наші єгомосць, що пан адукат хочуть скликати нарід на віче сюди до міста.

– Ну, так. А ви що на се?

– Та ми би хотіли знати, коли то буде?

– Або що?

– Ми вам усі села з нашого кута приведемо. Так нас уже всяка нужда притисла, що годі витримати. Нарід як почув, що має бути віче, то аж відітхнув. Кождий хоче свою біду виявити. Кождий рад би, щоб його кривду весь світ почув.

У Євгенія радісно затріпалось серце при тих словах. Він запросив селян до себе нагору, посадив їх на тім самім місці, де перед хвилею сиділи панотці, і, обговоривши з ними справу реченця і дневного порядку віча, став на тім, щоб скликати його за тиждень на найближчий торговий день. Скличе він сам, а реферати, крім нього, обіймуть Демко і ще один селянин. По їх відході Євгеній, не гаючись, винаняв на слідуючий торговий день величезну возівню в однім заїзнім домі, а потім вніс до старосты завідомлення, що на вівторок слідуючого тижня скликає народне віче до міста.

XLIX

Пан староста в своїй канцелярії занятий був якоюсь живою розмовою з графом Кшивотульським, коли комісар вніс одержане власне з пошти подання і поклав його на столі перед старостою.

– Се що таке? – мовив пан староста, розгортаючи пакет і зупиняючись очима на «рубрумі», написанім руським письмом.

Комісар усміхнувся значущо, але мовчав. Пан староста, очевидно, немудрий з рубрума, розгорнув аркуш канцелярійного паперу, де було написане подання, і знов з виразом безпомічності почав блукати по письмі. Він не вмів читати по-руськи.

– Що се таке? – запитав він комісара. – Я не вмію розбирати сеї монгольщини.

– Подання від адвоката Рафаловича.

– Чого він хоче?

– Завідомляє староство, що слідуючого тижня в вівторок скликає віче до міста.

– Що, що, що таке?

– Віче, публічне зібрання.

– Сюди? До нашого міста?

– А так. І з ось яким порядком дневним.

Комісар, акцентуючи по-польськи руські слова, відчитав відповідний уступ із подання.

– Що се вони, подуріли, чи що? Чого їм треба? – мовив староста, впадаючи в гнів.

– У поданні не сказано нічого більше, – пояснив комісар.

– Дарують пан староста, що вмішаюся в урядову розмову, – відізвався граф Кшивотульський. – Але там, здається, на другім місці поставлені «справи повітові». Догадуюся потроха, про що там буде мова.

– Про що ж таке?

– Про реформу каси… По повіті скрізь про неї говорять, то й не диво буде, коли наші домашні демагоги візьмуть сю справу як привід до своєї агітації. Я остерігав нашого коханого маршалка, що воно готово наробити квасу.

– Але коли так, то я ніяк не можу позволити на се віче. Обговорювання сеї справи може викликати ще більше роздразнення, довести до непорядків.

– Розуміється, пану старості се ліпше знати, – мовив спокійно Кшивотульський. – Але я б на місці пана старости поступив інакше.

– А то як?

– Я позволив би на віче. Нехай люди виговоряться, то їм буде легше. Можна би й вияснити їм справу…

– Не поможе вияснювання, – з заклопотанням у голосі мовив староста. – Справа реформи тої каси дуже непопулярна.

– Чи пану старості так дуже залежить на тім, щоб каса була зреформована справді так, як того хоче пан маршалок? – закинув з лукавою байдужністю граф. Пана старосту вкололи чогось ті слова так, немовби він голим тілом сів на в'язанку кропиви. Він витріщив залякані очі на Кшивотульського, боячися з його боку якогось удару. А потім говорив скваплива:

– Мені? А Боже мій, я в тій справі зовсім не інтересований. Мені тілько ходить о спокій у повіті.

– Власне є рація позволити на се віче. Бо коли непопулярна реформа буде ухвалена, а люди не будуть мати нагоди виговоритися, то може прийти до гірших непорядків. А коли віче, порушуючи сю справу, викличе в повіті рух і протести против реформи і спинить її переведення, то й се не біда, бо, по моїй думці, реформа непотрібна і для інтересів селян шкідлива.

– Так пан граф думають? – якимсь пісним голосом мовив староста.

– Так.

– Га, в такім разі…

Він дипломатично не докінчив речення і перекинув розмову на іншу тему.

Ще того самого дня в канцелярії пана старости явився й пан маршалок Брикальський. Він, як і всі видніші шляхтичі в повіті, мав звичай кождого разу, коли був у місті, зайти хоч на пару мінут до староства, щоб поінформуватися про стан і напрям внутрішньої політики, або, як говорилося в товариськім жаргоні, понюхати, який вітер віє. Староста зустрів маршалка коло дверей канцелярії і живо простягнув йому обі руки.

– А, вітаю коханого маршалка! Що чувати доброго? Все гаразд, не правда? А у мене новина, пікантна новина.

– Пікантний, значить: колючий, – з усміхом мовив маршалок.

– Ну, як кому і для кого. Наші кохані демагоги скликають народне зібрання до міста.

– Народне зібрання? Яке?

– Хлопське.

І пан староста пояснив, хто скликає і з яким порядком дневним.

– Догадуюся! – мовив маршалок. – Догадуюся, що то за повітові справи будуть… Ну, а що ж пан староста? Позволили на се віче?

– Думаю, що нема причини не позволити, – з уданою простотою мовив староста.

Пан маршалок аж підскочив у фотелі.

– Нема причини! – скрикнув. – Але ж се бунт, се початок розрухів! Але ж після того ми не можемо бути певні життя ані майна.

– Ну, не думаю, – спокійно цідив староста.

Пан маршалок споважнів.

– Пане старосто, прошу не забувати, що ви відповідаєте за спокій і порядок у повіті.

– Се так, але я не розумію, чим тут вони загрожені.

– Ах, пан староста жартують! Не розумієте!.. Ну, тут не треба великої геніальності, щоб зрозуміти. Вже з дописей того пана, що скликає се віче, можемо догадатися, яким духом будуть навіяні ті його реферати. Демагогічні юджения, підбурювання, чорнення і підкопування всякої поваги і власті – все те, що досі шириться у нас тільки по краплині, по закутках, потаємно, тепер вилізе на трибуну, зареве, як дзвін, одержить, так сказати, санкцію законності. Пане старосто, пане старосто! Я думаю, що ваш обов'язок у першій лінії – рятувати повіт від сеї пошесті.

– Смію звернути увагу пана маршалка, що у нас є також закон про збори, який позволяє скликувати зібрання з такою програмою, як подана ось тут, і що, крім усяких інших обов'язків, я маю також обов'язок респектувати закон.

– Га, га, га, га! – зареготався маршалок. – Се чудово! Се справді монументально! Пан староста пригадали собі існування закону – і то якраз у найменше відповідній хвилі. А бодай же ви здорові були, наш солодкий господарю! Закон! Розуміється, і ми чували дещо про закон, але аж надто добре знаємо, що закон – се теорія, що в книжці, на папері виглядає дуже гарно, а практика, жива дійсність має свої спеціальні закони, далеко не такі гладкі та зокруглені, а зате повні розгалужень, закарлюк та різнородності. Тому паперовому законові я не уймаю ані чести, ані поваги – борони Боже! Нехай він собі здоров жиє і сидить у ваших кодексах на многа літа. Я тілько бажав звернути увагу пана старости на спеціальні відносини нашого повіту, які, по моїй думці і по мойому глибокому переконанню, ніяким світом не позволяють нам тепер на такий люксус, як заінавгурування політично-демагогічної геци.

Пан староста слухав уважно сих слів, присівшися в фотелі напротив пана маршалка і підперши рукою гладко виголене підборіддя, згори обрамоване шпаковатими вже фаворитами. Його лице зробилося зовсім мертве, майже дерев'яне, стративши ту лукаву усмішку, з якою він уперед трібував пана маршалка, стараючись витягти його на слово. А коли пан маршалок, задихавшися, перервав свій виклад, пан староста промовив:

– Непотрібно пан маршалок переконують мене про те, що я знаю й сам. На віче я досі не дав дозволу і в усякім разі маю ще кілька день часу. За той час я мушу доповнити всіх законних формальностей, а поки що я хотів від пана маршалка так конфіденціально почути, як задивляється обивательство повіту на сю справу.

– О, пане старосто, – аж скрикнув пан маршалок, – але ж тут не може бути двох думок! Ані найменшого сумніву, що все обивательство думає так, як я. За се можу ручити головою.

– В такім разі голова пана маршалка була би вже страчена, – знов з лукавим усміхом мовив староста.

– Як то страчена?

– А так! Я вже говорив де з ким із обивателів і чув думку, що віче треба конче дозволити.

– Невже се так! – скрикнув маршалок, зриваючися з місця, і тільки тоді похопився, що сей викрик був нетактовний. От тим-то він зараз сів і, кланяючись старості, мовив:

– Дарують пан староста, се мені нехотя вирвалося. Я далекий від того, щоб подавати в сумнів – мій Боже, але ж так, так! Я повинен був знати се відразу. У нас є один чоловік, що у всім і всюди має відмінну думку від цілого загалу обивательства. Не буду називати його, але я певний, що пан староста власне на нього наскочили.

Староста всміхнувся весело.

– Розумію дуже добре, що ся нова геца – се вода на млин того пана. Але надіюсь, що пан староста знають властиву ціну його опінії…

– Впевняю коханого маршалка, що зроблю все, що зможу, аби спокій і гармонія в повіті не були заколочені.

Се запевнення заспокоїло пана маршалка, але проте, вертаючи до свого Буркотина і чуючи з різних боків розмови селян про близьке віче, він не дуже-то спокійно ждав найближчого торгового дня.

Та ще більше неспокою і турботи мав сими днями пан староста. Се був бюрократ старої школи, вихований в дусі абсолютистичної системи, коли про волю і бажання народу не питав ніхто, а під фірмою цісарських патентів та інтиматів панувала всевладно і необмежено бюрократія. І тепер, хоч від заведення конституції минуло вже звиш двадцять літ, пан староста жив і поводився в повіті зовсім як самостійний і самовільний сатрап, без якого волі і дозволу ніщо не повинно було діятися. Йому лишалося ще дослужити кілька літ до пенсії, і він бажав дослужити їх у спокої і вийти на емеритуру з атестатом взірцевого урядника і з ордером. Сама думка про те, що в його повіті, під його управою, має розпочатися якийсь людовий рух, який – він був про се свято переконаний – має в далекій перспективі революційні цілі, ворожі теперішньому державному порядкові, – сама ся думка була йому неприємна, душила його, мов занадто тісний ковнірик. Як радо був би він одним-однісіньким грімким quos ego![62] здушив у зароді, стер з лиця землі всі заходи коло викликання сього руху! Але що ж, навіть те дуже поверхове і недокладне знання «нових» законів, яким розпоряджав він, показувало йому, що сього вчинити не можна. Певно, довголітня бюрократична практика навчила його тої великої правди, що кождий закон – се брама, і від волі і зручності досвідного адміністратора залежить, чи і для кого сю браму відчинити, а кому й коли її замкнути. Та проте сам факт, що Євгеній, молодий адвокат, невважаючи на батьківські остороги, таки поважився зробити йому сю прикрість і скликати перше в сьому повіті і загалом поза межами Львова народне віче, – сам той факт наповняв його серце жалем і пересердям. Пан староста довго обдумував, як йому поступити в сьому разі, вкінці покликав комісара і велів йому на завтра назначити Євгенію визвання до пана старости.

Коли другого дня Євгеній явився в назначеній годині, пан староста приняв його дуже чемно, просив сідати, потрактував цигаром, а коли Євгеній не менше чемно подякував і запитав, чим може служити пану старості, сей надягнув на своє лице знов маску стурбованого батька і мовив добродушно-сумовито:

– Пане меценасе! Недобрий з вас чоловік! Я думав, що будемо жити з собою по-приятельськи, а тим часом – мій Боже, кілько клопоту маю раз у раз через вас! Спершу оті історії з тим фізиком, з тим Шнадельським, оті дописі, оті дисциплінарки – ну, скажіть, треба вам було того?

– Мені? – здивувався Євгеній. – Хіба я робив се для власної користі? І, головно, хіба я зробив щось злого, несправедливого?

– Пане, пане, – мовив ще сумніше староста. – Збоку на вас дивитися, виглядаєте як розумний чоловік, а говорите, як дитина. Знаєте, я по щирості до вас, як батько, то не беріть мені сього за зле. Але, їй-богу, мені вас жаль. Самі собі підриваєте ґрунт під ногами. Дав вам Бог талант, енергію, канцелярію, йде добре – оженились би, звили б собі сімейне гніздо, дбали б про сім'ю... Та ні, вам захочується пускатись на такі авантюри...

– Дарують пан староста, – пробував протестувати Євгеній, але староста не дав йому докінчити.

– Ну, ну, прошу не ображатися! Я ж се не з злого серця. А щирої думки старого бюрократа можете раз вислухати. Я давно бажав поговорити з вами по щирості, то вже вибачайте, що скористаю з сеї нагоди. На чім то я став? Ага, авантюри... Я з намислом ужив сього слова і не відступлю від нього. Бо прошу, як же інакше назвати всі оті ваші заходи в справах, що властиво могли б вас і зовсім не обходити? Справи, з яких ви не винесете ні користі, ні почесті, ні слави, хіба лайку, компрометації, роздратування власних нервів, обурення та ворожнечу многих і впливових противників? Як же се назвати, як не авантюри, донкіхотство? І пощо вам сього, питаю ще раз? Пощо?

– Дарують пан староста, але мій фах такий, що мушу уйматися за невинними і покривдженими.

– Пане меценасе! – з виразом батьківської поваги в голосі скрикнув пан староста. – Не говоріть до мене як до гімназіаста, якому імпонують гарні фрази! О так, і я колись був у гімназії, і з запалом читав Шекспірового «Короля Ліра», і плакав зі зворушення над словами «нема в світі винуватих». Але пізніше я зрозумів, що Шекспір не без причини вложив сі слова в уста божевільного. Так, сі слова якраз антиподи правди. З нашого урядового, адміністраційного становища нема в світі невинних, а говорити, що комусь від уряду діється кривда – се або злочин, або божевілля. Я не жартую, пане, і не бавлюся в парадокси. І для того я щиро жалую вас, що ви отсе сходите на дорогу, по моїй думці, абсолютно хибну і шкідливу, на дорогу, де я мушу і буду поборювати вас усею силою, всякими способами, чуєте? – всякими способами!

– Впевняю пана старосту, – мовив усміхаючись Євгеній, – я ані на хвилю не надіявся знайти в пану старості союзника в своїй роботі.

– Ну, ще чого не стало! – буркнув пан староста.

– А щодо поборювання, то що ж, воля пана старости. Я можу тілько одного бажати, щоб се поборювання велося на строго законній дорозі так само, як я держав і буду держатися строго приписів закону.

– І ручите за те, що весь отой рух, який ви хочете інсценувати, буде держатися законної дороги і в законних межах?

– Щодо себе, ручу вповні. Щодо інших – тут багато залежати буде від того, чи самі власті незаконними поступками і навмисною провокацією не зіпхнуть людей із законної дороги.

– Пане, прошу не забувати, з ким говорите! – фукнув староста, помалу скидаючи з лиця батьківську маску.

– Говорю pro futuro[63], отже, нікому докору ані закиду не роблю. А що незаконне поступування і провокації з боку властей – pardon, з боку поодиноких органів – дуже можливі, сього, надіюсь, пан староста не схочуть перечити.

Пан староста мовчав добру хвилю, немов потопаючи в важкій задумі. А потім, простягаючи Євгенію руку, мовив з незвичайною сердечністю:

– Пане Рафалович, не будемо говорити про се. Прошу, дайте руку. Будьмо приятелями!

Рафалович глядів на нього зачудуваними очима, але руки не подавав.

– Прошу вашу руку! – мовив староста. – Зробіть мені одну маленьку річ, про яку буду отсе просити вас. Добре, прирікаєте?

– Не знаю, чи зможу зробити те, чого хочеться пану старості?

– Але зможете, зможете! Чому ні? Се ж від вас одного залежить.

– Що ж се таке?

– Але обіцяйте наперед!

– Дарують пан староста, я хоч молодий чоловік, але на гру в піжмурки таки застарий.

– А то упертий русин! – мовив староста, маскуючи свою злість добродушним усміхом. – Ніяким способом його не підійдеш. Ну, що діяти, треба говорити просто з моста. Так ось слухайте, пане меценасе, про що я хотів просити вас. Зробіть се для мене, спеціально для мене: відложіть се своє віче на пізніше, ну, так на весну або на петрівку.

– Не можу, пане старосто! – рішучо мовив Євгеній.

– Чому не можете?

– Важні справи наспіли тепер у повіті, треба обговорити їх, пояснити народові.

– Думаєте про реформу каси?

– Між іншим і про се.

– А якби я власне задля сього заборонив се віче?

– Задля сього?

– Так, щоб не викликати в повіті роздразнення.

– Але ж ся справа вже тепер викликає роздразнення, а коли віче буде задля сього заборонене, то весь народ готов сказати, що політичні власті покривають некоректне поступування ради повітової. Чи се причиниться до вспокоєння повіту, пан староста осудять самі найліпше.

– Прошу мене не вчити! Я знаю, що роблю, і заявляю вам, що ваше віче не відбудеться.

– Чи се формальна заборона? – запитав Євгеній встаючи.

Пан староста був невдоволений із себе, що так вихопився і, схилившися над своїм бюрком, почав перебирати якісь папери, бурчачи щось під носом. Вкінці переміг себе.

– Н-ні. Резолюцію дістанете на письмі. До побачення.

– Моє поважання!

Євгеній уклонився і вийшов. А коли пролунали його кроки і за ним замкнулися двері старостинського передпокою, пан староста написав кілька слів на урядовій півчвертці паперу, подзвонив на возного і, подаючи йому сей папір, мовив остро:

– Зараз бігай до Мотя Парнаса! Се для нього визвання. Нехай зараз прийде сюди!

Мотьо Парнас був властитель заїзду, у якого Євгеній наняв був шопу, де мало відбутися віче.

L

Другого дня пополудні до Євгенія прибіг Мотьо Парнас і, кладучи перед ним на столі п'ятку, мовив якось несміло:

– Перепрошаю пана меценаса…

– А вам що, пане Парнас?

– Звертаю пану завдаток.

– Завдаток?..

– Ну, адже пан меценас дали мені завдаток на винайм…

– Ну, так що ж з того?

– Звертаю пану завдаток. Не можу пану винаймити.

– А то чому? Чи вам ціна занизька?

– Е, що ціна! Чи я з паном меценасом торгувався за ціну? Що пан дали, то я взяв.

– Ну, так чого ж не стало?

– Знають пан… боюся… знають пан, то деревляна шопа… там буде багато народу… з люльками, цигарами… не дай Боже нещастя…

– Але ж, пане Парнас! З люлькою ані з цигаром нікого не пустимо.

– А все-таки я боюся. Знають пан, то стара халабуда… Ану ж завалиться…

Євгеній зареготався.

– Ну, а може, ще земля не витримає та затрясеться, що?

– Бодай пан здорові жартували! Ну, ну! Але я прошу взяти назад завдаток. Бігме, не можу винаняти!

– Не можете? Чому?

– Що я пану буду говорити, – мовив жид, моргнувши хитро. – Пан і без того знають.

– Староста заказав?

– Я того не говорю.

– Але не перечите. Ну, а якби ви не послухали заказу?

– Ах, пане меценасе! Як же я можу? Адже я бідний чоловік. Пан староста і пан комісар можуть мене знищити. Дуже мені жаль, що не можу пану меценасові служити, але, бігме, не можу – бігме, не можу!

Євгеній узяв свій завдаток і, попрощавшися з Парнасом, пішов у місто шукати іншого локалю на відбуття віча. Він мав таке чуття, як чоловік, що в пітьмі натрафить на стіну і не знає, де й як її перелізти або обійти.

Переходячи попри Вагманів дім, Євгеній побачив здалека, як перед звісною йому хвірткою стояла бричка, запряжена парою шпаків, а в хвіртці стояв Вагман, раз у раз кланяючися графові Кшивотульському, що про щось ласкаво толкував із ним. Та поки Євгеній наблизився, граф щиро стиснув руку Вагмана, сів на свою бричку і за хвилю щез, лишаючи за собою легеньку куряву змерзлого снігу.

– Здорові, пане Вагман! – мовив Євгеній, порівнявшися з Вагманом. – А я й не знав, що пан граф також ваш кундсман.

– Знають пан, лихвар і ксьондз заглядають найліпше в людські душі. Обом люди говорять таке, чого не скажуть нікому іншому.

– Але графа Кшивотульського всі вважають грошовитим.

– Що ж, вільно людям уважати його, яким хочуть. Куди пан меценас ідуть?

– Знаєте, пане Вагман, клопіт маю.

– Ну, який клопіт? – зацікавився Вагман.

Євгеній розповів йому свою розмову з Парнасом і згадав про свій намір – шукати іншого локалю на віче.

– Гм, шкода вашої праці, пане, – мовив Вагман. – Коли пан староста схоче, то кождий інший жид зробить вам те саме: завдаток візьме, а потім зверне. Навіть у остатній хвилі зверне.

– Що ж його робити? Хіба йти на передмістя і замовити яку стодолу у передміщанина?

– Трудно буде. Ще стодоли повні соломи, не пообмолочували.

– Може, де найду, – мовив Євгеній, не тратячи надії, і пустився шукати фіакра, щоб їхати на передмістя. Вагман ішов обік нього і мовчав хвилю, очевидно, перебираючи щось у своїх думках. Нарешті зупинився.

– Ні, пане меценасе! Я вам щось пораджу.

– Ну що таке?

– Лишіть ви мені сю справу. Я вам ще сьогодні, а найдалі завтра подам відомість. А властиво… ну, та вже побачимо. А коли би з мойого плану нічого не вийшло, то ще завтра маєте час шукати шопи на передмісті.

– Завтра остатній день. Адже про новий локаль знов треба завідомити староство. Ну, а що ж ви думаєте зробити?

– Що се пана обходить? Я маю свій план. Най пан меценас ідуть додому і чекають. Маю надію, що все буде добре.

Євгеній не допитувався далі і пішов додому, а Вагман подався до помешкання пана бурмістра.

– А, пан Вагман! Рідкий гість! Прошу, сідайте! – мовив бурмістр, приймаючи Вагмана в своїм кабінеті. Вони були товариші ще з дитинячих літ, але пізніше їх дороги розійшлися, і хоч жили в однім місті, вони здибалися рідко, тим більше, що належали навіть яко жиди до різних таборів: бурмістр, цивілізований жид, держався партії так званих німецьких жидів, між якими було декілька таких, що так, як і бурмістр, грали ролю польських патріотів, – а Вагман належав до жидів-старовірів, хуситів. Та проте бурмістр занадто добре знав Вагмана, а особливо його грошову силу, щоб мав дивитися на нього ворожо або з презирством, а Вагман зі свого боку був певний, що німецька одежа і польський патріотизм не вистудили у бурмістра жидівського серця.

– Чим можу вам служити, пане Вагман? – мовив бурмістр, коли Вагман сів, а він заняв місце напротив нього. – Що вас приводить до мене?

– Маленький ґешефтик.

– Дай Боже, щоб він був добрий! – з усміхом мовив бурмістр, мимоволі якось впадаючи в тон жидівської розмови.

– Знають пан бурмістр: для багача нема злого ґешефту, а для бідного нема доброго ґешефту. А я приходжу з дуже бідним ґешефтом.

– Ну, жартуйте!

– То би багато говорити. То запутана історія. Так збоку подивитися, то дурниця – тьфу! А придивившись ближче, то вона сягає дуже глибоко. То мозок чоловікові сохне, коли вдуматися. Чули пан бурмістр, що там у Росії роблять? Як там на жидів кидаються? Ай, ай, страшно подумати!

Се було якраз в часі перших антижидівських розрухів на Україні[64], розрухів, які серед галицьких жидів зробили були величезне враження.

– Ай, ай! – повторяв Вагман, хапаючися за пейси. – Жінок, дітей, старців, хорих викидають на мороз, майже голих, голодних! А що маєтків понищено, порабовано!

– Що ж ми на се порадимо, пане Вагман, – холодно мовив бурмістр. – Знаєте самі: що ми могли, то робили. Складки складали…

– Пане, я не про складки! Що там складки! Вони можуть надгородити хоч почасти понесену шкоду. Але того, що люди терплять і терпіли, того страху, голоду, побоїв і невигід, того ніякі складки не надгородять.

– Людська річ терпіти, – мовив бурмістр і зачинав потрохи дивуватися, куди властиво гне свою розмову Вагман.

– Людська річ терпіти, – так, так, людська річ! – повторяв Вагман. – Але розумного чоловіка річ по змозі уникати терпіння, запобігати терпінню, так робити, щоб люди не терпіли. Подумайте, пане бурмістр, за що терплять ті люди? За те, що вони жиди. Не за що інше. Кажуть: жиди п'явки, шахраї. Але ж між тими, що потерпіли там, у Росії, була найбільша часть бідних капцанів, перекупнів, шевців, кравців і інших дрібних ремісників. За що ж вони потерпіли? Чи ж не лише за те, що вони жиди?

– Найбагатші жиди, найбільші капіталісти та промисловці, ті не потерпіли нічого, бо ті сидять собі в Києві, в Варшаві та Петербурзі, як у Бога за дверми, – з демократичним пафосом мовив бурмістр.

– Ой, то-то й є! – мовив Вагман. – А тепер подумайте, коли б так, не дай Боже, і в нас прийшло до чогось подібного.

– У нас! – мов ужалений скрикнув бурмістр. – Відки ви приходите до сеї думки? Хіба ж ви що чули? Нагрожувався хто?

– Ах, пане бурмістру! Хіба ж то така неможлива річ? Хіба ж нам треба чекати, аж почуємо погрози або, може, вже готовий вереск?

– Ну, у нас інша річ, у нас до того ніколи не прийде, – успокоєний в одній хвилі, мовив бурмістр. – І там було би не дійшло, якби сам уряд потихо не позволяв. Що я кажу: потихо? Деякі урядники таки голосно заохочували гоїв до нападів та розбоїв! А у нас се неможливе.

– Неможливе! Ой, пане бурмістру, ніхто з нас не знає, що в Бога можливе, а що неможливе. А відносини у нас зовсім не ліпші, ніж у Росії. Нарід бідний, темний…

– Хіба ж одні жиди тому винні?

– Не скажу, що одні жиди, але нарід нас уважає своїми найбільшими п'явками, а прийде що до чого – найменша іскра, і вибухне огонь, і жиди – ми всі, винні й невинні – будуть відповідати за всі ті гріхи, яких не раз ані вони не сповнили, ані їх батьки, ані діди. Се мені видається дуже можливим, і се мене дуже турбує. Здавна турбує.

– Але на се в нас нема ради, – мовив бурмістр.

– Невже нема ради? Неможливо, щоб не було ради! І се ви говорите, чоловік світлий, учений! Ну, я сьому не повірю. Або ви не почуваєте вже себе жидом, або не пробували ніколи думати про сю справу.

– Чи я почуваю себе жидом? – у задумі мовив бурмістр. – По щирості скажу вам, пане Вагман: се не дуже велика приємність почувати себе жидом. Весь вік я борюся против того почуття, силкуюся заглушити його в собі, придушити, вирвати з коренем і досі не можу. Не говорю про релігію – се справа окрема, яка не має нічого спільного з тим почуттям спільності і солідарності з темною та брудною жидівською масою. Своєї релігії я держуся…

– Наскілько вона вам вигідна, – перебив з докором Вагман. – Даруйте, пане бурмістру, але вже коли по щирості, то по щирості. Признайте, що ся релігія вам і подібним до вас сердечно байдужна, що ви зробили собі з неї подушку, на якій вигідно може спати ваше сумління, задержали з неї самі лише форми, а зовсім прогнали духа.

– Що се з вами, пане Вагман, – витріщився на нього бурмістр. – Ви прийшли до мене поговорити про якийсь маленький ґешефт, а зачинаєте залазити мені з патинками в душу.

– Дарують пан бурмістр, – усміхнувся Вагман. – Я не казав, що мій ґешефт маленький. Він лише вбогий, себто такий, що його не можна отаксувати на гроші, що тут тобі зараз зиску не дасть. Але він великий, дуже великий, і наша розмова простісінько йде до його вияснення. Бачите: наші жиди… маса… Ну, що вони? Чим вони себе чують? У них релігія заступила все. Вони видять у ній Боже слово, повторяють те слово в своїх молитвах, деякі заглиблюються в ньому – і на тім конець. А де вони жиють, у якім краю, серед яких людей і порядків, се їх мало обходить. Ні, не так кажу, і се їх обходить, але лише настілько, що се все для них нива, з якої треба збирати, не сіявши. Чи вони чують себе горожанами сього краю? Чи вони дбають про його добро, успіх, славу? Їм се байдуже. Вони чують себе зовсім чужими, а про закони, про порядки в краю дбають лише настілько, наскілько ті не перешкоджають їм бути жидами і визискувати решту людності.

– З ваших уст такі слова, пане Вагман! – чудувався бурмістр. – Адже се так, як із моєї душі винято. Адже се й була причина, що я і подібні мені відлучилися від тої жидівської маси, почали думати про історію сього краю, мішатися в його публічні інтереси, працювати на громадськім полі.

– Розумію, розумію, – з усмішкою мовив Вагман. – І я сам колись передумав се все, перейшов вашу школу – то значить, не гімназії, але мішався до політики, мало не пішов до повстання, потім жив у Відні, і носив німецьку одежу, і говорив з різними розумними людьми про розумні речі. Я пізнав добре не одного з тих ваших нових жидів, що ми їх називаємо асимільованими, і, признаюсь, розчарувався в них і знов відстав від них.

– Розчарувались? Цікаво знати, чому?

– Зараз вам скажу. Мені видалось – може, то не все правда, але так мені видалось, – що ті нові жиди стару жидівську душу розірвали надвоє: одну половину відкинули, а другу задержали. А тілько, на нещастя, задержали гіршу, а відкинули ліпшу.

– Он що! – вражений, скрикнув бурмістр. – То пейси, цицес і ярмурка – то у вас ліпша половина?

– Даруйте, пане бурмістру, – поважно відповів Вагман, – говорю про душу, а не про форми, що мають і в мене дуже мале значіння.

– У мене жадного, – з емфазою мовив бурмістр.

– І тут даруйте, коли вам скажу, що у вас вони мають далеко більше значіння, ніж у мене.

Бурмістр голосно зареготався і вдарив себе долонею по коліні.

– Ну, се перший раз мені трафляється в отсьому кабінеті така теологічна розмова! – скрикнув весело. – Але говоріть, говоріть, розмова починає бути цікава, хоч я, їй-богу, не знаю, до чого се все може довести.

– Зараз побачите, – мовив спокійно Вагман. – Отже, повторяю, ті ваші нові жиди, асимілянти чи асимілятори, по моїй думці, розірвали стару жидівську душу на дві часті. Яка то стара жидівська душа? Бачите, в ній зшиті були докупи: огонь старих пророків, запал, засліплення – коли хочете – а все-таки громадський змисл тих, що боронили Єрусалима від римлян, що піднімали повстання з Бар-Кохбою[65], що разом з Єгудою бен Галеві[66] йшли з Іспанії плакати на руїнах Єрусалима і разом з галицькими хуситами йдуть умирати в долині Йосафата[67]. Отсе була одна половина тої душі. А друга половина – то була та, що виховалась у Єгипті, в тяжкій неволі, що в пустині кланялась золотому теляті, що бунтувалась проти Мойсея, що завойовувала Ханаан[68], мордуючи ханаанітів аж до остатнього нащадка, що потім не хотіла вертати з Вавілону до Палестини, що вела лихварські і грошові інтереси в Нініві[69], в Александрії[70] і в Римі – одним словом, знаєте, що се за половина. Та половина, що бажає панування над світом, але не хоче нести одвічальності, яку накладає панування. Та половина, що, знехтувавши наказ Письма Святого – вчитися в бджоли і в мурашки, здавна ходила на науку до павука і давно перевершила його в його хитрощах.

– Зачинаєте бути поетичним, пане Вагман, – сухо і з відтінком погорди в голосі мовив бурмістр, – а се вам не до лиця.

– Хочете сказати, що мені, лихвареві, п'явці повітовій, не слід так остро судити інших, – мовив з холодним усміхом Вагман. – О, не бійтеся, я й себе не пощаджу, я знаю добре, чого я варт, і тілько те знання дає мені відвагу сказати свою думку про інших. Та про мене прийде річ накінці, а тепер послухайте про себе і про своїх. Ви почали асиміляцію від того, що викинули з серця всяку решту того громадського змислу, яким колись була сильна наша нація. Ви не признаєтеся до сього, навіть самим собі не признаєтеся. Ви говорите, що скинули тілько з себе жидівську заскорузлість, виреклися пейсів, халатів та цицес, а не хочете бачити, що те виречення формальностей для вас самих не формальність, але знак глибокої переміни в вашій душі. Ви перестали любити своє плем'я, його традицію, перестали вірити в його будущину. З усього національного добра вам лишилося тілько своє «я», своя сім'я, мов одна тріска з розбитого корабля. За сю тріску ви вчепилися і пробуєте прикермувати її до іншого корабля, найти іншу батьківщину, купити собі іншу, нерідну матір. Чи не дурите ви себе самих, коли вірите, що та інша мати полюбить і пригорне вас як своїх рідних? І чи не дурите ви оту прибрану матір, упевняючи її, що любите її ліпше, як рідну? Не знаю, що вам скаже ваше серце про ваші власні почуття, але щодо тої вашої прибраної матері, то будьте певні, що її серце ані на хвилину не відкривалося, ані не відкриється для вас, що для неї ви все чужі, що в глибині душі вона ненавидить вас, а чим більше ви будете примилюватися їй, підлещуватися їй, тим більше вона буде погорджувати вами.

Пан бурмістр поблід. Вагманові слова колупнули-таки його серце, але він пробував усе ще боротися зі своїм чуттям.

– Остро судите нас, Вагман, остро і несправедливо.

– Може бути. Вповні справедливий тілько один Бог, той, що бачить усе, що кождий з нас ховає на дні серця. Але сей, пане бурмістру, – слухайте, я також маю свої єретицькі думки – сей, по моїй думці, зовсім не судить, нікого ні за що не судить, тілько любить, і для того він так безмірно вищий від нас, для того він Бог. Се тілько ми, дрібні, сліпі, нужденні, судимо та ненавидимо. Ну, але я не такий, може, несправедливий, як вам здається. Я виджу й добрі боки вашого, асиміляторського руху, хоч вони й невеликі.

– Цікаво знати, які вони, по вашій думці, – мовив бурмістр.

– В нашій давній вітчині, у Азії, де спека велика, а джерел мало, де погожа вода має інколи ціну золота, є такий звичай, що вандрівець, натрафивши серед пустині на джерело і угасивши в ньому свою спрагу, вмивши в його хвилях руки і лице, на відході кидає в нього малу золоту монету. Се немов його відплата за добродійство джерела. Отже, ви і всі асимілянти з давніх давен видаєтесь мені тою золотою монетою, яку жидівська нація кидає в джерело, відки їй довелось пити та освіжитись. Ви наша данина тим народам і краям, що в тяжку годину дали нам захист і притулок. Але не жадайте, щоб та данина була занадто велика. Адже нерозумно було б жадати від вандрівця, що пив воду з криниці, щоб у відплату за се і сам скочив до криниці і втопився в ній. Те, що ви робите і що робили не раз подібні вам – се з історичного боку оправдане і конечне, і навіть пожиточне для жидівської нації, але не може бути її програмою, бо се була би не програма, а самовбійство.

– Але чим же, по вашій думці, се пожиточне для жидівської нації? – запитав бурмістр уже без тіні насміху в голосі.

– Чим пожиточне? Се ж ясно. Ви посередники між нами і тими націями, що приняли нас. Ви міст понад прірвою, і за вашими плечима нам можна жити собі вповні самостійним, своїм життям, не збуджуючи надто великих підозрінь, надто великої ненависті. Давніше, в середніх віках, коли ми жили серед чужих народів зовсім відокремлені від них, коли такого моста не було, нам жилося далеко гірше. Правда, ви се будете знати ліпше.

– Ну, ну, цікаво, цікаво почути від вас такі погляди, пане Вагман. Я ніколи не надіявся…

– Перепрошаю, пане бурмістр, – мовив Вагман. – Ще хвильку терпеливості. Я ще не скінчив, не дійшов до тої мети, до якої зміряє моя промова, і до того ґешефту, який привів мене сюди. Признаєте тепер, що я зовсім не такий ворог вашої асиміляції, як звичайні хусити, що признаю в певній мірі її рацію і навіть пожиточність. Але є одна річ, що дуже багато уймає їй вартості і виявляє її нещирість. Се та обставина, що жиди звичайно асимілюються не з тими, хто ближче, але з тими, хто дужчий. У Німеччині вони німці, се розумію; але чому в Чехії також німці? В Угорщині вони мадяри, в Галичині поляки, але чому в Варшаві та в Києві вони москалі? Чому жиди не асимілюються з націями слабими, пригнобленими, кривдженими та вбогими? Чому нема жидів-словаків, жидів-русинів?

Бурмістр скривився. З сього боку йому нелюбо було освітлювати се питання.

– Може, то така наша натура, – мовив далі Вагман, – що ми навіть там, де ходить о вибір прибраної матері, питаємо не голосу серця, але запитуємо поперед усього: Wus tojgt mir dus?[71] Та тілько се кидає деяку тінь на щирість усеї асиміляційної роботи і – що найфатальніше – значно обнижує вартість тої асиміляції в очах тих, з якими ви асимілюєтесь. Вони дурні, дурні, то правда, але все-таки у них є очі, і коли не тепер, то в четвер вони дещо побачать ними.

– Слухайте, Вагман! Сього, нарешті, забагато. Зачинаєте говорити так, як той адвокат-русин, що докоряв мене моїм польським патріотизмом.

– Мав рацію, – мовив Вагман, – бо польський патріотизм тут, на руській землі, не зовсім на місці.

– Ну, ще тілько того не стало, щоб почали навертати мене на руський патріотизм! – з грубим реготом мовив бурмістр.

– Борони Боже! По-мойому, жаден жид не може і не повинен бути ані польським, ані руським патріотом. І не потребує сього. Нехай буде жидом – сього досить. Адже ж можна бути жидом і любити той край, де ми родились, і бути пожиточним, або бодай нешкідливим для того народу, що, хоч нерідний нам, все-таки тісно зв'язаний з усіми споминами нашого життя. Мені здається, що якби ми держалися такого погляду, то й уся асиміляція була б непотрібна. Бо подумайте: чи жадає хто від нас тої асиміляції? Здається, ні. Але зате кождому пожадане, щоб ми були чесними і пожиточними членами тої суспільності, серед якої живемо.

– Го, го, після теології моралізація! – знов якимсь прикрим голосом мовив бурмістр.

– До якої я, лихвар і п'явка повітова, знов-таки не маю права, – гірко відрік Вагман. – Та я не хочу нікого моралізувати, що мені за діло. Я тілько хотів висловити свій погляд…

– Якого самі не держитесь! – перервав йому бурмістр.

– Власне якого сам держуся, бодай від кількох літ, відколи ся справа почала прояснюватися мені в голові. Бачите, коли вмер мій син, я почав був дуже сумувати. Мені так було, немовби земля розпалася перед моїми ногами. Передо мною не стало дороги, не стало мети. Пощо я жию? Для кого гребу й горну на купу? Терплячи сам, я почав розуміти терпіння інших, тих, що не мають де голови прихилити, не знають, що будуть їсти завтра, не мають що в рот вложити нині, дивляться на муку своїх дітей. О, я перед тим, яко хлопський лихвар, не мало вида́в такої нужди, але вона не зворушувала мене. Все те було чуже для мене, далеке від мого серця. Я гріб на свою купу і не дбав ні про що інше. Тепер, коли син мій умер, у мене відкрилися очі і я почав роздумувати. Знаєте, мені здавалося не раз, що одурію. Голова тріщала, я ходив мов під обухом. Що вам говорити багато! Я додумався до того, що треба вхопити палку з іншого кінця. Вперед я дер і висисав хлопів, тепер я обернув свою опіку на тих, що всиротили мене, а хлопам почав допомагати в їх біді. Я робив се незамітно, зичив декому гроші на закупно ґрунту на малі проценти, з яких потім іще більшу часть дарував довжникові, вишукував собі посередників – попів, учителів, і через них зичив більші суми на закупно панських фільварків або більших ґрунтових посілостей для селян. Ніхто сього не знав і не знає, але коли Підліски, Горбове, Сокирчани і інші села в кількох околичних повітах позакуплювали панські фільварки, повикуплювали назад ґрунти, попродані вперед на ліцитаціях жидам, то все те зробилося при моїй помочі, моїми грішми. З часом я обдумував сю справу чимраз ширше, і мені видалося, що й така робота може бути корисна для нашої жидівської нації. Бачите, оті розрухи на Україні показали мені, що, працюючи над виссанням і зруйнуванням руського народу, ми, жиди, робимо так, як робив той циган, що, сидячи на дубовій гілляці, сам підрубував ту гілляку. Живучи на руській землі, ми громадимо над своїми головами пожежу руської ненависті. Навіть пориваючись до асиміляції, ми асимілюємося тілько з тими, що душать і висисають отих русинів, і тим іще збільшуємо тягар, що пригнітає їх. І забуваємо, що на руській землі живе нині більша половина всього жидівського племені і що громаджена століттями ненависть може вибухнути таким полум'ям, приняти такі форми, що наші протектори, поляки та москалі, не зможуть допомогти нам нічого. І мені видалося конечним почати і до руського берега від нас будувати міст, почати робити хоч дещо таке, аби ті русини могли не самим лихом споминати нас. Я знаю, коли вони рушаться потроха, дійдуть до деякої сили, то і з жидів чимраз більше буде прихилятися до них. Але, по-мойому, важно допомогти їм тепер, коли вони ще слабі, коли ще гнуться і не можуть випростуватись.

– То дуже делікатна спекуляція, пане Вагман, і я не знаю, чи багато жидів ви потягнете на неї.

– О, я й сам знаю, що небагато. І мені не треба багато. Адже ж досі я нікому не говорив навіть отсих своїх думок. Вам першому я вияснив їх, бо бачу в вас під німецьким сурдутом не задушене ще до решти жидівське серце, не зовсім іще розполовинену стару жидівську душу.

– Дякую за комплімент, – з усміхом мовив бурмістр, – а тільки я й досі не бачу, яку ціль мала та наша розмова.

– Тепер я можу сказати вам про ту ціль і не потребую лякатися, що ви висмієте мене і викинете за двері як шаленого. Бачите, за пару день має тут у місті зібратися народне зібрання руських хлопів.

– Чув я про се. Ну, та, мабуть, із того нічого не буде, староста не позволить.

– Видите, він дуже рад би не позволити, але троха боїться сього молодого адвоката, що скликає те зібрання. Для того пан староста шукає бокової стежки і отсе вже наказав Парнасові, щоб не дав своєї шопи на зібрання.

– Мусять наймити шопу в кого іншого.

– І з кождим іншим таке саме буде. Жидові пан староста пригрозить, а в передміщанина винайде знов щось інше і таки заборонить зібрання. А мені би дуже хотілося, щоб воно відбулося.

– Вам?

– Так. Бачите, тут є й мій маленький інтерес. Та хлопська нарада буде головно звернена проти реформи повітової каси.

– Ах, то се ви на маршалка Брикальського острите зуби! – сміявся бурмістр.

– Так. Він найбільше причинився до мого осиротення, через нього мій син пішов землю гризти, і я хотів би відплатитися йому. А тепер, думаю, надійшла пора.

– Ну, я там не входжу в ваші плани. Але не розумію, чим би я міг допомогти вам.

– Ужити свого впливу в пана старости, щоб таки позволив на се зібрання.

– Думаю, що се буде трудно. Знаєте самі, коли староста на що завізьметься, то робиться впертий, як бик.

– Ну, на впертого бика є також способи. Можна зайти його хитрощами.

– А то як?

– Або я знаю? Різні можуть бути способи. Я думав, що ви своїм правничим розумом борше щось видумаєте, ніж я. Ну, та мені прийшов до голови один концепт.

І Вагман, нахилившися до бурмістра, почав щось шептати йому до уха. Се була його стара лихварська привичка, бо ж у кабінеті не було нікого, хто міг би був підслухати його.

В міру Вагманового шептання бурмістрове лице прояснювалося, прояснювалося, а накінці він вибухнув голосним сміхом.

– Чи ви здуріли, пане Вагман! Також концепт! Га, га, га!

– Ну, я не кажу, щоб се був наймудріший концепт, – мовив Вагман, також усміхаючись, – але даю вам те, що маю. Робіть з тим, що знаєте. Тілько скажіть мені одно: чи згоджуєтеся зробити в тій справі те, що будете могти?

– Що ж, нехай буде й так. Троха се дивна і незвичайна для мене роля, але що ж, ризикувати при тім не ризикую нічого.

– Але ж навпаки, се буде тілько корисне для вас.

– Ну, про користь мені байдуже. Та вже, що маю робити, даю вам слово. Зроблю, що зможу, а ваш проект обдумаю ще докладніше. Ще нині зайду до Парнаса і поговорю з ним. Чи тому руському адвокатові говорити що?

– Не треба. Якби що було потрібно, то я сам скажу йому.

– Ну, коли так, то добре. Завтра поговорю зо старостою і про все дам вам знати.

На тім вони і попрощалися.

LI

Другого дня пан староста сидів нетерпеливо в своїй канцелярії і ждав нового подання від Євгенія з донесенням про новий локаль, у якому мало б відбутися віче. Він наказав у подавчім протоколі, щоб, як скоро війде те нове подання, зараз передати його йому, і вже наперед обдумував способи, як би звести на нінащо й се нове подання, щоб не допустити до відбуття віча, але так, щоб Євгеній не міг закинути йому ніякої очевидної противзаконності. Але минала година за годиною, а подання не впливало.

«Що ж се, – міркував собі пан староста, ходячи великими кроками по своїй канцелярії. – Чи мав би Парнас таки полакомитися на гроші і дати шопу, незважаючи на мою раду? Не припускаю сього. Жид боїться і був цілий мокрий, виходячи від мене вчора. Чи, може, той панич, одержавши Парнасову відмову, надумався відкликати те чортівське віче? Се було би дуже розумно з його боку. Але власне для того, що се було би розумно, я думаю, що він сього не зробить. Русин упертий, а особливо коли ходить о зроблення якоїсь дурниці, якогось збитку, якоїсь прикрості іншому, то тут нема ніякої сили, щоб відвела його від раз повзятого наміру. Але як собі знає. Локалю у Парнаса не буде мати, а коли нині не донесе про інший локаль, то сам собі припише вину, коли я велю його віче розігнати жандармами.

Серед таких енергічних міркувань застав пана старосту бурмістр.

– А, добрий день, пане Рессельберг! Що там чувати?

– Дякую пану старості. Все добре.

– Що вас приводить до мене, пане Рессельберг?

– Маленька просьба. А властиво аж дві.

– Ого! – сміючись, крикнув староста. – Що ж там такого?

– Та одна від того бідного Парнаса.

– Від Мотя?

– Так.

– Ну, чого ж йому треба?

– Прибіг учора до мене – знають пан староста – мало не плаче. «Пане бурмістру, – каже, – порятуйте! Трафився мені добрий ґешефт. У моїм заїзді мало відбутися зібрання хлопів – адвокат Рафалович платив за локаль, а, крім того, я числив на дохід». Знають пан староста, на такім зібранні балакають багато, а від балакання горло засихає – га, га, га! – а засохле горло треба промочувати. А у Мотя є кілька бочок пива, що воно – признався мені одверто – трошки прикисло. То звичайним гостям годі його давати, але при сій нагоді то було би пішло. Ну, от він і плаче. Такий гарний ґешефт, золотий ґешефт, і пан староста не позволяють йому відступити локалю.

– І не позволю! Не можу ж я задля Мотевого скислого пива позволити, щоб мені під носом бунтували повіт.

– Рація! Цілковита рація! Нехай ідуть на передмістя бунтувати. Що має жид при тім заробляти?

– На передмістя?

– Ну, так. Рафалович уже винаймив шопу у якогось передміщанина. Там, надіюсь, зібрання буде менше небезпечне, а Мотьо може своє пиво вилляти зараз до потоку…

– Я нічого про жадне зібрання на передмісті не знаю і на жадне таке зібрання не позволю! – мовив староста.

– Дарують пан староста, але я хотів би висловити просьбу – не свою, а Мотеву, з якою я прийшов сюди.

– Як то, ще просьбу? Адже ви чули вже…

– Перепрошаю пана старосту. Я нічого не міг чути, бо ще й не сказав, чого мені треба. Я просив би – тобто Мотьо Парнас через мене просить, щоб пан староста не заказували того зібрання.

– Ага, от чого йому треба! – скрикнув староста.

– Прошу не розуміти мене хибно. Я не прошу, щоб пан староста позволили зібранню відбутися, – що мені до того, чи воно відбудеться, чи ні. То вже пану старості ліпше знати, чи має воно відбутися, чи ні. А нам важно тілько те, щоб воно не було заборонене тепер.

– Як се так? Я не розумію.

– А то така проста річ! Пан староста заборонять нині у Парнаса, вони відбудуть його на передмісті. Там вони винаймуть локаль у такого, що не побоїться розказу пана старости. Пану старості прийдеться заборонювати ті збори, підуть рекурси, клопоти. І, головно, той пан Рафалович усе ще знайде досить часу на телеграфування до намісництва, до міністерства і готов добитися того, що зібрання в означений день таки відбудеться, тілько не у Парнаса і против волі пана старости.

– Ну, се ще побачимо! – з завзяттям мовив староста.

– Я не кажу, що так мусить бути, але сього й пан староста не заперечать, що так може бути. А чи не ліпше було би зробити інакше? Коли пан староста не хочуть справді допустити до відбуття зібрання, то стати собі попросту на формі, на букві закону. Віче заповіджене, всі формальності сповнені – добре. В означений день віче збирається, народ валить до шопи – таки до Парнасової, пощо слати їх на передмістя? – аж тут бух, приходять пан староста з міським будівничим і заявляють, що шопа грозить заваленням і віче тут відбутися не може. Против оречення будівничого в тій хвилі неможливий ніякий рекурс, треба би хіба делегувати спеціальну комісію. Отже, пан староста вповні заслонені від закиду якоїсь самоволі, а зібрані мусять розійтися з довгими носами. А заким розійдуться – се вже Мотьо так міркує – не буде без того, щоб на потіху не випили і не дали йому заробити дещицю.

– Гм! – буркотів староста, слухаючи сеї хитрої ради. – Das lässt sich hören, lässt sich hören[72]. Справді, се може бути ліпше, ніж вдаватися в гризню відтепер. Нехай собі пани демагоги до остатньої хвилі потішаються надією; в остатній хвилі як грім упаде на них розчарування, і вони тим певніше потратять голови.

– Отже, пан староста згоджується не забороняти того зібрання тепер?

– Про мене, нехай буде й так. Заборону в остатній хвилі.

– Отже, можу сказати Парнасові, щоб узяв назад завдаток від Рафаловича?

– Нехай бере.

– Дякую пану старості! Сердечно дякую. Се була б одна, Мотева, справа. А друга моя власна.

– Певно, в справі пропінації?

– Ні. На мій сором, знов політична справа.

– Яка?

– Знають пан староста, у нас незадовго мають бути вибори до кагалу. Та між жидами настало велике невдоволення, роздразнення… Інтриги йдуть, одні против одних риють. До школи зійдуться, то замість Богу молитися, кричать, сваряться, одні одним пейси та бороди вимикують.

– Ов, а я й не чув нічого про се!

– Нібито наша хатня справа, а проте до того доходить, що годі дати собі раду. І от між жидами повстала думка – скликати й нам собі таке зібрання, як скликають хлопи.

– Що ви? Зібрання? Жидівське! – скрикнув староста, хапаючися за голову. – Чи світ кінчиться?

– Ні, пане старосто. Се ми – кілька нас – думали сюди й туди і придумали, що найліпше буде дати людям виговоритися. Що хто має против кого чи за ким, нехай скаже.

– Але ж се нечувана річ – жидівське зібрання! – дивувався староста.

– Хлопське також нечувана річ.

– І де ж би ви хотіли робити те зібрання? Боюся, щоб у місті вам не наробили заколоту.

– О, нехай пан староста не боїться! За спокій, за порядок я ручу. А зібрання скличу до своєї коршми там, геть за містом, за рікою, за мостом, на Вигоді. Там возівня велика, від міста далеко, наради можуть собі бути хоч які голосні – ніхто не почує.

– І ви не жартуєте, пане Рессельберг? Ви справді хочете скликати жидівське зібрання?

– Зовсім без жарту. Ось прошу, осьде подання о дозвіл.

І бурмістр подав пану старості зложений по-урядовому аркуш паперу. Староста розгорнув його і перебіг очима.

– Ха, ха, ха! Зібрання в справі вибору кагальної старшини. Ну, сього ще не бувало!

– Але буде.

– А пощо ж дальші точки? Політична організація? Економічний стан повіту?

– Хіба се не обходить жидів? По всім світі про се говорять, а ми мали б і не думати?

– Але ж се ви знов робите мені нову коломийку. Тут чоловік з тими русинами не може дати собі ради, а тут на тобі! І жиди вилазять з якоюсь політичною організацією.

– Нехай пан староста не боїться! – вспокоював його бурмістр. – Інша річ говорити, а інша зробити. Хочуть люди говорити, то нехай говорять. Але від слів до діл іще дуже далеко. А наші люди таку вже мають натуру, що їм аби виговоритися, то вже й легше.

– Ай, ай, ай! – скрикнув староста, ще раз зазирнувши в подання. – А се що? Ви хочете й своє зібрання відбувати в той сам день, що й хлопське?

– Думаю, що се одно одному не перепиняє. А нам се найдогідніше, бо з повіту з'їдеться багато жидів на торг. А вони якраз найгірше невдоволені теперішнім кагалом.

– Ну, але представляю собі, яке там пахуче буде те зібрання! Треба буде вислати комісара.

– Ми пану комісарові заплатимо за присутність.

Староста зареготався.

– Йому нічого не належиться.

– Ми то знаємо, що по закону не належиться. Але закон не говорить також про простуду, духоту і всяку нечисть, якої можна набратися на такім зібранні. Ми вже будемо знатися на річі, нехай пан староста будуть певні. Отже, можу йти з тим радісним чуттям, щоб обі мої просьби будуть сповнені?

– З тою умовою, що за се друге зібрання ви берете на себе всю одвічальність.

– Розуміється! Розуміється! Адже ж я скликаю його, то й одвічальність на мені! Кланяюся пану старості. Рад і з свого боку служити, чим тільки буду міг.

І пан бурмістр вийшов із старостинської канцелярії дуже втішений, сміючися в душі з Вагманового дотепу, на який йому вдалося взяти енергічного батька повіту.

LII

Віче мало відбутися в вівторок – се був торговий день у місті. День перед тим, у понеділок, Стальський сидів із Регіною при обіді. Регіна була бліда, аж жовта. Її губи були бліді, повіки червоні, очі горіли якимсь дивним блиском, а на чолі крутими бороздами поворювалися зморшки, а волосся, колись золотисте, поблекло якось, стратило блиск і декуди припорошилося сивиною. Вона сиділа мовчки і, крім кількох ложок розсолу та одної гілки калафіора, не їла нічого.

Стальський був у добрім гуморі, їв смачно і балакав, не звертаючи уваги на те, чи їсть Регіна, чи не їсть.

– Го, твій «кохайонци» завтра скликає хлопські збори. Пускається на велику політику. Певно, хоче бути послом, батьком народу! Га, га, га! На бистрого коня сідає, але маю надію, що зломить голову. Понаострювалися вже тут на нього добре, не дадуть йому пороcти в пір'я. От і завтрішні збори. Він думає, що він тим когось налякає. А тим часом ліпше би зробив, якби сам стерігся, щоб кості цілі були. Недаром сказано: не викликай вовка з лісу, бо прийде і з'їсть.

Регіна з переляком витріщила очі на Стальського, але з її уст не вирвалося ані одно слово.

– Що так вибалушилася на мене? – грубо буркнув Стальський. – Провертіти мене хочеш тими очима? Ага, правда, – додав по хвилі, переходячи зо злобного до насмішливого тону, – твоє чутливе серденько здригається, тремтить за свойого улюбленого. Ну, ну, не бійся! Мудрий він і не так швидко дасть себе вмотати в сіті. А де би справді прийшлося наставити плечі, то там поперед себе висуне тих дурних хлопів, а сам заховається ззаду. О, знаємо ми таких! Усі вони вроджені на генералів. Але ба, часом і генерала попадає куля. Се він повинен затямити собі.

Регіна не зводила з нього заляканих очей. Стальський реготався.

– Чи бач, як перелякалася! Не бійся, я тобі його не вб'ю. Будеш іще не раз могла натішитися ним – хоч здалека. А сама винувата, що не принадила його до нас. Адже ж могла любуватися ним досхочу, якби була зараз при першій візиті не наробила глупих сцен. Ну, скажи… потім плачеш, що я тираню тебе, замикаю, відчужую від людей, а тим часом сама своїми фохами відгониш кождого з хати. Се я міг би жалуватися, що через тебе відбився від усякого порядного товариства. Будь у мене жінка гарна, розумна, людяна, така, яку я надіявся знайти в тобі, то не така була б моя кар'єра. Нас усюди приймали би в товаристві, та й у службі на мене мали б інакше око. А так що: тлумиться чоловік у тій нужденній канцелярії, всі його мають за пса, а прийде додому, то й там пекло. Ходить оте опудало, вічно надуте, забурене, засумоване, заплакане, слова по-людськи не промовить, дивиться на мене, мовби я йому батька й матір зарізав, – і жий же в такім раю! Будь веселий, будь добрий, будь розумний! Тьфу!

І Стальський спересердя кинув на стіл ніж і вилку, які досі держав у руках.

Регіна похилила лице і сиділа мовчки.

– Ну, чого мовчиш? Чому не озовешся? Скажи, маю я рацію, чи ні? Адже мусиш сама признати, що маю рацію. То не штука жалуватися, що я десять літ жив з тобою так, як би тебе на світі не було. Але спитай, свого власного сумління спитай, хто тому був винен?

Чи не твоя власна впертість, заїлість, злоба? Подружжя – се ненастанний ряд обопільних уступок. Уступиш ти мені, уступлю я тобі; зробиш ти мені одно добро, зроблю я тобі двоє. А упрешся ти проти моєї волі, то я упруся проти тебе. Зробиш ти мені пакість, то я тобі й десять. А правда, я тоді толкував тобі, благав тебе: «Ей, Регінко, не роби мені сього, не виганяй Ориськи!» Що вона тобі шкодила? Робила своє діло, не крала, не шахрувала, а мені була до вподоби. А ти ні та й ні. І поставила на своїм – прогнала її і з нею разом прогнала й злагоду з нашого дому. Ти бажала зігнути мене під свій пантофель, а я, небого моя, не з того матеріалу зроблений, щоб гнутися. А тепер бачиш сама, хто на тім гірше вийшов.

Регіна ще нижче похилила лице і мовчала. З її очей почали капати сльози. Стальський засміявся весело.

– Га, га, га! Виджу, що своїми словами торкнув я сантиментальну струнку в твоїм серці. Се дуже добрий знак. Сльози розм'якшують затверділу натуру. Вони мають у собі щось подібне, як вино: розв'язують язик. Ану, Регінко, розповідж-но мені раз по щирості, яка то була у тебе історія з тим Рафаловичем? Як ви пізналися, як кохалися-милувалися, як розсталися? Чому ти не пішла за нього? Чи ти його не хотіла, чи він тебе? Чи тітка розлучила, чи, може, се була така тиха любов, про яку співає німецька пісня:

Kein Feuer, kein Feuer
Brennet so heiss,
Wie die heimliche Liebe,
Von der Niemand Nichts weiss?[73]

Регінине лице спалахнуло рум'янцем. Вона встала з крісла і хотіла йти геть, але Стальський ухопив її за стан і силою посадив знов на кріслі.

– Ну, ну, не фукайся! Чого тікати? На мене сьогодні набігла весела хвиля, то я й хотів поговорити зтобою, як з доброю. А ти все своє та й своє. Ну, Регіно! Всміхнися! Випогодь чоло! Буджу тебе!

І, вхопивши її за плечі, він струснув її сильно. У неї знов бризнули сльози з очей.

– От дуріпа! – скрикнув Стальський і відвернувся від неї. – Ти з нею по-доброму, а вона ані в той бік. Слухай, Регіно, – мовив він, знов обертаючися до неї і приймаючи лагідніший тон, – я справді не розумію тебе. Чого тобі треба? Чого тобі нестає? Чи я тебе неволю, замикаю, на світ не пускаю? Адже бачиш сама, що я більшу часть дня не сиджу дома. Чому не знайдеш собі товариство, не забавишся, не розвеселишся? Я розумію, тобі хочеться не звичайного собі, жіночого товариства. Я знаю, у тебе в серці не завмерла ще любов до того… твойого… ну, ти знаєш, про кого я. Що ж, з Богом, Парасю! Хіба я тобі бороню кохатися з ним? Ще більше! Признаюсь тобі одверто… Ще не знавши, що ви перед твоїм шлюбом були знайомі, я вмисно запросив його до себе, надіючись, що ти закохаєшся в нім, потішиш своє серце…

– Тьфу на тебе! – скрикнула Регіна, і з її очей посипались іскри обурення.

– Не фукай, не фукай! – їдко мовив Стальський. – Не чинися святою та божою. Я знаю, що тобі самій бажалося того. Адже ж ти другого дня мала з ним рандеву, – ну, признайся! І ви торгувалися про щось, та, видно, він занизьку ціну давав, то ти й не пристала. О, правда, що я знаю тебе!

– Тьфу на тебе! – ще раз з притиском скрикнула Регіна і знов устала, щоб іти геть від сього огидливого чоловіка.

– Та сиди-бо! – мовив Стальський, сміючись і ще раз втискаючи її в крісло. – Фукай собі, як кицька, але сиди. Вислухай, що я хочу тобі сказати по-щирості. Хто знає, чи швидко мені ще раз збереться на таку щирість, то користай з нагоди. Отже, про що то я?.. Ага, про твоє кохання! Голубочко, їй-богу, не спиняю тебе! Назначуй йому рандеву, іди сама до нього – хоч нині! Ані слова тобі не скажу. Ще й рад буду, коли, вдоволивши своє серце, стрітиш мене весела, всміхнена, рум'яна. А то чи бач, яка стала! Від тої вічної самоти та гризні ти зів'яла, як сушена підпенька. Ну, до чого ти подібна? І не сором тобі так занапащати себе! Ну, Регіно, кинь лихом об землю! Я розрішаю тебе від усіх ніби моральних зобов'язань, даю тобі повну свободу, навіть прошу тебе: не в'яжися нічим, слухай голосу свого серця! Побачиш, обоє на тім ліпше вийдемо.

Регіна поблідла при сих словах, як смерть. Її уста задрожали нервово, руками вхопилася за груди, мов почула там якийсь страшний біль, і, схопившися, скрикнула:

– Боже! Боже! Не дай мені вдуріти!

І вона вирвалася з рук Стальського, що ще раз силкувався задержати її, втекла до свойого покою і замкнулася зсередини.

А Стальський, прослідивши її очима аж до дверей, усміхнувся і, затираючи руки, проворкотів півголосом:

– Ну, ну! Побачимо, чи вчепиться за сей гачок! А здається, клює.

LIII

Вечоріє. Надворі посутеніло, а небо насунулось важкими хмарами. Тихо паде сніг густими великими платками. Міський годинник вибив четверту, але в покої вже потемніло. Регіна звільна, рівним кроком ходить по своїм покою, мірно – шість кроків там і шість назад, ненастанно, мов в'язень у своїй казні. Двері її покою замкнені знутра так, як їх замкнула, вирвавшись із рук мужа. Тільки голова її, що розболілась страшенно, пов'язана мокрим рушником; лице і уста, коли можна, ще блідіші, ніж були під час обіду, а великі чорні очі горять несамовитим огнем. Вона ходить з лицем, спущеним униз, і говорить, раз у раз не то сама до себе, не то до когось незримого, жестикулюючи при тім злегка руками; говорить не дуже голосно, рівно, так що з-за дверей її голос бринить мов тихе журчання лісового джерела, солодке і меланхолійне за одним разом.

– Слухай, Геню! Як я була маленькою, то ми жили в дерев'янім домику під лісом. А напротив наших вікон була висока лиса гора. Коли сонце сходило, то викочувалося до наших вікон якраз із-за вершка тої гори. А коли заходило, то на тім вершку найдовше ярілося його пурпурово-золоте проміння. Я так любила той вершок, голий, наїжений сірими каменями і з широкою пісковою поляною посередині, що виглядала мов широка біла плахта, простерта між оборогами. Встану було рано і зараз біжу до вікна, і зиркаю на той вершок, як він купається в сонці, що ще не доходить до нас у долину. Весь день чи бігаю куди, чи купаюся в річці, чи бавлюся, а все люблю зирнути на той вершок, а вечором то не раз очей від нього не можу відвести. Так мене манило щось до нього. Та вічна гра світла й тіней і найрізніших красок, що мінялися на скалах, на пісковій поляні, на ярах і темнім лісі внизу, – все те чарувало мою дитинячу душу. Я не раз почувала бажання бути на тім вершку, дихати тим пурпурово-золотим, пишним повітрям. Мені не раз снилося, що я лечу знизу, ширяю понад яри й долини, як сірий яструб – просто вгору до того вершка. У мене в серці робилося так солодко і так страшно, що мені у сні дух захоплювало, коли я гляділа з гори в глибоченне провалля підо мною. Я скрикувала з радості й страху і прокидалась і жалувала, чому я не пташка і не можу летіти там угору і спочити на тім чудовім вершку.

– Та ось раз, вдивляючися в вершок, коли сонце схилилося з полудня і обливало його найяркішим світлом, я побачила в самій середині піскової поляни щось мов срібну іскру, мов шматок сонця, що відірвався з неба і впав на вершок гори. Довгий срібний промінь стрілив від того місця до мойого ока, тремтячи понад темним лісом, іграючи всіми барвами веселки. «Що се таке?» – подумала я. Я чула про діаманти, що грають таким промінням; чула про гадюк, що носять діамантові корони, і в моїй дитячій душі защеміло щось тривожно, неспокійно. Може, там орел убив таку гадюку, а її корона лежить серед піску і блищить до сонця? І у мене повстала думка – піти на вершок і добути сю корону. Мене здіймав страх при самій думці, що мені треба буде йти через той густий темний ліс, що широким поясом обвивав лису гору, але я поборювала страх. Я довго надумувалася, кілька день вдивлялася в діамантову іскру на вершку, чи не щезне вона, чи не пропаде. Ні, вона все горіла та блищала на тім самім місці і манила мене своїм ярким промінням. Вкінці я почала бачити її навіть у сні – і не видержала. Одного дня по сніданню, взявши шматок хліба з маслом у кишеню, я вибралася потаємно з дому і пішла. Розуміється, я заблудила в лісі, і тільки надвечір знайшли мене вівчарі і завели додому. Мама витріпала мене різкою, батько насварив, а коли я з плачем почала говорити про діамантову корону там, на вершку гори, мене висміяли і сказали, що се, певно, скляний череп із бутельки, яку там розтовкли інженери, роблячи поміри на шпилі. Я замовкла, але в душі не вірила сьому. «Ні, скляний череп не видасть такого проміння!» – думалося мені. І коли другого дня сонце схилилося з полудня і освітило піскову поляну, я перш усього звернула очі на звісне мені місце. О горе, діамантової іскри не було! Вона щезла і не показалась мені більше.

– Слухай, Геню! Не смійся з мене, що я в таку хвилю згадую такі речі. Ся згадка заповнює тепер всю душу, і той діамантовий промінь живо, як ніколи, тремтить і міниться перед моїми очима, тягнеться чудовою ниткою від якогось високого, вільного сонячного вершка аж на дно мого серця. Мені ясно тепер: се мрія мойого щастя, мрія, яка хоч раз у житті прокидається в кождої людини і тягне, і манить її кудись високо, в ясні простори. Певно, певно, більшина тих, що йдуть шукати чудового діаманту, або збиваються з дороги в темнім лісі, або знаходять скляні черепки. Але се ще не значить, що діамантів і зовсім нема і що знайти їх зовсім неможливо.

– Слухай, Геню! Мені тепер ясно – ох, аж болюче ясно, що тим моїм діамантом був ти, була твоя любов. Тепер, як ніколи, я чую блиск, і силу, і чар її проміння. Прости мені, Геню! Я й давніше чула її, але у мене не було сильної постанови йти за її покликом. Я була дурна, загукана, засліплена своїм вихованням. Мені здавалося, що таких діамантів я на дорозі свого життя знайду багато, що досить мені схилитися сюди або туди, щоб такий діамант попався мені в руку. Мої товаришки всі стілько балакали про такі діаманти… ми й не уявляли собі, як багато нам прийдеться зустрічати в житті товченого скла!..

– Аж тепер, Геню, коли моя молодість минула, моя краса зів'яла, коли грижá виссала мої сили, коли горе, мов собака, вхопило мене за шию, і гне додолу, і силкується втопити мене в болото, аж тепер я зрозуміла, чого стóїть хоч би найменший діамантик щирої любові! І як годі жити без нього. І якою пустинею, яким звіринцем страшних, ненаїдних бестій робиться життя без нього. Геню, Геню, чи можеш ти уявити собі, що я пережила в такому звіринці десять літ! І скілько я витерпіла, караючись – за що? За те, що в рішучій хвилі збилася з дороги, не знайшла в душі компаса, не знайшла сильної волі, щоб піти за голосом серця! Невже ж се справедлива кара? Не може бути! Кара – нехай і так! Я згрішила – против себе самої, против власної душі, і кладуся за кару. Але вимір! Ні, против такого нелюдського виміру кари я рекурсую, рекурсую і протестую всіми силами душі.

– Геню, ти ж адвокат. Ти оборонець покривджених. Невже ти не бачиш, не відчуваєш душею моєї кривди, моєї тяжкої муки? Невже ти не вступишся за мною, не захистиш мене? О, Геню, рятуй мене! Сили моєї не стає. Розум мій мутиться, голова тріскає. Адже ж тут день у день рвуть мою душу, топчуть мене в багно, шпигають розпаленими шпильками. Адже ж тут день у день брудними ногами ходять і топчуть по тім, що у мене найчистіше, найсвятіше! Адже ти чув сьогодні – ти чув, куди він попихає мене! О, я знаю його, знаю, чого він хоче. У нього нема ані зерна щирості, все в ньому брехня, і брудота, і погань! Він ненавидить мене за те, що я не подібна до нього. Він чує, що я чиста душею, і рад би мати мене брудною, огидною, щоб тоді з тим більшим правом топтати і поневіряти мене! Геню, Геню! Ти ж запевнював, що любиш мене. Невже можна любити і спокійно дивитися, як улюблена людина треплеться і в'ється на тортурі? Чом же ти так зовсім забув про мене, відвернувся від мене, не зазирнеш ніколи, не навідаєшся, не поцікавишся, чи я жива і що діється зо мною? Пощо ти віддав мене в цілковиту власть отсього звіра? Бачив, як затріснено за мною двері в'язниці, і навіть не попробував потермосити замком?

Вона ходила, заламуючи руки, і її притишена розмова змінилася на важке ридання, на завід, мов по покійникові. З-під напухлих червоних повік звільна, двома річками лилися сльози – часті гості на її лиці, де видно було дві зигзагуваті смуги, мов рівчачки, вириті тими річками. Нараз вона зупинилася і вхопила себе обома руками за голову.

– Горе мені, горе! сліпій та небачній. Що се я говорю! Чого се я надіюсь! Та невже я сама не відіпхнула його! Невже він не простягав мені руки, не готов був жертвувати мені все своє життя, всю свою будущину? І я відіпхнула його, я відвернулася від нього! Геню, серце моє! Що ти подумав собі про мене в тій хвилі? Невже ти подумав, що се гордощі говорили з мене? О Боже мій, я – і гордощі! Я, жебрачка, що була б щаслива окрушиною, найменшою одробиною того, чим люди живі, – я мала б гордувати тим безмірним скарбом, який ти клав мені під ноги! Геню, Геню, ради Бога живого, не думай сього про мене! Се були тілько мої трусощі. Я так відвикла від подарунків життя, що рука не простягається приймати їх. А при тім мою душу так загукано, знечулено, обгороджено парканами різних приписів… Адже навіть пташка не може злетіти просто вгору в тісній огорожі. І щиглик, пробувши довго в клітці, не відважується відразу летіти на волю. Геню, Геню! Якби ти був знав, що тоді діялося в моїй душі! Як скакало моє серце при твоїх словах! Як трепався кождий найменший нерв! А коли мої прокляті уста перебили тобі, коли моє лице – против волі – відвернулося від тебе, ах, то моє серце, облите кров'ю, не тямило себе з болю! А моя душа, облита кровавими слізьми, мов Магдалина, припадала до твоїх ніг[74], і цілувала їх, і кричала нечутно: «Не вір устам! Не вір лицю! Не німій, не стій так недвижно! Зупини мене силою! Рятуй мене передо мною самою, перед моєю глупотою і трусливістю, що отсе перемагають мене!» Але ти занімів і стояв недвижно, і мої вороги, глупота і трусливість, перемогли мене, зв'язали мою душу і поволокли її, як полонянку, з собою. Вона ридала нечутно і оглядалася за тобою, німим зором благала твоєї помочі, але ти не ворухнувся.

– Геню, голубе мій, – та невже ж ся хвиля минула назавсіди? Невже ж така нагода не вернеться більше? Невже ж мені так і тонути навіки в тім морі розпуки, що вже тепер піймає мене по горло? Геню, Геню! Тепер остатня пора, остатня хвиля! Рятуй мене! Не слухай, що будуть говорити мої уста – о, бо вони заморожені, заморені, трусливі. Прислухайся до крику мойого серця, до благання моїх очей! Не покинь мене! Не відіпхни мене тепер! Я така нещасна, Геню, така бідна, така зламана. У мене нема ні кого на всім світі, до кого б я хоч думкою могла прихилитися, крім тебе одного, Геню, серце моє! О, не відіпхни мене! Прийми мене хоч за свою наймичку, щоб я тілько не мусила жити і душитися ось тут, у тих стінах, що були мені пеклом і тортурою цілих десять літ!

– Мав же би ти забути мене? Мав же би ти після нашої остатньої стрічі зовсім занехати мене, виполоти з серця, мов непотрібний бур'ян, викорчувати, мов кропиву? Боже! Не допускай до мене такої думки! Се ж було би страшно! Се ж значило б відібрати потопаючому остатню стебелинку. Се не може бути. Я чую в серці діамантовий промінь твоєї любові, Геню. Він світить, іскриться, міниться і гріє мене по-давньому – ні, ясніше, краще, ніж коли-небудь. Се не ілюзія! Се чуття, я знаю. Воно досі держало мене на світі, додавало мені сили в стражданні, не допускало до розпуки, – воно й досі не покинуло мене. Ні, ти любиш мене, Геню! Чую се, вірю в се і живу сею вірою. Значить, нічого надумуватись! Годі довше терпіти знущання і наруги. Міра переповнилась. Пора на рішучий крок, і я зроблю його спокійно. Повороту нема – хіба в могилу… До побачення, Геню!

І вона стрепенулася, розв'язала рушник з голови і кинула його в кут, підбігла до комоди, відчинила її і почала одягатися. Не надумуючись, вона одягла свій звичайний чорний убір, причесала волосся і вложила маленькі брильянтові ковтки в уха. Потім із найдальшого кутка комоди виняла малу дерев'яну шкатулку, відімкнула її і добула з неї свої преціози і кілька білетів гіпотечного банку – ціле своє віно. Все те вона вложила до маленького шкіряного саквояжика, наділа на себе шубу і калоші поверх черевиків і, замкнувши за собою покій та взявши ключ до кишені, вийшла на вулицю.

Була вже зовсім ніч, ота зимова ніч у місті, трохи бліда від світел, що мигали крізь вікна, і від ламп, що жовтими плямами тліли то тут, то там край вулиці, бліда врешті від снігу, що покривав вулицю і дахи і стиха, великими платами падав і падав на землю. На ратуші вибила сьома. Регіна затремтіла. В її пам'яті зовсім віджило те чуття, яке почувала колись дитиною, входячи в темний ліс у своїй вандрівці до вершка гори. Якимсь холодним, непривітним видався їй той світ, у який вона пускалася тепер, покинувши – бачилось, назавсіди – пороги свого дому. Випливала на широке незвісне море, на Бог зна які пригоди – перший раз на своїм віці зовсім не залежна пані своєї волі. Серце її стискалося тривожним почуттям, дух у грудях захапувало, і вона спішила наперед.

«Не обертайся! Не обертайся!» – шептало їй щось до вуха, і вона наразі, немов пхнута якоюсь посторнньою силою, обернулася і окинула оком своє покинене сімейне гніздо. Важке зітхання вирвалось із її грудей.

– Пропали мої надії! Чую, що прийдеться вернути назад у сю прокляту нору, – шептала вона, йдучи далі помалу, стрягнучи в сипкім снігу та ледве переводячи дух. – Я обернулася, а се значить, що сила того дому взяла верх надо мною, притягне мене назад до себе. Може, вернутися назад?

Вона зупинилася, думала. Але наразі їй шибнула в голову думка, що Стальський вернув додому, а побачивши, що її нема, пустився доганяти її. На вулиці чути було чийсь голос, що видався їй подібним до голосу Стальського, і се було для неї мов острога для коня. Здибатися зі Стальським, сидіти з ним бік о бік, слухати його слів – ні, ні! Радше смерть!

І вона, добуваючи всіх сил, пустилася йти, майже бігти в напрямі до ринку.

В боковій вулиці, саме напротив Вагманового дому, вона зупинилася, вся облита потом, утомлена, задихана. Мусила перевести дух, успокоїтися. В тій хвилі з хвіртки в штахетах, що відділяли Вагманове помешкання від вулиці, вийшов чоловік у короткім робітницькім убранні, високий, трохи згорблений, і впер у неї свої блудні очі. Регіна не звернула на нього уваги; вона так була занята собою, своїми думками, що не була би пізнала й далеко більше знайомого їй чоловіка, ніж Барана. Але Баран відразу пізнав її. В його хорій голові при її виді збудилися якісь спомини. Хтось пощось велів йому звертати увагу на сю паню. Хто? Пощо? Він наразі не міг пригадати собі, та проте, коли Регіна рушила далі, він здалека, обережно спішив слідом за нею. Аж коли вона ввійшла на подвір'я його камениці і вступила на сходи, що вели на перший поверх до Євгенієвого помешкання, йому стало ясно в голові. Він зареготався, вдарив себе долонею по чолі і, не надумуючися, бігцем побіг до звісного йому шинку, де мав надію застати в тій хвилі Стальського.

LIV

Євгеній сидів при своїм бюрку і писав.

Він був певний, що його улюблена думка сповниться, що перше народне віче відбудеться завтра. Заборона від старосства не надійшла; Парнас зголосився зараз другого дня і попросив знов завдатку, заявляючи, що староста вже не має нічого против того, щоб у його заїзді відбулося зібрання. Тепер приходилось тільки уложити резолюції, які мало б ухвалити завтрішнє віче, і Євгеній власне працював над ними.

В тій хвилі хтось несміло застукав до дверей.

– Прошу! – мовив Євгеній, дивуючись, хто се в таку пізню пору заходить до нього.

Двері відчинилися звільна, і в них показалася висока жіноча стать, уся в чорному, з лицем, заслоненим густим вельоном.

Євгеній схопився з крісла і поступив напротив дами, що мовчки заперла і замкнула на ключ за собою двері, а потім, обернувшися до нього лицем, відкрила вельон.

– Ах, се пані! – скрикнув Євгеній, більше зачудуваний, ніж урадуваний видом Регіни в такім незвичайнім місці, у таку незвичайну пору.

– Дивує вас мій прихід? Правда? – мовила Регіна, злегка всміхаючись.

– Признаюсь вам, пані, я скоріше надіявся смерті на себе, ніж вашого приходу.

– Вибачайте, пане, – мовила Регіна, стоячи на однім місці, – не моя сила була упередити вас… Зрештою не знаю, чи се було би на що здалося… Я, може, перервала вам роботу?

– Ні, пані. Я вже майже скінчив. Ту крихітку, яка ще лишилася, зроблю й завтра. Прошу ближче. Прошу сідати, розгоститися.

Регіна сіла на кріслі праворуч бюрка, але не роздягалася ані з шуби, ані з калошів. Євгеній сів на своїм звичайнім місці і спокійно, з відтінком тихої меланхолії глядів у її лице.

– Чим можу служити пані? – запитав він по хвилевій мовчанці, бачачи, що Регіна сильно вперла свої очі в нього і немов силкується прочитати щось у його очах, лиці і всій подобі, але сама не говорить нічого.

– Служити? Мені служити? – повторила вона мов сама не своя. – Що я вам скажу? Тут треба би багато говорити…

– Але в такім разі чому ж пані не ласкаві скинути футро й калоші? Тут у мене тепло, можуть пані набратися катару. Прошу, прошу, я пані допоможу.

Регіна роздяглася з верхньої одежі при Євгенієвій помочі, а потім сіла знов на кріслі і мовчки дивилася на нього. Її лице було бліде, тільки очі горіли дивним огнем, а її тонкі губи рушалися, мов говорили щось, але без голосу.

– Прошу… коли пан мають що робити… я не перешкоджаю… я посиджу ось так хвилину… нехай пан так уважають, як би мене тут зовсім не було, – мовила вона ледве чутним голосом, уриваним з внутрішнього зворушення.

– Але ж, пані… Регіно! – скрикнув Євгеній. – Що се з вами? Ви бліді… дрожите… ваші руки холодні…

І він узяв її руки в свої долоні і глядів їй просто в очі.

– Нічого, нічого… мені добре, – шептала Регіна, і з її очей закапали сльози.

– Ви плачете! З вами щось сталося!.. Ваш прихід у таку пізню годину… Боже мій, мав же би ваш муж…

– Пст! Не згадуйте мені про нього! Пощо? Нічого надзвичайного не сталося!

– Але що ж вас вигнало з дому? Для чого ви…

– Ніщо мене не вигнало. Я сама… я так собі вийшла прогулятися… бачу, що у вас світиться…

– Ах, пані! Не говоріть так! Ваші сльози, вся ваша постава говорить щось зовсім інше. Я не хочу втискатися в ваші сімейні відносини, не маю права жадати, щоб ви довірилися мені… Та все-таки… коли ви зайшли до мене, певно, шукати поради, помочі, то прошу сказати, чим можу бути вам помічним? Чей же не сумніваєтесь, що я готов зробити для вас усе, що тільки зможу.

Регіна тим часом успокоїлася трохи. Теплота в покої, Євгенієва спокійна бесіда і його тихий, певний погляд утишили потрохи бурю в її нутрі.

– Ви вгадали, – мовила вона. – Я прийшла просити у вас поради й помочі.

– Що ж там у вас сталося?

– Не сталося ніщо надзвичайне, але те, що діється день у день, раз у раз, те вже перейшло міру мойого терпцю. Я не можу довше жити з ним. Мені лишалося або одуріти, або самій собі смерть заподіяти, або…

Вона урвала і знов пильно, тривожно почала вдивлятися в Євгенієве лице, немов силкувалася там вичитати собі засуд на життя чи на смерть.

– Або розірвати те ненависне подружжя, – мовив спокійно Євгеній. – Ви повинні були зробити се давно.

– Я постановила зробити се тепер.

– І прийшли до мене за порадою в тій справі?

– За порадою? – з зачудуванням перепитала Регіна. – Якої ж тут іще поради треба?

– Ну, я думаю… законний розвід – се така справа…

Регіна перервала його слова голосним, гірким сміхом.

– А, так, то ви думаєте про розвід! А, правда, ви правник, адвокат! Адвокатський інтерес поперед усього.

– Перепрошаю вас, пані, коли я хибно зрозумів вашу інтенцію, але я справді так зрозумів її. Коли пані мають який інший намір, то прошу сказати його мені.

Регінине лице поблідло ще дужче, її губи задрожали, і, похиливши голову вниз, вона мовила ледве чутно:

– Ні… я не маю вам ніщо більше сказати… я справді хотіла… тілько… про розвід…

І, закривши лице руками, вона почала гірко ридати.

Євгеній зрозумів, що у неї тяжить щось на серці, чого вона не хоче сказати, і, взявши її холодні руки, почав розважати її.

– Але ж, пані, бійтеся Бога! Що ви робите? У вас щось тяжить на серці. Скажіть! Коли тілько моя змога допомогти вам, я готов усе зробити для вас.

Регіна злегка відняла свої руки від нього і знов закрила ними лице і плакала. Євгеній не знав, що робити, і постановив ждати спокійно, аж вона втишиться. Та ось нараз вона відняла руку від лиця, витерла хусткою очі й уперве підняла їх твердо і рішучо на Євгенія.

– Даруйте, пане, – мовила. – Я дурна. Се я останок своїх молодих дурощів утопила в тих сльозах. Сталося, і годі про се. А коли се сталося, то властиво… властиво я не маю вам що більше сказати.

– Говорите, пані, загадками, яких я не вмію відгадати, – мовив Євгеній. – І робите мені велику прикрість тим браком довір'я.

– Браком довір'я? Я до вас?.. Ну, коли вже на довір'я зводите річ, то нехай! Скажу вам по правді, що мене привело до вас. Тепер я знаю, що се була ілюзія, що, позбуваючись її, я позбуваюсь… ну, та що там! Пропало. Так знайте, я йшла до вас, щоб не вертати більше до свойого мужа, щоб вирватися з того пекла, яким було для мене дотеперішнє життя, щоб віддатися вам, бути вашою наймичкою, невольницею, чим хочете – тілько щоб не вертати назад там… до того…

– Пані! – скрикнув Євгеній, вперши в неї зачудувані очі.

– Не дивуйтеся і не лякайтеся! Тепер я знаю, що се була дурниця, моя глупа ілюзія. Від першої хвилі, коли я ввійшла сюди, коли почула ваш голос, я зрозуміла, що для мене все пропало, що у вашім серці згасло те полум'я, при якому я хотіла огріти своє серце.

– Пані, – хотів було щось сказати Євгеній, але вона перебила йому.

– Ні, ні, не говоріть! Не заперечуйте, бо се була би неправда. Мені не хотілось би, щоб ви в моїх очах накинули на себе тінь нещирості. І не звиняйтеся, бо нема за що. Любов не залежить від нашої волі, приходить без нашої заслуги, щезає без нашої вини. Та й за що вам любити мене? Чим я була для вас досі? Що дала вам, крім того, що ви самі зробили з мене в своїх мріях? Ні, не говорімо про любов. Не говорімо про мене!

– Ні, пані, – мовив Євгеній. – І я не буду говорити про любов. І я сам бачу, що пора наших любощів минула і ніяка сила не верне її. Але про вас конче мусимо поговорити. Я дуже добре розумію, що вам годі жити так дальше.

– Е, що там! – мовила Регіна і махнула рукою.

– Що вам годі навіть вертати до мужового дому. Зрештою, не знаю, як ви розійшлися…

– Кажу вам, що між нами не було нічого надзвичайного. Нема чим вам турбуватися. Ні, пане, про се покиньмо. Я ось що хотіла сказати вам. Чую, що ви скликаєте на завтра хлопське зібрання.

– Так, пані. Се має бути перший крок, перший початок моєї ширшої, народної праці. Хочу доложити всіх сил, щоб довести сей народ хоч троха до освідомлення, привчити його користуватися його правами, боротися з його кривдниками, – з запалом мовив Євгеній.

– Ось куди тягне ваше серце! – з жалем мовила Регіна, а по хвилі додала: – Що ж, робіть! Як я жалую, що я не мужчина, що не можу допомогти вам своєю працею, своїм знанням, хоч би тілько своїми кулаками!

– Ви, пані?

– О, пане, якби ви знали, як часто зі свого домашнього пекла я рвалася думками на ширший світ, там, де йде чесна, явна боротьба, де люди терплять за високі цілі, але й тріумфують з їх побідою! Та що, не судилось мені, не судилось нічого! Знаєте, як то в пісні співають:

Як зеленій конопельці у болоті гнити,
Ой, так мені, сиротині, за нелюбом жити.

– Ну, та що там про се! Сталося і мусить дійти до кінця. А ось ваше діло, воно повинно йти чимраз далі й далі. Бажаю вам найкращих успіхів і маю надію, що успіх буде. А щоб вам дати доказ, що мої бажання – то не пусті фрази, то прошу вас, прийміть отсе немноге, що маю, візьміть се на основний фонд, який повинна мати ваша організація.

І при сих словах Регіна поклала на Євгеніевім бюрку свій саквояжик, що досі держала надітий за вушко на лівій руці.

– Ні, пані, – мовив Євгеній, – не робіть сього! Нам ніяких фондів для нашої роботи не потрібно.

– Буде потрібно, буде! – мовила Регіна і почала скваплиbо надягати калоші.

– Та головне ось що: ми не маємо права приймати їх від вас у такій хвилі. Не знаю, що там є у тім вашім саквояжику, але припускаю, що се всі ваші засоби, якими ви могли розпоряджати в даній хвилі, які могли бути для вас основою самостійного життя. Зрозумієте, пані, що я не можу прийняти від вас того фонду, відібрати вам у найтяжчій хвилі сеї вашої піддержки.

– Е, що там! Моя найтяжча хвиля вже минула! – мовила Регіна і з поспіхом почала вдягати на себе шубу. – Ніякої піддержки мені не потрібно, а ви повинні прийняти те, що я даю вам. Тим більше, що…

В тій хвилі на сходах загуркотіли важкі кроки кількох людей. Якась рука брязнула клямкою від дверей Євгенієвого покою, а переконавшися, що вони замкнені, застукала сильно до дверей.

Євгеній схопився і поступив крок наперед, потім, обертаючися до Регіни, вказав їй очима бокові двері, що вели до його спальні і були до половини відхилені. Вона нечутними кроками вийшла і замкнула двері спальні за собою.

Стук повторився. На коридорику перед дверима чути було гомін і сміхи.

– Хто там? – запитав Євгеній.

– Прошу відчинити! – озвався якийсь грубий голос.

– Хто просить?

– Прошу відчинити! В імені закону! – мовив той сам голос, і рівночасно повторилося стукання до дверей з більшою силою.

– Овва! В імені закону! – іронічно скрикнув Євгеній і для обезпеки вложив у кишеню набитий револьвер, що лежав у шухляді його бюрка. – Прошу сказати, хто там добивається, інакше не відчиню.

– Та відчиніть-бо, пане, до сто чортів! Я домагаюся, я, Стальський! – заревів за дверима п'яний голос, і рівночасно почалось до дверей скажене стукання кулаками і ногами.

LV

Сього понеділка від самого рана Баран був дуже неспокійний. Від часу новорічної авантюри він жив, мов у полусні. Вдень він ходив і нипав по подвір'ю, робив дещо, різав і колов дрова, носив воду до прачкарні, що була в сутеренах, або бігав за справунками, які давали йому партії. Він робив усе те досить добре, але не говорив майже нічого, а властиво раз у раз воркотів собі щось під носом. Уночі, забившися в свою комірку, він говорив сам до себе голосно, говорив зовсім без зв'язку про тисячні речі, що, мов різнобарвні черепки в калейдоскопі, пересувалися по його голові, в'яжучися в тисячні, зовсім несподівані фігури і зв'язки. Зальотна прачка, і краса киця з сусідства, і стара бабуня, що збирала кості по смітниках, і п'яниця, що кричав у шинку, і антихрист, що мав прийти не сьогодні, то завтра, і Євгеній, і мужики, і попи, і все-все переверталося і мішалося в його голові і було темою його самітних монологів. І чим далі в ніч, тим його неспокій збільшувався, а о одинадцятій він вибігав надвір, чіпляв на себе балію і виходив на ринок. Правда, намови Вагмана і поліціянтів мали на його хору волю настільки впливу, що він не брав праників, а тарабанив тільки кулаками. Один поліціянт зробив йому ще ласку і дарував йому старі суконні рукавиці, щоб не відморозив рук. Баран сповнював сумлінно даний йому наказ і за кождим разом, ідучи на свій нічний обхід, надівав ті рукавиці на руки, так що гук від балії був ледве чутний. Обійшовши тричі ринок і раз костел і оббивши собі руки так, що аж пашіли, Баран вертав додому, скидав балію до шопки, а сам, не роздягаючись, кидався на свою постелю і спав до рана мов убитий.

Але сьогодні від самого рана він був страшенно неспокійний. Не знати коли: чи зараз по пробудженні, чи при вставанні, чи при першім виході з хати йому мигнула в голові думка, що сьогодні, саме сьогодні має появитися в місті антихрист. І ся думка почала вертітися і бриніти в його голові, мов оса. Все довкола нього, що він бачив, чого доторкався, потверджувало її. Ледова вода, в якій він мився, видалась йому гарячою, як кип'яток, – недаром, се його знак. Коли він вийшов на подвір'я, в отворену браму з вулиці заглянув якийсь великий, чорний, незвісний, йому пес – се його післанець. Крук закрякав над його головою – се його віщун. Баба перейшла з коновками, дим вився з комина і стелився по подвір'ю, огонь під котлом у прачкарні тріщав і порскав горючим вуглем насеред хати – все те, все були його знаки!

І нараз Баранові мигнула в голові думка, що він надійде зі своїм військом зі сходу – від Вигоди, зупиниться на мості, а передом пішле свою авангарду до міста, щоб на ратуші заткнула його хоругов. Він був певний, що се станеться зараз, а може, вже й сталося. І ось, покинувши коновки з водою перед дверми прачкарні, він у смертельній тривозі скочив до своєї комірки, надів стару куцу кожушину, яку недавно дістав від Вагмана, і, балакаючи ненастанно сам до себе та розводячи руками, поспішив за місто, на міст, на Вигоду.

Надворі потепліло після довгих морозів. У місті була відлига, але за містом тяг холодний вітер і курив дрібним снігом. Ріка стояла під ледом, і тільки декуди, на шипотах та бистринах, вода попролизувала грубу кригу і клекотіла в пролизах, викидаючи тут і там невеличкі потічки, що розливалися поверх леду і звільна замерзали, всякаючи в сніг, яким покритий був лід. Найбільший пролиз був якраз під мостом з правого боку, де вода, розбиваючись о здорові дубові колоди, вкріплені там для розбивання леду, творила понижче глибокий вир, що крутився і клекотів, від часу до часу хрускаючи невеличкими кригами, які надпливали згори і тут мололися на дрібні шматочки то об колоди, то об острі береги грубих криг. Се місце так і звалося Клекіт. Його навіть при низькім стані води обминали і рибаки, і пливаки, а тепер, коли ріка «дулася» під ледом наслідком теплішої хвилі, воно було аж страшне в своїй дикій красоті. Баран, сам не знаючи, чого і пощо, зупинився на середині моста і довго вдивлявся в спінене гирло і слухав хрускоту криги. В його уяві мигнув образ тої страшної ночі, коли він на руках, мов дитину, приніс сюди свою задушену жінку і з отсього самого місця вкинув у Клекіт. Він зазирав тепер у воду без ніякого зворушення, але з якоюсь дитинячою цікавістю. Йому здавалося, що зо дна Клекоту, з тих клубів піни, що бігали довкола поверх води, ось-ось вихилиться дрібна жіноча рука і кивне йому, покаже кудись, дасть якийсь знак. Ся нова думка моментально усунула з його душі ті образи, що досі мучили її; він забув про антихриста і його полки, забув про Вигоду і про горб, із якого мав виглядати, і, всміхаючися, стояв на мості та цікаво заглядав у Клекіт.

– Розуміється, розуміється, – мовив він сам до себе, – вона кликала мене. Має щось сказати мені. Дивно, як вона досі витримала тут. Адже мокро й холодно. Ну, то що ж, коли хоче вернути до мене, то я й овшім. Адже шлюбна жінка! Гріх би був не приймити. Тілько слухай, Зосю, щоб мені відтепер ані-ні давніх фох! Борони тебе Боже! Ти ж знаєш, я не був для тебе злим чоловіком, то пощо ж ти робила мені се? Я й тепер – борони мене Боже!

Нічого тобі не скажу, не випімну. Нехай се все йде з тим часом. Але на будуще пам'ятай! Будь добра, будь така, як була зразу, моя люба, маленька кіточка, моя курочка, моя красавичка! Добре?

І нараз йому стрілила до голови нова думка. Коли вона верне сьогодні, то куди ж він поведе її? До своєї комірки? Ну, се хіба сміх людям казати! І він щодуху побіг до міста, а відходячи, ще раз обернувся в напрямі Клекоту і мовив:

– Я зараз, Зосуню, я зараз верну! Не бійся, я буду на час. Мушу піти вперед прилагодити хату. Адже я без тебе, голубко, не панував. Мене покинули всі, я зробився жидівським слугою, сторожем, і живу в такій кучці, в такім барлозі, що ти й песика свойого боялася би заперти там на ніч. Так, моє серденько, перебідували ми обоє той час. Ну, але тепер усьому конець. Ти вернешся, я заслужив великі гроші, найму у Вагмана гарне помешкання з трьох покоїв і кухні – на першім поверсі, аякже! Накуплю гарних меблів, диванів, дзеркал – усе для моєї бідної Зосеньки, щоб вона знала, як я люблю її.

І в веселім настрої, балакаючи ось так і перебираючи подрібно всі меблі, все урядження будущого помешкання, він ішов до міста, щасливий, як ніколи, не звертаючи уваги ні на що і ні на кого.

Було вже геть з полудня, коли він дійшов до ринку. Чалапкаючи в глибокім, м'якім снігу, він утомився, був увесь мокрий від поту і почув сильний голод. Якось не думаючи про се, вступив до знайомого шинку. Шинкар, якому він часто робив різні прислуги: носив воду, рубав дрова, двигав бочки або направляв різну посуду, поздоровив його приязно і, не чекаючи замовлення, поставив перед ним добрий келишок горілки і булку.

Баран пильно, уважно глянув на нього і всміхнувся.

– Ага, ага, знаю вас. Ви Мошко. Ви добрий чоловік. Моя Зося также говорила, що ви добрий чоловік. Вона вас знає. О, будете бачити, вона пізнає вас від першого разу. Добрих людей не годиться забувати.

Мошко знав про Баранів хоробливий стан, що в останніх днях значно погіршився, і, кладучи йому руку на плече, мовив:

– Візьміть, Баране, випийте й закусіть! Ви голодні.

– Е, що там голоден! – мовив радісно Баран. – Се тілько сьогодні ще. Остатній день. Сьогодні вона верне, і всій біді конець буде. Адже знаєте, Мошку, – додав він пошептом, схиляючи голову до шинкаря, – у мене є великі гроші! Зложені, сховані… Се я навмисно нікому не говорив про них. Навмисно чинив себе таким бідним. А ось побачите від завтра. Коли моя Зося верне! Ну, ну, та я наперед не хочу говорити. Ваше здоровля, Мошку!

І він випив горілку, а потім почав їсти хліб, ламаючи по крихітці, жвучи його і ковтаючи, очевидно, без ніякого апетиту. А тим часом говорив, говорив ненастанно. Думка про сховані гроші опанувала тепер його уяву, і він почав оповідати якусь нечувану історію про те, як він разом з дванадцятьма розбійниками забив багатого пана, забраву нього гроші, одурив своїх товаришів і сам забрав усі гроші та сховав їх у безпечне місце. Ті колишні товариші чатують на нього за містом, лагодяться вбити його, записали себе антихристові, щоб тільки при його помочі дістати його в свої руки, але він не боїться їх. Доки був сам, то боявся. Але сьогодні вертає його Зося, а у неї є така сила, що віджене всі ворожі стріли. Адже вона недарма жила в Клекоті, служила там, бідувала, щоб навчитися чарів і обгородити його від усякої біди.

В шинку було пусто. Рідко коли який робітник або міщанин заходив, випивав настоячки чарку горілки, платив і йшов далі. Баран сидів у куті, опертий на лікті, похиливши голову, і балакав– тихіше, чимраз тихіше. Перед ним лежав пощипаний, недоїджений шматок булки – він не бачив його. Мошко давно не слухав його бесіди – він не завважував сього і говорив, говорив, поки вкінці його голова зовсім не спочила на столі. Він заснув.

Коли прокинувся, була вже сьома година. Вікно перед його очима було темне, в шинку над шинквасом горіла лампа, а за столом сиділи деякі звичайні вечірні гості, пили пиво, балакали і сміялися. Баран схопився з місця і почув якийсь страх. Що се він робить? Адже він мав іти до Вагмана наймати помешкання, купувати меблі! А тут уже ніч. І, не кажучи нічого, він прожогом кинувся з шинку і вибіг на вулицю.

Надворі падав сніг, тихо, ненастанно. Небо насунулось важкими хмарами, а нафтові ліхтарні на вулицях видно було, мов крізь сито. Баранові недалеко було до Вагманового дому. Він застукав до дверей, які звичайно були замкнені. По хвилі Вагман вийшов сам і відімкнув йому. Він не держав слуги, а тільки послугачку, що тепер, прилагодивши вечерю, пішла собі додому. Вагманова жінка виїхала ще рано до сусіднього місточка на весілля якоїсь своячки. Побачивши Барана, Вагман впустив його до свого покою, що був разом і його спальнею, й канцелярією і де обік ліжка стояла здорова вертгеймова каса. Сівши на своїм старомоднім фотелі, оббитім шкірою, Вагман обернувся до Барана, що своїм звичаєм стояв край порога.

– Ну, що там чувати, Бароне?

– Добре, прошу пана, – мовив радісно Баран.

– Що ж там таке добре?

– Вона вертає сьогодні.

– Що за вона?

– Ну, та моя Зося. Я тілько недавно довідався. І про гроші нагадав собі – знають пан, ті мої, сховані. Відколи вона покинула мене, то я й про гроші забув – так, як би заманулo. А тепер відразу все ясно стало перед очима.

Там тих грошей буде – здається сорок чи п'ятдесять тисяч дукатів – саме золото – ну, так, бо папери погнили б. Правда, будемо мати чим жити обоє до старості. Ну, хіба ми не заслужили собі? Хіба не перебідували стількі роки? А я то все говорив, що Господь Бог поки шле біду, то шле, а потому, як побачить, що чоловік собі з біди нічого не робить, то він зачинає слати добро.

Вагман зрозумів, що Баран хорий, і бажав відвести його думку на інші шляхи.

– Там сьогодні з прачкарні допитувалися за вами. Казали, що ви як рано вийшли з дому, то й на обід не приходили.

– І не прийду! – мовив весело Баран. – Що то мені за обід у прачкарні! У мене від завтра не те буде. Слухайте, пане Вагман, я хотів просити вас, щоб ви винаймили мені яке гарне помешкання. Адже розумієте, як вона верне, то мені неможливо жити з нею там, де живу тепер. Я гадаю… Адже те помешкання, де живе Рафалович, на поверсі, воно від завтра вільне? Правда?

– Хіба він виповів? – запитав Вагман, не хотячи виразно заперечувати.

– О, адже він від завтра буде жити в ратуші. Він буде у нас бурмістром, буде печатати всіх людей, а хто не схоче приняти його печать, того на муки, на смерть!

– Слухайте, Б164ране, – мовив Вагман, ще раз силкуючись звернути Баранову думку на інший шлях, – я би мав до вас маленьку просьбу. Не могли б ви занести мені отсей лист на пошту? Тепер доходить пів до осьмої. Підіть зараз, бо за півгодини замкнуть. Надасте за рецепісом. Ось вам гроші. Кілько тут маєте?

– П'ятнадцять крейцарів, – мовив Баран, беручи гроші.

– А лист як маєте надати?

– За рецепісом. Що пан мене питають, так би я був дитина? Чи, може, пан думають, що я одурів? О, я зараз!

І він ухопив лист і гроші і рушив із покою.

– А зараз вертайте і принесіть рецепіс! – крикнув йому наздогін Вагман.

– Зараз буду! – відгукнув уже знадвору Баран. Але коли вийшов за хвіртку і опинився на вулиці, йому стрітилась перешкода, яка відвернула його кроки і його думки відразу в інший бік. Він зіткнувся майже лицем у лице з Регіною, пізнав її і в тій же хвилі почав пригадувати собі, що хтось колись велів йому слідити за нею. Надармо силкуючись пригадати собі, хто й коли, він пішов за нею назирці. Аж коли побачив, як вона ввійшла в сіни «його» дому і піднялась на сходи, що вели до помешкання Рафаловича, він пригадав собі наказ Стальського і, зареготавшися несамовито, побіг щодуху до реставраційки, де Стальський звичайно проводив вечірні години. Він і сим разом застав його тут. При однім столі в відгородженій нижі сиділи Стальський, Шварц, Шнадельський і ще два якісь панки за повними гальбами пива. Баран став у дверцях нижі і, витріщивши на Стальського свої несамовито блискучі очі та розтягши широко уста до усміху, покивав пальцем, не кажучи ані слова.

– Се ти, Баране? – мовив Стальський. – А що там? Маєш що сказати мені?

Баран, не кажучи нічого, засміявся значущо і кивнув головою в той бік, де було помешкання Рафаловича.

– Що? – скрикнув Стальський, зараз догадавшися, в чім діло. – Те, що я казав тобі?

Баран потакнув головою і знов засміявся.

– Тепер?

Баран знов потакнув головою і зробив жест обіймання та цілування.

Стальський зірвався з місця.

– Панове! Прошу вас за свідків. Не розпитуйте нічого, лиш ходіть. На хвилечку. Пиво нехай лишається. Прошу за мною. Побачите щось цікавого.

І всі мовчки посунули лавою з реставрації і під проводом Стальського подались до Євгенієвого помешкання. По довгій стуканині, коли галас у сінях наробив розруху в цілій камениці, Євгеній відчинив. Усі панове під проводом Стальського втовпилися в комнату. Крізь двері, що лишилися відчинені, валила знадвору до покою студена пара.

– Пане! – крикнув патетично Стальський, спинившися якраз против Євгенія, – де моя жінка?

– Не знаю, пане Стальський, – бліднучи на лиці, але рівним, спокійним голосом відповів Євгеній. – У мене її нема.

– Ні, пане, вона у вас! – підносячи голос, мовив Стальський. – І я прошу вас не скривати її, а зараз видати в мої руки.

– Запевняю вас, що її тут нема, – змагався Євгеній.

– Брешете, пане! – ревнув Стальський і, прискочивши до бюрка, вхопив Регінин саквояжик, який вона лишила. – Бачите, ось доказ! Її саквояжик! О, тут на замку її підпис вигравіруваний. Прошу, панове, подивіться.

– Помиляєтесь, пане Стальський, – мовив Євгеній, не тратячи супокою. – Вашої пані тут нема.

– Corpus delicti, панцю! Corpus delicti![75] – з тріумфом кричав Стальський, потрясаючи саквояжиком. – Отсе само не прилетіло з мойого дому і не впало на ваше бюрко! Де вона? Покажіть її!

– Пане, вспокійтеся! Я вам виясню все!

– Де моя жінка, злодію! – кричав Стальський, наступаючи до Євгенія. Сей цофнувся кроком взад.

– Пане Стальський, – мовив він остро. – Не забувайтеся! Ви в моїм домі, вдерлися насильно, з компанією, нападом… ображаєте мене… пам'ятайте, що я сього плазом не пущу.

– Де моя жінка? – репетував Стальський. – Віддай мені жінку, а тоді говори і роби собі, що хочеш.

– Кажу вам ще раз, її нема тут. Була перед тим у канцелярії, не застала мене, ждала і пішла, забувши отсей саквояжик.

– Неправда! Неправда! Вона перед хвилею була тут і мусить бути тут. Ану, панове! – мовив він, обертаючись до свойого товариства. – Перешукаємо се гніздечко.

– Не смійте рушитися з місця! – крикнув Євгеній.

– Що, ти мені забороню? Ти, смаркачу! – крикнув Стальський і рушив до дверей спальні. В тій хвилі Євгеній скочив до нього, одною рукою вхопив його за горло і здушив так, що Стальський тільки зіпнув і вибалушив очі, а другою пхнув його в груди так міцно, що Стальський, мов з пращі, вилетів за двері через вузенький коридорчик і з гуркотом покотився долі сходами.

– За ним! – крикнув Євгеній до інших, що стояли, не знаючи, що робити. Шнадельський перший сунувся наперед до Євгенія, але у сього в руці в тій хвилі блиснув револьвер, якого дуло опинилося на кілька цалів перед очима Шнадельського.

– Прошу гречно: ось туди дорога! – мовив Євгеній, держачи револьвер у простертій руці.

Два панки, що держалися ззаду, перші висмикнулися з комнати, а за ними, цофаючися взадгузь, вийшов і Шнадельський. Євгеній замкнув за ними двері. Потім узяв з бюрка лампу і, застукавши до дверей своєї спальні, ввійшов досередини. В спальні горіла свічка. Регіни не було ані сліду. Тільки дверці, що вели зі спальні до маленьких сінець, які знов дверима виходили на ґанок, показували, куди вийшла вона. Євгеній заглянув до тих сінець, на ґанок – Регіни не було ніде.

LVI

Барана не було при тих подіях у Євгенієвім помешканні. Коли все товариство під проводом Стальського вийшло з шинку, Баран ішов також з ними. Та ось на вулиці його взяв за плече Шварц і заговорив стиха:

– Відки, Баране?

– Був у Вагмана.

– Він дома?

– Дома.

– Сам?

– Сам.

– Що робить?

– Не знаю. Певно, гроші лічить. Вислав мене на пошту.

– На пошту?

– Так. З отсим листом. Велів надати за рецепісом і зараз вернути.

– Давай сюди лист! – шепнув Шварц.

– Але ж я маю занести його на пошту, – сперечався Баран.

– Я занесу сам. Давай!

– А рецепіс?

– Занесу Вагманові. Я й так маю поговорити з ним.

– Ну, то про мене. Тут є гроші на рецепіс.

– Не треба. Йди до шинку і кажи дати собі за них пива. Я зараз прийду.

– А ви за свої зарекомендуєте?

– Так. Іди і не турбуйся.

Баран пішов до шинку. Шварц забіг також за ним і, вскочивши до нижі, де сиділо перед хвилею товариство і де стояли ще ледве надпиті гальби пива, зирнув на лист, що таким дивним способом дістався йому в руки. Лист був адресований до графа Кшивотульського.

– А се що таке? – шепнув Шварц, і не думаючи довго, роздер коверту. В коверті була картка паперу і квит. На картці було написано по-німецьки: «Платячи мені гроші за відомі папери, ясновельможний граф забули у мене квит. Посилаю його поштою. Вагман». А квит, нотаріально легалізований, виявляв, що за продані довжні папери, виставлені на ім'я пана Брикальського під застав його маєтності на суму 70 000 гульденів, граф Кшивотульський заплатив їх властителеві Вагманові умовлену суму 50 000 гульденів. Одержавши сю суму, Вагман передає папери графові і зрікається всякого дальшого права до них. Дата була нинішнього дня.

Перебігши очима лист і квит, Шварц зацмокав, сховав папери в кишеню і, стрілою вискочивши з шинку, погнав до Євгенієвого помешкання. Тут він зупинився в брамі і, вишукавши собі зовсім темне місце між парканом і сягом дров, що стояв на подвір'ї, заховався і почав ждати.

Зараз у першій хвилі до його слуху дійшло скажене стукання і крик із першого поверху. Потім зробилося глухо, потім попри нього промайнула тихо, мов тінь, висока жіноча постать, уся в чорному, заслонена вельоном і затулена в футро. З першого поверху долітали голоси немов оживленої сварки. Потім знов крик, стук тяжкого тіла по сходах, потім гуркіт кроків і скажений вереск Стальського:

– Злодію! Віддай мою жінку! Поліція! Сюди! На поміч! Мені вкрадено жінку.

– Але тихо! Ша! Не робіть скандалу! – втишували Стальського його товариші, яким досить неприємно було, що встрягли в сю історію, в якій почали підозрівати просту напасть Стальського.

– Ні, не буду тихо! Не буду! – репетував Стальський, стоячи на подвір'ї. – Ось тут стоятиму і не вступлюся. І буду кричати цілу ніч, поки мені не верне жінки!

Вся камениця була збентежена. На ґанках, у вікнах і сінях стояли люди, шептали, охали і ахали.

– Пане Стальський, – мовив Шварц, наближаючися до нього, – будьте ласкаві, вспокійтеся. Вашої пані тут нема.

– А ви як знаєте?

– Бо бачив її, як вийшла відси.

– Вийшла! Як то може бути?

– Проста річ. Камениця має два виходи. Ви ввійшли переднім, а вона вийшла противним.

– Давно?

– Вже буде зо чверть години.

– І куди пішла?

– Не знаю.

– Певно, додому, – додав хтось із товариства. – А ви надармо наробили галасу.

– Надармо? О ні! Я нічого не роблю надармо. Я свойого не дарую. Панове, прошу зо мною! Може, ще догонимо її по дорозі.

– Трудно буде, – мовив Шварц. – Вона, правдоподібно, сіла на санки, що проїжджали сюди, і поїхала.

– А я думаю, що вам поперед усього треба вспокоїтися, – мовив один із товариства. – Успокоїтися і обдумати справу докладно.

– Се ж непереливки. З адвокатом справа, – додав другий.

– Я раджу: зайдімо ще на хвилю до шинку, допиймо пиво, а потім можемо заглянути й до вас додому, чи єсть пані дома.

Стальський не дуже був рад сьому, але товариші майже силою потягли його з собою. Шнадельський ішов також за ними, але, коли дійшли до темного місця, де вулиця скривлювала, а лампи не було близько, Шварц потаємно шарпнув його за рукав. Він озирнувся і зупинився.

– А що там? – запитав.

– Пст! Відстаньмо від них! Ходи сюди в закуток! – шептав Шварц.

– А що? Маєш що цікавого? – запитав Шнадельський.

– Авжеж! Ідемо до Вагмана.

– Чого?

– Ну, звісно. Завтра до Америки.

– Як то? Маєш щось певного?

– Розуміється. Певне те, що у нього є гроші. І він сам. І жде Барана, значить, двері відчинені. А хоч би й ні, то на стук вийде відчинити.

– Ну, і що?

– Ходи! По дорозі поговоримо. А цікаві річі!

І, взявшися попід руки, вони пішли в противний бік, у напрямі до Вагманового дому.

Надія Шварцова, що Вагман, ждучи Баранового повороту, лишить сінешні двері незамкненими, збулася. Навіть більше, він забув замкнути двері з сіней до свойого покою. Сидячи коло стола, заглиблений у якихось рахунках, він так був зайнятий, що не думав про двері. Коли брязнула клямка, він, не обертаючися і не підводячи голови, запитав:

– Се ви, Баране?

– Я, – почувся якийсь не Баранів голос.

Вагман обернувся. Перед ним стояв Шнадельський. У Вагмана лице поблідло, серце моментально перестало битися. Він зрозумів, що справа не добром пахне, і сидів мов задеревілий.

– Ви… ви до мене? – почав він, ледве видушуючи з горла слова. Але в тій хвилі з-за плечей Шнадельського висунувся Шварц і скочив до Вагмана. Сей пробував схопитися з крісла, та Шнадельський одною рукою притиснув його за плече, а другою затулив йому рот. Вагман пробував крикнути, простяг руки, щоб відіпхнути Шнадельського, але в тій хвилі Шварц закинув на його шию тонкий, міцний шнурок і стиснув щосили. Вагман широко витріщив очі, голос замер у його горлі.

– Пускай плече! Тягни за шнур! – шептав Шварц. Шнадельський послухав наказу. Коли стиснули міцно за шнур – Шварц за один кінець, а Шнадельський за другий, то Вагман, сидячи на кріслі, скажено затрепав ногами. Вони не пускали, тиснули щораз дужче. Ще кілька рухів то руками, то ногами і – спокій.

– Неживий! – шепнув Шнадельський, весь тремтячи при виді страшного Вагманового лиця.

– Ні, жиє ще! – шептав Шварц. – Поможи!

– Що хочеш робити?

– Ось тут його! На отсей гак. Неначе сам повісився.

І оба підняли Вагмана, потім Шварц зав'язав оба шнура за гак, вбитий високо в стіні – колись там висів великий образ – і, підтягнувши тіло догори, пустили його висіти. Вагман ще трепав хвилю ногами, потім голова звісилася на груди – було по нім.

– А тепер живо, за грішми! Чи двері замкнені?

– Ні! – шепнув з переляком Шнадельський, бачачи, що вони відчинені нарозстіж.

– Замкни!

Поки Шнадельський замикав двері, Шварц перешукував Вагманові кишені, щоб знайти ключі від вертгеймівки. Знайшовши ключі, він відімкнув касу. Гроші лежали на купі – банкноти, золоті й срібні монети – чистих 50 000, нині одержаних Вагманом від Кшивотульського. Шварц загарбав їх у невеличкий мішечок, що лежав тут же в касі і встромив до кишені.

– Буде з нас! – мовив радісно.

– А більше готівки нема? – питав Шнадельський, переглядаючи ще шухляду бюрка.

– Нема. Векслі, скрипти – чорт бери, се не для нас. Ходімо!

І оба вийшли. Виходячи, вони замкнули на ключ двері Вагманової комнати, а ключ вкинули назад досередини, відхиливши силою долішню половину не дуже солідних дверей. Потім вийшли з сіней на вулицю, де в тій хвилі не було нікого. Надворі падав густий сніг; високо над містом у верхів'ях дерев гудів вітер. Місто дрімало.

– Куди тепер? – питав Шнадельський, цокочучи зубами зо страху.

– Ходімо до шинку, до нашого товариства! – мовив Шварц.

– До них? Ні, не можу. Я ввесь трясуся. На мені, певно, лиця нема. Зараз пізнають.

– Тьху! М'якушка з тебе! – мовив Шварц. – Ну, про мене, то лишися на вулиці! Я зайду сам. Конче треба, щоб нас тепер бачили в шинку. Се відверне від нас підозріння, бодай на перший час.

І вони пішли вулицею, бродячи в глибокім снігу, яким за сей вечір покрилася земля. Перед шинком Шнадельський лишився сам надворі, а Шварц увійшов досередини.

– Пан Стальський тут? – запитав він шинкаря.

– Нема. Ось перед хвилею вийшов з панами.

– Ну, та й поквапився. А я за ними шукаю.

– Пішов додому. Можуть пан іще догонити його.

В тій хвилі, озирнувшися, Шварц побачив Барана, що куняв за недопитою гальбою пива. Він приступив до нього і, потермосивши його за плече, крикнув:

– Гей, Баране! Вставай!

– Га! – крикнув крізь сон Баран і почав протирати очі.

– Ти тут спиш? Хіба тут тобі місце спати? Вставай, додому!

– А хіба що? – спросоння запитав Баран.

– Пора тарабанити по місті. Ти забув? – жартував Шварц.

– Тарабанити? Ага-га! А я й забув. Добре, добре.

І, чухаючися в потилицю, він рушив із шинку. Шварц зареготався.

– Ще справді готов послухати та тарабанити! – промовив весело, обертаючись до шинкаря. – А в такім разі ще пан комісар мене засудить на кару, що я намовив його.

– Га, га, га, – сміявся шинкар. – А я посвідчу, що так і справді було.

Шварц, і собі ж засміявшися і побажавши шинкареві доброї ночі, вийшов на вулицю.

Шнадельський стояв на вулиці і голосно дзвонив зубами.

– Що, тобі ще не ліпше? – шептав до нього Шварц.

– Ні. Все нутро мов кипить. А що, нема їх?

– Нема. Пішли всі до Стальського. Ходім і ми!

– Не можу! Нізащо не можу.

– Ну, то ходім де до іншого шинку. Візьмемо сепаратку. Вип'єш, розігрієшся. Або ляжеш троха.

– Ні, не ляжу. Страшно мені.

– Ну, не будь дитиною! Що се знов за фохи! Запануй над своїми нервами. Справа пішла чудесно.

– Ти… ти ошукав мене, – мовив несміло Шнадельський. – Я думав, що се буде так… заберемо… Ну, закнеблюємо… але сього… сього я не надіявся.

– Дурниця! Що там думати про се! Ходім! Передихаєш, а потім я би радив конче ще зайти до Стальського.

І, взявши Шнадельського під руку, Шварц повів його якоюсь півперечною вуличкою в напрямі до ринку.

LVII

Ніч.

Над містом глухо шумить вітер. Із навислих хмар сипле сніг, та вітер рве його, і крутить у скаженім танці, і носить, кидає, знов підносить, поки вкінці, розмелений на дрібну густу муку, не кине на землю. Та й тут іще не дає спочити йому. Котить вулицями, збиває купи і розбиває знов, піднімає стовпами, туманами, б'є ним до вікон, натрушує його прохожим у лице, в очі, за ковніри, затикає ним усі шпари, заповнює рови, засипає сліди і стежки.

Під тою курявою місто дрімає, мов скорчившись із холоду. Лише де-де на вулиці одинокий прохожий іде згорблений, бореться з вітром і метелицею, що б'є на нього рівночасно з усіх боків, і хоч куди б він повернувся, все попадає йому в очі. Лиш де-де з вікон блимає світло, що ледве мерехтить за сніговим серпанком.

Мерехтить таке світло з Регіниної спальні. Регіна, одягнена в свій чорний стрій, ходить, як звичайно, по покою, але не говорить нічого. Вона держить себе руками за голову, мов боїться, щоб голова її не розскочилася, і ходить, вперши очі кудись у неозначений простір, не бачачи нічого довкола себе, не думаючи нічого, її шуба лежить на ліжку – так, як скинула її, вернувши перед чверть годиною додому; калошів таки не скидала, і се чинить її хід легким, нечутним, мов хід мари, що йде по траві, не погинаючи її.

Нараз чути на ґанку стукання кількох пар чобіт, що обтріпують сніг. Потім скрипнули двері, почулися голоси.

– Вона дома. Побачите, що се все якась байка! – мовить один голос.

– А я думаю, що вона не дома! – голосно говорить Стальський.

– Чуєте, її хід? – мовив знов перший голос.

– А хоч і дома, то проте була у нього, – знов говорить Стальський.

Кроки в покої. Стальський світить. Пересувають крісла. Хтось торкнувся до клямки її дверей. Ті двері були незамкнені. Ось вони відчинилися. В дверях стоїть Стальський.

– А, добрий вечір, пані! – мовив він. – Може би, пані були ласкаві вийти на хвильку до нас?

Регіна не оглядається на нього, не зупиняється і йде далі, повертаючися до нього плечима.

– Регіно, чуєш? Ходи сюди! – мовив Стальський лагідно, але енергічно.

Вона мовчить, мов не чує. Він наближається до неї, бере її за плечі і виводить до салону. Присутні в салоні два панове встають із крісел і стоять весь час дальшої сцени.

– Скажи нам, Регінко, – мовить солоденько Стальський, вивівши її насеред покою і стаючи напротив неї, – ти виходила з дому кудись тепер вечором?

Регіна дивиться на нього, мов не чуючи або не розуміючи його питань. Вона бліда, як труп, а жовтавий відблиск нафтового світла надає її лицю в нижній часті якийсь зеленкуватий страшний відтінок.

– Ах, не заперечуєш! – мовив Стальський. – Значить, се правда. Ти виходила. Тебе не було дома. А не можна би знати, гарна масочко, куди се ти виходила сама в таку пізню добу і в таку погану погоду? Нам було би дуже цікаво дізнатися про се!

Регіна мовчить, вперши в нього свої великі чорні очі.

– Не говориш? Може, забула? Пам'ять коротка? Позволь, що я пригадаю тобі. Там недалеко ринку, на розі. Одноповерхова камениця, перед нею широке подвір'я, обведене парканом… А на поверсі мешкає молодий панок, кавалер, наш знайомий… добрий знайомий. Чи він просив тебе на гербатку, чи ти сама з власної волі рішилась віддати йому візит?

Регіна мовчить, не зводячи з нього очей. Його слова, бачиться, не роблять на неї ніякого враження. Вона не блідне, ані червоніє, не плаче, не мішається, стоїть спокійно. Панам, що стоять збоку і дивляться на сю сцену, робиться моторошно. Один із них обертається до Стальського:

– Пане офіціале! Ваша пані, мабуть, нездорова. Прошу вас, покиньте тепер сю справу!

– Нездорова! – скрикнув весело Стальський. – Борони Боже! О, ми знаємо себе занадто добре! Ми знаємо всі ті фінти і хитрощі. Нам не заімпонуєте, гарна масю, ані тими витріщеними очима, ані тою мовчанкою, ані тим уданим остовпінням. Ми розуміємо се все дуже добре і маємо надію таки дійти з вами до ладу. Отже, ще раз питаю. Скажи: ходила ти сьогодні вночі до Рафаловича? Чого ходила? Що там робила? Яко муж, я маю право знати се.

Регіна мовчить. Стальський заломує руки, хитає головою.

– Жінко, жінко! І не сором тобі! Десять літ живемо з собою, і тепер робиш мені такий скандал! І скажи, тут, при свідках, чи я дав тобі найменшу причину до невдоволення? І хто би був подумав: така релігійна, побожна жінка – і раптом забула про всі Божі закони, потоптала ногами Божу заповідь, втоптала в болото свою честь, осоромила мене перед світом! Регіно!

Бійся Бога, що ти зробила? Ну, скажи, промов слово! Нехай знаю, що маю думати про тебе?

І, взявши її за плечі, він потермосив нею. Вона мовчала.

– Ну, Регіно! – зачав він остріше. – Сього вже забагато. Досить комедії! Говори: була сьогодні вночі у Рафаловича чи ні?

Се питання міг Стальський звернути до одвірка – відповідь була б така сама. Нараз він пригадав собі щось і скочив до своєї бунди.

– А, що я буду питати? Адже ж тут маємо corpus delicti!

І він вийняв із кишені Регінин саквояжик, знайдений ним на Євгенієвім бюрку.

– Се твоє, правда? Ось твій підпис, вигравіруваний на клямерці. Се лежало на його бюрку. Ти се там поклала, правда? А тепер поглянемо, що там знаходиться всередині.

Він відчинив саквояжик, вийняв із нього цінні папери, висипав на стіл біжутерії.

– А, ось що! – скрикнув він. – Панове, бачите! Ся романтична історія має досить тверду матеріальну підвалину. Ідеальна любов – прошу дуже! Людовий трибун і невинна жертва сімейної тиранії – що за чудова пара! А моральний сенс: обікрасти тирана і драпнути в світ. Ха, ха, ха!

І він реготався, і лице його наливалося кров'ю.

– Ну, скажи тепер: що се все мало значити! Пощо ти несла се до нього? Пощо поклала се на його бюрку? Говори!

Він наближався до неї звільна. В його очах палали огники дикої злості, тої самої жорстокості, з якою він колись три дні мучив кицьку.

– Мовчиш? Злодійко! Перелюбнице! Так ось тобі за се! Ось тобі! Ось тобі!

І, прискочивши до неї, він з усього розмаху вдарив її в лице – раз, і другий, і третій. Вона похилилася, мов верба від вихру. З її уст і носа закапала кров, але з її уст не вирвалося ані одно слово, ані один стогін. Один із присутніх панів ухопив Стальського за руку.

– Пане Стальський! Що ви робите? Чи ви при розумі?

– О, аж надто! – кричав Стальський. – Але я мушу показати тій гадюці, що не хочу бути терпеливою і покірною жертвою її амурів. Хоче на старості літ амурів – альо, на вулицю! Щаслива дорога! Але свойого чесного дому я не дам плямувати. Чуєш се – ти!

І він, нахилившися до неї, плюнув їй у лице.

Панам, що були свідками сеї огидної сцени, було сього забагато. Вони вхопили за капелюхи, попрощалися зо Стальським і, не дивлячись на нещасну Регіну, засоромлені чогось до глибини душі, вийшли з покою і щезли в сніговійниці, що ревла надворі. Стальський запер за ними двері.

LVIII

Регіна все ще стояла на місці, німа, недвижна, вперши очі в полум'я лампи.

– Ха, ха, ха, ха! – реготався Стальський, вертаючи від дверей і кидаючися на софку коло стола. – А що, Регінко? Добре я відіграв ролю морально обуреного? Ролю мужа, ображеного в своїх найсвятіших почуттях? Ха, ха, ха! Се було пишно, як я зачав тобі вичитувати мораль! А що, болить письо? Ну, ну, обітрися і не гнівайся. Се було потрібне – і для тебе, і для мене. Се не з злого серця, рибонько, а для нашого добра. Від любого пана мила й рана – правда, Регінко? Я знаю, ти у мене добра, ти мені не візьмеш сього за зле. А нащо була потрібна вся та історія при свідках, се ти пізнаєш, як трошка старша будеш. І як Бог дасть тобі ліпший розум, то, може, й подякуєш мені. А тепер годі вже стояти та глядіти на мене так, як на людоїда! Ну, заспокійся! Промов слово!

І він при тім пробував усміхатися до неї, але якось не міг довше дивитися в її лице. Те лице виглядало страшно – з слідами колишньої краси, оббрукане кров'ю, бліде і з несамовито блискучими очима, воно виглядало, як лице медузи.

– Е, та що я буду до тебе балакати! Роби, як собі хочеш! Думай, як собі знаєш! Байдужісінько мені. Від сьогодні маю тебе в руках, ось що головне. Від сьогодні мусиш гнутися передо мною, мусиш так скакати, як я заграю. А скоро що не по-мойому – нагоню з хати, викину на вулцю, ще й сам замельдую до поліції, велю втягнути тебе на лісту таких женщин – знаєш? О, моя рибонько, я давно ждав на сю хвилю! Се буде мій тріумф, моя сатисфакція за Ориську, тямиш? У мене пам'ять добра, та й рахунку я знаю настілько, що хто мені зробив одну прикрість, я йому зроблю десять та й ще одинадцяту додам причинку. Я казав тобі тоді: пожалуєш сього – ти не слухала! Тепер маєш!

Він устав із софи, наблизився до неї, але зараз знов відступився, мов щось відпихало його.

– Тьфу! – мовив відвертаючись. – Кілько клопоту мусить чоловік перейти з тим бабським насінням! Поки з ними договоришся до ладу, то волів би копу пшениці змолотити. Аж у горлі пересохло! Ану, чи є де в шафці хоч крапля якої живиці?

І він пішов до креденсу, вийняв із нього фляшку горілки і, не шукаючи чарки, підійшов знов до стола.

– Ось приятелька, ліпша від он того окатого опудала! Ся ніколи не зрадить. Небагато вона вміє, але те, що вміє, уділює завсіди однаково. Здорове було, опудало!

І, приткнувши шийку фляшки до уст, він почав булькотати. Вицідивши з половину того, що було в ній, він поставив фляшку на стіл і сів знов на софку.

– О, се чудесно! Мов огонь пішов по жилах. Ну, Регіно, випий і ти! Na frasunek dobry trunek![76] Ану! Покріпись – побачиш, мов рукою відніме! Все забудеш. А потому пай-пай… обоє… як муж і жінка… га? Як думаєш?

І, регочучись цинічно, він устав і наблизився до неї. Але знов почув, немов якась таємна сила відпихала його – і роззлостився.

– Тьфу на тебе! Відступися геть, чортяко! Ні п'єш, ні говориш, тілько мені своїм відьомським поглядом ґуст відбираєш! Махай спати!

І він пхнув її в груди. Вона цофнулася о крок далі і знов стала недвижно. Стальський ще раз узявся за фляшку і поти цідив, поки не спорожнив її всю. А потім сів на кріслі, оперся ліктями на стіл, склонив голову, воркотів іще щось пару хвиль і заснув.

Регіна стоїть німа, недвижна. Не думає нічого. Витріщеними очима вдивляється в полум'я лампи, але не бачить нічого довкола себе. В її уяві мигають відірвані образи, мов обривки різнобарвної матерії, кидані шаленим вихром. Блискучий камінець на сонячній вершині – Євгенієве лице, молоде, свіже, як було тоді, коли обоє йшли вулицею зі школи фортеп'янової гри… туркіт фіакрів… лице тітки… воно більшає, наближається, робиться страшенною гнилою машкарою, розхиляє гнилі уста, показує чорні щербаті зуби і сточений червами язик і бубонить прокляті слова:

– Най вас Бог благословить! Най вас Бог благословить!

А потім знов блискучий камінець на сонячнім вершку… і маленька дівчинка в ліжечку… і над нею похилене лице старої няньки… і бринить ледве чутно сумна-сумна пісенька:

Ой, вербо, вербо кучерява,
Ой, а хто ж тебе скучерявив?
Скучерявила темна нічка,
Підмила корінь бистра річка.

А потім знов блискучий камінець на сонячнім вершку… і маленька дівчинка, заблукана в лісі… і лице Ориськи, повновиде, червоне, з повними, м'ясистими губами і з безсоромно всміхненими очима… і знов тітка в труні… і з труни висунена труп'яча рука киває на неї… і знов сумна-сумна пісня, мов жалібний бренькіт мушки, замотаної в павуковій сіті:

Чи не будеш, моя мила, жалувати,
Гей, як ся буде сивий голуб трепотати?

А потім знов блискучий камінець на сонячнім вершку… і Євгенієве лице, зів'яле, старече, без цвіту молодості, без чару любові… і щось безформне, холодне, стоптане, столочене і викинене на смітник, але ще живе, ще не домучене до решти, і знов бринить жалібна мелодія, мов стогін розпуки:

Ой, буду я, мій миленький, жалувати:
Гей, а хто ж буде дрібні діти годувати?

І грядка фіалків, левкой, астрів. А то не астри, не левкої, не фіалки, а якісь дивні ростини з дитячими личками… дівчатка з блакитними очима, хлопчики… чути дитячий сміх, галас… і рев хуртовини знадвору… і легкий стук до вікна… і вона помалу обернула лице – і її очі спинилися на отворенім кредексі. На поличці кредексу лежав сікач, яким вона нині рано колола цукор, і молоток. Вона зупинилася очима на тих предметах, а в ухах її знов забриніла жалібна-жалібна мелодія, мов розпучний писк мушки, замотаної в павутину:

Чи не будеш, моя мила, жалувати,
Гей, як ся буде сивий голуб трепотати?

«А справді, чи буде трепотатися?» – сказав їй зично над ухом якийсь чужий брутальний голос. Вона стрепенулася – оглянулась – коло неї не було нікого. Стальський спав, поклавши голову на зложені руки, а невеличка лисина на його тім'ї світилася до лампи. Регінині очі спочили на тій лисині, і їй здавалося, що з тім'я Стальського блиснув до її ока промінчик, подібний до того, який блискотів колись із сонячного вершка.

«А справді, чи буде трепотатися?» – повторив той сам чужий, страшний голос, і вона знов стрепенулася і озирнулася, але коло неї не було нікого. Вона напружила слух, напружила застанову і зрозуміла, що сей голос говорив у нутрі її душі, на дні серця. Вона перелякалася страшенно, бо чула, що там устає якась нова грізна сила, незалежна від її волі, сильніша від неї. Ще хвилю вона мовчки, німо боролася з тою силою, але та сила була брутальна, непоборима.

«Га, га, га! – реготалась та сила. – Ну, що шкодить попробувати, чи буде трепотатися?»

І Регіна, мов знехотя, піднялася на пальці – потім піднесла одну ногу – зробила крок і станула знов на пальці. Тихо, не чути кроку. Хуртовина виє надворі, товче снігом у вікна – ще крок. Лампа мигоче на столі – хробачок стукає в стіні: раз, два, три, чотири – і став. Щось луснуло в її спальні – у неї завмерло серце – тихо-тихо – ще крок. Простягає руку до креденсу, бере в ліву сікач, у праву молоток – тихо. Буря виє, сніг сипле в вікна, хробачок стукає в стіні: раз, два, три, чотири – і знов замовк. Чому лише чотири стуки? «А, більше не треба, – мовить у її нутрі грубий, брутальний голос. – Чотири вистарчить». Тихо. Вона простується, сміло йде до стола, легенько прикладає вістря сікача до тім'я Стальського – рука її не тремтить, підносить праву з молотком – і швидко щосили чотири рази б'є по тупім краю сікача.

Сікач, широкий на добру долоню, весь, аж по тупий край, затонув у мізку.

– Ггг! – гикнув Стальський. Механічним відрухом голова метнулася вгору, за нею все тіло, воно перехилилося взад і разом з кріслом з глухим лускотом горілиць упало на поміст. Голова вдарилася до помосту, сікач вискочив із рани, за сікачем потекла кров, змішана з мізком. Стальський затрепав ногами, силкувався щось ухопити руками… ще раз… ще раз… легше… легше… годі…

Регіна стоїть і дивиться на нього. В її вухах знов бринить мелодія:

Ой, вербо, вербо кучерява,

Ой, а хто ж тебе скучерявив?

Надворі реве хуртовина. В її спальні щось немов зітхнуло важко-важко. «Се моя мама», – мигнуло їй у голові, і їй зовсім не було дивно ані страшно. Хробачок застукав у стіні: раз, два, три, чотири. «Так, чотири досить», – сказав у її нутрі якийсь голос – не той попередній, брутальний, а якийсь інший, жалібний-жалібний, мов останнє хлипання розбитого серця.

Нараз крізь рев бурі і шум сніговійниці почулись їй якісь інші тони – острі, різкі. Тра-та-та! Тра-та-та! Тра-та-та! Марш, тарабанений дерев'яними полінами по дерев'янім тарабані. «Кличуть! Кличуть!» – мигнуло в її голові, і вона скочила з місця.

Тра-та-та! Тра-та-та! Тра-та-та! – чути було чимраз ближче.

– Я зараз! Я зараз! – шептала Регіна, скочила до своєї спальні і почала надягати шубу.

Тра-та-та! Тра-та-та! Тра-та-та! – лунало крізь рев вихру на вулиці ось-ось під її вікнами.

– Іду, йду! – мовила вона, зовсім успокоєна і, не гасячи світла, не замикаючи на ключ дверей, вийшла з покою. Пішла за голосом. Сніг сипав, крутився, засипував очі, запирав дух у грудях. Ноги грузли по коліна. Регіна йшла, поспішала за гуком тарабана. Вкінці вона наблизилася до нього настільки, що побачила на яких десять кроків перед собою високу згорблену стать тарабанщика, що, б'ючи праниками по балії, йшов звільна, борючись з вітром і бродячи в сипкім снігу. Він ішов, не озираючись, просто наперед, дихав важко, так, що в хвилях, коли паузував барабан, навіть крізь шум хуртовини чути було його важке сапання.

Ідучи за Бараном усе в однаковім віддаленні, Регіна відійшла, може, на сто кроків від свойого дому. Коли б була обернулася тепер, не була б побачила не то дверей – ані ґанку, ані хвіртки, ані навіть жовтих плям, що падали на вулицю з освітлених вікон. Снігова курява була занадто густа. Але дві мужеські постаті, що надійшли з противного кінця вулиці, побачили ті жовті плями.

– Чи я не казав? Стальський не спить іще! Ади, у нього світиться. Ввійдімо до нього! – мовив Шварц, ведучи попід руку Шнадельського, що, загорнувшися в свій довгий плащ і закотивши ковнір угору, йшов згорблений, мов опираючись.

– І чого ти тягнеш мене? – мовив він. – Чого нас тут треба так пізно?

– Треба, треба! Ти вже здайся на мене! – мовив Шварц і відчинив хвіртку.

– Але ж я чую себе недобре, тремчу, мене б'є пропасниця!

– Нічого! Се ж кождий зрозуміє, що ти змерз, простудився. А до розмови можеш не мішатися. Здайся на мене!

– Подивляю тебе! – мовив Шнадельський, цокочучи зубами.

Шварц тим часом ввійшов на ґанок, застукав до дверей, а не чуючи ніякого голосу з нутра, взяв за клямку. Двері відчинилися. Вони були незамкнені.

– Ов, а се що таке? – мовив він, обертаючися до Шнадельського, відчинив двері і ввійшов до покою.

– А! – вирвалося з його горла, а потім він став на місці як вритий.

– Що там? – запитав Шнадельський і ввійшов також до покою, зирнув і, вхопившися руками за одвірок, занімів. Довгу хвилю стояли оба, не можучи здобутися на слово. Мертве лице Стальського з примерзлим на ньому окриком болю лежало на долівці; вишкірені зуби, вибалушені очі й заціплені кулаки надавали сьому лицю вираз якоїсь страшної дикості і жорстокості.

– Що тут сталося? – перший прошептав Шнадельський, обертаючися до Шварца.

– Укоськали його, – мовив Шварц, поборюючи своє зворушення.

– Але хто?

– Можливо, що вона. А може…

Він задумався.

– Може, хто?
– Може, Рафалович.
– Рафалович?
– Так. Щоб помститися за зроблений йому скандал.
– А в такім разі де ж вона?
– Поглянемо.
І Шварц заглянув до Регіниної спальні.
– Нема її. Може, втекла і не вернула. Може, в змові з Рафаловичем…
– Що ж нам робити? Розбудити служницю, сусід? Наробити ґвалту?
– А пощо? – запитав Шварц. – Що нас се обходить? Який інтерес маємо розголошувати се?
– Або я знаю!..
– Я думаю навпаки: чим пізніше завтра викриється се вбійство, тим ліпше. Лишімо се служниці. Навіть ще більше – погасімо лампи і замкнімо покій від вулиці.
– Чи ти вдурів? А як нас застануть? Ще на нас кинуть підозріння.
– Хто нас застане? Служниця мусить твердо спати, коли не збудилася в часі бійки. А з вулиці не прийде ніхто. Виходь! Я зараз усе зроблю.
І Шнадельський тихенько вийшов із покою. Шварц загасив лампу в Регининій спальні, а потім, наблизившися до трупа Стальського, зирнув довкола.
– О, тут і капітали розсипані! – шепнув він, побачивши на столі Регінині цінні папери та біжутерії. – На дорогу се може здатися!
І він швидко зібрав усе і заховав до кишені, потім загасив лампу і напомацки вийшов із покою. Ключ був у дверях таки знадвору. Замкнувши покій, Шварц витягнув ключ і кгнув його геть у глибокий сніг. Потім, засунувши шапку на очі і закотивши ковнір на голову, пішов доганяти Шнадельського.

Тим часом Регіна йшла за Бараном чимраз далі й далі, її приваблювало торохтіння дерев'яного тарабана, що, мов невідомий, а могутній поклик, тягло її далі і далі в пітьму, бурю і снігову куряву. Вона говорила щось сама до себе, але буря виривала їй слова з уст і розкидала геть у простори. Вона йшла, не озираючись, не дивлячись, куди веде дорога. Міські доми скінчилися давно; довкола вулиці по обох боках тяглися рядами низенькі передміські хати, присипані снігом, мов великі копиці. Де-де заскрипить журавель, затріщить під напором вітру безлиста, дуплава липа. Гуркіт Баранового тарабана торохтить ледве чутно серед реву хуртовини, що робиться чимраз сильнішим. Та ось щезли й ті хатки, під ногами не чути вулиці, всюди глибокий сніг, але довкола дороги видно дерев'яне поруччя. Се міст. Баран іде далі, тарабанячи з подвійною силою. Регіна якось неясно пригадує собі сей міст, і якісь образи і зв'язки образів мигають у її голові, і, понуривши голову, вона йде за Бараном, шепчучи ненастанно:

– Іду, йду! Іду, йду!

Та ось Баран зупиняється насеред моста, похиляється на поруччя, силкується заглянути вниз. Там не видно нічого, тільки чути крізь рев вихру голосний булькіт води, що не встигла замерзнути і скажено б'ється о камінь і о дубові колоди. Се Клекіт не дрімає, провадить свою дику музику, достроєну до не менше дикого скиглення вітру в платвах і балках мостового в'язання.

Регіна наблизилася до Барана і також сперлася на поруччя та почала заглядати вниз. Побачивши її, Баран ані крихти не здивувався. Він тільки засміявся голосно і показав рукою вниз, у Клекіт. Регіна побігла очима в напрямі, куди показував Баран, але її очі не могли добачити нічого. Тоді вона попробувала перелізти через поруччя, але не могла, її черевики, шуба, спідниця – все було обліплене снігом. Тоді вона схилилася і пролізла попід поруччя, майже доторкаючись лицем до снігу. А ставши за поруччям, на краю моста, вона почала знов пильно вдивлятися в глибину. З пітьми визирнуло до неї щось страшне, бо вона жахнулася і вхопилася руками за поруччя.

– Ха, ха, ха! – зареготався Баран. – Негарно там?

Регіна випростувалася і глянула на нього.

– Ну, ну, сміло! – мовив він. – Ану!

І сильним розмахом він зіпхнув її з моста. Вона скрикнула, але в тій же хвилі чути було, як її голова стукнулась о камінь, як тіло плюснуло в воду, а потім не чути було більше нічого, крім реву вітру і глухого плюскоту води в Клекоті.

– Ха, ха, ха! – знов зареготався Баран і, вхопивши свої праники, затарабанив ними по балії щосили. Він кілька разів кивнув головою, мов на прощання, і, тарабанячи, пішов далі – не до моста, а за міст, на Вигоду, в поля. Дорогу замело снігом, – йому се було байдуже. Він ішов, западаючи де по коліна, а де й по пояс, копався в снігах, боровся з вітром, що гуляв по полю зо страшною силою. Праники давно повипадали з його рук, балію він загубив у снігу, та проте йшов далі й далі, мов наперекір сніговійниці, що майже моментально замітала його сліди. Він балакав сам до себе, усміхався, махав руками, мов квапився до якоїсь незвісної, але недалекої мети…

LIX

Другого дня над раном вітер утих і сніг перестав падати. Та проте небо було понуре, насуплене. Розвиднювалося дуже помалу і пізно. Було щось важке в повітрі, якесь пригноблення, якась утома. Торговиці аж десь коло дев'ятої почали потрохи заповнюватися приїжджими на ярмарок селянами. Мужицькі сани, запряжені косматими коненятами, тяглися до міста по безмежних снігових полях. Коненята стрягли по черева в заметах. Сніг топився на них і мерз наново, нависав ледяними бурульками, що дзоркали при кождім живішім руху, мов скляні коралі. Візники щохвиля мусили злазити з саней, бродити по коліна в снігу, відшукуючи дорогу. Тяжка, оплакана се була їзда сьогодні.

А проте сани тяглись за саньми з усіх сторін, з усіх сіл, усіми дорогами і гостинцями. На санях сиділи поважні господарі в кожухах, подягнених зверха гунями або полотнянками, і в високих кучмах. Візники – молоді парубки, звішували з саней ноги в великих чоботях, загрібаючи ними сніг. Хоча віче мало зачатися о одинадцятій, та проте вже від дев'ятої коло заїзду Мотя Парнаса почали збиратися зразу невеличкі, а дедалі чимраз більші купи народу. Одні приходили, другі відходили; віталися, балакали про свої домашні справи, оминаючи якось тривожно те, що в даній хвилі цікавило найбільше – справу віча. Коло десятої появилися серед селян деякі священики. Селяни кланялися їм, деякі цілували знайомих священиків у руки. Тепер у купках почалися живіші розмови – про віче і про справи, поставлені на дневнім порядку. Звільна один за одним витягали з-за пазухи та з чересів поскладані відозви, якими Рафалович закликав людей на віче і яких через знайомих розкинув кілька тисяч по всіх селах повіту. Письменні почали відчитувати відозву на голос; із куп неписьменних слухачів почулися притакування, а далі окрики. Коли у відозві дійшло до місця: «Наші опікуни, позабиравши з сіл громадські каси і зробивши з них ніби хлопську касу повітову, хочуть тепер наложити руки на ті ваші гроші і повернути їх на латання своєї дірявої кишені», – то з усіх боків залунали окрики обурення і погрози: «О, не діждуть! То наша кирвавиця! Стане їм кісткою в горлі!»

Коло пів до одинадцятої надійшов Євгеній. Він вітався з селянами, з котрих більша часть були йому знайомі особисто. Довкола нього зібралася ще на ринку велика купа народу, що тепер разом із ним густою лавою валила до заїзду. В купі йшов веселий гамір. На всіх лицях видно було радість, надію і тривожне ожидання. Деякі священики протовплювалися крізь юрбу до Євгенія, стискали його руку і шептом запитували, чи справді старство позволило на віче, чи не робило трудностей, чи є надія, що все відбудеться без перешкоди?

– Але ж розуміється! – весело відповідав Євгеній. – Можете бути зовсім спокійні. Йдемо законною дорогою і не потребуємо критися ні з чим. А в такім разі й засідки ніякої не боїмося.

Мотів заїзд був отворений. Возівню, де мало відбутися віче, ще вчора коштом Євгенія вичистили і випорожнили; Мотьо дав дощок, із яких зроблено невеличке подіум, на ньому поставлено стіл і кілька крісел. Вічовики мусили стояти; жолоби і драбини заступали місце лож і галереї. Дощані стіни були тут і там діряві, – значить, надто великої задухи не було що боятися. Мотьо ходив у шабасовім халаті і робив гонори дому; його жінка стояла за шинквасом і з якимсь понурим видом наливала та ставила на ляді пиво, яким частували себе взаїмно вічовики.

Возівня заповнилася майже моментально, а тим часом із міста плили раз у раз нові лави. У Євгенія радувалося серце, коли дивився на ті купи селян, у яких видно було хоч невисоку інтелігенцію, але щире зацікавлення тим новим, нечуваним досі явищем, яке відтепер мало зробитися важним чинником у їх житті. Політичний рух, само думання про ширші політичні справи, читання політичних газет, а далі політична організація і боротьба – все се були речі, досі чужі селянству, незрозумілі для нього, адже ж його давніші опікуни малювали йому все те яко речі далекі, недоступні для хлопського розуму, а не раз навіть попросту заборонені. А тепер перший раз інтелігенти бралися говорити селянам про ту таємну політику. Що то буде? Як то воно піде? Чи справді уряд позволить на се? Не диво, що всі присутні, не виключаючи священиків та й самого Євгенія, з деякою тривогою ждали, як то воно піде.

– Вдарило три чверті на одинадцяту. Що таке, що нема нікого від староства? Правда, на вулиці проти заїзду появилося аж шість жандармів. Вони парами почали проходжуватися вулицею, наїживши свої карабіни багнетами. Ходили мовчки, протискаючися крізь купи селян. Деякі селяни, залякані самим їх видом, кланялись їм низько, але вони не відповідали на поклони. Тільки часом, стрітивши якого знайомого селянина, запитували його, куди йде, а почувши, що на віче, не говорили нічого більше і йшли далі. Проходячи поуз заїзд і видячи на вулиці якого інтелігента, вони відверталися так, мов і зовсім не хотіли бачити заїзду, мов зібрані в ньому й довкола нього сотки людей зовсім не існували для них.

Аж ось зробився шум і гомін між народом:

– Староста йде! Староста йде!

І справді, перед заїздом показався пан староста в супроводі будівничого, ще кількох панів і бурмістра. Селяни мовчки поклонилися йому і зробили йому дорогу, якою він, випростуваний мов свічка, пройшов аж до подіум. За ним слідом і прочі пани. На подіумі стояв уже Євгеній в товаристві кількох священиків і обох референтів-селян. Пан староста дуже чемно привітався з Євгенієм, а вийшовши на подіум, окинув оком величезну возівню, заповнену мужицькими головами.

– Ну, численне зібрання! Численне зібрання! – мовив, обертаючись до Євгенія. – Справді, можна вам погратулювати, пане меценасе.

– Біда вовка з лісу гонить, пане старосто, а селян на віче, – з усміхом мовив Євгеній.

– Жаль тілько, що сьогодні даремний був їх труд, – з уданим співчуттям мовив староста.

– Як то даремний?

– Не з моєї вини, пане меценасе, їй-богу, не з моєї вини! – сквапно додав староста.

– Але ж я не розумію, що сталося.

– Ось прошу, пан міський будівничий, оглянувши комісіонально сей будинок, заявив під своєю урядовою присягою, що вважає його небезпечним для життя і здоров'я так численного зібрання. І для того… дуже мені прикро, пане меценасе… прошу вірити… тим прикріше, що зібрання справді дуже гарне…

– Значить, пан староста?..

– Повторяю: не я. Справоздання пана будівничого було для мене правдивою несподіванкою.

– Значить, наше нинішнє віче не відбудеться? – весь поблідлий, запитав Євгеній.

– На жаль, ні! Прошу се зараз оголосити зібраним і зарядити, щоб безпроволочно спорожнили локаль.

Ся розмова велася півголосом, так що тільки ті, хто стояв у безпосередній близькості, могли чути її. Тим часом у возівні стояв глухий гамір від соток зібраного народу. Деякі, що їм зачинало бути горячо в кожухах серед стиску, почали домагатися, щоб розпочинати віче. Та ось у перших рядах зібраних, тих, що були найближче коло подіуму, почав уставати якийсь гамір, якийсь неспокій.

– Що там? Що там? – летіли швидкі, півголосні запитання з різних боків. У відповідь на ті питання перекидано якісь уривані слова, рухи, окрики. Гамір ріс з кождою хвилею.

– Прошу втишитися! – крикнув Євгеній, виходячи наперед.

– Тихо! Тихо! Мовчіть там! Слухайте! – лунали голоси в різних кутах возівні. Треба було з півмінути, поки все втишилося.

– Браття селяни! – мовив Євгеній. – Дякую вам сердечно, що, незважаючи на непогоду і заметіль, ви прибули так численно на мій поклик. Тим ви дали доказ, що розумієте своє положення і щиро бажаєте подумати про його поправу. Ви доказали, що хочете самі працювати, самі боротися з лихом, яке допікає вам з різних боків. Ви показали, як безсоромно брешуть або навмисно дурять себе ті, котрі вважають вас якимись недорослими дітьми, якимось стадом баранів, що їх пастух мусить пасти і стригти.

– Пане меценасе, – перервав йому староста, – перепрошаю. Таким тоном говорити я не позволю. Прошу зараз…

– Зараз скінчу, а щодо тону, то най пан староста будуть спокійні. Я знаю, яким тоном маю промовляти, і готов відповідати за кожде слово.

– Що там! Що там! Вільність слова! – гукнув із юрби один священик.

– Вільність слова! Вільність слова! – повторило кількадесят селян.

– Дорогі браття! – мовив Євгеній. – Тота наша вільність слова нині ще така буде, як теля на дуже коротенькім припоні. Власне пан староста завідомив мене, що наше нинішнє віче не може відбутися.

– Га! Як се? Чому се? – заревла ціла юрба величезним окриком.

– Прошу вспокоїтися! – крикнув Євгеній, а по хвилі говорив далі. – Бачите, отся возівня – подивіться на неї. Як вам здається? Правда, вона ще не дуже стара, і ми не такі Самсони[77], щоб могли розперти її плечима. А тим часом тутешній пан будівничий – ось він, придивіться йому! – під присягою зізнав, що вона грозить заваленням і він не ручить за наше безпеченство.

– Брехня! Безсоромна брехня! Сором будівничому! Фальшиво присяг! – посипались окрики.

– Дорогі браття! Прошу вас, покажіться вдячними сьому нашому опікунові, що так дбає за наше життя і здоров'я. А тепер – бачите, пан староста жадає, щоб ми розійшлися.

– Не підемо! Не підемо! Будемо радити, аж отся халабуда розвалиться! – ревли голоси з юрби.

– Іменем закону розв'язую зібрання! – закричав острим голосом староста. – Прошу розійтися, бо велю жандармами випорожнити локаль! А хто буде кричати та противитись, того зараз велю арештувати.

Сі слова зробили своє. Глибока тишина залягла в возівні. Всі побачили, що непереливки.

– Дорогі браття! – мовив Євгеній. – Чуєте самі, як пан староста чемно просить. Було б негарно, якби ми не послухали його просьби. Відложимо своє віче на тиждень. Від нині за тиждень прошу вас зібратися знов.

– Славно! Славно! – залунало з соток уст. Пригноблення, викликане словами старости, щезло в одній хвилі.

Та ось наперед виступив пан бурмістр і, заким хто-небудь міг отямитись з диву, випалив ось яку промову – щоправда, по-польськи:

– Шановне зібрання! Маю честь завідомити вас, що й я на нині скликав зібрання з таким самим дневним порядком. Правда, я скликав жидів, але проте хто з вас ласкавий, прошу на моє зібрання – на Вигоду за містом!

Євгеній аж мало не підскочив. Йому відразу стало ясно, що й до чого воно йде.

– Всі йдемо! Всі! – крикнув він, обертаючись до зібраних, і окрик «Всі! Всі!» залунав стоголосною луною. З тим окриком на устах купи селян почали висипатися з Парнасового заїзду. Бурмістр попід руку з Євгенієм, оба окружені врадуваними селянами, посунули передом. Староста, будівничий і ті панки, що прийшли з ними, стояли на подіумі, мов змиті холодною водою, і ждали, аж возівня випорожниться настільки, щоб могли вийти свобідно.

– Ну, пан бурмістр зробив мені збитка! – мовив староста до будівничого. – Але я надіюсь віддячитись йому за се.

– І хто би був надіявся! – охав будівничий. – Такий порядний чоловік! Такий патріот!

– Е, жид усе жидом! – саркастично додав один панок, і всі вони, похнюплені, пішли до староства.

LX

В своїй канцелярії пан староста застав маршалка Брикальського.

– Ну, що ж? Заборонено віче? – запитав сей зараз по першім привітанню.

– Заборонено, але тільки наполовину.

– Як то наполовину?

– Так, що забралося з одного місця, а має відбутися в другім.

– Хіба ж се так може бути?

Староста пояснив маршалкові підступ, на який узяв його бурмістр.

– От диво! – аж скрикнув пан маршалок. – Я би по нім ніколи не надіявся.

– Хлопсько-жидівська конспірація, пане маршалку! – мовив напівжартливо староста.

– І пан староста не мають способу розбити сю конспірацію?

– Що ж я зроблю? На бурмістрове зібрання поїхав комісар. Ми думали, що се буде зібрання з самих жидів, і для того я не дав йому ніяких спеціальних інструкцій.

– Але ж через присутність хлопів характер зібрання зміниться. Причина до розв'язання.

– Ні, пане маршалку. Віче заповіджено як публічне. Значить, кождий має право прийти.

– Ну, то ужиє собі там пан Рафалович! Ах, ad vocem![78] Чули, пан староста, які галантні авантюри мав той пан Рафалович сеї ночі?

– Ні, не чув нічого.

– О, цікаві історії!

І пан маршалок розповів з власними прибільшеннями історію про нічний напад Стальського на Рафаловичеве помешкання, розуміється, ставлячи справу так, що уведення Рафаловичем жінки Стальського являлося безсумнівним фактом.

– Бійтеся Бога! – скрикував раз по разу староста під час сього оповідання. – Але відки ж пан маршалок знають се?

– Властне оповів мені один із свідків сеї авантюри. Зрештою по місті скрізь говорять про неї голосно.

В тій хвилі ввійшов возний і подав старості якесь письмо. Сей перебіг його очима і аж підскочив з дива.

– Представте собі, пане маршалку: донесення від поліції! Стальського найшли нині рано вбитого в його помешканні. Його жінка щезла безслідно.

– От і бачите! Се він! Се його рука. Коли не сам, то хтось із його намови.

– Ах! Се показує нам справу в новім світлі! – мовив староста, тручи себе долонею по чолі, мов бажаючи видобути відтам те нове світло.

– Я би радив зараз на вічі, з-посеред хлопів, арештувати сього панича. Се раз назавсіди заріже його в їх очах, зробить його неможливим, – мовив рішучо маршалок.

– Розуміється, розуміється! Тілько на власну руку я не можу сього зробити.

– Суд недалеко, – мовив маршалок. Він чув себе в тій хвилі премудрим стратегом, що видає накази й інструкції, від яких залежить закінчення великої битви.

Не гаючись, вони вибігли оба зо старостою і подались просто до президента суду.

А на Вигоді тим часом розпочалося віче в дуже піднесенім, навіть веселім настрої. Жидів зібралося дуже небагато; се знав бурмістр дуже добре наперед, що в торговий день кождому жидові сто раз важніше діло торг, ніж якась там повітова організація. Та й ті жиди, що зійшлися з цікавості, уступили набік і згубилися в юрбі, коли величезний заїзд наповнили селяни, що густими лавами надтягли з міста під проводом бурмістра і Рафаловича. Комісар від староства ждав уже і широко витріщив очі, побачивши такий склад «жидівського» віча. Він пробував супротивлятися, але бурмістр вияснив йому, що не має причини до протесту, що ані характер, ані порядок дневний віча через се не зміняться. Комісар, не маючи на сей випадок ніякої виразної інструкції від старости і не хотячи задиратися з бурмістром, успокоївся і постановив ждати, що буде далі.

Перший промовив до зібраних бурмістр. Він перепросив «шановних» зібраних, що говорить по-польськи, сказав кілька слів про важність таких зібрань, похвалив селян, що явилися так численно, – підпустив шпильку жидам і інтелігенції, що, хоч зібрання було оповіщене плакатами, їх явилося тут так мало. «На наш сором, навіть референт, що мав говорити про першу точку в справі вибору нової кагальної старшини – Вагман – не явився». (В залі сміх і брава.) І для того бесідник просить зібраних змінити денний порядок і покласти теперішню першу точку на друге місце, а взяти наперед другу: справи повіту.

Загальні оплески і брава покрили кінець бурмістрової промови. На внесок Євгенія вибрано пана бурмістра одноголосно головою сього першого в сьому повіті народного віча і висловлено йому подяку за несподівану гостинність. Потім забрав голос Євгеній яко референт другої точки.

Гарячими, різкими словами змалював він сумний стан людності в повіті, бідність, брак опіки, здирства, лихву, темноту. Потім, оповівши докладно історію так званої «хлопської каси», вияснив думку так званої реформи на основі нового проекту. Він говорив виразно, що тут ходить о загарбання хлопського гроша для ратування панських маєтків в часі, коли селянські хати і поля за неуплату не раз кількох ринських ідуть на ліцитацію. Промова від перших речень ударила всіх зібраних по серцях. Майже за кождим реченням локаль лунав грімкими окриками признання. У зібраних горіли очі, тремтіли уста; деяким старшим виступали сльози на віях.

– Браття селяни! – говорив Євгеній. – Покажім, що ми не діти, що не дамо водити себе за ніс. Не даймо загарбати собі своєї кирвавиці. Піднесімо грімкий голос против сього панського замаху на наше добро, такий грімкий, щоб і глухі почули нас. Станьмо як один муж против нього! Сей новий проект не сміє бути ухвалений в раді повітовій. (Окрики: «Не сміє! Не сміє!»). Зобов'яжім усіх членів ради, вибраних із сільської курії, щоб були противні тій реформі. Посилаймо з кождого села подання до ради повітової і до виділу крайового против неї. А коли би наші вельможні, але незаможні опікуни не зважали на се все і таки перевели таку зміну, то ми маємо в руках ще один спосіб: кожда громада зажадає судовою дорогою звороту своїх грошей, узятих до повітової каси. І вона виграє той процес.

Ся промова відразу влила в зібрання бадьорий, живий настрій. Один за одним почали виступати на мовницю селяни. Люди, про яких, судячи з їх зверхнього вигляду, всякий сказав би, що ледве вміють дорахувати до п'ятьох, нараз виявляли себе неабиякими бесідниками. Але ж бо тема – горе і злидні сільського життя, визиски лихварів, надужиття урядників та дрібних повітових п'явок – ся тема була аж надто відома всім, аж надто наллялася кождому горлом і вухами. Одні говорили про своє бідування поважно, сумовито, з тим лаконізмом, що не раз дужче хапає за серце, ніж цвітисті промови. Інші – і таких було більше – малювали свою нужду жартовливо, досадними порівняннями, прикладами та приповідками. «Ого, пішли наші парафіяни глаголити во притчах!» – мовив о. Зварич до Євгенія, коли зібрання при таких промовах раз вибухало голосним, масовим реготом, то знов надгороджувало бесідника гучними оплесками та криками одобрення. Навіть бурмістр, що зразу досить скептично дивився на перших бесідників у кожухах і «пасових» чоботях, швидко змінив свій погляд, реготався до розпуку на своїм президіальнім кріслі, бив брава і, похиляючися до Євгенія, з роз'ясненим лицем мовив:

– Ну, пане меценасе, гратулювати вам таких бесідників. Вони могли б зробити ефект на кождім зібранні.

– Але ж бо їх учителька, галицька нужда, могла би зробити ефект у цілій Європі, якби була більше звісна їй, – відповів Євгеній.

– Ну, сама нужда всього не зробить. Не кривдіть свій народ. Треба подивляти вроджений талант тих людей, у яких нужда не приглушила, не заморочила його. І що найцікавіше для мене, признаюсь вам, – се їх гумор, що блискає, мов огники з попелу.

Тема – нужда в повіті – була невичерпанна. Селяни, розохотившися, були б говорили Бог зна доки. Євгеній просив бесідників обмежитися на тім, що було сказано, і предложив вічу резолюцію до ухвали. В тій резолюції протестовано проти наміреної реформи каси, взивано до агітування по селах в тім дусі і до вношення писаних протестів до ради повітової і до виділу крайового. Резолюцію з радісними окриками принято.

– Тепер переходимо до дальшої точки денного порядку, – мовив бурмістр, але в тій хвилі сталося щось таке, що відразу змінило настрій віча. Бурмістрові слова були заглушені якимсь гомоном ізнадвору. Від входових дверей заїзду чути було гукання: «Набік! Набік! Розступіться! Пан староста йде!» Євгеній схопився з місця, прочуваючи якусь нову пакість. Так само зірвався зі свойого місця й пан комісар і почав пильно заглядати, що там таке діється. Зібрані з трудом проступилися, творячи серединою не дуже широку вулицю. Сею вулицею почав протискатися до президіального стола пан староста в супроводі поліційного комісара і одного звичайного поліційного капрала, при шаблі і в рогатівці на голові. В локалі залягла мертва тиша. У всіх тьохнуло щось у груді; всі розуміли, що ся поява не віщує добра.

– Хто тут президент? – запитав строго-урядовим тоном пан староста, вступивши на подіум і не дивлячися ні на кого.

– Я, пане старосто, – мовив бурмістр.

– Заявляю вам, що приходимо сюди іменем закону. Пане меценасе Рафалович, – додав він, обертаючись до Євгенія. – Дуже мені прикро, що мушу перервати вам вашу приємну забаву, але…

– Іменем закону арештую пана! – мовив поліційний комісар, наближаючись і кладучи Євгенію руку на плече.

Євгеній стрепенувся, мов від дотику гадюки.

– Можу запитати, за що арештуєте мене?

– Ось судовий наказ! – мовив комісар, подаючи йому піваркуш паперу.

Євгеній поблід. Літери скакали у нього перед очима. Серце билося сильно, то знов хвилями немов зовсім завмирало в грудях. Тільки по страшенних зусиллях він здужав прочитати в наказі фатальні слова: «наслідком сильного підозріння о сповнення злочину з § 136 закону карного».

– Що? – промовив він ледве чутно, задихавшись зі зворушення. – Злочину з § 136? Себто убійства? Се що за невчасний жарт!

– Ні, пане, не жарт! – мовив староста. – Сеї ночі сповнено страшний злочин на особі Стальського. Не заперечите, що ви знали його. Не заперечите, що сеї ночі ви мали з ним не дуже дружну стрічу. Не заперечите, що з його жінкою…

– Пане! – скрикнув Євгеній, і вся кров збіглася до його серця, і його руки задрожали.

– Ну, та се не моє діло, – байдужно мовив староста. – В суді будете толкуватися. Поліція, відвести його!

Всі зібрані стояли ні живі ні мертві. Хоча дальші не чули й не розуміли нічого, що тут діялось, але всі чули, що твориться щось погане. Євгеній тим часом відзискав свою притомність духу.

– Дорогі браття! – обернувся він до селян. – Мене арештують. Не знаю, яким дивом я попав у підозріння, що нібито я сеї ночі замордував чоловіка, з яким учора мав сварку. Кленусь Богом і сумлінням, що я невинний. Але коли суд велить ув'язнити мене, то я не можу противитись. Маю надію, що моя невинність швидко виясниться. Для того розстаюсь з вами зовсім спокійно. Не падайте духом! Робіть своє, щоб наші вороги не тішилися з нашого занепаду. А тепер бувайте здорові! Радьте спокійно далі. Я піду, куди мене тягнуть. Чисте сумління додасть мені сили знести й сю тяжку пробу. Прощавайте!

І в супроводі поліціянтів він зійшов із подіум і вийшов. На вулиці ждали санки, на які посаджено Євгенія; поліціянти сіли по обох боках його; коні рушили, і швидко снігова курява закрила санки перед очима селян, що цілою купою виринули з заїзду, проводжаючи очима Євгенія.

Настрій віча по відході Євгенія був подібний до настрою в домі, з якого винесено мерця. Пан бурмістр сидів на президіальнім кріслі ні в сих ні в тих, селян багато вийшло за Євгенієм і не вернуло вже назад, а тих, що лишилися, свердлував пан староста своїми проникливими очима, немов запитував їх, що властиво тут роблять і на кого ждуть. Перший очуняв о. Зварич. Він попросив голосу і предложив селянам внесок; з огляду на несподівану сьогоднішню пригоду розійтися і, не забуваючи того, що ухвалено нині, агітувати далі за вічем, яке буде скликане, скоро тільки обставини позволять на се. Він закінчив словами заохоти і надії, що пригода, якої жертвою зробився Євгеній, швидко мине і не принесе ніякої шкоди народній справі ані народному рухові в повіті. Ся промова підбадьорила зібраних. Зваричів внесок принято, і віче замкнено, тим більше, що жиди, які буцімто мали обговорювати ще вибори до кагалу, всі пішли до міста зараз по виведенні Євгенія. Так скінчилося те перше повітове віче. Живо розмовляючи, йшли селяни купками з Вигоди до міста. Староста з бурмістром поїхали передом у фіакрі. Свіжий факт арештування адвоката, та й то ще підозреного за вбійство, усунув набік усякі інші теми розмови. Бурмістр розпитував про деталі, про обтяжливі моменти, які вказали конечним арештування. Староста чув себе якимсь невдоволеним, мов потрохи винуватим, толкував, вияснював.

– Боюсь, що панове перехопились! – хитаючи головою, мовив бурмістр. – Се ж не дрібниця. Адвокат не втікав нікуди. Можна було підождати, вияснити справу ліпше. Адже се арештування наробить гомону в цілім краю. І – прошу вірити, не в самих тільки руських сферах повстане думка, що се тенденційне арештування.

– Тенденційне! – мов ужалений скрикнув староста. – І з ваших уст чую се, пане бурмістру!

– Доказ, як швидко, сама собою, насувається така думка. І коли нема абсолютної певності, що Рафалович винен, – а я боюсь, що такої певности нема, – то се готово вийти на нову компрометацію наших властей.

Староста понурив голову і замовк.

Коли доїжджали до ринку, фіакер спинився у вулиці проти Вагманового помешкання. Вулицю залягла густа купа народу, серед якої видно було високу стать Шнадельського, що, блідий, розхристаний, говорив щось живо і голосно.

– Що се таке? Що тут? – скрикнули рівночасно оба достойники, на різні боки зіскакуючи з фіакра.

– Жид повісився, – відповіла якась перекупка.

– Що за жид?

– Властитель камениці.

– Вагман?

Бурмістр одним скоком був коло Шнадельського! Сей з якимсь гарячковим запалом говорив – швидко, уриваними фразами, обертаючись на різні боки:

– Але ж нема півгодини… Притисло мене, конче потрібно було грошей. Приходжу, сінешні двері отворені, а від покою замкнені… Жінка десь виїхала і досі не вернула. Служниці також нема… Крізь дірку від ключа бачу: стоїть насупроти під стіною. Кличу, стукаю – не рушається. Поліція мусила посилати по слюсаря, бо двері замкнено знутра, ще й ключ витягнено. Розуміється, що сам!

Староста вже був усередині, де урядувала поліція, і по кількох мінутах, вислухавши реляції ревізора і не приписуючи справі ніякого більшого значення, побіг до президента суду, щоб порозумітися в справі арештованого Рафаловича.

В президентовім передпокої він застав Шварца. Сей оповів йому, що прийшов сюди з паном маршалком, який власне є у президента, що пан президент післав власне за слідчим суддею і що він, Шварц, може служити щодо сеї справи деякими поясненнями. Потім староста ввійшов до президіального бюра.

– А, ось і пан староста! – скрикнув весело пан маршалок. – Ну, що ж чувати?

– Якийсь феральний день сьогодні, пане маршалку! – мовив староста. – Власне довідуюся, що наш любенький Вагман повісився.

– Що? Вагман?

– Повісився?

– Так, повісився. В своїм покою. Коло своєї каси, яку лишив отвореною.

– Але, може, то знов яке вбійство? – запитав президент.

– Ледво. Ані слідів мордування, ані слідів рабунку не знати. Зрештою тіло взяли до обдукції, а поліція веде слідство на місці. Але, повторяю, убійство дуже сумнівне. Двері покою замкнені були зсередини, і ключ лежав насеред покою.

– Насеред покою? Чому не в дірці? – завважив президент.

– А в касі, здається, не бракує нічого. Зрештою, побачимо, що скаже поліція. Та що там! Невелика птиця Вагман. Одною п'явкою менше в повіті.

– Ну, так. А все-таки се самовбійство видається мені загадковим, – мовив президент. – Вагман не виглядав на чоловіка, що носиться з самовбійчими думками.

– Навпаки, – закинув маршалок. – Від часу, як умер його син, ходив засумований. Кажуть, що журився дуже, плакав по ночах. Можливо, що се й доконало його.

– Можливо, – в задумі мовив староста.

– Ну, а що ж наш демагог? Дуже пручався перед арештуванням?

– Ні, – мовив, ще дужче задумуючись, староста. – Був над сподівання спокійний.

– Перелякався? Тремтів?

– Виглядало так, немов вість про вбійство Сальського була для нього несподіванкою. На відхіднім запевняв усіх зібраних про свою невинність.

– Ну, се справді був би досить незвичайний феномен, – мовив президент, – щоб убійця зараз на другий день аранжував публічне зібрання наперекір властям і промовляв аж до самої хвилі арештування.

– Так зовсім неможливим се не було би, – мовив староста. – Всякі феномени бувають. Але своєю дорогою, – я пильно обсервував його весь час і дійшов до такого погляду, що або сей панич незвичайно рафінований злочинець, або винен у вбійстві Стальського стілько ж, що ви або я.

В тій хвилі застукано до дверей і ввійшов слідчий суддя, який успів уже здебільшого переслухати Рафаловича, заким велів відпровадити його до арешту.

– Ну, що? – запитав його президент.

– Розуміється, перечить, – лаконічно мовив суддя.

– Всьому перечить?

– Ні. Навпаки. Оповів мені зовсім щиро всю історію своєї знайомості зі Стальським і з панею Стальською.

– А, так і з нею він був знайомий?

– Так. Се, так сказати, його Jugenliebe[79]. Вчора вечором вона надумала покинути мужа, була у нього, давала йому свій саквояжик на агітаційний фонд. Що було в саквояжику, він не знає. Тут надійшов Стальський зо свідками – вона усунулась до його спальні. Він викинув Стальського – все признав так, як говорили свідки. В спальні пані Стальської вже не застав і не бачив її більше.

– І се все?

– І се все.

– І ви вірите йому?

– Признаюсь панові президентові, я заявив йому виразно, що не вірю, не маю права вірити. Останні його твердження нічим не доказані. Де поділася Стальська? Куди ділося те, що було в саквояжику – ось питання, яких роз'яснення могло б вияснити справу вбійства. А на сі питання він не знаходить ніякої відповіді.

– Але ж свідки стверджують, що вона потім була дома і що між нею і Стальським прийшло до сварки, – закинув президент.

– Се так, – мовив слідчий, – але се ще не доказ, що Рафалович потім не виходив із дому, і не зайшов до Стальських, і не вбив Стальського, і не поміг їй скритися десь-кудись.

– А вважаєте виключеним припущення, що вона сама вбила його?

– Виключеним не виключеним, але мало правдоподібним. Удар був страшенно сильний, хоч завданий у сні. Сікач, не дуже-то й острий, увесь затонув у чашці.

– Значить, по вашій думці, тепер?..

– По моїй думці, треба вислідити, де поділася пані Стальська. Вона зможе найліпше пояснити нам остатні фатальні хвилі.

– Ах, тут є Шварц, – скрикнув пан маршалок. – Він каже, що має деякі деталі до вияснення сеї справи.

Покликали Шварца.

– Я власне написав для пана Шварца візвання на завтра, – мовив слідчий. – Показується, що пан Шварц належав до товариства, що забавлялося зі Стальським у реставрації в хвилі, коли сторож – ага, треба буде візвати ще того сторожа! – отже, коли сторож доніс про сходини пані Стальської з Рафаловичем. Що пан Шварц має нам сказати?

Шварц оповів коротко про вчорашні події. Коли Стальський зо свідками пішов до Рафаловича, він лишився в реставрації, не хотів мішатися в сю неприємну історію. Потім здибав Шнадельського, що зі зворушення аж розхорувався. Оба пішли додому. Але сьогодні рано, о дев'ятій, він бачив паню Стальську на залізничім двірці. Поїхала, здається, в напрямі до Львова.

Се було дуже важне відкриття.

– Зараз телеграфую на всі стації і до львівської поліції, – мовив слідчий. – Віднайдення сеї пані для слідства першорядна річ.

– Чи не міг би я прислужитися чим? – закинув Шварц. – От, приміром, об'їхати найближчі стації і розвідати усно, чи не висіла де там? А в крайнім разі доїхати аж до Львова?..

Президент обернувся до слідчого.

– Як пан совітник думають?

– Що ж, се було би не зле. Мати чоловіка, що особисто знає дотичну особу – все ліпше, ніж телеграфічно посилати рисопис, який і так не все осягне мету.

– Добре, – згодився й президент. – Розуміється, поїдете як приватний агент. Я дам вам свій білет.

– Коли пану президентові залежить на поспіху, то добре було б зробити се зараз. О першій відходить поїзд.

– Але де я вам візьму грошей на дорогу? Без ухвали радної палати не можу.

– На перший раз у мене є пару ринських, а там я зателеграфую, куди мені вислати.

– Коли так, то в ім'я Боже! – мовив президент і, написавши кілька слів на своїм білеті та вложивши його в коверту, вручив Шварцові. Сей поклонився всім панам і побіг із сього будинка, де під впливом виводів слідчого, які він підслухав під дверима, і під впливом його запитань йому почало було робитися душно і нелюбо.

Вирвавшися з суду, Шварц пустився бігти додому, де надіявся застати Шнадельського. Але на ринку йому надсунула назустріч купа народу, серед якої Шнадельський, розхристаний, увесь червоний від гарячки, що палила його, захриплий і ледве притомний, усе ще викрикував уриваними, беззв'язними реченнями своє оповідання про те, як то він відкрив неживого Вагмана. Шварц увесь похолов, зрозумівши ситуацію. Він знав, що Шнадельський хорий, що його палить гарячка. Він усю ніч усе говорив про Вагмана. Над раном, коли Шварц обложив був його голову снігом, він трохи вспокоївся і заснув. Шварц також не мав спокою. Його тягло до міста, на ті місця, де він господарював уночі. Він перейшов пару разів попід Вагманові вікна, але, бачачи все в спокої, лагодився йти до Стальського, коли його здибав на вулиці пан маршалок. Сьому він розповів про нічну пригоду між Стальським і Рафаловичем, не згадуючи про те, що бачив Стальського вбитим.

Коли маршалок із сею новиною побіг до старости, Шварц, гонений тривогою, побіг до свого помешкання, де жив також Шнадельський. Сей власне прокинувся і збирався вийти, хоч гарячка його поменшала мало. Шварц успокоїв його, поклав знов до ліжка, обложив голову снігом і просив, щоб не йшов нікуди, поки він не верне. Шнадельський обіцяв, і Шварц пішов, щоб полювати на яку добру нагоду. Він знов здибав маршалка і з ним разом пішов до президента. А Шнадельський тим часом зібрався і побіг до Вагманового помешкання, де й справді наробив розруху, відкривши Вагманового трупа.

Шварц зрозумів небезпеку положення. Хорий, напівнепритомний чоловік, що ще весь стоїть під враженням сповненого вчора злочину, а довкола юрба народу, а там слідчий суддя, що вже так близький до розмотання всіх тайн учорашньої ночі… поліційні пошукування в Вагмановім помешканні… ще, чого доброго, покажеться граф Кшивотульський і виявиться брак готівки в Вагмановій касі – все се полум'ям ударило на нього. Він незамітно підійшов до Шнадельського і, взявши його за руку, шепнув йому:

– Ходи додому!

– Га? – також шептом запитав Шнадельський і весь стрепенувся від Шварцового дотику. – Се ти? А ти чого хочеш?

– Ходи додому! – знов з притиском шепнув Шварц і потягнув його з собою. Шнадельський ішов, усе щось балакаючи про Вагмана, про шнур, про ключ насеред покою і про касу, яка знаходиться в порядку, зовсім у порядку…

– Бійся Бога, чоловіче, мовчи! – шепнув йому Шварц, вивівши його з юрби. – Що ти робиш? Пощо ти йшов із дому? Сам не тямиш, що з тобою!

Шнадельський витріщив на нього очі. Більш інстинктом, як розумом, він зміркував небезпеку і дав без опору вести себе. За півгодини оба були зібрані. Фіакер завіз їх на залізницю. Шварц узяв два білети до одної недалекої стації, де залізниця розділювалася надвоє. Там замість до Львова він узяв білети до Перемишля. В Перемишлі він узяв білети до Кракова, сим разом білети другої класи; давши гульдена кондукторові, одержав окреме купе, в якому замкнувся з хорим Шнадельським. З Кракова він узяв білети до Берліна. Коли доїхали до Берліна, Шнадельський лежав у купе зовсім непритомний, у страшенній гарячці, кричав, зривався і знов падав, стогнав, то знов балакав щось незрозуміле. Шварц рад-не-рад мусив лишити його. За порадою кондуктора, він завіз його до якоїсь приватної лічниці, де у нього сконстатовано остре запалення легких, занедбане в перших стадіях. Шварц записав його на фальшиве ім'я, заплатив за лічення на місяць наперед, подав свою – також фальшиву – адресу в Берліні і, не, озираючись довше, дмухнув до Бремергафен, а відси під фальшивою назвою за море.

Слідчий арешт Євгенія протягся довше, ніж він надіявся зразу. Правда, слідчий суддя вже по кількох днях важких і старанних пошукувань дійшов до внеску, що

Євгенієві зізнання абсолютно правдиві і що правдоподібність його вини чи співвини в убійстві Стальського дуже мала. Та проте палата радна, під впливом старости і президента, не згоджувалась випустити його на вільну стопу; ті дигнітарі боялися закиду тенденційного арештування, і слідчий суддя одержував усе нові поручення – доповнювати слідство. Обставини наче змовилися проти Євгенія. Два найважніші свідки, що могли були пояснити справу, Регіна і Баран, пропали без сліду; а тут в додатку щезли, мов камінь у воду, ще два важні свідки – Шварц і Шнадельський. Правда, зразу здавалося, що нічого важного вони не могли зізнати, але слідчому чим далі, тим більше загадковою видавалася їх роля тої фатальної ночі.

Та ось у тиждень по арештуванні Євгенія приїхав до міста граф Кшивотульський. Він лежав хорий і тільки недавно довідався про самовбійство Вагмана. Прибувши до міста, він пішов просто до президента суду і запитав його, чи в Вагмановій касі знайдено 50 000 золотих ринських, які він день перед тим дав був йому за продані цінні папери. Президент витріщив очі. Се була абсолютна новина. Ніякої готівки в касі не знайдено. І хоча лікарська обдукція не знайшла слідів убійства, то тепер справа комплікувалася правдоподібністю рабунку. Хитра втека Шварца, поводження Шнадельського при відкритті Вагманового трупа – се були моменти, що кидали підозріння в їх бік. Слідчий зробив ревізію в Шварцовім помешканні і знайшов Вагманів квит, виставлений Кшивотульському, і Вагманів лист. Се відразу кидало на справу погане світло – і за обома джентльменами розіслано гончі листи.

Тим часом справа арештування Євгенія вдарила голосною луною в цілій крайовій пресі і відгукнулася також у Відні. Обвинувачення його за такий страшний злочин зразу замикало уста його прихильникам, усувало набік підозріння щодо політичного характеру сього процесу. Правда, факт, що арештування було доконане на вічі і при участі старости, кидав відразу дивне світло на цілу подію. Та проте преса здержувалася від коментаріїв. Натомість кілька адвокатів-русинів зголосилося до суду, що хочуть узяти на себе оборону Євгенія, а віденська газета, що друкувала Євгенієві дописи, прислала свойого кореспондента, щоб на місці розвідався про справу. Сей кореспондент пішов розвідувати у священиків, міщан, урядників, мав довгу розмову з бурмістром, і його кореспонденція вдарила, мов грім, на штучну будову підозрінь і припущень, якими в першій хвилі обмотано Євгенія. Обік того кореспондент змалював досадно загальний настрій людності, її безпомочність супроти надужить, і на тім тлі показав Євгенієву роботу як промінь світла в темному царстві. Пан староста лютився, пан президент шкробався по лисині, а пан маршалок – е, пан маршалок мав інші клопоти, що не позволяли йому надто живо займатися Євгенієвим процесом.

У повіті клекотіло. Селяни грозили війтам і членам ради повітової каліцтвом в разі їх згоди на реформу каси. Проект реформи, який пан маршалок бажав перевести в тихості, з нагоди справоздань із віча дістався до газет і дочекався в руських і деяких польських газетах острої критики та осуду. Пан маршалок мусив махнути на нього рукою, тим більше, що він тепер був йому непотрібний. Швидко по вічі зробив йому візит граф Кшивотульський і попросив на розмову в чотири очі. Розмова тривала довгенько, а наслідком її було, що пан маршалок зрезигнував із усіх своїх дигнітарств у повіті, добровільно «продав» свої добра графові і забрався з рештою капіталу до Львова, незабаром дістав якусь посаду при одній високій автономічній інституції.

Було середопістя, коли майже безпосередньо один за одним наскочили факти, що вияснили Євгенієву справу. Почало таяти. Ворони і лиси на полі віднайшли замерзлого Барана, що досі лежав присипаний снігом, а рибаки витягли з Клекоту труп Регіни. Вкінці з Берліна привезено Шнадельського, що, видужавши трохи в лічниці, сказав свою правдиву назву і тим зрадив себе супроти поліції. Він був безнадійно хорий: передавнене запалення легких розвило у нього зароди туберкул. Приставлений до суду, він оповів докладно про вбійство Вагмана і про свій із Шварцом візит в домі Стальського. Самовбійство Регіни давало всяку правдоподібність, що вона сама вбила свого мужа, а оповідання Шнадельського веліло догадуватись, що не хто, як Шварц, забрав ті цінні речі, які були в Регининім саквояжику і які при свідках висипав із нього Стальський. Се змінило справу відразу. Євгенія випущено з арешту, і слідства щодо вбійства Стальського занехано, натомість против Шнадельського виточено процес о вбійство Вагмана. Та він, не дожидаючись навіть акту оскарження, повісився в своїй келії.

Вийшовши з тюрми, Євгеній зараз на другий день зголосився в бюрі пана старости.

– А, пан меценас! Вітаю! – з вимушеною чемністю вітав його староста. – Запевняю вас, мені страшенно прикро було… ота фатальна помилка… Але, признають пан меценас, обставини зложились були так… Ну, та я рад, дуже рад, що все вияснилося і що будемо знов мати приємність…

І він щиро потрясав Євгенієву руку.

– Дуже вдячний пану старості за гуманні почуття, – спокійно мовив Євгеній. – Але у мене до пана старости одна просьба.

– О, прошу, прошу! Чим можу служити?

– Пан староста винні мені маленьку регабілітацію.

– Я? Пану?

– Так. Пан староста були так ласкаві асистувати при моїм арештуванні в часі віча. Думаю, що се не буде з мого боку нічим несправедливим, коли попрошу пана старосту – перед таким самим вічем, прилюдно вернути мені честь і заявити урядово…

– Але ж, пане, се не моя річ! – скрикнув староста.

– Розумію. Се буде трошка некоректь. Але власне лиш остільки, оскільки некоректь було поступування пана старости при моїм арештуванні. Надіюсь, що гуманність пана старости виявить себе тут вповні. Інакше мусив би я вжити інших, правних способів. Ось тут маю честь вручити пану старості донесення про віче, яке скликаю на слідуючий торговий день до Вигоди. Надіюсь, що перешкод сим разом не буде ніяких.

Євгеній чемно вклонився і вийшов. А пан староста довго потім ходив по своїй канцелярії, тер рукою чоло, фукав і плював, розкладав руками і воркотав щось сам до себе, вкінці з резигнацією кинувся на свій урядовий фотель і зітхнув важко:

– Чорт його візьми! Чи сяк зроблю, чи так, а ордер пропав напевно!

ПРИМІТКИ

1 – Роман уперше надруковано 1900 р. у журналі «Літературно-науковий вісник».

2 – Зберігати рівновагу духу (лат.). – Ред.

3 – Дієслова (лат.). – Ред.

4 – Орудний незалежний (лат.). – Ред.

5 – «Народівка» – газета «Народна часопись», додаток до «Газети львівської», урядово-адміністративного видання в Галичині. Виходила у 1890–1914 рр.

6 – Голомуц – Оломоуц, тепер місто в Чехії.

7 – Кульпарків – у XIX ст. село поруч зі Львовом, де була психіатрична лікарня. Тепер – у межах міста. «На Кульпаркові» – у психлікарні.

8 – Найвище начальство (нім.). – Ред.

9 – У політичних справах (лат.). – Ред.

10 – Каналізації (лат.). – Ред.

11 – Чесний (польськ.). – Ред.

12 – Вперед, діти батьківщини (франц.). – Ред. Перші слова «Марсельєзи», національного гімну Франції.

13 – Ненадійний (нім.). – Ред.

14 – Шляхетство зобов'язує (франц.). – Ред.

15 – Не бійся, Марусю, я тебе помаленьку різатиму (чеськ.). – Ред.

16 – Скорботної матері (лат.). – Ред.

17 – Недобродушний, непривітливий, не в настрої (нім.). – Ред.

18 – Третього не дано (лат.). – Ред.

19 – Порядних (польськ.). – Ред.

20 – До в'язниці.

21 – Ах, молодий чоловіче, молодий чоловіче! Ви нічого не тямите в політиці (нім.). – Ред.

22 – На місці (лат.). – Ред.

23 – Драгоманов Михайло Петрович (1841–1895) – український публіцист, учений, громадсько-політичний діяч.

24 – Гейне (Гайне) Генріх (1797–1856) – німецький поет, публіцист, критик.

25 – Це стара історія, але ж вона вічно новою залишається, і як власне вона кому трапиться, тому серце надвоє розривається (нім.). – Ред.

26 – З найкращою похвалою (з найкращим успіхом) (лат.). – Ред.

27 – «Просвіта» – культурно-освітнє товариство, засноване у Львові 1868 р. з метою поширення освіти серед народу (відкривало хати-читальні, видавало популярні брошури, календарі тощо). Діяльність «Просвіти» в Україні відновлена наприкінці 1980-х рр.

28 – «Общество Качковського» – просвітницьке москвофільське товариство, яке виникло у Львові 1875 р. Назву дістало від прізвища Михайла Качковського (1802–1872), який передав товариству значні кошти та будинок, хоча сам москвофілом не був. Москвофільство – суспільно-політичний і літературний напрям у Галичині, Буковині і Закарпатській Україні в другій половині XIX – початку XX ст. В основі москвофільства покладена ідея «злиття всіх слов'янських рік в єдиному російському морі» під владою російського царя. При цьому українці оголошувалися частиною «російського племені», а українська мова – діалектом російської мови.

29 – До речі (франц.). – Ред.

30 – Сказавши між нами (нім.). – Ред.

31 – Місця для молодих (нім.). – Ред.

32 – Найсвятішому місці (лат.). – Ред.

33 – Йдеться про вірш Олександра Львовича Боровиковського (1844–1905), юриста й фольклориста, автора поезій російською мовою, надрукований в українському перекладі.

34 – За приписом (польськ.). – Ред.

35 – Дискусія, що точилася в 1860-х рр. у середовищі галицької інтелігенції між прибічниками історико-етимологічного і фонетичного правопису.

36 – Куліш Пантелеймон Олександрович (1819–1897) – український письменник, літературний критик, фольклорист, мовознавець, історик, етнограф, культурно-освітній діяч, перекладач.

37 – В останні роки XIX ст. царська Росія, скориставшись послабленням колоніального становища Англії в Індії, вирішила розширити свій вплив у центральній Азії (Іран, Тибет тощо), що призвело до збройних сутичок між російськими і англійськими військами.

38 – Ротшільдова каса – банкірська фірма Ротшільдів, що мала свої філії у всіх європейських країнах. Тут ідеться про Віденське відділення фірми, яке очолював Альберт Ротшільд.

39 – Від доброчинця, який не хоче, щоб називали його прізвище (польськ.). – Ред.

40 – Добре (польськ.). – Ред.

41 – Прошу вас, пане, на одне слово! (нім.). – Ред.

42 – Щодо родоводу (лат.). – Ред.

43 – Тора – в юдаїзмі назва перших п'яти книг Біблії («П'ятикнижжя»).

44 – Ах, горе! (євр.). – Ред.

45 – Наука для хліба (нім.). – Ред.

46 – 1848 рік – рік революційних подій у багатьох народів Австро-Угорщини, так звана «весна народів».

47 – Биймося, хлопе: моя шабля, а твій кий (польськ.). – Ред.

48 – До безглуздя (лат.). – Ред.

49 – Невідома земля (лат.). – Ред.

50 – Відразу, зовсім (лат.). – Ред.

51 – У грошових справах всяка добродушність кінчається (нім.). – Ред.

52 – Мойсеєвої віри (польськ.). – Ред.

53 – Відповідно до уродження і маєтку (лат.). – Ред.

54 – Найвищі межі (лат.). – Ред.

55 – По секрету (лат.). – Ред.

56 – Де нема позовника, там немає судді (нім.). – Ред.

57 – Нав'язлива, невідступна ідея, думка (...). – Ред.

58 – Новий рік настає, охоти додає, – гей нам, гей! Коляда, коляда, коляда! (польськ.). – Ред.

59 – Тому, що еврей (лат.). – Ред.

60 – До неможливих речей нікого не тягнуть (лат.). – Ред.

61 – Добрянський Антін (1810–1877) – священик; видав збірку проповідей «Науки церковныи».

62 – Ось я вас! (лат.). – Ред.

63 – На майбутнє (лат.). – Ред.

64 – Перші єврейські погроми в Україні сталися в Єлисаветграді, Києві, Жмеринці, Конотопі, Смілі, Одесі та інших містах у 1881–1882 рр.

65 – Бар-Кохба Симон – ватажок юдейського повстання проти Римської імперії у 131–135 рр.

66 – Єгуда бен Галеві (бл. 1080–1145) – єврейський поет і філософ, жив у Іспанії.

67 – Долина Йосафата – одна з околиць Єрусалима, згадувана в Біблії. За біблійним текстом – місце Страшного суду.

68 – Ханаан – стародавня назва території Палестини, Сирії та Фінікії. З XIII ст. до н. е. почалося завоювання Ханаану ізраїльськими племенами.

69 – Ніневі (Ніневія) – стародавнє місто Ассирії. Тепер – на території Іраку.

70 – Александрія – місто в Єгипті.

71 – Яка мені з цього користь? (євр.). – Ред.

72 – Це можна слухати, це можна слухати (нім.). – Ред.

73 – Жоден вогонь, жоден вогонь не горить так гаряче, як таємне кохання, про яке ніхто нічого не знає (нім.). – Ред.

74 – Блудниця, яка, каючись у гріхах, припадала Христові до ніг, слізьми обмиваючи й волоссям витираючи їх.

75 – Речовий доказ (лат.). – Ред.

76 – На журбу добра річ – випити! (польськ.). – Ред.

77 – Самсон – давньоєврейський біблійний (старозавітний) герой, що мав надзвичайну фізичну силу, яка крилася в пасмах його волосся. Вчинив багато подвигів у боротьбі з филистимлянами. Останній подвиг – розвалив храм, де зібралося багато ворогів. Тоді ж загинув і сам.

78 – До речі (лат.). – Ред.

79 – Юнацьке кохання (нім.). – Ред.

www.ingramcontent.com/pod-product-compliance
Lightning Source LLC
Chambersburg PA
CBHW020328030826
48979CB00021B/475
* 9 7 8 1 8 0 4 8 4 1 3 2 7 *